L.J. SHEN
Cruel Castaways
Rival

Die Romane von L. J. Shen bei LYX:

Die Cruel-Castaways-Reihe:
1. Rival

Die Boston-Belles-Reihe:
1. Hunter
2. Villain
3. Monster
4. Rake

Prequel zur Reihe (exklusiv als E-Book erschienen):
Boston Belles – Sparrow

Die All-Saints-High-Reihe:
1. Die Prinzessin
2. Der Rebell
3. Der Verlorene

Die Sinners-of-Saints-Reihe:
1. Vicious Love
2. Rough Love (E-Book Novelle)
3. Twisted Love
4. Scandal Love
5. Broken Love

Love Like Fire
Dirty Headlines
Midnight Blue

Weitere Romane der Autorin sind bei LYX in Vorbereitung.

L. J. SHEN

CRUEL CASTAWAYS

RIVAL

Roman

Ins Deutsche übertragen von
Patricia Woitynek

LYX in der Bastei Lübbe AG
Dieser Titel ist auch als E-Book und Hörbuch erschienen.

Die Bastei Lübbe AG verfolgt eine nachhaltige Buchproduktion.
Wir verwenden Papiere aus nachhaltiger Forstwirtschaft und verzichten darauf,
Bücher einzeln in Folie zu verpacken. Wir stellen unsere Bücher in Deutschland
und Europa (EU) her und arbeiten mit den Druckereien kontinuierlich
an einer positiven Ökobilanz.

Die Originalausgabe erschien 2022 bei Montlake
unter dem Titel »Ruthless Rival«.
Copyright © 2022. RUTHLESS RIVAL by L. J. Shen
Published by arrangement with Brower Literary & Management.

Für die deutschsprachige Ausgabe:
Copyright © 2022 by Bastei Lübbe AG, Köln
Redaktion: Susanne Kregeloh
Covergestaltung: © Giessel Design unter Verwendung von Motiven
von Shutterstock (© Phatthanit, © tomertu, © MeSamong, © lisima)
Satz: Greiner & Reichel, Köln
Gesetzt aus der der Adobe Caslon
Druck und Einband: GGP Media GmbH, Pößneck
Printed in Germany
ISBN 978-3-7363-1879-3

3   5   7   6   4   2

Sie finden uns im Internet unter: lyx-verlag.de
Bitte beachten Sie auch: luebbe.de und lesejury.de

Liebe Leser:innen,

dieses Buch enthält potenziell triggernde Inhalte.
Deshalb findet ihr auf Seite 443 eine Triggerwarnung.

Achtung:
Diese enthält Spoiler für das gesamte Buch!

Wir wünschen uns für euch alle
das bestmögliche Leseerlebnis.

Euer LYX-Verlag

Für meine Anwaltsfreundin Ivy Wild,
die mich lehrte, dass es nicht nur das Moralischste,
sondern auch das Kostengünstigste ist,
auf der richtigen Seite des Gesetzes zu bleiben.

PROLOG

Christian

Fass. Bloß. Nichts. An.

Das war die einzige Regel, die meine Mutter mir je auferlegt hatte, und ich war schlau genug, sie zu befolgen, weil sie mir andernfalls den Hintern versohlt und den Rest des Monats Haferbrei mit Kornkäfern vorgesetzt hätte.

Es waren die Sommerferien nach meinem vierzehnten Geburtstag, in denen das Streichholz entzündet wurde, das später alles niederbrennen sollte. Der orangerote Funke sprang über, das Feuer breitete sich aus und verzehrte mein Leben, hinterließ nichts als Phosphor und Asche.

Aus Sorge, ich könnte irgendwelchen Unfug anstellen, wenn sie mich allein zu Hause ließe, schleifte meine Mom mich mit zu ihrem Arbeitsplatz. Ihr stichhaltigstes Argument lautete, dass ich nicht wie meine Altersgenossen werden sollte: ein Gras rauchender, Vorhängeschlösser knackender Tunichtgut, der verdächtig aussehende Päckchen für ortsansässige Drogendealer beförderte.

Hunts Point war der Ort, wo Träume begraben wurden. Nicht, dass meine Mutter je welche gehabt hätte, aber sie betrachtete mich als ihre Verantwortung, und ihre Pläne sahen nicht vor, mich gegen Kaution aus dem Knast zu holen.

Im Übrigen war ich selbst nicht scharf darauf, daheim herumzusitzen und an meine Realität erinnert zu werden.

So kam es, dass ich sie jeden Tag in die Park Avenue begleiten durfte. Unter einer Bedingung: Es war mir strengstens untersagt, mit meinen schmutzigen Fingern irgendetwas im Penthouse der Familie Roth anzufassen. Das galt für das überteuerte Mobiliar von Henredon, die Fenster mit Blick auf die Bucht, die aus Holland importierten Pflanzen – und erst recht für das Mädchen.

»Sie ist etwas Besonderes und Mr Roths Augenstern. Nichts darf ihren Ruf beflecken«, ermahnte mich meine Mom, eine Immigrantin aus Belarus, mit schwerem Akzent, während wir zusammengepfercht mit anderen Malochern – Reinigungskräfte, Gärtner, Portiers – im Bus saßen.

Arya Roth war der Fluch meines Daseins, noch bevor ich sie das erste Mal traf. Ein fein geschliffener, unantastbarer Edelstein, unendlich kostbar im Vergleich zu mir wertlosem Geschöpf. In den Jahren vor unserem Kennenlernen war sie nicht mehr als eine unangenehme Idee. Eine surreale Figur mit zwei Zöpfen, verwöhnt und zickig. Ich spürte nicht das geringste Bedürfnis, ihr zu begegnen. Tatsächlich hatte ich schon so manche Nacht in meinem Klappbett damit verbracht, mir vorzustellen, welches aufregende, kostspielige und altersgerechte Abenteuer sie wohl gerade erlebte, und ihr alles erdenklich Böse zu wünschen. Tragische Autounfälle, Flugzeugunglücke, Stürze von Klippen, Skorbut. Mir war alles recht. Ich malte mir aus, wie die privilegierte Arya Roth einen Horror nach dem anderen durchmachte, während ich mit einer Schüssel Popcorn auf dem Sofa lümmelte und lachend die Show genoss.

Alles, was ich aus den ehrfürchtigen Geschichten meiner Mutter über das Mädchen wusste, widerte mich an. Um dem Ganzen die Krone aufzusetzen, war sie auch noch genauso alt wie ich, was es ärgerlicherweise praktisch unvermeidbar machte, Vergleiche zwischen unser beider Leben anzustellen.

Sie war die Prinzessin des Elfenbeinturms auf der Upper East Side und bewohnte ein Penthouse, das sich über fast fünfhundert Quadratmeter erstreckte, eine Größe, die jenseits meiner Vorstellungskraft lag. Ich dagegen hauste in einem Einzimmerapartment aus der Vorkriegszeit in Hunts Point, wo die lautstarken Streitereien der Prostituierten und ihrer Kunden unter meinem Fenster und das an ihren Ehemann adressierte Gezeter von Mrs Van ein Stockwerk tiefer den Soundtrack meiner Jugend bildeten.

Aryas Leben roch nach Blumen, Boutiquen und mit Fruchtaromen parfümierten Kerzen – wenn meine Mutter von der Arbeit kam, haftete ihrer Kleidung noch immer dieser schwache Duft an –, wohingegen der Gestank des unweit unserer Wohnung gelegenen Fischmarkts derart penetrant war, dass er regelrecht in die Hauswände einsickerte.

Arya war hübsch – meine Mutter schwärmte unentwegt von ihren smaragdgrünen Augen –, ich war schlaksig und linkisch. Ein mit spitzen Knien und abstehenden Ohren versehenes Strichmännchen. Meine Mom behauptete, dass ich irgendwann zu einem gut aussehenden jungen Mann heranwachsen würde, aber in Anbetracht meiner wenig ausgewogenen Ernährung hatte ich da so meine Zweifel. Anscheinend war es bei meinem Vater genauso gewesen, hatte er sich von einem jungen Spargeltarzan zu einem attraktiven Mann gemausert. Da ich den Mistkerl nie getroffen hatte, konnte ich das nicht beurteilen. Der Vater von Ruslana Ivanovas Sohn lebte in Minsk, zusammen mit seiner Frau, seinen drei Kindern und zwei hässlichen Hunden. Das Flugticket nach New York war sein Abschiedsgeschenk für meine Mutter gewesen, als er von ihrer Schwangerschaft erfuhr, verbunden mit der Bitte, sie möge ihn nie wieder kontaktieren.

Nachdem sie keine Familie hatte – ihre Mutter, auch sie alleinerziehend, war schon vor Jahren gestorben –, schien das für alle Beteiligten die sinnvollste Lösung zu sein. Mit Ausnahme von mir, versteht sich.

So landeten wir allein im Big Apple und begegneten dem Leben dort mit einem Argwohn, als wollte es uns an die Kehle. Oder vielleicht hatte es uns längst an der Gurgel gepackt, um uns zu erdrosseln. Es schien, als würden wir unablässig um irgendetwas kämpfen – um Luft, um Essen, um Strom, um das Recht zu existieren.

Was mich zu der letzten und verabscheuungswürdigsten aller von Arya Roth begangenen Sünden und dem Hauptgrund, warum ich sie nie kennenlernen wollte, bringt: Sie hatte eine echte Familie.

Eine Mutter. Einen Vater. Zahlreiche Tanten und Onkel. Eine Großmutter in North Carolina, bei der sie die Osterferien verbrachte, Cousins und Cousinen in Colorado, mit denen sie jedes Weihnachten Snowboarden ging. Ihr Leben hatte einen Kontext, eine Richtung, eine voll ausgestaltete Handlung samt Rahmen, in der jedes Detail in Technicolor erstrahlte, während mein eigenes Dasein einem zusammenhangslosen Schwarzweißfilm glich.

Sicher, ich hatte meine Mutter, aber wir beide erweckten eher den Eindruck, als hätte man uns zufällig zusammengewürfelt. Dann waren da noch die Nachbarn, die kennenzulernen Ruslana sich nie die Mühe gemacht hatte, die Prostituierten, die mir Sex im Austausch gegen mein Pausenbrot offerierten, und die Polizisten vom NYPD, die zweimal wöchentlich in unserer Nachbarschaft auftauchten und eingeschlagene Schaufenster mit gelbem Absperrband sicherten. Glück war ein Gut, das anderen Leuten gehörte. Leuten, die wir nicht kannten, die in anderen Vierteln wohnten und ein Leben führten, das mit unserem nichts gemein hatte.

Ich hatte mich schon immer wie ein Zaungast in der Welt gefühlt, wie ein Voyeur. Aber wenn ich schon zum Zuschauen verurteilt war, warum mir nicht das perfekte, bilderbuchhafte Leben der Roths aus nächster Nähe ansehen?

Um dem Höllenloch, in das ich hineingeboren worden war, zu entkommen, musste ich mich nur an die Regeln halten.

Fass. Bloß. Nichts. An.

Am Ende jedoch fasste ich nicht einfach irgendetwas an.

Sondern das Kostbarste, das der Haushalt der Roths zu bieten hatte: *das Mädchen.*

1. KAPITEL

Arya

Er würde kommen.

Das wusste ich ganz sicher, auch wenn er sich verspätete.

Was vor dem heutigen Tag noch nie vorgekommen war.

Wir trafen uns an jedem ersten Samstag des Monats. Bestimmt würde er gleich auftauchen, mit einem Grinsen im Gesicht, zwei Portionen Biryani und dem neuesten Büroklatsch, der jede Reality-Show in den Schatten gestellt hätte.

Ich machte es mir in einem Kreuzgang mit Aussicht auf einen im gotischen Stil angelegten Garten bequem, stützte meine Füße in den Prada-Pumps gegen eine mittelalterliche Säule und bewegte meine Zehen.

Egal, wie alt ich war oder wie gut ich es beherrschte, die skrupellose Geschäftsfrau zu geben, fühlte ich mich bei jedem unserer Treffen im The Cloisters wie eine picklige, leicht beeindruckbare Fünfzehnjährige, die dankbar war für jeden Krümel an Zuneigung und Aufmerksamkeit, den er mir zuwarf.

»Rutsch rüber, Liebes. Das Essen tropft.«

Hab ich's nicht gesagt? Er ist gekommen.

Ich zog meine Beine unter mich, um Platz für meinen Vater zu machen. Er stellte die Plastiktüte ab, nahm zwei ölige Pappbehälter heraus und reichte mir einen davon.

»Du siehst furchtbar aus«, bemerkte ich und öffnete den Deckel. Der Duft nach Muskat und Safran stieg mir in die Nase und ließ mir das Wasser im Mund zusammenlaufen. Das Gesicht meines Dads war gerötet und zu einer Grimasse verzogen, seine Augen von dunklen Schatten unterlegt.

»Tja, und du siehst wie immer fantastisch aus.« Er küsste mich auf die Wange, ließ sich mir gegenüber nieder und lehnte den Rücken an die Säule.

Ich versenkte meine Gabel in dem Gericht aus butterzartem Hähnchenfleisch auf einem Bett aus Reis, schob mir einen Bissen in den Mund und schloss die Augen. »Ich könnte das dreimal am Tag essen, und zwar jeden Tag.«

»Das glaube ich dir aufs Wort, nachdem du dich in der fünften Klasse ausschließlich von Makkaroni-Käse-Bällchen ernährt hast.« Er lachte leise. »Wie geht es mit dem Erringen der Weltherrschaft voran?«

»Langsam, aber unaufhaltsam.« Ich machte die Augen wieder auf. Mein Vater stocherte lustlos in seinem Essen herum. Nicht nur war er zu spät gekommen, er schien auch sonst nicht er selbst zu sein. Das Verräterischste war jedoch nicht seine leicht zerknitterte Aufmachung oder die Tatsache, dass er dringend einen frischen Haarschnitt benötigte. Nein, es war dieser Ausdruck in seinem Gesicht, den ich in den fast zweiunddreißig Jahren, seit ich ihn kannte, noch nie bei ihm gesehen hatte.

»Und wie geht's dir so?« Ich saugte an den Zinken meiner Gabel.

Sein Handy vibrierte in seiner Hosentasche und sandte einen grünen Schimmer durch den Stoff. Er ignorierte es. »Ganz gut. Hab viel um die Ohren. Bei uns wird gerade eine Bilanzprüfung durchgeführt, darum geht es im Büro drunter und drüber. Alle laufen herum wie kopflose Hühner.«

»Nicht schon wieder.« Ich griff in seinen Behälter, fischte eine goldgelbe Kartoffelscheibe heraus, die sich unter dem Reisberg versteckte, und schob sie mir in den Mund. »Aber das erklärt eine Menge.«

»Was meinst du?« Er sah alarmiert aus.

»Du wirkst heute ein bisschen durch den Wind.«

»Es ist eine lästige Angelegenheit, aber was das betrifft, bin ich ein alter Hase. Wie läuft das Geschäft?«

»Tatsächlich wollte ich deine Meinung zu einem Kunden einholen.« Ich hatte gerade dazu angesetzt, ihm Details zu nennen, als sein Handy sich ein weiteres Mal meldete. Ich richtete den Blick auf den Brunnen in der Mitte des Gartens, um meinem Dad wortlos mitzuteilen, dass er den Anruf gern annehmen könne.

Stattdessen kramte er eine Serviette aus der Tüte und tupfte sich damit die Stirn ab. Feuchte, wölkchenförmige Flecken erschienen auf dem Papier. Wieso schwitzte er wie verrückt, wo die Temperatur noch nicht mal zwei Grad betrug?

»Wie geht es eigentlich Jillian?« Seine Stimme war eine Oktave höher gerutscht. Ein unheilvoller Schauder kroch mir über den Rücken, es war, als hätte sich ein feiner, kaum sichtbarer Riss in einer Mauer aufgetan. »Du sagtest, ihre Großmutter habe sich vergangene Woche einer Hüftoperation unterziehen müssen, darum habe ich meine Sekretärin gebeten, ihr Blumen zu schicken.«

Natürlich hatte er daran gedacht. Dad war eine Konstante, auf die ich vertrauen konnte. Während meine Mutter von der eher unzuverlässigen Sorte war – immer die Letzte, die mitbekam, was ich gerade durchmachte, blind gegenüber meinen Gefühlen und in den Schlüsselmomenten meines Lebens durch Abwesenheit glänzend –, vergaß mein Dad nie einen Geburtstag, nie das Datum einer Abschlussfeier oder was ich zu den Bar Mitzwas meiner Freundinnen angehabt hatte. Er hatte mir in Zickenkriegen beigestanden, bei diversen Trennungen und auch während der Gründung meiner Firma, indem er akribisch das Kleingedruckte mit mir durchging. Er war mir Mutter, Vater, Bruder und Kamerad zugleich. Ein Anker in den stürmischen Wogen des Lebens.

»Großmutter Joy ist auf dem Weg der Besserung.« Ich reichte ihm meine Serviette und musterte ihn neugierig. »Sie scheucht Jillians Mom schon jetzt wieder herum. Hör mal, bist du –«

Sein Handy brummte zum dritten Mal in einer Minute.

»Du solltest rangehen.«

»Nein, nein.« Er ließ den Blick umherschweifen, war auf einmal kreidebleich.

»Wer immer dich da zu erreichen versucht, wird nicht einfach aufgeben.«

»Wirklich, Ari, ich möchte viel lieber von deiner Woche hören.«

»Sie war gut, ereignisreich und liegt hinter mir. Jetzt geh schon ran.« Ich deutete in Richtung dessen, was offenbar der Grund für sein eigenartiges Benehmen war.

Mit einem schweren, resignierten Seufzer holte er das Handy endlich heraus und drückte es sich so fest aufs Ohr, dass alles Blut daraus wich.

»Hier Conrad Roth. Ja. Ja.« Er verstummte, seine Augen flackerten wild. Sein Essensbehälter glitt ihm aus den Fingern. Ich versuchte vergeblich, ihn noch rechtzeitig aufzufangen, aber das Biryani verteilte sich auf den antiken Steinen. »Ja. Ich weiß. Danke. Natürlich werde ich anwaltlich vertreten. Nein, ich gebe keinen Kommentar dazu ab.«

Anwaltlich vertreten? Ein Kommentar? Wegen einer Prüfung?

Touristen flanierten durch die Arkaden, fotografierten in

Hockstellung den Garten. Eine Gruppe Kinder wirbelte um die Säulen herum, ihr Gelächter hell wie Kirchengeläut. Ich erhob mich und wischte die Schweinerei auf, die mein Vater auf dem Boden angerichtet hatte.

Es ist alles okay, sagte ich mir. *Keine Firma lässt sich gern prüfen. Und ein Hedgefonds-Unternehmen schon dreimal nicht.*

Aber ich glaubte selbst nicht recht an das, was ich mir da einzureden versuchte. Hierbei ging es nicht um seinen Job. Mein Vater hatte keine schlaflosen Nächte wegen seiner Arbeit, geschweige denn, dass er die Nerven verlor.

Er beendete das Telefonat. Unsere Blicke trafen sich.

Mir schwante Böses, noch ehe er einen Ton sagte. In wenigen Minuten würde ich unaufhaltsam in die Tiefe stürzen. Nichts konnte mich davor bewahren. Diese Sache war größer als ich. Größer sogar als er.

»Ari, da ist etwas, das du wissen solltest …«

Ich schloss die Augen und holte scharf Luft, wie um mich auf einen Sprung ins kalte Wasser vorzubereiten.

Nichts würde je wieder so sein wie zuvor.

2. KAPITEL

Christian

Heute

Prinzipien. Davon hatte ich nur sehr wenige. Tatsächlich waren es gerade mal eine Handvoll, und eigentlich würde ich sie noch nicht mal Prinzipien nennen. Präferenzen, beziehungsweise besondere Vorlieben traf es wohl eher. Hierzu zählte zum Beispiel meine Weigerung, mich in meiner Funktion als Jurist mit Eigentums- und Vertragsrechtsstreitigkeiten zu befassen. Nicht, weil ich aus ethischen oder moralischen Grundsätzen Vorbehalte dagegen gehabt hätte, eine der gegnerischen Parteien zu vertreten, sondern weil ich das Thema einfach stinklangweilig fand und meiner kostbaren Zeit nicht würdig. Schadensersatzrecht war meine Spezialität. Ich mochte es schmutzig, emotional und destruktiv. Hatte die Sache dazu noch einen schlüpfrigen Beigeschmack, war das für mich die Krönung.

Außerdem zog ich es vor, mich mit meinen beiden besten Freunden, Arsène und Riggs, im *Brewtherhood* ein Stück die Straße runter bis an den Rand der Besinnungslosigkeit zu betrinken, anstatt lächelnd und nickend zuzuhören, während mein zwielichtiger Mandant eine weitere dröge Geschichte über die Tee-Ball-Künste seines Sprösslings zum Besten gab.

Ebenso gehörte es zu meinen Präferenzen – Prinzipien wäre zu viel gesagt –, Mr Nicht-ganz-Lupenrein alias Myles Emerson nicht zum Essen auszuführen. Allerdings war der Kerl im Begriff, sich gegenüber Cromwell & Traurig, der Kanzlei, für die ich arbeitete, zu einer stattlichen Honorarpauschale zu verpflichten. So kam es, dass ich an diesem Freitagabend mit einem schmierigen Grinsen im Gesicht meine Firmenkreditkarte in die Rechnungsmappe aus schwarzem Leder schob, nachdem ich Mr Emerson Törtchen von der Gänseleber, Tagliolini mit schwarzem Trüffel und eine Flasche Wein spendiert hatte, für deren Preis er seinen Sohn vier Jahre an eine Eliteschule hätte schicken können.

»Ich muss schon sagen, Leute, ich hab ein echt gutes Gefühl bei dieser Sache.« Mr Emerson rülpste und tätschelte seinen ansehnlichen Wanst. Optisch erinnerte er verblüffend an einen aufgedunsenen Jeff Daniels. Es freute mich, ihn positiv gestimmt zu wissen, immerhin konnte ich es nicht erwarten, ihm ab kommendem Monat alle vier Wochen mein Honorar in Rechnung zu stellen. Er war Eigentümer einer bedeutenden Gebäudereinigungsfirma, die hauptsächlich große Unternehmen zu ihren Kunden zählte, und gerade mit vier Schadensersatzklagen konfrontiert, allesamt wegen Vertragsbruchs. Er brauchte nicht nur juristischen Beistand, sondern außerdem einen Knebel, damit er seine vorlaute Klappe hielt. Emerson hatte in den letzten paar Monaten so viel Kohle abgedrückt, dass ich auf die Idee gekommen war, ihm eine Pauschale anzubieten. Die Ironie an der Sache blieb mir nicht verborgen: Dieser im Reinigungswesen tätige Mann hatte mich engagiert, damit ich *seinen* Dreck wegputzte. Nur dass ich im Gegensatz zu seinen Angestellten einen astronomisch hohen Stundensatz berechnete und nicht vorhatte, mich um mein Geld bescheißen zu lassen.

Es kam mir nicht mal in den Sinn, seine Verteidigung abzulehnen, so erbärmlich die Fälle auch sein mochten. Die offensichtliche Parallele im Hinblick auf die bedauernswerten Reinigungskräfte, von denen einige für weniger als den Mindestlohn und mit gefälschten Papieren arbeiteten, kratzte mich nicht.

»Wir sind dazu da, die Dinge für Sie einfacher zu machen.« Ich stand auf, um Emerson die Hand zu schütteln, und knöpfte mein Sakko zu. Er nickte Ryan und Deacon, den Partnern in der Kanzlei Cromwell & Traurig, zu, dann steuerte er zum Ausgang des Restaurants, wobei er es nicht unterlassen konnte, zwei der Kellnerinnen auf den Hintern zu glotzen.

Mit diesem Schwachkopf würde mir die Arbeit so bald nicht ausgehen. Zum Glück war ich von einem glühenden Ehrgeiz beseelt, was meinen Aufstieg in der Kanzlei betraf.

Ich setzte mich wieder und lehnte mich auf meinem Stuhl zurück.

»Und jetzt zum eigentlichen Grund, warum wir alle uns hier versammelt haben.« Ich ließ den Blick von einem zum anderen wandern. »Ich spreche von meiner bevorstehenden Ernennung zum Partner.«

»Wie bitte?« Deacon Cromwell, ein nach Amerika ausgewanderter ehemaliger Oxford-Student, der die Kanzlei vor vierzig Jahren gegründet hatte und noch älter war als die Bibel, zog die buschigen Brauen zusammen.

»Christian glaubt, sich ein Eckbüro und ein Namensschild an der Tür verdient zu haben, nachdem er so viel Zeit und Mühe investiert hat«, klärte Ryan Traurig seinen betagten Partner auf. Er war Leiter der Prozessabteilung und ließ sich im Gegensatz zu Deacon gelegentlich sogar mal in der Kanzlei blicken.

»Denkst du nicht, wir hätten dieses Thema im Vorfeld besprechen sollen?«

»Wir besprechen es doch jetzt.« Traurig lächelte milde.

»Ich meinte, *unter vier Augen*«, stieß Cromwell hervor.

»Vertraulichkeit wird zu viel Wert beigemessen.« Ich trank einen Schluck Wein und wünschte, es wäre Scotch. »Wachen Sie auf, und sehen Sie den Tatsachen ins Auge, Deacon. Ich bin seit drei Jahren Senior Associate und berechne dasselbe Honorar wie ein Partner. Meine jährlichen Beurteilungen sind tipptopp, und ich ziehe die dicken Fische an Land. Ihr lasst mich schon zu lange zappeln. Ich möchte wissen, wo ich stehe. Mit Ehrlichkeit fährt man immer am besten.«

»Und das aus dem Mund eines Anwalts.« Cromwell warf mir einen vielsagenden Seitenblick zu. »Aber wenn wir schon ganz offen sprechen, darf ich Sie daran erinnern, dass Ihr Examen gerade mal sieben Jahre zurückliegt und Sie im Anschluss zwei Jahre lang für die Staatsanwaltschaft tätig waren? Es ist ja nicht so, als würden wir Sie einer Chance berauben. In unserer Kanzlei sind neun Jahre Voraussetzung für eine Partnerschaft. Zeitlich gesehen haben Sie Ihr Soll noch nicht erfüllt.«

»Zeitlich gesehen macht die Kanzlei dreihundert Prozent mehr Umsatz, seit ich eingestiegen bin«, konterte ich. »Scheiß auf die neun Jahre. Machen Sie mich zum Gesellschafter – und zum Namenspartner.«

»Sie sind ein Gierschlund in Reinkultur.« Er gab sich ungerührt, aber auf seiner Stirn zeigte sich ein leichter Schweißfilm. »Wie können Sie nachts noch ruhig schlafen?«

Ich ließ den Wein in meinem Glas kreisen, wie ein preisgekrönter Sommelier es mir vor zehn Jahren beigebracht hatte. Und ja, ich spielte außerdem Golf, nutzte zeitweise die firmeneigene Ferienwohnung in Miami und beteiligte mich in Herrenclubs an öden politischen Diskussionen.

»Normalerweise, indem ich mir eine langbeinige Blondine

ins Bett hole.« Das war gelogen, aber ich wusste, bei einem Schwein wie ihm würde der Spruch gut ankommen.

Er quittierte ihn mit einem gackernden Lachen, wie von einem Gimpel seines Kalibers nicht anders zu erwarten. »Klugscheißer. Irgendwann bricht Ihnen Ihr Ehrgeiz noch das Genick.«

Was diesen Punkt betraf, variierte Cromwells Sicht auf die Dinge. Bei Junior Associates, die jede Woche sechzig abrechenbare Stunden meisterten, galt Ehrgeiz als eine großartige Sache. In meinem Fall hingegen war er ein einziges Ärgernis.

»Das sehe ich anders, Sir. Und jetzt hätte ich gern eine Antwort.«

»*Christian.*« Traurig flehte mich mit einem Lächeln an, endlich still zu sein. »Geben Sie uns fünf Minuten. Wir treffen uns anschließend draußen.«

Es gefiel mir nicht, vor die Tür beordert zu werden, während sie sich über mich berieten. Tief im Innern war ich immer noch Nicky aus Hunts Point. Aber dieser Junge musste sich den Standards der feinen Gesellschaft anpassen. Männer von Welt neigten nicht dazu, herumzubrüllen und Tische umzuwerfen. Ich musste dieselbe Sprache sprechen wie sie. Leise Worte, scharfe Klingen.

Ich schob meinen Stuhl zurück und warf mir meinen Givenchy-Mantel über. »Ganz wie Sie wollen. Ich werde die Zeit nutzen, um diese neue Zigarre von Davidoff zu probieren.«

Traurigs Augen leuchteten auf. »Etwa eine Winston Churchill?«

»Limitierte Auflage.« Ich zwinkerte ihm zu. Obwohl der Mistkerl sechsmal so viel verdiente wie ich, schnorrte er mich in einer Tour um eine Zigarre oder einen Drink an.

»Sieh an, sieh an. Hätten Sie vielleicht auch eine für mich?«

»Sicher doch.«

»Wir sehen uns gleich.«

»Nicht, falls ich Sie zuerst sehe.«

Ich stand schmauchend auf dem Gehsteig und beobachtete, wie die Ampeln zwischen Rot und Grün wechselten und Fußgänger in dichten Strömen gleich Fischschwärmen die Kreuzung überquerten. Die Bäume am Straßenrand waren kahl, abgesehen von den matt schimmernden weihnachtlichen Lichterketten, die noch darauf warteten, abgehängt zu werden.

Mein Handy meldete sich mit einem *Pling*. Ich zog es aus der Tasche.

Arsène: Kommst du? Riggs reist morgen früh ab, und er baggert gerade eine Braut an, der man dringend die Windel wechseln müsste.

Das konnte entweder bedeuten, dass sie zu jung war oder Gesäßimplantate hatte. Wahrscheinlich traf beides zu. Ich klemmte die Zigarre in meinen Mundwinkel und tippte eine Antwort.

Ich: Sag ihm, er soll seine Hose zulassen. Bin schon auf dem Weg.

Arsène: Spielen Daddy und Daddy Pingpong mit dir?

Ich: Nicht jeder von uns wurde mit einem zweihundert Millionen Dollar schweren Treuhandfonds geboren, Baby.

Ich steckte das Handy wieder ein.

Jemand versetzte mir einen kameradschaftlichen Klaps auf die Schulter. Ich drehte mich um und fand mich Traurig und Cromwell gegenüber. Letzterer umklammerte seinen Gehstock und zog dabei ein schmerzerfülltes Gesicht, als würde er von fürchterlichen Hämorrhoiden geplagt. Traurigs schmales, listiges Grinsen gab wenig preis.

»Sheila liegt mir ständig damit in den Ohren, dass ich mich mehr bewegen soll. Ich denke, ich werde nach Hause laufen. Ach, und Glückwunsch, Christian, dass Sie es geschafft haben, uns Emerson einzufangen. Wir sehen uns nächsten Freitag bei unserem wöchentlichen Meeting. Meine Herren.« Cromwell nickte knapp, setzte sich in Bewegung und war kurz darauf zwischen den Menschen und den aus Gullylöchern emporsteigenden weißen Dampfschwaden verschwunden.

Ich reichte Traurig eine Zigarre. Er nahm ein paar Züge, dabei klopfte er mit den Händen seine Taschen ab, als suchte er etwas. Vielleicht seine längst verlorene Würde.

»Deacon glaubt, dass Sie noch nicht so weit sind.«

»Das ist kompletter Schwachsinn.« Ich grub die Zähne in meine Davidoff. »Meine Bilanz ist makellos. Ich arbeite achtzig Stunden pro Woche und habe ein Auge auf jede große Streitsache, obwohl das eigentlich Ihre Aufgabe wäre. Im Übrigen steht mir genau wie den Partnern bei jedem meiner Fälle ein Junior Associate zur Seite. Wenn ich jetzt gehe, nehme ich ein Portfolio mit, das zu verlieren ihr euch nicht erlauben könnt. Das wissen Sie so gut wie ich.«

Vollpartner zu werden und meinen Namen auf der Kanzleitür zu lesen, wäre der Höhepunkt meines Lebens. Ein gewaltiger Sprung, aber ich hatte ihn mir redlich verdient. Die anderen angestellten Anwälte arbeiteten weit weniger als ich, sie zogen weder eine vergleichbare Klientel an Land, noch erzielten sie meine Ergebnisse. Außerdem war ich als frischgebackener Millionär auf der Suche nach dem nächsten Nervenkitzel. Es hatte etwas schrecklich Lähmendes, Monat für Monat meinen dicken Gehaltsscheck in Empfang zu nehmen und dabei zu wissen, dass die Erfüllung all meiner Träume zum Greifen nahe war. Die Ernennung zum Partner war mehr als eine Herausforderung; auf diese Weise könnte ich der Stadt, die sich von mir losgesagt hatte, als ich vierzehn war, den Mittelfinger zeigen.

»Na, na, kein Grund, patzig zu werden, mein Junge.« Traurig lachte verhalten. »Cromwell ist der Idee gegenüber durchaus aufgeschlossen.«

Mein Junge. Er tat gern so, als wäre ich noch ein Grünschnabel ohne Eier in der Hose.

»Aufgeschlossen?« Ich schnaubte verächtlich. »Er sollte mich anflehen zu bleiben und mir die Hälfte seines Imperiums anbieten.«

»Genau das ist die Krux an der Sache.« Traurig deutete mit einer theatralischen Handbewegung auf mich, als würde er ein Ausstellungsstück präsentieren. »Cromwell findet, dass Sie zu schnell zu bequem geworden sind. Sie sind erst zweiunddreißig, Christian, und haben nun schon seit mehreren Jahren keinen Gerichtssaal mehr von innen gesehen. Sie leisten Ihren Mandanten gute Dienste und genießen einen ausgezeichneten Ruf, aber Sie bieten nicht mehr alle Kräfte auf. Sechsundneunzig Prozent Ihrer Fälle werden außergerichtlich beigelegt, weil niemand sich mit Ihnen messen möchte. Cromwell will Sie hungrig und im Kampfmodus erleben. Ihm fehlt dieses Feuer in Ihren Augen, das ihn seinerzeit dazu veranlasst hat, Sie dem Staatsanwalt auszuspannen, als Sie und der Gouverneur im Clinch lagen.«

In meinem zweiten Jahr bei der Staatsanwaltschaft war ein riesiger Fall auf meinem Tisch gelandet. Es war dasselbe Jahr, in dem Theodore Montgomery, der damalige Bezirksstaatsanwalt von Manhattan, eins aufs Dach bekam, weil er aufgrund seines überwältigenden Arbeitspensums in einigen Fällen die Verjährungsfrist verstreichen ließ. Montgomery lud besagten Fall bei mir ab und bat mich, mein Bestes zu geben. Er wollte keinen weiteren Aufschrei der Empörung provozieren, hatte aus Personalmangel jedoch niemanden sonst, der ihn hätte bearbeiten können.

Der Fall wurde zum Gesprächsthema Nummer eins in Manhattan. Während meine Vorgesetzten Jagd auf Wirtschaftskriminelle und Bankbetrüger machten, war ich hinter einem Drogenboss her, der auf dem Weg zur exklusiven Geburtstagsparty seiner sechzehnjährigen Tochter einen dreijährigen Jungen totgefahren und Fahrerflucht begangen hatte. Fraglicher Drogenbaron, ein gewisser Denny Romano, hatte eine ganze Armada von Topanwälten hinter sich, wohingegen ich in meinem Anzug von der Heilsarmee und mit einer Ledertasche vor Gericht erschien, die dabei war, sich in ihre Einzelteile aufzulösen. Alle drückten dem Jungspund von der Staatsanwaltschaft die Daumen, dass er es schaffte, den großen, bösen Paten an die Wand zu nageln. Am Ende wurde Romano wegen fahrlässiger Tötung im Straßenverkehr zu vier Jahren Gefängnis verurteilt. Es war ein kleiner Sieg für die Familie des armen Jungen und ein gigantischer Triumph für mich.

Ich hatte gerade meinen Harvard-Abschluss in der Tasche gehabt, als Deacon Cromwell mich in einem Friseursalon aufspürte. Mein Plan sah eigentlich vor, mir einen Namen bei der Staatsanwaltschaft zu machen, doch er legte mir ans Herz, mich bei ihm zu melden, falls ich wissen wollte, wie es auf der anderen Seite des Zauns zuging. Nach dem Romano-Fall hatte ich nichts dergleichen tun müssen – Cromwell hatte mich von sich aus erneut kontaktiert.

»Er möchte mich wieder im Gerichtssaal sehen?« Ich spie die Worte förmlich aus. Einen Prozess zu gewinnen, war eine großartige Sache, andererseits war ich dafür bekannt, dass ich am Verhandlungstisch keine Gefangenen machte und mehr herausholte, als ich meinen Mandanten versprochen hatte. Wenn ein Fall dann doch vor Gericht landete, führte ich die gegnerische Partei nach allen Regeln der Kunst vor. Niemand wollte mit mir zu tun haben. Nicht die Spitzenanwälte, die satte zwei Riesen pro Stunde kassierten, nur um am Ende gegen mich zu verlieren, und auch nicht meine früheren Kollegen von der Staatsanwaltschaft, die nicht über die Mittel verfügten, um sich mit mir zu duellieren.

»Er will, dass Sie sich reinhängen.« Traurig rollte nachdenklich seine Zigarre zwischen den Fingern. »Gewinnen Sie einen Fall von breitem öffentlichem Interesse, einen, den Sie nicht durch einen vorteilhaften Deal in einem vollklimatisierten Konferenzraum zum Abschluss bringen können. Lassen Sie sich vor Gericht blicken, und der Alte macht Sie fraglos im Handumdrehen zum Partner.«

»Ich arbeite auch so schon für zwei«, erinnerte ich ihn. Es war die Wahrheit; ich schuftete wie ein Pferd.

Traurig zuckte mit den Achseln. »Ihre Entscheidung, mein Junge. Wir haben Sie im Schwitzkasten.«

Würde ich die Firma zum jetzigen Zeitpunkt verlassen, wo ich nur noch einen Atemzug davon entfernt war, Partner zu werden, könnte das meine Karriere um Jahre zurückwerfen, was dieser Schweinehund ganz genau wusste. Somit blieb mir nichts anderes übrig, als die Kröte entweder zu schlucken oder mein Glück bei einer kleineren, weniger renommierten Kanzlei zu versuchen.

Es war zwar nicht das Ergebnis, das ich mir von diesem Abend erhofft hatte, aber trotzdem besser als nichts. Abgesehen davon hatte ich keinen Zweifel an meinen Fähigkeiten. Wenn ich den richtigen Fall herauspickte und mir der Terminplan des Gerichts in die Karten spielte, könnte ich in wenigen Wochen Partner sein.

»Betrachten Sie es als erledigt.«

Traurig lachte auf. »Der arme Gegenanwalt, der dafür herhalten muss, dass Sie Ihr juristisches Können unter Beweis stellen, tut mir jetzt schon leid.«

Ich ließ ihn stehen und steuerte die Bar auf der anderen Straßenseite an, wo Arsène (ausgesprochen *Aarsänn*, so wie der fiktive Meisterdieb *Lupin*) und Riggs auf mich warteten.

Ich hatte keine Prinzipien.

Und wenn es um die Dinge ging, die ich mir vom Leben erhoffte, kannte ich außerdem auch keine Skrupel.

Das *The Brewtherhood* war unser Stammlokal in SoHo. Es lag nur einen Steinwurf von Arsènes Penthouse entfernt, wo Riggs sich einquartierte, wenn er in der Stadt war und nicht bei mir übernachtete. Wir mochten das *Brewtherhood* wegen seiner großen Auswahl an ausländischem Lagerbier, der nicht vorhandenen Cocktailkarte und seinem schnörkellosen, Touristen abschreckenden Charme. Vor allem aber bestach die kleine, stickige Kellerkneipe durch ein gewisses Außenseiterflair, das uns an unsere von *Blumen der Nacht* geprägte Jugend erinnerte.

Ich entdeckte Arsène auf den ersten Blick. Mein Kumpel stach heraus wie eine düstere Gestalt auf einer Karnevalsveranstaltung. Er hockte auf einem Barschemel und nuckelte an einer Flasche Asahi. Arsène bevorzugte Bier, das seiner Persönlichkeit entsprach – herb, mit einem ausländischen Touch –, und kleidete sich stets in den feinsten Savile-Row-Zwirn, obwohl er eigentlich gar kein Bürohengst war. Wenn ich es mir recht überlegte, ging er tatsächlich überhaupt keiner festen Tätigkeit nach. Er war ein Unternehmer, der gerne immer seine Finger im Spiel hatte, wenn es sich um lukrative Geschäfte handelte. Zurzeit mischte er bei mehreren Hedgefonds-Unternehmen mit, die freiwillig auf ihre zweiundzwanzig Prozent Performancegebühr verzichteten, nur um in den Genuss einer Zusammenarbeit mit Arsène Corbin zu kommen. Fusionsarbitrage und Convertible Arbitrage waren seine Spielwiesen.

Ich zwängte mich an einem Grüppchen beschwipster Frauen vorbei, die tanzend *Cotton Eyed Joe* sangen, wobei sie den Text komplett verhunzten, und lehnte mich gegen die Bar.

»Du bist spät dran«, sagte Arsène gedehnt und ohne den Blick von dem Taschenbuch zu nehmen, das vor ihm auf dem klebrigen Tresen lag.

»Und du ein Arsch.«

»Danke für die psychologische Einschätzung. Du bist nicht nur spät dran, sondern außerdem ungehobelt.« Er schob eine Flasche Peroni vor mich hin. Ich stieß mit ihm an und trank einen Schluck.

»Wo steckt Riggs?« Ich musste fast brüllen, um die Musik zu übertönen. Arsène wies mit dem Kinn nach links, und ich folgte der Bewegung mit den Augen. Mein Blick erfasste Riggs, der, eine Hand gegen die mit ausgestopften Tieren dekorierte Holzwand gestützt, den Hals einer Blondine mit den Lippen bestrich, während seine Finger vermutlich durch ihren Rock hindurch zwischen ihren Schenkeln zugange waren.

Jep. Arsène meinte definitiv ihre Hinternimplantate. Die Dinger sahen aus, als könnte sie mit ihnen bis nach Irland schwimmen.

Während Arsène und ich eher den Yuppie-Look pflegten, machte Riggs gern einen auf verlotterter Milliardär. Er war ein Hochstapler, ein Schlitzohr und ein Gesetzesbrecher. Ein Mann, für den Wahrheit so wenig zählte, dass es mich wunderte, warum er nicht Anwalt geworden war. Mit seinen strähnigen, flachsblonden Haaren, der sonnengebräunten Haut, dem Spitzbärtchen und den dreckigen Fingernägeln vermittelte er den klischeehaften Eindruck eines bösen Jungen aus dem Arme-Leute-Viertel. Er hatte ein schiefes Grinsen, Augen, die zugleich leer und unergründlich tief wirkten, und außerdem die ärgerliche Fähigkeit, mit seiner sexy Stimme über einfach jedes Thema, sein Stuhlgang inbegriffen, zu palavern.

Riggs war der Reichste von uns dreien. Trotzdem erweckte er nach außen den Anschein, als triebe er haltlos durchs Leben, unfähig, sich an irgendetwas zu binden, und sei es auch nur ein Mobilnetz.

»Und, wie war dein Meeting?« Arsène schlug sein Buch zu. Ich warf einen Blick auf den Titel.

Der Geist im Atom. Eine Diskussion über die Geheimnisse der Quantenphysik.

Arsènes Vorstellung von einem lustigen Abend.

Sein Problem bestand darin, dass er ein Genie war. Und wie wir alle wissen, fällt es einem Genie extrem schwer, sich mit Idioten zu befassen. Welche, auch das ist hinlänglich bekannt, neunundneunzig Prozent der zivilisierten Gesellschaft ausmachen.

Genau wie Riggs hatte ich Arsène auf der Andrew-Dexter-Jungenschule kennengelernt. Wir verstanden uns auf Anhieb. Doch während Riggs und ich uns neu erfunden hatten, schien Arsène beharrlich er selbst zu bleiben. Zynisch, grausam und leidenschaftslos.

»Es lief gut«, log ich.

»Dann bist du jetzt Cromwells und Traurigs neuer Partner?« Er musterte mich skeptisch.

»Noch nicht ganz, aber bald.« Ich pflanzte mich auf den Hocker neben ihm und gab Elise, der Barfrau, ein Handzeichen. Sie kam zu mir, und ich schob einen Hundert-Dollar-Schein über die Theke.

Sie zog eine Braue in die Höhe. »Das Trinkgeld hat's ja mal in sich, Miller.«

Elises französischer Akzent war so weich wie der Rest von ihr.

»Der Auftrag, den ich für dich habe, auch. Ich möchte, dass du zu Riggs gehst und ihm wie in einem abgedroschenen Achtzigerjahre-Film einen Drink ins Gesicht schüttest. Tu so, als wärst du mit ihm verabredet und stinksauer, weil er dich wegen der Blondine da aufs Abstellgleis geschoben hat. Es gibt 'nen Hunni extra, wenn du es schaffst, ein paar echte Tränen zu verdrücken. Denkst du, du kriegst das hin?«

Elise rollte den Geldschein zusammen und steckte ihn in die hintere Tasche ihrer hautengen Jeans. »In New York als Barkeeperin zu arbeiten, ist gleichbedeutend damit, Schauspielerin zu sein. Ich habe drei Off-Off-Broadwayshows und zwei Tampon-Reklamen vorzuweisen. *Natürlich* kriege ich das hin.«

Eine Minute später roch Riggs' Gesicht nach Wodka und Wassermelone, und Elise war um zweihundert Dollar reicher. Sie stauchte ihn gebührend zusammen, weil er sie habe warten lassen, und die Blondine stolzierte mit einem ärgerlichen Schnauben zurück zu ihren Freundinnen. Halb amüsiert, halb angepisst bahnte Riggs sich den Weg zur Bar.

»Wichser.« Er benutzte den Saum meines Sakkos, um sich das Gesicht abzuwischen.

»Sag mir etwas, das ich noch nicht weiß.«

»Penicillin hieß ursprünglich Schimmelsaft. Ich wette, das wusstest du nicht. Ging mir übrigens genauso, bis ich letzten Monat auf meinem Flug nach Simbabwe zufällig neben einer sehr netten Bakteriologin namens Mary landete.« Er schnappte sich mein Bier, leerte die Flasche in einem Zug und schnalzte mit der Zunge. »Spoileralarm: Im Bett stellte sich heraus, dass Mary keine Jungfrau war.«

»Du meinst auf der Toilette.« Arsène verzog angewidert das Gesicht.

Riggs lachte lauthals. »Jetzt tu mal bloß nicht so schockiert, Corbin.«

Das war noch so eine Sache in Bezug auf Riggs. Er war ein Nomade, der sich an anderer Leute Getränken vergriff, auf ihren Sofas pennte und wie ein armer Schlucker Economy flog. Er hatte keine Wurzeln, kein Zuhause, keine Verantwortung, die über seine Arbeit hinausging. Mit zweiundzwanzig hatte man ihm all das nachsehen können. Mit zweiunddreißig wurde es langsam zum Trauerspiel.

»Apropos Flugzeug. Wohin geht's morgen?« Ich nahm ihm die leere Flasche weg, bevor er das verdammte Ding noch ableckte.

»Karakoram, Pakistan.«

»Sind dir in Amerika die Ziele ausgegangen?«

»Schon vor etwa sieben Jahren.« Er grinste unbekümmert.

Riggs arbeitete als freier Fotograf für den *National Geographic* und ein paar andere Magazine mit den Schwerpunkten Politik und Natur. Er hatte im Lauf der Jahre einen Haufen Preise gewonnen und die meisten Länder auf der Erde besucht. Ihm war alles recht, um dem zu entfliehen, was zu Hause auf ihn wartete – vielmehr *nicht* wartete.

»Wie lange wirst du uns mit deiner Abwesenheit beehren?«, erkundigte Arsène sich.

Riggs kippelte auf seinem Schemel zurück, sodass er auf zwei Beinen balancierte. »Einen Monat? Vielleicht auch zwei? Ich hoffe, im Anschluss noch einen Auftrag an Land zu ziehen und direkt weiterzufliegen. Womöglich nach Nepal. Oder nach Island. Wer weiß?«

Du jedenfalls nicht, so viel ist sicher, du unverbesserliches Riesenbaby.

»Christian hat Daddy und Daddy heute vergeblich um eine Beförderung gebeten«, klärte Arsène ihn mit monotoner Stimme auf. Ich griff mir sein japanisches Bier und schüttete es in einem Zug runter.

»Im Ernst?« Riggs klopfte mir auf die Schulter. »Vielleicht ist das ja ein Zeichen.«

»Dafür, dass ich meinen Job schlecht mache?«, hakte ich in liebenswürdigem Ton nach.

»Nein, sondern dafür, dass du kürzertreten und begreifen solltest, dass das Leben nicht nur aus Arbeit besteht. Du hast es geschafft. Es droht keine reale Gefahr, dass du je wieder arm sein könntest. Lös dich davon.«

Leichter gesagt als getan. Der mittellose Nicky würde immer in mir weiterleben, sich von zwei Tage altem Kasha ernähren und mich daran erinnern, dass Hunts Point nur ein paar Bushaltestellen und Fehlentscheidungen entfernt war.

Ich stieß Riggs den Ellbogen in die Rippen. Sein Barhocker kippte wieder nach vorn, Riggs lachte. »Es ist nicht so, als würde ich ihre Beweggründe nicht verstehen«, sagte ich, um den Sachverhalt richtigzustellen. »Sie wollen, dass ich einen prestigeträchtigen Fall übernehme und einen großen Sieg einfahre.«

Arsène bedachte mich mit einem sardonischen Lächeln. »Und ich dachte, so was passiert nur in Jennifer-Lopez-Filmen.«

»Cromwell hat sich diesen Scheiß einfallen lassen, um Zeit zu schinden. Nur macht es für mich keinen Unterschied, ob ich über eine weitere Hürde springen muss. Ich werde so oder so Partner.«

Ohne mich war Cromwell & Traurig nicht mehr als ein mit Rechtsdokumenten gefüllter Backsteinkasten auf der Madison Avenue. Nichtsdestotrotz genoss die Firma einen glänzenden Ruf, sie galt als Manhattans führende Anwaltskanzlei, und sie zugunsten einer Partnerschaft selbst in der zweitgrößten Kanzlei der Stadt zu verlassen, würde nicht nur für unbequeme Fragen, sondern auch für Stirnrunzeln sorgen.

»Zum Glück ist dieses Arme-Leute-Syndrom nicht ansteckend.« Riggs winkte abermals Elise heran und bestellte eine weitere Runde. »In deiner Haut zu stecken, muss echt anstrengend sein. Du bist wild entschlossen, die Welt zu erobern, selbst wenn du sie dafür in Schutt und Asche legen musst.«

»Niemand wird zu Schaden kommen, wenn ich kriege, was ich will.«

Mein Konter trug mir einhelliges Kopfschütteln und einen mitleidsvollen Blick von Riggs ein.

»Du bist exakt für diese Rolle geschaffen, Christian. Das ist der Grund, warum wir Freunde sind. Lass deinen Dämonen die Zügel schießen, und schau, wohin sie dich führen.« Riggs klopfte mir auf den Rücken. »Aber vergiss nicht, dass du erst jemanden vom Thron stoßen musst, bevor du nach der Krone greifen kannst.«

Ich lehnte mich auf meinem Barhocker zurück.

Köpfe würden rollen, das stand außer Frage. Allerdings würde meiner nicht darunter sein.

3. KAPITEL

Christian

Heute

Meine Chance, zu beweisen, dass ich einer Partnerschaft würdig war, trudelte am darauffolgenden Montag wie ein mit einer roten Satinschleife verziertes Präsent bei mir ein, das nur darauf wartete, ausgepackt zu werden.

Es war ein Geschenk des Himmels. Wäre ich ein gläubiger Mensch, wozu ich absolut keine Veranlassung hatte, würde ich zur Fastenzeit auf etwas verzichten, um dem großen Wohltäter dort oben meine Dankbarkeit zu erweisen. Nicht auf etwas Elementares wie Sex oder Fleisch, schon eher auf meine Mitgliedschaft im Weinclub. Ich trank sowieso lieber Scotch.

»Hier ist eine Frau, die zu dir möchte«, verkündete Claire, eine Junior Associate der Kanzlei, nachdem sie an meine Bürotür geklopft hatte. Aus dem Augenwinkel bemerkte ich, dass sie einen dicken Aktenordner an ihre Brust drückte.

»Sehe ich aus wie jemand, der sich mit Laufkundschaft abgibt?«, fragte ich, ohne den Blick von den Unterlagen zu heben, die ich gerade durchging.

»Nein, darum wollte ich sie eigentlich wegschicken. Aber dann hat sie mir den Grund ihres Kommens genannt. Ich glaube, du tätest gut daran, deinen Hochmut runterzuschlucken und sie anzuhören.«

Anstatt aufzusehen, kritzelte ich weiterhin Notizen auf den Seitenrand des Dokuments.

»Lass hören«, bellte ich.

Claire nannte mir in aller Kürze die wichtigsten Fakten des Falls.

»Sie will gegen einen früheren Arbeitgeber Klage wegen sexueller Belästigung einreichen?« Ich warf meinen roten Filzstift, dem die Tinte ausgegangen war, in den Papierkorb und zog mit den Zähnen die Kappe von einem neuen ab. »Klingt nach einer Nullachtfünfzehn-Sache.«

»Es ist nicht irgendein Arbeitgeber.«

»Sondern der Präsident?«

»Nein.«

»Ein Richter vom Obersten Gerichtshof?«

»Äh, nein.«

»Der Papst?«

»*Christian.*« Sie kicherte heiser und machte eine kleine, kokette Bewegung mit der Hand.

»Dann ist der Fall nicht prestigeträchtig genug für mich.«

»Es geht um einen sehr einflussreichen Mann, der in den besten Kreisen New Yorks verkehrt. Er hat vor ein paar Jahren als Bürgermeister kandidiert und pflegt enge Kontakte zu sämtlichen Museen in Manhattan. Wir reden von einem richtig dicken Fisch.« Ich hob ein wenig den Kopf und sah, wie Claire sich mit dem Absatz ihres Stilettos die Wade kratzte. Sie versuchte, sich ihre Aufregung nicht anmerken zu lassen, trotzdem klang ihre Stimme leicht zittrig. Kein Wunder. Nichts törnte mich so sehr an wie das Wissen, dass ich drauf und dran war, einen saftigen Fall samt Hunderter verrechenbarer Stunden einzutüten und zu gewinnen. Es gab nur eines, das einen geborenen Killer wie mich mehr in Wallung versetzte als der Geruch nach Blut: der Geruch nach *blauem* Blut.

Ich riss den Blick von meinen Notizen los, legte den Stift weg und lehnte mich im Stuhl zurück. »Sagtest du, er hat sich um das Bürgermeisteramt beworben?«

Claire nickte.

»Wie weit ist er gekommen?«

»Ziemlich weit. Er wurde vom vormaligen Pressesprecher des Weißen Hauses, mehreren Senatoren und einigen New Yorker Amtsträgern unterstützt. Paradoxerweise machte er vier Monate vor den Wahlen aus familiären Gründen einen Rückzieher. Bis dahin stand ihm eine sehr hübsche, sehr junge, sehr ledige Wahlkampfleiterin zur Seite, die mittlerweile in einem anderen Bundesstaat lebt.«

Jetzt kamen wir der Sache schon näher.

»Ist die familiäre Begründung glaubwürdig?«

»Ist es glaubwürdig, dass der Weihnachtsmann Schornsteine hinunterrutscht und trotzdem die Heiterkeit in Person bleibt?« Claire legte den Kopf schief und zog eine Schnute.

Ich nahm abermals meinen Stift zur Hand und trommelte damit auf den Schreibtisch, während ich gründlich nachdachte. Ich hatte eine instinktive Ahnung, wer der Mann war, und mein Instinkt irrte nie. Was bedeutete, dass ich unbedingt die Finger von diesem Fall lassen sollte. Mir waren die Hauptakteure wohlbekannt, und den Beschuldigten hasste ich wie die Pest.

Nur entsprach das, was ich tun *sollte*, häufig nicht dem, was ich tun *wollte*.

Claire führte zig Gründe ins Feld, warum ich diesen Fall unbedingt übernehmen müsse, so als wäre ich irgendein drittklassiger Unfallmandat-Anwalt, bis ich sie schließlich mit einem Handzeichen zum Schweigen brachte.

»Erzähl mir von der Klägerin.«

Kurios, wie ich in jedem anderen Bereich des Lebens –

Frauen, Ernährung, Sport, Ego – meine Impulse unter Kontrolle hatte, nur eben nicht da, wo eine ganz bestimmte Familie ins Spiel kam. Riggs täuschte sich. Nicht hinsichtlich der Dämonen, an denen mangelte es mir keineswegs. Allerdings wusste ich genau, wohin sie mich führen würden: zur Türschwelle dieses Mannes.

Eine sexy Röte überzog Claires Wangen, sie genoss es sichtlich, meinen Blick auf sich zu spüren, und ich merkte mir vor, es ihr heute Nacht nach allen Regeln der Kunst zu besorgen.

»Sie macht einen seriösen, vertrauenswürdigen, entgegenkommenden Eindruck. Mein Gefühl sagt mir, dass sie auf der Suche nach einem Spitzenanwalt ist. Es wird ein großes Verfahren werden.«

»Gib mir fünf Minuten.«

Claire wandte sich zur Tür, blieb dann noch einmal stehen. »Übrigens eröffnet heute Abend ein neues burmesisches Restaurant in SoHo …«

Sie ließ den restlichen Satz in der Luft hängen. Ich schüttelte den Kopf. »Nein, Claire. Wir machen unsere Beziehung nicht öffentlich.« So lautete unsere Abmachung.

Sie warf schmollend ihre Haare zurück. »Tja dann. Einen Versuch war's wert.«

Zehn Minuten später lernte ich die Wirtschaftsprüferin Amanda Gispen kennen.

Claire hatte recht, Ms Gispen war das perfekte Opfer. Sollte dieser Fall vor Gericht landen, hätte sie gute Chancen, bei der Jury zu punkten. Die Frau mittleren Alters besaß eine angenehme Stimme, war gebildet, ohne herablassend rüberzukommen, attraktiv, wenngleich nicht sexy. Sie war von Kopf bis Fuß in St. John gekleidet, und ihre sorgsam gesträhnten Haare hatte sie zu einem Nackenknoten gebunden. Der Ausdruck in ihren braunen Augen drückte Intelligenz, aber keine Arglist aus.

Als ich den Konferenzraum betrat, in dem Claire sie platziert hatte, erhob sie sich, als wäre ich ein Richter, und neigte respektvoll den Kopf.

»Vielen Dank, dass Sie sich die Zeit nehmen, Mr Miller. Es tut mir leid, dass ich unangemeldet hier auftauche.«

Das tat es keineswegs. Sie hätte sich um einen Termin bemühen können. Die Tatsache, dass sie bewusst darauf verzichtet hatte, offenbar davon überzeugt, von mir empfangen zu werden, weckte meine Neugier.

Ich streckte mich ihr gegenüber auf meinem Wegner-Drehstuhl aus, den ich mir zu Weihnachten gegönnt hatte. Mein Geld mit vollen Händen für Luxusgüter auszugeben, war eine Konstante in meinem Leben. Ich hatte keine Familie, die ich beschenken konnte. Eigentlich sollte dieser Stuhl in meinem Büro bleiben, aber von Zeit zu Zeit beförderte Claire, die es sehr genoss, sich Freiheiten herauszunehmen und unsichtbare Linien zu überschreiten, ihn in einen der Konferenzräume, als Indiz für unsere Freundschaft und Vertrautheit. Alle anderen wussten, dass ich ihnen derlei Mätzchen niemals durchgehen ließe.

»Warum ausgerechnet ich, Ms Gispen?«

»Bitte nennen Sie mich Amanda. Man sagt, Sie seien der Beste in der Branche.«

»Definieren Sie *man*.«

»Jeder Fachanwalt für Arbeitsrecht, den ich in den vergangenen zwei Wochen aufgesucht habe.«

»Ein gut gemeinter Rat, Amanda: Vertrauen Sie niemals einem Juristen, meine Wenigkeit eingeschlossen. Wen haben Sie engagiert?«

Ging es um sexuelle Belästigung am Arbeitsplatz, empfahl ich meinen Mandanten stets, einen Spezialisten hinzuzuziehen, ehe wir Klage einreichten. Und ich wusste gern, mit wem ich Hand in Hand arbeiten würde. Anwälte gab es in dieser Stadt wie Sand am Meer, und die meisten waren in etwa so zuverlässig wie die New Yorker U-Bahn bei Schneefall.

»Tiffany D'Oralio.« Ihre Hände strichen nicht vorhandene Falten in ihrem Kostüm glatt.

Gar nicht übel. Und auch nicht für wenig Geld zu haben. Amanda Gispen meinte es definitiv ernst.

»Der Mann, der mir dieses Unrecht zugefügt hat, wird ohne jeden Zweifel eine ganze Armada von Staranwälten aufbieten, und Sie gelten als der unerbittlichste Vertreter Ihrer Zunft. Daher waren Sie meine erste Option.«

»Vielmehr Ihre erste Anlaufstelle. Und da wir uns nun offiziell kennengelernt haben, nehmen Sie vermutlich an, dass ich auf keinen Fall Ihren früheren Boss werde vertreten können.«

Ein zögerliches Lächeln. »Warum haben Sie mich empfangen, wenn Ihnen das bewusst war?«

Weil ich eher einen langsamen, qualvollen Tod sterben würde, als dieses verkommene Stück Scheiße zu verteidigen, hinter dem Sie her sind.

Ich musterte eingehend ihr Gesicht und kam zu dem Schluss, dass die Frau mir Respekt abnötigte. Amanda Gispen bewies Courage und Durchsetzungsstärke, eine Sprache, die ich verstand. Hinzu kam, dass, sollte mein Verdacht sich bestätigen, wir einen gemeinsamen Feind hatten, den es zu besiegen galt, was uns automatisch zu Verbündeten und besten Freunden machte.

»Weiß Ihr ehemaliger Arbeitgeber, dass Sie gerichtlich gegen ihn vorgehen wollen?« Ich griff nach dem Stressball, den ich im Konferenzraum bereithielt, und knetete ihn in meiner Hand.

»Ja.«

Schade. Ohne das Überraschungselement wäre es nur der halbe Spaß.

»Führen Sie das bitte näher aus.«

»Der Vorfall, um den es geht, spielte sich vor zwei Wochen ab, doch es gab schon früher erste Warnsignale.«

»Was ist passiert?«

»Ich habe ihm meinen Drink ins Gesicht geschüttet, als er mich auf dem Rückflug von einem Geschäftstreffen in Fairbanks in seinem Privatjet zu einer Partie Strip-Poker aufforderte. Er packte mich bei den Armen und küsste mich gegen meinen Willen. Ich taumelte nach hinten und stieß mir den Rücken an. Er kam wieder auf mich zu, ich hob abwehrend die Hand, bereit, ihm eine Ohrfeige zu verpassen, als die Flugbegleiterin mit Erfrischungen hereinplatzte. Sie erkundigte sich mit betont lauter Stimme, ob wir sonst noch einen Wunsch hätten. Ich denke, sie wusste Bescheid. So wie wir gelandet waren, kündigte er mir. Er sagte, ich sei keine Teamspielerin, und beschuldigte mich, ihm zweideutige Signale gesendet zu haben. Und das, nachdem ich fünfundzwanzig Jahre für ihn tätig gewesen war. Ich drohte ihm, dass ich ihn verklagen würde. Bedauerlicherweise ist er dadurch vorgewarnt.«

»Es tut mir leid, dass Sie das durchmachen mussten.« Das war die reine Wahrheit. »Und jetzt erzählen Sie mir von den ersten Warnsignalen, die Sie vorhin erwähnten.«

Amanda atmete hörbar ein. »Eine Mitarbeiterin erzählte mir, dass er ihr ein Foto von seinem ... seinem ... *Ding* geschickt habe.« Sie schüttelte sich. »Und ich glaube nicht, dass sie die Einzige war. Sie müssen wissen, in dieser Firma herrscht eine sehr spezielle Atmosphäre. Die Männer dürfen sich praktisch alles erlauben, und die Frauen müssen es stillschweigend hinnehmen.«

Mein Kiefer spannte sich an. Ihr Angreifer war bestimmt schon jetzt von Anwälten umringt. Tatsächlich würde es mich nicht wundern, wenn sie planten, einen Antrag einzureichen, um die Klage aus verfahrenstechnischen Gründen abweisen zu lassen. Andererseits hatten Hedgefonds-Manager seines Kalibers meiner Erfahrung nach ein Interesse daran, sich außergerichtlich zu einigen. Auch die Opfer legten normalerweise keinen gesteigerten Wert darauf, in einem Raum voller Fremder von ihren schmerzlichen und demütigenden Erlebnissen zu berichten, nur um anschließend von der Gegenseite verhackstückt zu werden. Das Problem war, dass ich keinen Vergleich anstrebte. Falls ich richtiglag, was die Identität des Täters betraf, wollte ich vor aller Augen Frikassee aus ihm machen.

Gleichwohl würde ich ihn als Mittel zum Zweck benutzen, da am Ende meines großartigen Sieges über ihn die Partnerschaft auf mich wartete.

»Haben Sie sich das Ganze auch gut überlegt?« Ich rollte den Stressball über meine Handfläche.

Amanda nickte. »Er ist schon mit zu vielem ungestraft davongekommen, hat zu vielen Frauen Leid zugefügt. Frauen, die im Gegensatz zu mir nicht in der Lage waren, gegen ihn vorzugehen. Ihnen wurde viel Schlimmeres angetan als mir, und ich bin bereit, dem ein Ende zu machen.«

»Was erhoffen Sie sich von dieser Sache? Geld oder Gerechtigkeit?« In der Regel ermunterte ich meine Klienten, sich für Ersteres zu entscheiden. Nicht nur, weil Gerechtigkeit ein schwer definierbares, subjektives Ziel darstellte, sondern auch, weil es, anders als im Fall einer Entschädigung, keine Garantie dafür gab, dass sie einem gewährt wurde.

Sie rutschte unruhig auf ihrem Stuhl hin und her. »Wie wäre es mit beidem?«

»Das eine muss das andere nicht zwingend ausschließen. Aber wenn Sie einem Vergleich zustimmen, wird er die Sache schadlos überstehen und weiterhin Frauen belästigen.«

Randnotiz: Aus mir sprachen nicht nur die blutrünstige

Bestie, die in mir hauste, und der vierzehnjährige Nicky, sondern auch der Mann, der schon genügend Opfer sexueller Gewalt getroffen hatte, um das Verhaltensmuster eines Triebtäters auf Anhieb zu erkennen.

»Und wenn ich es auf einen Prozess ankommen lasse?« Sie blinzelte nervös, hatte sichtlich Mühe, das alles zu verdauen.

»Gehen Sie womöglich als Siegerin hervor … vielleicht aber auch nicht. Doch selbst wenn wir verlieren, wovon ich – ohne Versprechungen zu machen – nicht ausgehe, wird er anschließend hoffentlich vorsichtiger sein und es schwerer haben, mit seinem übergriffigen Verhalten davonzukommen.«

»Was, wenn ich mich für eine außergerichtliche Einigung entscheide?« Sie nagte an ihrer Unterlippe.

»Dann kann ich den Fall nicht guten Gewissens übernehmen.«

Die Worte kamen von Nicky. Ich konnte mir nicht vorstellen, mit diesem Schwein in einem klimatisierten Raum Zahlen und bedeutungslose Klauseln durchzugehen und dabei zu wissen, dass er weitere Schandtaten begehen würde, ohne dafür zur Rechenschaft gezogen zu werden. Ich beugte mich vor.

»Darum frage ich Sie noch einmal, Ms Gispen. Geld oder Gerechtigkeit?«

Sie schloss die Augen. Als sie sie wieder öffnete, standen Gewitterwolken darin.

»Gerechtigkeit.«

Meine Finger knautschten den Ball fester, Adrenalin rauschte in meinem Blut.

»Es wird ein harter Kampf. Sie werden gezwungen sein, Ihre Komfortzone zu verlassen, und damit meine ich vollständig. Mal angenommen, es gelingt uns, den unvermeidlichen Antrag auf Klageabweisung abzuschmettern, beginnt anschließend die Ermittlungsphase. Die Gegenseite wird während dieser Phase schriftliche Beweisfragen und Anträge auf Offenlegung einreichen, mit dem einzigen Ziel, Sie zu diffamieren und Ihren Namen auf jede erdenkliche Weise durch den Schmutz zu ziehen. Es wird eidesstattliche Aussagen und Parteivernehmungen geben, und sobald all das vorbei ist, wird Ihr früherer Boss zweifelsohne einen Antrag auf Entscheidung im beschleunigten Verfahren stellen, in der Hoffnung, dass die Klage vor Prozessbeginn abgewiesen wird. Es wird eine schmerzhafte, voraussichtlich langwierige und psychisch überaus belastende Prozedur werden. Wenn das hinter Ihnen liegt, wird sich Ihr Blick auf die menschliche Spezies als solche grundlegend verändert haben.«

Ich kam mir vor wie ein Student, der eifrig darum besorgt war, an alles zu denken, bevor er mit einem Mädchen ins Bett stieg. War sie nüchtern genug? Willig genug? Körperlich gesund? Es war wichtig, unsere Erwartungen im Vorfeld aufeinander abzustimmen.

»Dessen bin ich mir bewusst.« Amanda setzte sich ganz aufrecht hin und reckte das Kinn vor. »Ich versichere Ihnen, dass es sich hierbei weder um einen Schnellschuss noch um ein Machtspiel handelt, um einem ehemaligen Arbeitgeber eins auszuwischen. Ich will diese Sache durchziehen, Mr Miller. Und ich habe jede Menge Beweise.«

Dreieinhalb verrechenbare Stunden und zwei abgesagte Meetings später hatte ich genug über Amanda Gispens Fall erfahren, um zu wissen, dass unsere Chancen gut standen. Es gab haufenweise Zeitstempel und Anrufprotokolle, dazu Zeugen wie die Flugbegleiterin oder eine Empfangsdame, die Anfang des Jahres entlassen worden war, und außerdem belastende Textnachrichten, die einem Pornostar die Schamesröte ins Gesicht treiben würden.

»Wie geht es jetzt weiter?«, wollte Amanda wissen.

In Anbetracht der unzähligen ethischen Grundsätze, gegen die ich demnächst verstoßen werde, auf direktem Weg in die Hölle.

»Ich schicke Ihnen eine Mandatsvereinbarung. Claire wird Ihnen dabei helfen, sämtliche relevanten Informationen zusammenzutragen, und eine Beschwerde an das EEOC vorbereiten.«

Amanda krallte die Finger in den Saum ihres Rocks. »Ich bin nervös.«

Ich überreichte ihr den Stressball, als wäre er ein glänzender Apfel. »Das ist normal, aber komplett unnötig.«

Sie nahm den Ball entgegen und drückte ihn zögerlich. »Es ist nur … Ich weiß nicht, was auf mich zukommt, sobald wir den Strafantrag gestellt haben.«

»Dafür haben Sie ja mich. Und denken Sie daran, dass eine Klage wegen sexueller Belästigung jederzeit außergerichtlich beigelegt werden kann. Vor Prozessbeginn und sogar noch während des Verfahrens.«

»Einen Vergleich ziehe ich momentan eigentlich nicht in Betracht. Das Geld interessiert mich nicht. Ich will ihn leiden sehen.«

Damit sind wir schon zwei.

Sie zog die Unterlippe zwischen die Zähne und knabberte darauf herum. »Sie glauben mir doch, oder?«

Wie seltsam der Mensch doch gestrickt ist, ging es mir durch den Kopf. Meine Mandanten stellten mir diese Frage häufig. Die ehrliche Antwort darauf lautete, dass es keine Rolle spielte, weil ich bedingungslos auf ihrer Seite stand, doch in Amandas Fall konnte ich sie gleichzeitig beruhigen *und* bei der Wahrheit bleiben.

»Selbstverständlich.«

Es gab nichts, das ich Conrad Roth nicht zutraute. Zu sexuellem Fehlverhalten schien er mir durchaus fähig.

Sie gab mir den Ball zurück und holte tief Luft. Ich schüttelte den Kopf. »Behalten Sie ihn.«

»Danke vielmals, Mr Miller. Ich weiß nicht, was ich ohne Sie tun würde.«

Ich stand auf und knöpfte mein Jackett zu. »Nächstes Mal sprechen wir über Ihre Aussichten, und ich werde auf Grundlage der Beweise eine Empfehlung abgeben.«

Amanda Gispen erhob sich nun ebenfalls und streckte mir zum Abschied die Hand hin, während sie mit der anderen die Perlenkette um ihren Hals umklammerte.

»Ich will, dass dieser Mann für das, was er mir angetan hat, in der Hölle schmort. Er hätte mich vergewaltigen können. Und mit Sicherheit wäre das auch passiert, hätte die Flugbegleiterin nicht eingegriffen. Er soll wissen, dass er nie wieder in der Lage sein wird, eine Frau zu nötigen.«

»Sie können auf mich zählen, Ms Gispen. Ich werde alles in meiner Macht Stehende tun, um Conrad Roth zu vernichten.«

4. KAPITEL

Christian

Damals

Weil alles zum Sterben verdammt war, begann unsere Beziehung passenderweise auf dem Friedhof.

Dort begegnete ich Arya Roth zum ersten Mal. Es war der fünfte oder vielleicht auch schon sechste Tag, an dem meine Mutter mich während der Sommerferien mit in die Park Avenue schleifte. Das Jugendamt hatte letzten Winter Razzien in einigen Wohnungen in Hunts Point durchgeführt und vernachlässigte Kinder aus dem elterlichen Haushalt entfernt, nachdem zuvor Keith Olsen, ein Junge aus meiner Straße, im Schlaf an Unterkühlung gestorben war. Jeder wusste, dass Keiths Vater die Lebensmittelmarken der Familie gegen Zigaretten und Sex eintauschte, trotzdem hatte niemand geahnt, wie schlecht es den Olsens wirklich ging.

Meine Mom wusste, dass mit dem Jugendamt nicht zu spaßen war. Sie wollte mich behalten, konnte sich aber dennoch nicht überwinden, Conrad und Beatrice Roth zu fragen, ob ich mich in ihrer Wohnung aufhalten dürfe, während sie dort arbeitete. Was dazu führte, dass sie mich sechs Tage die Woche von acht bis fünf vor dem Gebäude herumlungern ließ, derweil sie putzte, kochte, die Wäsche machte und den Hund ausführte.

Meine Mutter und ich entwickelten eine Routine. Jeden Morgen stiegen wir zusammen in den Bus, ich sog noch halb schlafend durch das Fenster die Stadt in mir auf, während Mom Pullover strickte, die sie später für Kleckerbeträge an einen Secondhandladen verkaufte. Von der Haltestelle aus begleitete ich sie zu dem Haus, in dem die Roths wohnten und dessen bogenförmiges, von weißem Stein eingefasstes Eingangsportal so hoch war, dass ich mir den Hals verrenken musste, um es in seiner ganzen Pracht sehen zu können. Ehe sie im Foyer verschwand, beugte meine Mutter sich in ihrer Uniform – kurzärmliges gelbes Poloshirt mit dem Logo der Firma, für die sie arbeitete, blaue Schürze und sandfarbene Hose – zu mir herunter, fasste meine Schulter und händigte mir einen zerknitterten Fünf-Dollar-Schein aus. Bevor sie ihn endlich losließ, ermahnte sie mich streng: *Das hier ist für dein Frühstück, dein Mittagessen und kleine Snacks. Geld wächst nicht auf Bäumen, Nicholai. Darum überleg dir gut, wofür du es ausgibst.*

In Wahrheit gab ich nie auch nur einen Cent davon aus. Stattdessen klaute ich Essen aus einer Tapasbar, bis mich der Kassierer eines Tages erwischte. Er sagte, ich dürfe mich gern an den abgelaufenen Sachen in der Vorratskammer bedienen, solange ich niemandem davon erzählte.

Die Fleisch- und Milchprodukte waren ein Reinfall, die Tortillachips labberig, aber noch genießbar.

Wie ich darüber hinaus meinen Tag gestaltete, blieb mir selbst überlassen. Anfangs lümmelte ich in Parks herum und beobachtete die Leute, um die Zeit totzuschlagen. Bis ich merkte, wie wütend es mich machte, anderen Kindern dabei zuzusehen, wie sie sich mit ihren Geschwistern, Nannys und manchmal sogar ihren *Eltern* auf den weitläufigen Grünflächen vergnügten, auf Klettergerüsten herumkraxelten, sich über ihre mit sternförmigen Sandwiches gefüllten Brotdosen hermachten, zahnlückig in Kameras grinsten und glückliche Erinnerungen für die Ewigkeit sammelten. Das starke Gefühl von Ungerechtigkeit, das ich ohnehin schon empfand, blähte sich in meiner Brust auf wie ein Luftballon. Man merkte mir meine Armut an der Weise an, wie ich ging, wie ich sprach, wie ich angezogen war. Ich wusste auch ohne die Blicke der Menschen, dass ich bettelarm aussah. Sie beäugten mich mit der vagen Besorgnis, die normalerweise streunenden Hunden vorbehalten war. In ihrem makellosen Dasein stellte ich eine Beleidigung fürs Auge dar. Wie ein Ketchupfleck auf ihrem Designer-Outfit. Eine unwillkommene Erinnerung daran, dass wenige Straßenzüge entfernt eine Parallelwelt existierte, bevölkert mit Kindern, die noch nie mit den Begriffen Sprachtherapie, Feriendomizil oder glutenfreie Ernährung in Berührung gekommen waren. Eine Welt, in der der Kühlschrank zumeist leer war und eine gelegentliche Tracht Prügel den Empfänger mit einem gewissen Stolz erfüllte, weil sich daraus ableiten ließ, dass man den Eltern nicht vollkommen egal war.

Die ersten paar Tage waren die reinste Tortur. Ich zählte die Sekunden, bis meine Mom von der Arbeit käme, guckte unablässig auf meine billige Armbanduhr, die absichtlich langsamer zu ticken schien als sonst, nur um mich zu martern. Nicht einmal der gummiartige Hotdog, den meine Mutter, aus Schuldbewusstsein und erschöpft von einem Tag der Aufopferung für eine andere Familie, für mich bei einem Straßenverkäufer in unserem Viertel erstand, konnte meine Qual lindern.

Am dritten Tag der Sommerferien entdeckte ich, eingebettet zwischen den Central Park und einen Busparkplatz, einen kleinen Privatfriedhof. Er war schwer einsehbar, die meiste Zeit menschenleer und bot einen vorteilhaften Aussichtspunkt auf den Eingang des Gebäudes, in dem die Roths residierten. Ironischerweise war dieser Friedhof für mich der Himmel auf

Erden. In den darauffolgenden Tagen verließ ich ihn sehr selten, und wenn, dann nur für kurze Zeit. Um hinter einen Baum zu pinkeln, nach Zigarettenstummeln zu suchen, die ich rauchen konnte, oder mir mit den abgelaufenen Vorräten der Tapasbar die Taschen zu füllen. Ich nahm immer mehr mit, als ich essen konnte, und verkaufte den Rest zum Schleuderpreis in Hunts Point. Sowie ich von meinem Beutezug zurück war, lehnte ich mich gegen den Grabstein eines Mannes namens Harry Frasier und schlug mir den Bauch voll.

Der Mount-Hebron-Friedhof war kein morbider, sondern ein tadellos gepflegter Ort, der sich mit seinen gepflasterten Gehwegen, den sorgfältig gestutzten Büschen und blühenden Rosensträuchern perfekt in die Gegend einfügte. Sogar die Grabsteine glänzten wie das Leder eines nagelneuen Paars Jordans. Die wenigen Autos, die vor dem Bürogebäude parkten, waren Lexus und Porsches.

Der Friedhof war für mich eine Art Tarnkappe. Manchmal tat ich so, als wäre ich tot und für alle Welt unsichtbar. Tatsächlich bemerkte mich dort nie jemand. Dieses Wissen tröstete mich. Nur Idioten wollten gesehen und gehört werden. Um in meiner Welt zu überleben, musste man unter dem Radar bleiben.

Alles lief glatt, bis zu Tag vier. Nur zur Info: Ich machte gerade ein Nickerchen, indem ich Harry Frasiers Grabstein als Kopfkissen benutzte, kümmerte mich ansonsten um nichts und niemanden. Die schwülwarme Luft hüllte mich ein wie ein Kokon, Hitze stieg vom Boden auf, gleißendes Sonnenlicht strahlte durch die Bäume. Ein Schweißfilm bedeckte meine Stirn, und mir war schwindlig vor Durst, als ich schlagartig wach wurde. Ich musste mich auf die Suche nach einem Wasserschlauch machen. Als ich die Augen aufschlug, sah ich ein Mädchen in meinem Alter etwa sechs Gräber weiter unter einer ausladenden Trauerweide sitzen. Sie trug kurze Jeans und dazu ein Spaghettiträger-Top und taxierte mich mit einem Blick aus Augen, deren Farbe an Schlamm erinnerte. Ihre braunen Locken waren völlig durcheinander, sie ringelten sich wild um ihren Kopf wie die Schlangenhaare der Medusa.

Eine Obdachlose? Gut möglich. Ich würde ihr eine verpassen, falls sie versuchen sollte, mich zu bestehlen.

»Was gibt's hier zu begaffen?«, knurrte ich, während ich eine Kippe aus meiner Hosentasche fischte und mir in den Mundwinkel klemmte. Meine Jeans rutschten mir halb von den Hüften, gleichzeitig waren sie mindestens zehn Zentimeter zu kurz, sodass sie meine spindeldürren Schienbeine freigaben. Ich sah nicht aus wie zwölf, das wusste ich selbst. Eher wie zehn – an einem guten Tag.

»Einen Jungen, der auf einem Friedhof schläft.«

»Sehr clever, Holmes. Wo steckt Mr Watson?«

»Ich weiß nicht, wer das ist.« Sie starrte mich noch immer an. »Wieso ausgerechnet hier?«

Ich zuckte die Achseln. »Bin müde. Was könnte sonst der Grund sein?«

»Du bist echt schräg.«

»Und du solltest dich lieber um deinen eigenen Mist kümmern«, antwortete ich mit drohendem Unterton, um sie mir vom Hals zu schaffen. Laut meiner Mutter war Angriff die beste Verteidigung. »Was hast du überhaupt hier zu suchen?«

»Ich schleiche mich regelmäßig her, um zu testen, ob meine Mutter merkt, dass ich nicht zu Hause bin.«

»Und, merkt sie es?«

Sie schüttelte den Kopf. »Nein, nie.«

»Warum gerade dieser Friedhof?«, fragte ich stirnrunzelnd.

»Um meinen Zwillingsbruder zu besuchen.« Sie deutete auf das Grab, neben dem sie jetzt stand.

Also war er gestorben. Obwohl ich erst zwölf war, hatte ich schon einige Erfahrungen mit dem Tod gemacht. Moms Eltern waren tot, dasselbe galt für Keith Olsen, Sergey vom Feinkostladen an der Ecke und die Prostituierte Tammy, die in einem Zelt im Riverside Park gehaust hatte. Ich war auch schon auf einer Beerdigung gewesen. Trotzdem gruselte es mich bei dem Gedanken, dass dieses Mädchen seinen Bruder verloren hatte. Kinder starben nicht einfach so. Selbst Keith Olsens Schicksal hatte in Hunts Point hohe Wellen geschlagen, und wir waren ein ziemlich rauer Haufen.

»Wie ist das passiert?« Ich sortierte meine Gliedmaßen auf Harry Frasiers letzter Ruhestätte und musterte das Mädchen mit zusammengekniffenen Augen, um ihr zu signalisieren, dass ich sie nicht einfach vom Haken lassen würde, nur weil sie vielleicht traurig war. Sie trommelte mit den Fingern auf ihre bloßen Knie, von denen eins eine scheußliche Schnittwunde aufwies. Offenbar war sie, genau wie ich, über das Tor geklettert, um auf den Friedhof zu gelangen. Dies war Privatgelände, das Schloss am Eingang ließ sich nicht einfach öffnen, sondern man musste sich an das Büro wenden, um Zutritt zu erhalten. Mein schlechter erster Eindruck von ihr wich widerwilligem Respekt. Nicht einmal die – wenig zartbesaiteten – Mädchen in meiner Nachbarschaft würden dieses mit Eisenspitzen bewehrte, mindestens zweieinhalb Meter hohe Tor erklimmen.

»Er ist im Schlaf gestorben, als wir noch Babys waren.«

»Echt üble Sache.«

»Ja.« Sie kniff die Brauen zusammen und scharrte mit dem Fuß über den Boden. »Hast du dich jemals gefragt, warum wir das tun?«

»Sterben? Ich bin nicht sicher, ob da zwingend Absicht dahintersteckt.«

»Nein, ich meine, die Toten begraben.«

»Über solches Zeug denke ich nicht wirklich nach.« Meine Stimme nahm einen harten Ton an.

»Früher glaubte ich, es wäre so, als würde man einen Samen einsetzen. Damit vielleicht so etwas wie Hoffnung daraus erwachsen könnte.«

»Und heute?« Ich wischte mir den Schweiß von der Stirn. Sie hörte sich klug an. Die meisten meiner Altersgenossen hatten den Grips einer Topfpflanze.

»Inzwischen denke ich, dass wir sie beerdigen, weil wir unser Leben nicht mit ihnen teilen möchten. Es wäre zu schmerzhaft.«

Ich furchte wieder die Stirn und überlegte, was ich darauf erwidern sollte.

Mein Durst wurde immer schlimmer, aber ich wollte mich nicht bewegen. Das Ganze kam mir vor wie ein Test. Vielleicht sogar wie ein Konkurrenzkampf. Dies war mein Revier. Mein Friedhof für den Sommer. Sie sollte sich bloß nicht einbilden, dass sie hier jederzeit aufkreuzen und mir meinen Zufluchtsort streitig machen könnte, toter Bruder hin oder her. Aber da war noch etwas anderes, etwas, das ich nicht benennen konnte. Fühlte es sich möglicherweise gar nicht so schlecht an, ausnahmsweise mal nicht allein zu sein?

»Willst du weiter da rumstehen und mich anstarren? Mach endlich das, weswegen du hergekommen bist.« Ich versuchte vergeblich, den Zigarettenstummel mithilfe des Feuerzeugs anzuzünden, das Mr Van neulich im Treppenhaus verloren hatte.

»Schon gut. Alles klar. Aber stör mich ja nicht, du ... du *Spinner*.« Sie machte eine ungeduldige Handbewegung in meine Richtung.

Ich verdrehte die Augen. Dieses Mädchen war zu seltsam. Sie hatte ihren Bruder im Babyalter verloren, oder etwa nicht? Es war immerhin nicht so, als hätten sie sich nahegestanden.

Andererseits, was wusste ich über Geschwister? Im Endeffekt nur eins, nämlich, dass ich nie welche haben würde. Weil *Kinder teuer und undankbar* waren, wie meine Mutter jedes Mal wieder hervorhob, wenn im Dollar Tree oder Kmart ein Kleinkind einen Trotzanfall hatte. *Eine kostspielige Bürde.*

Danke für den Hinweis, Mom.

Das Mädchen kehrte mir den Rücken zu und strich mit der Hand über den Grabstein, der, wie ich erst jetzt bemerkte, kleiner war als die Norm. Tatsächlich traf das auch auf die übrigen Grabsteine in dieser Reihe zu. Mich überlief ein eisiges Frösteln.

»Hallo, du. Ich bin's, deine Schwester. Ich wollte nur mal kurz nach dir sehen. Wir vermissen dich jeden Tag. Mom war in letzter Zeit wieder ein paarmal ziemlich schlecht drauf. Sie ignoriert Dad und mich komplett. Wenn ich sie anspreche, schaut sie einfach durch mich hindurch, als wäre ich ein Geist. Sie macht das absichtlich. Um mich zu bestrafen. Denkst du, du könntest sie in den nächsten Wochen etwas seltener besuchen kommen? Sie sieht dich immer und überall. In deinem Zimmer, auf dem Sofa, wo wir früher unser Mittagsschläfchen gehalten haben, vor dem Fenster …«

Sie redete circa fünf Minuten lang. Ich gab mir Mühe, wegzuhören, aber das war, als versuchte man, Pudding an eine Wand zu nageln. Das Mädchen verursachte mir echt Gänsehaut. Ich fürchtete, dass sie anfangen würde zu weinen, aber sie nahm sich zusammen. Schließlich hob sie einen Kiesel vom Boden auf und legte ihn auf den marmornen Grabstein, ehe sie sich aufrichtete.

Dann entfernte sie sich in Richtung Tor.

»Warum hast du das gemacht?«, platzte es aus mir heraus.

Sie drehte überrascht den Kopf zu mir, als hätte sie vollkommen vergessen, dass ich da war. »Was gemacht?«

»Das mit dem Stein.«

»Das ist eine jüdische Tradition. Man hinterlässt einen Stein auf dem Grab, damit der Verstorbene weiß, dass jemand ihn besucht hat und er nicht in Vergessenheit geraten ist.«

»Du bist Jüdin?«

»Nein, aber mein Au-pair war es.«

»Also stammst du aus reichem Haus.«

»Weil ich ein Au-pair-Mädchen hatte?« Sie schaute mich an, als wäre ich unterbelichtet.

»Weil du das Wort überhaupt kennst.«

»Tust du doch auch.« Sie kreuzte die Arme vor der Brust, offenbar nicht bereit, mich auch nur einen einzigen Punkt erringen zu lassen, ganz gleich, wie banal und unbedeutend das Thema auch war. »Dabei wirkst du auf mich kein bisschen wie ein reicher Junge.«

»Ich passe nun mal in keine Schublade.« Ich nahm ein paar Krümel Erde auf und genoss die raue Textur, während ich sie zwischen meinen Fingerkuppen rieb. Tatsächlich verleibte ich mir die Welt in größeren Mengen ein als ein durchschnittlicher Zwölfjähriger. Ich las, lauschte und beobachtete ununterbrochen und begegnete dem Leben mit demselben Blick auf seine Zweckmäßigkeit wie meiner Armbanduhr. Ich wollte es nach allen Seiten drehen, auseinanderschrauben und schauen, wie es funktionierte, was es am Laufen hielt. Schon vor Langem hatte ich mir gelobt, nicht so zu werden wie meine Mutter. Ich würde mich nicht von den Geldaristokraten fressen lassen, sondern den Spieß gegebenenfalls umdrehen.

»Ja, ich schätze, meine Eltern sind vermögend.« Sie griff nach einem weiteren Stein und rieb mit dem Daumen über die glatte Oberfläche. »Deine nicht?«

»Würde ich auf einem Friedhof schlafen, wenn sie es wären?«

57

»Keine Ahnung.« Sie fuhr sich mit der Hand durch ihre ungekämmten Haare, die voller Knötchen, kleiner Zweige und toter Blätter waren. »Ich denke einfach, es ist nicht alles eine Frage des Geldes.«

»Das kommt daher, dass du welches hast. Auch wenn du nicht so aussiehst. Reich, meine ich.«

»Wie darf ich das verstehen?«

»Du bist nicht hübsch«, antwortete ich hinterlistig.

Das sollte ihr Stichwort sein, um sich zu verziehen. Ich hatte sie gebührend beleidigt, ihr den verbalen Mittelfinger gezeigt. Doch stattdessen drehte sie sich zu mir herum und fragte: »Hey, hast du Lust auf Limonade und Kohlrouladen?«

»Hast du mich nicht gehört? Ich habe dich hässlich genannt.«

»Und wenn schon.« Sie zuckte mit den Schultern. »Menschen lügen ständig. Ich weiß, dass ich hübsch bin.«

Himmel. Sie rührte sich noch immer nicht vom Fleck.

»Nein, ich habe keine Lust auf Limonade und Kohlrouladen.«

»Ganz sicher? Sie schmecken ziemlich gut. Unser Hausmädchen bereitet sie mit Reis und Hackfleisch zu. Nach einem russischen Rezept.«

Meine Warnsensoren schlugen Alarm, rote Neonlichter blinkten in meinem Kopf. Gefüllte Kohlblätter waren die Spezialität meiner Mom, vorausgesetzt, wir konnten uns Hackfleisch leisten, was nicht oft der Fall war. Dass dieses Mädchen anbot, Essen von zu Hause zu holen, bedeutete, dass sie ganz in der Nähe wohnen musste.

»Wie heißt du?«, fragte ich in gefährlich ruhigem Ton.

»Arya.« Kurze Pause. »Aber meine Freunde nennen mich Ari.«

Sie wusste, wer ich war.

Sie wusste es und wollte sichergehen, dass ich nicht vergaß, wo mein Platz in der Nahrungskette war. *Unser Hausmädchen*, hatte sie gesagt. Sie sah in mir lediglich ein Anhängsel meiner Mutter, mehr nicht.

»Du weißt, wer ich bin?« Meine Stimme klang rau und belegt.

Sie ließ ihre Lockenmähne über die Schultern schwingen. »Ich hab einen leisen Verdacht.«

»Und es stört dich nicht?«

»Nein.«

»Hast du extra nach mir gesucht?« Um mich zu verhöhnen, weil ich draußen warten musste, während meine Mutter ihr und ihrer Familie zu Diensten war?

Sie rollte mit den Augen. »Das hättest du wohl gern. Also, was ist jetzt? Limonade und Kohlrouladen?«

Das Angebot auszuschlagen, wäre dumm gewesen. Ich war der geborene Opportunist, von Gefühlen ließ ich mich nicht leiten. Sie bot an, Verpflegung herbeizuschaffen; was ich von ihr hielt, tat nichts zur Sache. Immerhin stand nicht zu befürchten, dass wir beste Freunde werden würden. Eine einzige Mahlzeit würde die Flamme des Hasses, die seit sechs Jahren in mir brannte, gewiss nicht zum Erlöschen bringen.

»Mit Vergnügen, Ari.«

Berühmte letzte Worte.

Das war der Anfang unserer Geschichte.

5. KAPITEL

Christian

Heute

»Du willst mich wohl verarschen«, entfuhr es Arsène später an diesem Abend in der *Poké Bar*, während er mit seinen Essstäbchen eine Scheibe Ahi-Thunfisch malträtierte. Ich war so erpicht darauf gewesen, jemandem von meinem Tag zu berichten, dass ich Claire in der Mittagspause für eine schnelle Nummer in ein nahe gelegenes Hotel beordert und ihr hinterher nicht mal einen netten Lunch spendiert hatte. »Du kannst diese Frau unmöglich vertreten. Du kennst Conrad Roth und verabscheust ihn aus tiefster Seele. Er ist der Mann, der dich in die Pfanne gehauen hat.«

Ich bugsierte die Algen in meiner Schüssel von einer Seite zur anderen und ließ Arsènes Argumente – jedes davon stichhaltig und vernünftig – an mir abprallen. Vergeltung folgte keinem Rhythmus, keinem Versmaß, sie war die erbarmungslose, heißblütige Schwester des Schicksals.

Die Tage mochten sich hingezogen haben, doch die Jahre waren vergangen wie im Flug. Conrad Roth hatte mich geformt und zu dem Mann gemacht, der ich heute war. Einem Mann, mit dem er ganz gewiss nicht die Klingen kreuzen wollte. Auf keinen Fall würde ich mir die Gelegenheit entgehen lassen, ihn wiederzusehen. Ihm zu zeigen, dass ich auf die Upper East Side und somit in sein Territorium zurückgekehrt war, dieselben Designermarken trug wie er, in denselben Restaurants speiste wie er und dieselben Töchter aus gutem Hause vögelte, mit denen seine kostbare eigene zur Schule gegangen und bis heute befreundet war. Der Abschaum der Menschheit hatte sich aus dem Dreck erhoben und Conrad Roths makellose Welt beschmutzt. Bald schon würde er nähere Bekanntschaft mit dem Monster machen, das er erschaffen hatte.

Ich war nicht länger Nicholai Ivanov, der uneheliche Sohn von Ruslana Ivanova.

Ich war funkelnagelneu wiedergeboren worden. Ausgestattet mit Tom-Ford-Anzügen, einem unwiderstehlichen Lächeln und den akribisch einstudierten Eigenheiten eines reichen Erben. Menschen wie Ruslana Ivanova würden es niemals in die Welt von Christian Miller schaffen. Sie waren unsichtbar. Beiwerk. Nicht einmal ein kurzer Absatz, keine einzige Zeile war ihnen in meiner Geschichte gewidmet. Sie tauchten höchstens als Randnotiz auf, zum Beispiel, wenn sie versehentlich eine der teuren Vasen in meinem Wohnzimmer zerbrachen.

»Er wird mich nicht erkennen«, erwiderte ich kühl, dabei bemerkte ich, wie die beiden jungen Kellnerinnen, die uns bedient hatten, aufgeregt miteinander tuschelten und ihre Telefonnummern auf kleine Zettel kritzelten.

Arsène zog eine verächtliche Grimasse. »Du bist etwa so unauffällig wie die Pyramiden, Christian. Ein ein Meter neunzig großer Hüne mit türkisblauen Augen und schiefer Nase.«

Welche ich niemand Geringerem als Conrad Roth verdankte, der sie mir vor mehr als zwanzig Jahren mit einem gezielten Handballenschlag verpasst hatte.

»Ganz genau.« Ich zeigte mit meinen Stäbchen auf ihn. »Das Einzige, woran er sich erinnert, ist ein dürrer, milchbärtiger Teenie, dem er während eines Sommers ein paarmal begegnet ist.«

In Wahrheit glaubte ich nicht, dass Conrad Roth sich *überhaupt* an mich erinnerte. Was es mir umso leichter machte, den Fall zu übernehmen.

»Du spielst mit dem Feuer«, warnte Arsène mich.

»Womit ich spiele, ist nicht relevant, solange ich am Ende gewinne.«

»Okay. Mal angenommen, er erkennt deine hässliche Visage tatsächlich nicht wieder und hat keine Ahnung, wer du bist. Wozu dann die Mühe? Was reizt dich daran?«

»Das kann ich dir sagen.« Ich klackte mit der Zunge. »Jeder andere in meiner Position würde sich auf einen Vergleich einlassen und die Sache ad acta legen. Ich will den Kerl in den Schmutz ziehen, ihm Schmerz zufügen. Und als Bonus wird er den Sack zumachen und mir zu der Partnerschaft verhelfen.«

Arsène starrte mich an, als hätte ich den Verstand verloren. Was zugegebenermaßen nachvollziehbar war. Mein Plan klang nicht sehr durchdacht. »Ich wette fünfzig Riesen, dass er dich wiedererkennt.«

Ich lachte spöttisch auf. »Ich setze hundert dagegen. Montag hole ich meinen Scheck bei dir ab.«

Nie im Leben würde Conrad Roth draufkommen, wer ich war. Ich war wenige Wochen nach meinem Schulabschluss untergetaucht, hatte meinen Namen, meine Adresse und meine Handynummer geändert. Nicholai Ivanov verschwand spurlos und wurde von der Handvoll Menschen, denen er nicht komplett scheißegal war, für tot gehalten. Die Ironie dabei war mir bewusst. Roth war bis zum College für meine Ausbildung aufgekommen – wenn auch nicht aus Nächstenliebe –, und ich würde das erworbene Wissen jetzt als Waffe gegen ihn benutzen.

Schließlich hatte er keine Hemmungen gehabt, mir sogar noch nachzuspüren, als ich in einem anderen Bundesstaat lebte.

»Conrad Roth wird dich definitiv erkennen. Ohne Wenn und Aber.« Arsène bleckte die Zähne zu einem wölfischen Grinsen. Er verabscheute Unvernunft. Und es gab kaum etwas Unvernünftigeres als Rache. Im Regelfall wurden die Dinge dadurch nur noch schlimmer.

»Und?« Ich zog die Brauen hoch. »Wen kümmert's?«

»Deine Karriere«, lautete seine trockene Antwort. »Deine Karriere kümmert es. Dir scheint deine Fähigkeit, deduktive Schlüsse zu ziehen, abhandengekommen zu sein. Du könntest deine Anwaltslizenz verlieren, falls er eine Beschwerde gegen dich einreicht. Willst du für diesen Weitpisswettbewerb wirklich alles aufs Spiel setzen?«

»Zunächst einmal ist es gar nicht so einfach, einem Anwalt die Zulassung zu entziehen. Und ich habe mein Staatsexamen schließlich nicht bei Costco erworben.« Ich warf mir eine Edamamebohne in den Mund. »Und selbst wenn Roth mich erkennt – was nicht passieren wird –, würde er das nicht wagen. Ich habe zu viel gegen ihn in der Hand. Niemand weiß, was der Typ mir angetan hat.«

»Auch wenn das alles zutreffen sollte …« Arsène malte mit seinen Essstäbchen einen Kreis in die Luft. »… wirst du diesen Fall trotzdem nicht mit klarem Blick und der nötigen Konzentration verhandeln können. Ganz zu schweigen von dem gesunden Menschenverstand, den du sukzessive zu verlieren scheinst. Wo es die Roths betrifft, bist du eindeutig nicht mehr Herr deiner Sinne.«

»Es ist an der Zeit, sie endlich zur Rechenschaft zu ziehen«, zischte ich.

Eine der beiden Kellnerinnen tänzelte mit schwingenden Hüften zu uns und schob die Handynummern über den

Tresen, zusammen mit zwei Bieren aufs Haus. »Ihr habt die Wahl, Jungs.« Sie zwinkerte uns zu.

»*Sie*?« Arsène zog die dichten, dunklen Brauen zusammen. »Jetzt reden wir schon im Plural?«

Er schob einen der Zettel in seine Hosentasche, obwohl klar war, dass er natürlich niemals anrufen würde. Von uns dreien war Riggs derjenige, der am ehesten mit jemandem außerhalb seiner Steuerklasse im Bett landete. Den zweiten Platz belegte ich, Arsène bildete mit weitem Abstand das Schlusslicht. Er bevorzugte ultraerfolgreiche Frauen aus der Oberschicht und achtete penibel auf jedes Detail, angefangen bei ihrem Duft, bis hin zu ihrer Kleidung. Müsste ich mein Geld darauf verwetten, wer von uns ein Psychopath war, meine Wahl fiele auf ihn.

»Du hast es erfasst.« Ich ging zum Mülleimer und entsorgte meine halb gegessene Mahlzeit.

»Und du verschließt die Augen vor der Wahrheit.« Arsène stand auf und folgte mir. »Du hegst einen Groll gegen ein vierzehnjähriges Mädchen, Christian. Das steht dir nicht gut zu Gesicht.«

»Sie ist nicht mehr vierzehn.« Ich stieß die Glastür auf und marschierte hinaus in die unwirtliche Winternacht, die mich mit strömendem Regen empfing. Das Getöse der Großstadt erinnerte mich daran, dass Arya sich unter demselben Fleckchen Himmel befand wie ich, uns vermutlich nur ein paar Straßen trennten.

So nah und doch so fern.

Sie mochte mich vergessen haben, aber bald würde sie eine neue Version des Jungen kennenlernen, mit dem sie früher so gern gespielt hatte.

Arya Roth war inzwischen erwachsen und würde für ihre Tat büßen.

6. KAPITEL

Christian

Damals

Sie kam wieder und wieder, zuverlässig wie ein verflixtes Uhrwerk.

Wir verbrachten den Großteil dieser Sommerferien auf dem Mount-Hebron-Friedhof, wo wir zwischen den Grabsteinen umhersprangen, als wären es Pfützen.

Am Tag nach unserer ersten Begegnung brachte sie ein Buch mit dem Titel *Der geheime Garten* mit. Unsere schweißnassen Schläfen klebten förmlich aneinander, während wir uns, jeder einen Buchdeckel haltend, abwechselnd daraus vorlasen und beide versuchten, beim anderen Eindruck zu schinden.

Ich revanchierte mich, indem ich tags darauf Sherlock Holmes aus der Gemeindebibliothek auslieh. Wieder lösten wir uns beim Lesen ab – falls ich sie nicht gerade anraunzte, sie solle aufhören, die Seiten umzuknicken, weil ich sonst eine Strafgebühr zahlen müsse.

Wir saßen auf Harry Frasiers Grabplatte und schmökerten. Manchmal redeten wir mit ihrem Bruder Aaron, als wäre er bei uns. Wir überlegten uns sogar einen Charakter für ihn. Er war die Spaßbremse, die man ständig hinter sich herziehen musste, die nie Bock auf irgendetwas hatte. Der Friedhof wurde unser eigener geheimer Garten, in dem es alle möglichen

Schätze und Geheimnisse zu entdecken gab. Wir erforschten jede Ecke, jeden Winkel, prägten uns die Namen sämtlicher Bewohner ein, bis wir sie auswendig konnten.

Einmal ertappte uns der Friedhofswärter dabei, wie wir gerade Verstecken spielten. Wir rannten, als ob der Teufel hinter uns her wäre. Der Mann setzte uns laut fluchend und mit seiner Faust drohend nach. Als wir das schmiedeeiserne Tor erreichten, machte ich eine Räuberleiter, damit Arya entwischen konnte, dann sprang ich selbst hinterher. Fast hätte der Wärter mich noch geschnappt, aber Arya zog mich vom Tor weg, ehe er mich durch die Gitterstäbe hindurch am Hemd zu fassen bekam. Das war das letzte Mal, dass wir den Friedhof besuchten.

Den Rest des Sommers vergnügten wir uns damit, verborgene Nischen im Central Park zu erkunden und uns hinter Büschen zu verstecken, um Jogger zu erschrecken. Arya brachte Essen und Getränke von zu Hause mit, hin und wieder sogar ein Brettspiel. Spätestens als sie anfing, von allem eine doppelte Ration einzupacken – Schokomilch, Müsliriegel, Wasserflaschen –, muss meine Mutter den Braten gerochen haben, aber sie schaute geflissentlich weg.

Bis sie mich eines Abends, wir waren gerade wieder in Hunts Point angekommen, am Ohr packte und es so heftig verdrehte, dass ich nur noch Sternchen sah. »Mr Roth wird dich töten, wenn du seine Tochter anfasst.«

Sie anfassen? Am liebsten würde ich sie nicht mal an*sehen*. Aber was blieb mir anderes übrig? Arya versorgte mich nicht nur mit Snacks und Erfrischungsgetränken, dank ihr verging außerdem auch die Zeit schneller.

Als sich der Sommer dem Ende zuneigte, waren wir beide unzertrennlich. Mit Beginn des neuen Schuljahrs brach der Kontakt dann ab. Am Telefon zu quatschen, war öde und irgendwie verkrampft, und weder meine Mutter noch Aryas Eltern wären damit einverstanden gewesen, dass wir ein Spieltreffen vereinbarten – ein mir unbekannter Begriff, den Arya mir wiederholt zu erklären versuchte.

Ich schrieb ihr mehrere Male, schickte die Briefe jedoch nie ab.

Es hätte gerade noch gefehlt, dass Arya sich einbildete, ich hätte sie gern.

Weil das nämlich nicht stimmte.

Bis zum Beginn der nächsten Sommerferien war ich stattliche zehn Zentimeter gewachsen. Wieder musste ich meine Mutter zur Arbeit begleiten, nur dass sie mich, anders als im Vorjahr, mit in das Penthouse nahm. Nicht aus Sorge um mich, sondern aus Angst, ich könnte auf dumme Ideen kommen. Erst vor ein paar Monaten hatte ich an meiner Schule mein Taschengeld aufgebessert, indem ich gefälschte Jordans mit einer Gewinnmarge von fünfhundert Prozent vertickte, nach Abzug der Provision, die Little Ritchie, von dem ich die Dinger hatte, kassierte. Der Rektor warnte meine Mom, dass ich auf dem besten Weg sei, im Jugendgefängnis zu landen, wenn ich mich nicht besserte.

Mir wurde ganz schummrig, als ich das erste Mal einen Fuß in die Wohnung der Roths setzte. Alles hier war stehlenswert. Wenn ich könnte, würde ich sogar die Mauern einreißen und sie mir in die Taschen stopfen.

Schwarzer Marmor glänzte wie das Fell eines Panthers. Die Möbelstücke schienen zu schweben, als wären sie mit unsichtbaren Drähten an der Decke befestigt, imposante Gemälde zierten die Wände. Allein der Weinkühlschrank war größer als unser Badezimmer. Kristalllüster, Marmorstatuen und dicke, weiche Teppiche vervollständigten das Bild. Wenn alle reichen

Leute so lebten, grenzte es an ein Wunder, dass sie überhaupt je das Haus verließen.

Aber das wahre Highlight war der Ausblick auf den Central Park. Die Silhouette der Wolkenkratzer erinnerte an eine Dornenkrone. Und es war Arya, deren Haupt diese Krone schmückte. Sie saß mit ernster Miene, kerzengeradem Rücken und in einem hübschen Kleid an einem schneeweißen Flügel.

Mir stockte der Atem, als ich jetzt zum ersten Mal bemerkte, wie hübsch sie war. Natürlich hatte ich auch vorher schon gewusst, dass sie nicht hässlich war. Schließlich hatte ich Augen im Kopf. Trotzdem wäre mir nie der Gedanke gekommen, dass sie genau das Gegenteil sein könnte. Letzten Sommer war sie für mich einfach nur … Arya gewesen. Meine Komplizin. Das Mädchen, das den Mumm hatte, über hohe Tore zu klettern und hinter Büschen ahnungslose Passanten zu erschrecken. Das mir bei der Suche nach weggeworfenen Zigarettenstummeln half.

Aryas Kopf fuhr hoch, ihre Augen blitzten, als ihr Blick mich erfasste. Zum ersten Mal in meinem Leben fühlte ich mich verlegen. Bis zu diesem Zeitpunkt hatten mich meine große Nase, meine abstehenden Ohren oder die Tatsache, dass ich mindestens drei oder vier Kilo zulegen musste, um mein Klappergestell auszupolstern, nie gekümmert.

Ihre Eltern standen hinter ihr und sahen zu, wie Aryas Finger über die Tasten flogen. Conrad Roths Hand lag auf ihrer Schulter, als fürchtete er, seine Tochter würde sich jeden Moment in Luft auflösen. Ich wusste, dass sie jetzt nicht mit mir sprechen konnte, darum ignorierte ich sie und rubbelte unterdessen den Kaugummi, der an meiner Schuhsohle klebte, am Fußboden ab. Meine Mutter knetete nervös ihre blaue Schürze, während wir wie bestellt und nicht abgeholt an der Tür warteten, bis Arya das Stück zu Ende gespielt hatte.

Als Mom schließlich ins Zimmer trat, wirkte ihr Lächeln gequält. Am liebsten hätte ich es ihr mit einem ihrer nach Bleichmittel riechenden Putzlappen aus dem Gesicht gewischt.

»Mrs Roth, Mr Roth, das ist mein Sohn Nicholai.«

Die beiden drehten sich unisono zu mir um wie ein böses Zwillingspaar in einem Horrorfilm. Conrad hatte die leblosen Knopfaugen eines Hais, akkurat geschnittenes silbergraues Haar, und sein Anzug stank geradezu nach Geld. Beatrice war die klassische Trophäengattin, inklusive blonder Föhnwelle, genug Make-up im Gesicht, dass man eine dreistöckige Hochzeitstorte damit überziehen könnte, und dem leeren Blick einer Frau, die sich durch ihre Heirat selbst ins Aus manövriert hatte. Denselben Ausdruck trug so manche Gangsterbraut in Hunts Point zur Schau, nachdem ihr klar geworden war, dass alles seinen Preis hatte.

»Wie entzückend«, säuselte Beatrice, doch als ich ihr die Hand hinstreckte, betastete sie lediglich mein Handgelenk. »Einen hübschen Sohn haben Sie da, Ruslana. Groß und blauäugig. Wer hätte das gedacht?«

Conrad musterte mich kurz, ehe er sich meiner Mom zuwandte. Er schien drauf und dran, vor Wut zu platzen. Als wäre meine pure Existenz eine Ungeheuerlichkeit. »Vergessen Sie nicht, was wir besprochen haben, Ruslana. Halten Sie ihn von Ari fern.«

Plötzlich drückte ein bleischwerer Klumpen auf meinen Magen. Meine bange Vorahnung hatte mich nicht getrogen.

»Selbstverständlich.« Meine Mutter nickte unterwürfig, und ich hasste sie in diesem Moment fast noch mehr, als ich Conrad hasste. »Ich werde Nicholai ständig im Blick behalten.«

Im Hintergrund verdrehte Arya die Augen und richtete die Fingerpistole auf ihre Schläfe. Sie tat, als würde sie abdrücken, und warf ruckartig den Kopf zur Seite. Sofort verflüchtigte sich meine Sorge, sie könnte unser Bündnis vergessen haben. Ich musste mir ein Grinsen verbeißen.

Hoffnung war wie eine Droge, erkannte ich.

Und Arya hatte mir soeben eine erste Gratis-Kostprobe gegeben.

Meine Mutter setzte die Halt-dich-von-Arya-Regel-fern nicht durch. Sie hatte zu viel um die Ohren, als dass sie sich das auch noch aufbürden konnte. Allerdings warnte sie mich, dass ich für sie gestorben sei, sollte ich Arya je zu nahe kommen.

»Falls du glaubst, dass ich mir das hier von dir kaputtmachen lasse, bist du auf dem Holzweg. Ein einziger Ausrutscher, und du kannst gucken, wo du bleibst, Nicholai.«

Nichtsdestotrotz entpuppte sich dieser Sommer – Arya und ich waren beide dreizehn – als der mit Abstand beste meines Lebens.

Conrad war ein Wall-Street-Broker, der ein megaerfolgreiches Hedgefonds-Unternehmen leitete. Arya versuchte, mir zu erklären, was ein Hedgefonds war. Für mich klang das Ganze gefährlich nach Glücksspiel, und ich merkte mir vor, mich näher damit zu beschäftigen, sobald ich erwachsen wäre. Da Conrad fast rund um die Uhr arbeitete, bekamen wir ihn kaum zu Gesicht. Und Beatrice wirkte eher wie eine flatterhafte ältere Schwester als eine Mutter, der Großteil ihrer Zeit ging für mehrtägige Shoppingtouren in Europa und ausgedehnte Mittagessen im Country Club drauf. Arya und ich gewöhnten uns schnell einen regelmäßigen Alltagsablauf an. Jeden Morgen lieferten wir uns im Hallenbad des Gebäudes ein Wettschwimmen (ich gewann), danach legten wir uns zum Trocknen auf Aryas Balkon, ließen uns von Chlor und Sonnenlicht die Spitzen unserer Haare ausbleichen und konkurrierten, die

Gesichter dem Himmel zugewandt, darum, wer mehr Sommersprossen bekam (sie gewann).

Und wir führten uns jede Menge Bücher zu Gemüte.

Dafür verkrochen wir uns jeden Tag stundenlang unter dem großen Eichenschreibtisch in der Bibliothek der Familie, aßen halb gefrorenes Trinkeis und duellierten uns, die Beine auf dem Perserteppich ausgestreckt, mit unseren Zehen.

In jenem Sommer lasen wir *Der Zauberer von Oz, Die Schatzinsel, Die Outsider* und haufenweise Gruselromane. Wir verschlangen dicke Spionagethriller, vertieften uns in Geschichtsbücher und zogen uns mit rotem Kopf sogar ein paar Liebesromane rein, nur um im Anschluss einmütig zu erklären, dass es absolut eklig wäre, jemanden auf diese Weise zu küssen.

In Wahrheit fand ich die Vorstellung, Arya zu küssen, nach einiger Zeit überhaupt nicht mehr eklig. Vielmehr war das Gegenteil der Fall. Aber natürlich war ich nicht so dumm, mir diesbezüglich Hoffnungen zu machen.

Unsere Freundschaft blieb nicht gänzlich unbemerkt. Conrad platzte einige Male ins Zimmer, während wir gerade lasen oder einen Film guckten. Aber anscheinend realisierte auch er allmählich, was mir von Anfang an bewusst gewesen war. Nämlich, dass Arya in einer ganz anderen Liga spielte als ich, ihre Schönheit, innere Stärke und Kultiviertheit mich so sehr einschüchterten, dass ich ihr kaum in die Augen schauen konnte. Nein, seine Tochter lief nicht Gefahr, von mir verdorben zu werden.

»Selbst wenn sie ihm eine Chance gäbe, wüsste er sie nicht zu nutzen«, hörte ich Beatrice einmal abfällig bemerken, als sie dachte, meine Mutter und ich wären bereits heimgegangen. Das war bei einer der seltenen Gelegenheiten, wo sie zu Hause war. Ich fand es recht erstaunlich, dass Beatrice zu wissen glaubte, wozu Arya womöglich bereit wäre oder nicht, nachdem sie den ganzen Sommer kaum ein Wort mit ihr gewechselt hatte.

Ich versteckte mich gerade in der hintersten Ecke des begehbaren Kleiderschranks. Meine Mom hatte mich gebeten, jede Woche eine Kleinigkeit daraus mitgehen zu lassen, um sie zu verkaufen. Dieses Mal waren Aryas Eltern aufgetaucht, bevor ich meinen Auftrag vollständig ausführen konnte. Mir brach der Schweiß aus allen Poren, und ich schlüpfte mit dem Gucci-Gürtel in der Hand blitzschnell hinter die Reihe von Abendkleidern an einer Seite der Wand.

»Der Junge wird seine Unschuld bald hinter sich lassen. Er ist nicht wie unsereiner, Bea.«

Ein schepperndes Lachen drang aus dem Badezimmer. »Ach, Conrad. Es ist ein bisschen spät, um auf einmal prüde zu werden, meinst du nicht? Wie scheinheilig du doch bist. Kein Wunder, dass ich deinen Anblick kaum noch ertrage.«

»Wenn hier einer prüde ist, dann bist du das, Verehrteste. Von deiner Naivität ganz zu schweigen. Das Einzige, was dir am Herzen liegt, sind Aaron, Shoppingtouren und die Barbiepuppen, mit denen du befreundet bist und von denen ich übrigens die Hälfte hinter deinem Rücken ficke.«

»Sag mir die Namen«, verlangte sie und wirbelte zu ihm herum. Ihr Gesicht wirkte vollkommen verändert. Sie sah … merkwürdig aus. Als wäre sie innerhalb von Sekunden um Jahre gealtert.

Conrad lachte boshaft. »Das hättest du wohl gern.«

»Treib keine Spielchen mit mir, Conrad.«

»Spielchen sind das Einzige, was uns geblieben ist, Bea.«

Meine Finger verkrampften sich so heftig um die Gürtelschnalle, dass sie in meine Handfläche schnitt und ich zu bluten anfing.

Mr Roth konnte nicht wissen, dass dieser Papiertiger, der

sich seine Ehefrau nannte, den Nagel auf den Kopf getroffen hatte. Zwischen ihrer Tochter und mir hatte es den ganzen Sommer nur ein einziges Mal einen Körperkontakt gegeben, der nicht unschuldig war, und er war von Arya ausgegangen.

Vor zwei Wochen waren wir in Conrads Arbeitszimmer eingebrochen, wo er seine kubanischen Zigarren aufbewahrte. Ich wollte eine davon mopsen, um sie mit meinen Freunden in Hunts Point zu teilen, und Arya war immer zu jeder Schandtat bereit. Es war ein geruhsamer Nachmittag und niemand außer uns in der Wohnung. Wir fanden die gravierte Lederschatulle, als im selben Augenblick meine Mutter vom Supermarkt zurückkam. Kaum dass die Eingangstür unerwartet geöffnet wurde, ließ Arya vor Schreck die Box fallen, und sie landete mit einem dumpfen Knall auf dem Boden. Mir wurde flau im Magen, weil gleich darauf eilige Schritte durch den Flur hallten und meine Mutter sich dem Zimmer näherte, um nach dem Rechten zu sehen.

Arya fasste mein Handgelenk und zog mich zu den Aktenschränken, unter denen genug Platz war, dass wir uns eng aneinandergedrängt und mit verschlungenen Gliedmaßen darunter verstecken konnten. Mein Atem mischte sich mit ihrem, der Geruch nach Kaugummi mit Fruchtaroma und Slushies hing in der Luft, dazu die Ahnung von einem Kuss, der niemals sein durfte. Auf einmal machten die unentwegten Warnungen, meine Hände von Arya zu lassen, absolut Sinn.

Weil das Bedürfnis, sie zu berühren, so stark war, dass ich ein Kribbeln in den Fingerspitzen und ein sehnsuchtsvolles Ziehen im Bauch spürte.

Meine Mom kam herein. Wir konnten ihre abgetragenen Laufschuhe von unserem Versteck aus sehen, als sie sich einmal um die eigene Achse drehte und den Raum abscannte.

»Miss Arya? Nicholai?« Ihre Stimme klang schrill.

Keine Reaktion. Sie stieß eine leise Verwünschung auf Russisch aus und klopfte ungeduldig mit dem Fuß auf den Marmorboden. In meinen Adern rauschte das Adrenalin.

»Mr Roth wird sehr ungehalten sein, wenn er herausfindet, dass ihr hier drinnen wart«, warnte meine Mutter und versuchte vergeblich, ihrer Stimme Autorität zu verleihen. Meine Augen hielten Aryas Blick fest. Sie musste so heftig kichern, dass ihr ganzer Körper bebte. Ich legte die Hand auf ihren Mund, damit sie uns nicht verriet. Sie streckte die Zunge heraus und ließ sie zwischen meinen Fingern hindurchgleiten. Die lustvolle Empfindung war wie ein sensorischer Stromstoß, der mich ganz benommen machte. Mit einem leisen Keuchen zog ich meine Hand weg.

Nach ein paar Minuten gab meine Mutter endlich auf und verließ das Zimmer. Wir verharrten mucksmäuschenstill. Irgendwann nahm Arya mit einem Lächeln, das ihr ganzes Gesicht erfasste, meine Hand und legte sie auf ihr Herz.

»*Puh*. Spürst du, wie schnell es schlägt?«

In Wahrheit war der Wunsch, sie zu küssen, das Einzige, was ich spürte. Auch mein eigenes Herz tobte wie wild in meiner Brust, so als wollte es jede Verbindung zu meinem Körper kappen. Auf einmal fühlte ich mich, verglichen mit ihr, nicht mehr besonders mutig.

»Ja.« Ich schluckte schwer. »Alles okay?«

»Mhm. Und bei dir?«

Ich nickte. »Danke, dass du mir aus der Patsche geholfen hast.«

»Schließlich war ich dir noch was schuldig. Wegen damals, als wir vom Friedhof verjagt wurden.« Sie strahlte mich mit einem sonnigen, echten Lächeln an, und ich begriff, dass ich *definitiv* am Rand einer Katastrophe stand.

»Arya?«

»Hmm?« Ihre Hand lag immer noch auf meiner.

Lass los.

Aber ich brachte die Worte nicht über die Lippen.

Ich konnte ihr nichts verwehren, selbst dann nicht, wenn ich dadurch meinem eigenen Untergang Vorschub leistete.

Also beließ ich meine Hand auf ihrer Brust, bis die Luft rein war und Arya von sich aus auf Abstand ging.

Das war mein erster Fehler von vielen.

Der Vorfall im Arbeitszimmer änderte alles.

Wir tanzten nahe am Abgrund, liefen ständig Gefahr, in die Tiefe zu stürzen. Nicht wegen meines übermächtigen Verlangens, sie zu küssen – wahrscheinlich könnte ich für immer darauf verzichten, auch wenn mir diese Vorstellung nicht besonders gefiel. Sondern wegen meiner Unfähigkeit, ihr irgendetwas abzuschlagen. Früher oder später würde sie mich in Schwierigkeiten bringen, so viel stand fest.

Witzig, dass ihre Eltern befürchteten, ich könnte Arya verderben, obwohl sie es war, die mich vermutlich dazu bringen könnte zu töten, einzig und allein indem sie ihre wilde Medusenmähne in den Nacken warf.

An einem der letzten Ferientage belauschte ich ein weiteres Gespräch der Roths. Nur war es dieses Mal nicht unbeabsichtigt. Ich war besorgt, dass sie mir nicht erlauben würden, auch den nächsten Sommer mit ihrer Tochter zu verbringen, und wollte herausfinden, woher der Wind wehte. Wenn es in meinem Leben je glückliche Momente gegeben hatte, dann verdankte ich sie Arya, und ich war zu jeder Torheit bereit, um unser Arrangement am Laufen zu halten.

Ich versteckte mich in Mrs Roths Kleiderschrank, während sie sich in Schale warf, um auszugehen. Durch einen Spalt in der Schiebetür beobachtete ich, wie Mr Roth vor dem Spiegel seinen Schlips band.

»Übrigens habe ich den Kerl dabei erwischt, wie er die Essensreste, die Ruslana normalerweise in den Müll wirft, ohne zu fragen eingepackt und mitgenommen hat.« Er zog das breite Ende der Krawatte durch die Schlinge und schob den Knoten nach oben. Ich folgte jeder seiner Bewegungen, prägte sie mir ein. In diesem Sommer hatte ich den Entschluss gefasst, eines Tages einem Job nachzugehen, bei dem man nicht in Jogginghosen aufkreuzen konnte. »Natürlich habe ich kein Wort darüber verloren. Kannst du dir die Schlagzeilen vorstellen, wenn das publik würde? *Hedgefonds-Tycoon verweigert Sohn von bedürftigem Dienstmädchen Essensabfälle.*«

»Gott bewahre.« Mrs Roth befand sich auf der anderen Seite der Ankleide, wo ich sie nicht sehen konnte. Sie hörte sich gelangweilt an, zeigte wie immer null Interesse an ihrem Mann. Conrad redete trotzdem ungerührt weiter.

»Ruslana hat mir erzählt, dass ihr Sohn an den Wochenenden vor dem Nordstrom Schuhe putzt und dem Laden das Geschäft verdirbt, indem er nur den halben Preis verlangt. Außerdem hat er vergangenes Jahr ein paar Nike-Imitate in die Hände gekriegt und sie an seiner Schule verhökert. Damit ist sie natürlich nicht freiwillig herausgerückt. Ich habe mir die Information selbst beschafft.«

»Du hast ihm nachgeschnüffelt?« Mrs Roth stieß ein missbilligendes Schnauben aus. Sie liebte es, ihrem Mann zu zeigen, wie sehr sie ihn verachtete. »Du hast offenbar zu viel freie Zeit zur Verfügung, Liebster. Vielleicht solltest du dir ein weiteres Betthäschen zulegen, um dich zu zerstreuen. Ach, und übrigens finde ich deine Besessenheit von deiner Tochter ziemlich abstoßend. Ich bin nämlich auch noch da.«

Das war ganz und gar nicht gut. Mein nächster Sommer mit

Arya war in Gefahr. Ich würde sie notgedrungen die nächsten paar Tage links liegen lassen müssen, auch wenn ich ihr – und *mir* – damit wehtäte.

»Der Junge ist von einem Ehrgeiz beherrscht, der ihn irgendwann entweder auf die *Forbes*-Liste der reichsten Menschen oder ins Gefängnis bringen wird.« Conrads finstere Miene ließ keinen Zweifel daran, wo er mein zukünftiges Ich vorzugsweise sehen würde – jedenfalls nicht beim Brainstorming mit Bill Gates oder Michael Dell.

Mrs Roth schob sich durch den Türspalt des begehbaren Kleiderschranks in mein Blickfeld. Sie fasste das Ende von Conrads Krawatte und zog so fest daran, dass er kurz nach Luft schnappte. Er versuchte, sie zu küssen, aber sie wich im letzten Moment mit einem grausamen Lachen aus. Er seufzte frustriert.

»Wo immer er am Ende landet, es wird nicht bei deiner Tochter sein.«

»*Unserer* Tochter«, korrigierte er.

»Ist sie das wirklich?«, fragte sie mit gespielter Verwunderung. »Für mich hat es nämlich den Anschein, als glaubtest du, sie gehöre dir allein.«

Sie presste die geschlossenen Lippen auf seinen Mund. Er packte ihren Hintern. Ich schaute weg.

Sosehr ich Arya mochte, so sehr verabscheute ich ihre Eltern.

7. KAPITEL

Arya

Heute

Das erhebende Klackern meiner Louboutins auf dem prächtigen Marmorboden im Foyer des auf der Madison Avenue gelegenen Van-Der-Hout-Gebäudes hallte von den Wänden wider. Am Empfang blieb ich stehen und bedachte die Frau dahinter mit einem kühlen Lächeln.

»Ich möchte zu Cromwell & Traurig.« Ich trommelte ungeduldig mit meinen rot lackierten Fingernägeln – dieselbe Farbe wie die Sohlen meiner Stilettos – auf dem Tresen, während sie meinen Ausweis überprüfte. Unfassbar, dass ich hierfür meine Zeit verschwendete.

Die Empfangsdame gab ihn mir zusammen mit einer Besucherkarte zurück, und ich steckte beides in meine Designer-Handtasche.

»Die Kanzlei befindet sich im dreiunddreißigsten Stockwerk, Ma'am. Diese Etage ist durch eine Zugangskontrolle gesichert, aber wenn Sie einen Moment warten, rufe ich jemanden, der Sie nach oben bringt.«

»Das ist nicht nötig, Sandy. Ich wollte sowieso gerade hochfahren«, erklang hinter mir eine tiefe, dunkle Baritonstimme, die meine Adern zum Summen brachte.

»Hallo, Boss«, quiekste die Frau. Ihr professionelles Gebaren

78

fiel in sich zusammen wie ein Soufflé bei Zugluft. »Neuer Anzug? Grau steht Ihnen wirklich hervorragend.«

Neugierig und gleichzeitig leicht genervt von ihrem unverblümten Flirtversuch drehte ich mich um und fand mich dem attraktivsten Mann gegenüber, den die Welt je gesehen hatte. Das Abbild eines griechischen Gottes im Armani-Anzug. Mit den gletscherblauen Augen und dem Grübchen am Kinn war er die Personifikation erstklassiger Gene. Und wie um dem Ganzen die Krone aufzusetzen, sendete er genug Testosteron aus, dass es für eine komplette Baseballmannschaft gereicht hätte. Dabei konnte man ihn vermutlich noch nicht einmal als klassisch schön bezeichnen. Seine Nase schien irgendwann einmal gebrochen und unfachmännisch wieder eingerichtet worden zu sein, seine Kieferpartie war einen Tick zu kantig. Er strahlte Selbstbewusstsein und Reichtum aus, zwei starke Währungen auf Manhattans Dating-Parkett. Das Blut schoss mir in die Wangen, was mir überhaupt nicht ähnlichsah. Wann war ich das letzte Mal errötet? Wahrscheinlich nicht mehr seit der Pubertät.

»Bereit, das Van Der Hout von innen zu besichtigen?« Sein Ton war locker, seine Miene unbewegt.

»Darauf könnte ich gern für den Rest meines Lebens verzichten, aber das Schicksal hat mich hierhergeführt.«

»Hat es Ihnen eine spezielle Etage zugedacht?« Seine gute Laune war unerschütterlich.

»Cromwell & Traurig«, antwortete ich knapp.

»Dann folgen Sie mir unauffällig.« Der Fremde bleckte seine strahlend weißen Zähne. Er war der typische reiche Junge. Diese Sorte erkannte ich schon von Weitem. Die teuren Zigarren. Die Mitgliedschaft im Golfclub. Dieses Daddy-wird's-schon-richten-Grinsen.

Während wir auf den Aufzug warteten, strich ich mit der

Hand über mein Kleid und ärgerte mich über mich selbst, weil ich verstohlen guckte, ob dieser mir vollkommen unbekannte Mensch einen Ehering trug (Fehlanzeige). Ich hatte andere Probleme. Wie zum Beispiel, dass ich zu Dads erstem – und hoffentlich letztem – Schlichtungstermin im Zusammenhang mit dem gegen ihn erhobenen Vorwurf der sexuellen Belästigung erwartet wurde.

Sexuelle Belästigung! Was für eine Lachnummer. Mein Vater mochte ein Hitzkopf sein, trotzdem würde er niemals einer Frau gegenüber zudringlich werden. Man konnte seine Geschäftspraktiken getrost als rüde bezeichnen, aber er war kein widerlicher Triebtäter à la Harvey Weinstein, der Frauen unter den Rock fasste oder ihnen auf den Busen glotzte. Ich hatte genügend Erfahrung mit großen Unternehmen gesammelt, um ein Raubtier als solches zu erkennen, noch ehe es die Zähne in sein Opfer schlug. Mein Dad wies nicht ein einziges Merkmal auf, das einen übergriffigen Arbeitgeber kennzeichnete. Er war nicht sonderlich nett, er versuchte nie, sich bei anderen einzuschmeicheln, und er behielt seine Hände bei sich. Seine weiblichen Angestellten vergötterten ihn unverhohlen und lobten ihn für die väterliche Hingabe, die er mir entgegenbrachte. Herr im Himmel, er war sogar der Taufpate des Sohns seiner Sekretärin.

Der heiße Fremde und ich verfolgten die roten Zahlen auf dem Stockwerkmelder über dem Fahrstuhl.

Zwanzig ... einundzwanzig ... zweiundzwanzig ...

War dieser Mann wirklich der Boss der Empfangsdame? In dem Fall musste er der Gebäudemanager, wenn nicht gar der Eigentümer sein. Er sah jung aus. Anfang bis Mitte dreißig. Gleichzeitig haftete ihm eine gewisse Reife an, die forsche Souveränität von jemandem, der wusste, was er tat. Altes Geld öffnete Türen zu neuen Gelegenheiten; ich war die Letzte, der man das erst sagen musste. Nur um auf Nummer sicher zu gehen, beschloss ich, ihn zu fragen, ob er irgendetwas mit Cromwell & Traurig zu tun hatte.

»Sind Sie Partner in der Kanzlei?« Ausgeschlossen, dass Amanda einen Teilhaber engagiert hatte.

Sein leicht schiefes Grinsen wurde einen Tick breiter. »Nein.«

Ich seufzte erleichtert. »Gott sei Dank.«

»Warum?«

»Ich hasse Anwälte.«

»Geht mir genauso.« Er warf einen Blick auf seine Patek-Philippe-Uhr.

Wir verfielen wieder in Schweigen. Er kam mir nicht wirklich wie ein Fremder vor. Es war, als würde mein Körper ihn wiedererkennen.

»Schreckliches Wetter«, bemerkte ich. Es regnete seit drei Tagen ununterbrochen.

»Ich glaube, es war Steinbeck, der das New Yorker Klima einen Skandal nannte. Sind Sie neu in der Stadt?« Irgendetwas schwer Identifizierbares klang in seinem Plauderton mit. Mein Instinkt warnte mich, auf der Hut zu sein, mein Unterleib forderte ihn auf, die Klappe zu halten.

»Keineswegs.« Ich tastete den Haarknoten in meinem Nacken nach entschlüpften Strähnen ab. »Man sollte meinen, dass ich mich nach all den Jahren an das Wetter gewöhnt hätte. Doch das wäre gelogen.«

»Schon mal daran gedacht wegzuziehen?«

Ich verneinte. »Wegen meiner Eltern. Und meines Jobs.« Nicht zu vergessen Aaron. Ich besuchte ihn immer noch öfter, als ich gern eingestand. »Was ist mit Ihnen?«

»Hab mehr oder weniger mein ganzes Leben in New York verbracht.«

»Ihr Fazit?«

»Diese Stadt ist wie eine kapriziöse Geliebte. Man weiß, dass man Besseres verdient hat, trotzdem hält man an ihr fest.«

»Sie könnten sie jederzeit in den Wind schießen«, wies ich ihn hin.

»Das stimmt.« Er rückte seinen weinroten Schlips zurecht. »Aber ich bin kein Fan von Trennungen.«

»Dito.«

Der Aufzug öffnete sich mit einem *Ping*. Der Mann machte einen Schritt zur Seite, um mir den Vortritt zu lassen, anschließend hielt er einen elektronischen Schlüssel vor das Bedienfeld und drückte den Knopf für die dreiunddreißigste Etage. Während der Fahrt starrten wir beide auf unsere Spiegelung in der glänzenden Edelstahltür.

»Sind Sie wegen eines Beratungsgesprächs hier?«, erkundigte er sich. Das Gefühl sagte mir, dass ich seine ungeteilte Aufmerksamkeit hatte, ihm jedoch nicht an einem Flirt gelegen war.

»Nein, das nicht.« Ich inspizierte meine blutrot lackierten Fingernägel. »Man hat mich in meiner Funktion als PR-Managerin herbestellt.«

»Was für ein Feuer müssen Sie denn löschen?«

»Einen gewaltigen Hausbrand. Genauer gesagt geht es um die Beilegung einer Klage wegen sexuellen Fehlverhaltens.«

Er steckte die Schlüsselkarte wieder in seine Manteltasche. »Sie wissen, was man über derartige Infernos sagt?«

»Dass es mächtige Schläuche erfordert, um sie einzudämmen?« Ich zog die Brauen hoch.

Sein Grinsen verstärkte sich. Meine Schenkel teilten mir mit, dass sie überaus angetan waren von diesem Mann und bedenkenlos mit ihm nach Paris durchbrennen würden. Normalerweise wählte ich meine Liebhaber mit demselben Pragmatismus wie meine Garderobe und entschied mich ausnahmslos immer für den galanten, unaufgeregten Durchschnittstypen. Aber dieser Kerl sah aus wie eine mit verrückten Exfreundinnen, Luxusfetischen und Mutterkomplexen gefüllte Wundertüte.

»Ganz schön schlagfertig.« Er warf mir einen prüfenden Seitenblick zu.

»Sie sollten erst mal meine Krallen sehen.« Ich klimperte mit den Wimpern. »Der Tod wird schnell und schmerzlos sein.«

Er wandte sich mir zu und musterte mich aus seinen aquamarinfarbenen Augen, die auf einmal so kalt wirkten wie ein zugefrorener See. Da war etwas in ihnen, das ich von mir selbst kannte. Ein aus herber Enttäuschung über die Welt geborener Trotz.

»Was Sie nicht sagen.«

Meine Körperhaltung versteifte sich. »Ich werde verhindern, dass ein Medienrummel entsteht. Dafür geht es um zu viel.«

Amanda Gispen konnte sich nicht ernsthaft einbilden, etwas gegen meinen Vater in der Hand zu haben. Sie hatte es ganz eindeutig auf sein Geld abgesehen. Wir würden ihr einen fetten Scheck ausstellen, sie eine hieb- und stichfeste Verschwiegenheitserklärung unterschreiben lassen und so tun, als wäre das Ganze nie passiert. Man konnte meinem Dad schließlich keinen Vorwurf daraus machen, dass eine seiner Mitarbeiterinnen mit einem Rachefeldzug auf ihre Kündigung reagierte. Jetzt galt es, das Aufsehen, das diese Geschichte erregen würde, unter allen Umständen auf ein absolutes Minimum zu beschränken. Zum Glück hatte dieser Christian Miller, der Gispen vertrat, bislang noch keine Aufmerksamkeit auf den

Fall gelenkt. Ein kalkulierter Schachzug, daran bestand kein Zweifel.

»Bitte verzeihen Sie.« Etwas Eisiges stahl sich in sein liebenswürdiges Lächeln. Erst jetzt fiel mir auf, dass seine Eckzähne spitz zuliefen und die beiden unteren Schneidezähne ein wenig übereinander standen. Der kleine Makel hob seine ansonsten bestechenden Gesichtszüge noch hervor. »Ich fürchte, ich habe Ihren Namen vorhin nicht mitbekommen.«

»Arya Roth.« Ich wandte mich zu ihm um, spürte plötzlich eine Enge in der Brust und ein unheilvolles Kribbeln auf der Haut. »Und wie heißen Sie?«

»Christian Miller.« Er schüttelte mir mit festem Druck die Hand. »Freut mich, Ihre Bekanntschaft zu machen, Ms Roth.«

Der Schock presste mir die Luft aus der Lunge. Hier bahnte sich ganz eindeutig ein Fiasko an. Christian Millers süffisantes Grinsen verriet, dass er mich gelinkt hatte und nur einer von uns beiden überrascht war, die Identität des anderen zu erfahren. Nämlich ich. Er hatte schon vor zehn Minuten Bescheid gewusst, als wir in der Eingangshalle zusammentrafen. Und ich Idiotin hatte ihm – unglaublich, aber wahr – in die Hände gespielt, indem ich die Karten offen auf den Tisch legte.

»Die Empfangsdame hat Sie Boss genannt.« Dankenswerterweise klang meine Stimme noch immer ruhig und gelassen.

»Sandy hat ein Faible für Spitznamen. Reizend, nicht wahr?«

»Sie haben behauptet, Sie seien kein Partner«, konfrontierte ich ihn.

Er zuckte die Achseln, wie um zu sagen: *Ja na und?*

»Sie haben gelogen?«

»Nun, das wäre wohl nicht sehr anständig. Ich bin ein Senior Associate.«

»Also sind Sie …«

»Ms Gispens Rechtsbeistand, das ist korrekt«, vollendete er den Satz, derweil er sich aus seinem Mantel schälte, sodass sein dreiteiliger grauer Anzug im Ganzen sichtbar wurde.

Wie aufs Stichwort glitt die Tür auf, und Christian bedeutete mir mit einem Handzeichen voranzugehen. Seine tadellosen Manieren wurden von seinem unerträglichen Grinsen Lügen gestraft. Es war gleichermaßen erstaunlich und bizarr, wie er in weniger als einer Minute vom potenziellen Vater meiner zukünftigen Kinder zum großen bösen Wolf mutiert war.

»Die dritte Tür rechts, Ms Roth. Ich bin sofort bei Ihnen.«

»Ich kann's kaum erwarten«, antwortete ich mit einem zuckersüßen Lächeln.

Um Fassung ringend und ohne mich noch einmal umzudrehen, hielt ich auf den Raum zu, dabei spürte ich ein Kribbeln im Nacken, das mir sagte, dass Millers lauernder Blick mir unverwandt folgte. Abschätzend, berechnend, Ränke schmiedend.

Dieser Mann würde jede Schwäche, die ich gezeigt hatte, zum eigenen Vorteil nutzen.

Eins zu null für die Heimmannschaft.

»Vielen Dank, dass du dir die Zeit genommen hast herzukommen, Liebes. Ich weiß, wie eingespannt du bist, und es ist mir wirklich peinlich, dich da mit reinzuziehen.« Dad fasste meine Hand, als ich neben ihm an dem ovalen Tisch im Konferenzraum von Cromwell & Traurig Platz nahm. Die hohen Decken, die prunkvolle Treppe, der italienische, mit roségoldenen Adern durchzogene Marmor, die Stiftehalter aus glänzendem Messing sagten mir, dass Amanda Gispen es ernst meinte. Vermutlich hatte sie ein paar innere Organe verkauft, um es sich leisten zu können, von Christian Miller vertreten zu werden.

»Sei nicht albern, Dad.« Ich strich mit dem Daumen an seiner Handfläche entlang. »In wenigen Stunden wird diese Geschichte der Vergangenheit angehören, und wir können zur Normalität zurückkehren. Wie schrecklich, dass du dich damit herumplagen musst.«

»Ist wohl Berufsrisiko«, seufzte er.

Zu seiner Rechten saßen seine Anwälte Terrance und Louie. Sie schenkten uns keine Beachtung, sondern unterhielten sich angeregt miteinander und machten sich schon jetzt erste Notizen. Dieses ganze Trauerspiel hatte damit angefangen, dass die beiden meinem Vater eröffneten, bei der EEOC – der Behörde gegen Diskriminierung in Beschäftigung und Beruf – sei eine Beschwerde gegen ihn eingereicht worden. Anscheinend war diese Mediation Teil des vom EEOC eingeleiteten Schlichtungsverfahrens.

Die Schlichterin, eine gestreng wirkende, grauhaarige Dame im schwarzen Kostüm mit weißem Peter-Pan-Kragen, tippte auf ihrem Laptop, während wir auf das Eintreffen der Klägerin und ihrer Rechtsvertreter warteten.

Als Erstes erschien eine hübsche, zierliche, in ein beigefarbenes Strickleid gewandete und mit iPad und Klemmbrett ausstaffierte Frau, im Schlepptau eine Sekretärin, die ein Tablett mit Getränken brachte. Die modisch gekleidete Blondine stellte sich als Claire Lesavoy vor, Junior Associate bei Cromwell & Traurig. Sie nahm mich absolut nicht zur Kenntnis, woraus ich folgerte, dass Mr Miller sie noch nicht über meinen Patzer informiert hatte. Ich fragte mich, ob zwischen den beiden etwas lief, und war von mir selbst angewidert, weil mich das überhaupt interessierte. Der Kerl war ein Ekelpaket. Von mir aus konnte sie ihn haben.

»Wieso dauert das so lange?« Terrance, der das runzlige Gesicht eines Gürteltiers hatte, taxierte Claire, als wäre sie persönlich schuld an der Verzögerung. »Ihre Mandantin ist bereits fünfunddreißig Minuten zu spät.«

»Mr Miller klärt gerade noch ein paar letzte Detailfragen mit Ms Gispen. Sie sollten jeden Moment hier sein.« Claire verlieh ihrer Genugtuung über Terrance' Ungeduld mit einem strahlenden Lächeln Ausdruck und setzte sich uns gegenüber. Bei genauerer Betrachtung gelangte ich zu dem Schluss, dass Christian Miller und diese spezielle Mitarbeiterin definitiv miteinander verbandelt waren. Sie sah aus wie ein Fotomodell.

Es vergingen weitere fünfzehn Minuten, ehe Miller und Amanda Gispen endlich aufkreuzten. Eigentlich hätte die Sitzung schon längst anfangen sollen. Jillian und ich waren in weniger als zwei Stunden mit einem potenziellen Kunden in Brooklyn verabredet. Ich würde es keinesfalls rechtzeitig zu dem Termin schaffen, schon gar nicht bei diesem Wetter und dem dichten Verkehr.

»Entschuldigen Sie die Verspätung. Ms Gispen und ich mussten kurz noch mal die im Vorfeld formulierten Mediationserklärungen durchgehen.« Christians sonniges, unbekümmertes Lächeln belegte ganz zweifelsfrei, dass dieser Mann dringend in psychologische Behandlung gehörte. Welcher Mensch würde derartige Freude darin finden, sich mit einem Fall von sexueller Belästigung herumzuschlagen, selbst wenn er nur fingiert war? Ein Anwalt. Niemand sonst. Mein Vater hatte mich immer vor ihnen gewarnt. Vor Anwälten, nicht vor Psychopathen – wenngleich man nach Möglichkeit beiden Spezies aus dem Weg gehen sollte. Conrad Roth hatte in seinem Leben schon häufig mit Juristen zu tun gehabt und nur Schlechtes über sie zu sagen. Er vertrat die Meinung, dass zwischen einem Kriminellen und einem Anwalt nur eine feine, aus

Opportunität und einem Stipendium beschaffene Linie verlief. Er verabscheute diese Zunft aus tiefstem Herzen, und auf einmal begriff ich, warum.

»Aber das ist doch völlig in Ordnung, Christian.« Die Mediatorin tätschelte verständnisvoll seinen Arm. So ein Mist. Die Achtung, die sie ihm entgegenbrachte, verschaffte ihm schon jetzt einen Vorteil. Auch in Amanda Gispens und Claire Lesavoys Augen spiegelte sich offene Bewunderung.

Christian nahm direkt mir gegenüber Platz. Ich wandte den Blick nicht von Amanda ab, die ich praktisch schon mein ganzes Leben lang kannte. Wie vor den Kopf geschlagen, versuchte ich, diese Frau mit der Person in Einklang zu bringen, die meine Kindheit und Jugend begleitet hatte, die mir heimlich Kekse zusteckte, wenn ich mich an den Tagen, an denen mein Dad mich mit zur Arbeit nahm, hinter ihrem Schreibtisch verkroch. Die mir zu meinem zwölften Geburtstag ein Aufklärungsbuch schenkte, weil meine Mutter meine erwachende Sexualität komplett ignorierte. Genau diese Amanda saß jetzt hier und verlangte, dass mein Vater für etwas bestraft wurde, das er nicht getan hatte.

Die Mediatorin eröffnete die Sitzung mit einer kurzen Zusammenfassung des Ablaufs. Ich riskierte einen Blick zu Dad, der blass und unwohl aussah. Sein Anblick erschütterte mich, war Conrad für mich doch immer überlebensgroß gewesen. Als wir von Amandas Klage erfuhren, hatte meine Mutter gelinde gesagt unerwartet reagiert. Anstelle einer theatralischen Darbietung, inklusive Türenknallens und Gezeters, nahm sie die Nachricht mit stiller Resignation auf. Sie hatte jedes weitere Gespräch über das Thema abgelehnt und, wenig überraschend, einen zweiwöchigen Urlaub auf den Bahamas gebucht, um all dem zu entkommen. So wenig, wie sie mir je wirklich eine Mutter gewesen war, war sie ihm eine Partnerin.

Mein Vater brauchte mich. Jetzt mehr denn je.

Ich schob meine Hand unter dem Tisch in seine und drückte sie aufmunternd.

»Alles wird gut«, flüsterte ich.

Als ich den Blick wieder nach vorn richtete, sah ich, dass an Christians Kiefer ein Muskel zuckte. Er hatte die kleine Szene beobachtet.

Was hat der Typ jetzt wieder für ein Problem?

Die Mediatorin kam mit ihrer Erläuterung des Prozederes zum Ende.

»Fürs Protokoll: Wir sind gänzlich unbeeindruckt von Ihren Psychospielchen, sprich, uns eine Stunde warten zu lassen«, sagte Louie an Christian Miller gewandt, während er etwas an den Rand eines Schriftstücks kritzelte.

»Fürs Protokoll: Ihre Meinung geht mir am Arsch vorbei«, antwortete Miller, woraufhin sämtliche Köpfe zu ihm herumfuhren.

Dads Kiefer klappte nach unten, Amanda stand das Entsetzen ins Gesicht geschrieben. Sogar Claire wirkte ein wenig blass um die Nase. Christian, der nichts von all dem zu bemerken schien, lehnte sich lässig in seinem Stuhl zurück. »Wenn wir jetzt fortfahren könnten.«

Nachdem die anwesenden Anwälte zu dem Fall Stellung genommen hatten, forderte die Mediatorin uns dazu auf, einen Vergleich anzubieten, über den die Gegenseite anschließend in einem gesonderten Raum beraten würde. Dad hatte mir mitgeteilt, dass er auf Empfehlung seines Rechtsbeistands darauf verzichten werde, Amandas Vorwurf zu widerlegen. Louie und Terrance befürchteten, dass die Frau sonst nur noch mehr auf Rache sinnen könnte. Ich war nicht glücklich darüber, andererseits verfügte ich über keinerlei juristische Erfahrung und wollte das Ganze einfach nur hinter mich bringen. Als PR-Beraterin kannte ich den Unterschied zwischen moralisch richtig und vernünftig. Und in diesem Fall war es nun mal das Vernünftigste, die Sache still und leise beizulegen, auch wenn das bedeutete, dass mein Vater seinen Stolz herunterschlucken und diese Abzockerin auszahlen musste.

Eine Stunde später stand fest, dass ich es nicht zu meinem Treffen mit Jillian schaffen würde. Jede Summe, die Louie und Terrance anboten, wurde kurzerhand und ohne dass er sich auch nur zur Beratung mit seiner Mandantin zurückzog, von Miller zurückgewiesen. Mein Vater schüttelte jedes Mal wieder ungläubig den Kopf, seine Augen geschlossen, sein Rücken leicht gekrümmt. Eine zügige Einigung war nicht in Sicht.

»Ich verstehe das einfach nicht«, murmelte er mit bleichem Gesicht. »Was will sie damit erreichen? Wenn wir vor Gericht gehen, wird jeder von uns Schaden nehmen. Das muss ihr doch klar sein.«

»Sei unbesorgt, Dad. Amanda kennt die Wahrheit. Sie wird es nicht auf einen Prozess ankommen lassen.« Ich streichelte seinen Arm, doch er wirkte nicht überzeugt.

Verstohlen schrieb ich Jillian unter dem Tisch eine Textnachricht, um ihr mitzuteilen, dass ich unsere Verabredung in Brooklyn nicht würde einhalten können. Meine beste Freundin antwortete unverzüglich.

Mach dir deswegen keinen Kopf. Ich drücke Conrad
die Daumen. Halt mich auf dem Laufenden. X

»Langweilen wir Sie, Ms Roth?«, erkundigte sich Christian spöttisch. Ich schrak so heftig zusammen, dass ich mir die Knie an der Tischplatte anschlug. Innerlich winselte ich vor Schmerz, äußerlich stülpte ich mir ein Grinsen über.

»Witzig, dass Sie das fragen, Mr Miller. Die Antwort lautet Ja. Vor allem Sie langweilen mich ganz ungemein.«

Er drangsalierte mich schon seit dem Moment, in dem ich das Van-Der-Hout-Gebäude betreten hatte. Natürlich aus rein beruflichen Gründen, schließlich musste er das Vermögen, das er Amanda Gispen berechnete, ja irgendwie rechtfertigen. Aber gefälligst nicht zu meinen Lasten.

Christian ließ die Fingerknöchel knacken und hielt meinem Blick unverwandt stand. »Wie bedauerlich. Miss Lesavoy, wären Sie so nett, ein Exemplar der *Us Weekly* für Ms Roth zu besorgen? Vielleicht möchte sie sich die Zeit mit etwas anspruchsvoller Lektüre vertreiben.«

Ich verschränkte die Arme vor der Brust und spießte ihn mit meinem Blick auf. »Der *Enquirer* wäre mir lieber, Miss Lesavoy. Wenn's geht, dann bitte die Audioversion. Ich hab's nicht so mit dem geschriebenen Wort.« Ich legte den dümmlichsten, affigsten Ton in meine Stimme, den ich zustande brachte.

»Könnten Sie beide Ihr verbales Vorspiel eventuell auf *Nachher* verschieben?«, wies Louie uns zurecht. »Herr Anwalt, ich –«

»Legen Sie Ihr Handy auf den Tisch, Ms Roth«, schnitt Christian ihm rüde das Wort ab, dabei starrte er mich mit unverhohlenem Hass an.

Was zur Hölle stimmt nicht mit diesem Mann?

Mein Vater drehte den Kopf und sah mich an. Ich verzog die Lippen zu einem hochmütigen Lächeln. »Verzeihung, Mr Miller, aber seit wann sind Sie mein Boss?«

»*Arya*«, zischte Conrad sichtlich schockiert. »Bitte, lass das.«

Christians Augen verengten sich zu Schlitzen. »Ich schlage vor, Sie hören auf Ihren Daddy und legen endlich Ihr Handy weg. Meine Zeit ist kostspielig.«

»Sie in Rage zu bringen, kann gar nicht teuer genug sein«,

gab ich zurück. »Um Sie leiden zu sehen, würde ich sogar in ausländischen Währungen und in Bitcoins bezahlen.«

Christian quittierte das mit einem scheppernden Lachen. »Ganz die Alte.«

»Wie bitte?«, stieß ich hervor. Seine Heiterkeit verflog schlagartig.

»Ich sagte: alter Falter.«

»Nein, das sagten Sie nicht. Ich habe schließlich Ohren.«

»Ganz zu schweigen von Ihrem vorlauten Mundwerk, das Sie unbedingt unter Kontrolle bringen müssen.«

»Wer hat Ihnen diese Manieren beigebracht?« Meine Augen waren weit aufgerissen, und ich spürte, wie meine Pupillen flackerten.

Er schob die Dokumente, die vor ihm lagen, beiseite. »Niemand, Ms Roth. Möchten Sie gern meine Lebensgeschichte hören?«

»Nur falls sie mit einem abrupten und tragischen Ende aufwartet.«

Auweia. Dieser Schlagabtausch lief komplett aus dem Ruder.

Dad legte mit flehentlichem Blick die Hand auf meinen Unterarm. »Was ist bloß in dich gefahren, Liebes?«

Mir war ein bisschen übel, als ich schließlich mein Telefon auf den Tisch knallte. Ich konnte den Blick nicht von Christian Miller lösen, der mich mit seinen irgendwie furchteinflößenden eisblauen Augen anfunkelte.

Die Verhandlung zog sich weitere zwanzig Minuten hin, und ich wahrte verbittert Schweigen. Jedes Mal, wenn es so aussah, als würden wir endlich vorankommen, rannten wir doch wieder nur gegen Wände. Irgendwann rieb Terrance sich resigniert mit der Hand über die Stirn.

»Was soll das werden, Mr Miller? Sie haben sich den Ruf eines Anwalts erworben, der sich vorzugsweise außergerichtlich einigt, trotzdem lehnen Sie jedes Angebot, das wir Ihnen unterbreiten, rundheraus ab.«

»Weil ich finde, dass dieser Fall vor Gericht gehört.« Er lehnte sich entspannt zurück und rückte seine bordeauxrote Krawatte zurecht, die bedauerlicherweise hervorragend mit seinem hellgrauen Anzug harmonierte. Dann entsprach es also der Wahrheit. Der Teufel trug tatsächlich Prada.

»Wenn das so ist, warum haben Sie uns überhaupt hergebeten?« Louies Unterlippe bebte vor Zorn.

»Um die Stimmung auszuloten.« Christian betrachtete seine perfekt manikürten Fingernägel und sah dabei aus wie ein verwöhnter, tierisch gelangweilter Lackaffe.

»*Die Stimmung ausloten?*«, platzte Terrance heraus, während sich gleichzeitig mein Vater zum ersten Mal seit Beginn der Verhandlung in die Diskussion einbrachte. »Sie können es nicht ernsthaft auf einen Prozess anlegen! Es würde die reinste Zirkusveranstaltung –«

»Ich liebe den Zirkus.« Christian stand auf und knöpfte sein Sakko zu (jawohl, eindeutig Prada). Woraufhin Claire und Amanda, die ihn flankierten, sich wie zwei fügsame Haremsdamen ebenfalls erhoben. »Für mich ist er der Inbegriff von farbenprächtiger Unterhaltung, dem Duft nach Popcorn und Zuckerwatte. Was könnte einem am Zirkus nicht gefallen?«

»Die mediale Aufmerksamkeit wird keinem von uns nützen.« Mein Vater sprang von seinem Stuhl auf, seine Ohren glühten oben an den Spitzen, auf seinem Gesicht schimmerte ein Schweißfilm. Ich hielt mich bewusst zurück, es war jetzt zwingend geboten, einen kühlen Kopf zu bewahren.

»Für Sie mag das durchaus gelten, Mr Roth. Ich selbst habe kein Problem damit, im Rampenlicht zu stehen.«

»Es könnte schmutzig werden und die Karrieren aller Beteiligten in Gefahr bringen«, warnte Terrance.

»Au contraire, Mr Ripp. Meine wird es am Ende beflügeln. Tatsächlich ist davon auszugehen, dass man mir anschließend eine Führungsposition in dieser Kanzlei anbietet.«

Er und Amanda verließen den Raum, während Claire und die Mediatorin zurückblieben, um mit Dad und seinen Anwälten zu sprechen. Ich konnte mich nicht beherrschen, Christian nicht hinterherzueilen. Als er mich bemerkte, bedeutete er Amanda, in seinem Büro auf ihn zu warten, dann lehnte er sich an die Wand und stopfte die Hände in seine Hosentaschen. »Vermissen Sie mich schon?«

»Warum tun Sie das?« Ich blieb vor ihm stehen. Meine Gefühle waren ein einziges Kuddelmuddel: Abscheu, Ärger, Verlangen, Erschöpfung. Dieser Mann brachte mich stärker aus dem Gleichgewicht, als meine zehn Zentimeter hohen Hacken es vermochten.

Christian tippte sich gespielt nachdenklich mit dem Finger auf die Lippen. »Hmm. Weil Ihr rückgratloser Vater meinen Ruhm und Reichtum bald um ein Vielfaches mehren wird?«, sinnierte er. »Ja, ich denke, das ist der Grund.«

Ich ballte die Hände zu Fäusten, mein ganzer Körper zitterte vor Wut. »Ich hasse Sie«, flüsterte ich.

»Und Sie öden mich an.«

»Sie sind ein grässlicher Mann.«

»Wenigstens bin ich einer. Was man von Ihrem Vater nicht behaupten kann. Er ist ein feiger Sexualstraftäter, der für sein Verhalten zur Rechenschaft gezogen werden muss. Wirklich ärgerlich, dass er sich mit seinem Geld nicht freikaufen kann, oder?«

Ich stieß ein wieherndes Lachen aus. »Sie sollten wenigstens den Anstand haben zuzugeben, dass auch Ihnen Reichtum und eine gewisse Skrupellosigkeit in die Wiege gelegt wurden.«

Ganz kurz regte sich etwas in seinem Gesicht, das mir sagte, dass ich einen Nerv getroffen hatte. Wenngleich ich bezweifelte, dass dieser Mann dergleichen überhaupt besaß.

»Haben Sie Beine, Ms Roth?«

»Allerdings. Was Ihnen auch bewusst sein dürfte, nachdem Sie sie vorhin im Aufzug ganz ungeniert begafft haben.«

»Dann sollten Sie sie jetzt besser benutzen und von hier verschwinden, bevor ich Sie vom Sicherheitsdienst aus dem Gebäude eskortieren lasse. Sonst wird es für Sie nur noch einen Brand zu löschen geben, nämlich den, der Ihre Karriere vernichten könnte.«

»Es ist noch nicht vorbei«, warnte ich ihn, weil dieser Spruch zumindest in Filmen toll klang.

»Dem stimme ich voll und ganz zu. Sie täten gut daran, Land zu gewinnen, bevor Ihnen diese Sache noch um die Ohren fliegt.«

Damit knallte mir dieser Mistkerl seine Bürotür vor der Nase zu.

Konsterniert kehrte ich in den Konferenzraum zurück, nur um festzustellen, dass mein Vater und seine Anwälte inzwischen gegangen waren.

»Es tut mir wirklich leid, Ms Roth. Dieser Raum wird in zwanzig Minuten für eine andere Besprechung benötigt, daher habe ich die Herren gebeten, unten in der Lobby auf Sie zu warten.« Claire bedachte mich mit einem giftigen Lächeln, derweil sie ihre Unterlagen einsammelte. »Das macht Ihnen doch nichts aus?«

Mein eigenes Lächeln spiegelte ihres perfekt wider. »Ganz und gar nicht.«

Hocherhobenen Hauptes stolzierte ich zum Aufzug.

Zur Hölle mit Christian Miller. Er würde mit wehenden Fahnen untergehen, und wenn ich höchstpersönlich dafür sorgen musste.

»Wir haben die Zusage! Diese Leute sind restlos begeistert von uns!«, jubelte Jillian, als sie später an diesem Abend den unterzeichneten Vertrag auf meinen Nachttisch klatschte und anschließend ein kleines Freudentänzchen aufführte. Ich hatte mich unter der Bettdecke verkrochen, wollte nach diesem katastrophalen Nachmittag bei Cromwell & Traurig nur noch auf Tauchstation gehen. Durch meine Gedanken huschte das Bild meines Vaters, wie er, bloß noch ein Schatten seiner selbst, vor einer Richterbank stand.

Mein Familienleben war schon immer schwierig gewesen. Ich hatte meinen Zwillingsbruder verloren, bevor ich ihn überhaupt kennenlernen konnte. Meine Kindheitserinnerungen an meine Mutter waren eine Endlosschleife aus Klinikbesuchen, ihrem Nichterscheinen zu meinen Geburtstagen, Abschlussfeiern und anderen wichtigen Anlässen, sowie etlichen öffentlichen Ausrastern. Mein Vater war stets die einzige Konstante in meinem Leben gewesen, der Mensch, der verlässlich für mich da war, ohne reichlich dafür entlohnt zu werden. Am liebsten hätte ich laut geschrien, wenn ich mir vorstellte, wie mein Dad sich der mentalen Zerreißprobe, die ein öffentlicher Prozess bedeutete, unterziehen musste.

»Huhu. Arya? Ari?« Meine Freundin beugte sich über mich und streichelte mir den Rücken. »Fühlst du dich nicht wohl?«

Stöhnend schlug ich die Decke zurück und wandte Jillian das Gesicht zu. Sie schnappte nach Luft und riss die Hand vor den Mund.

»Hast du etwa geweint?«

Ich setzte mich auf und lehnte mich ans Kopfteil des Betts. Meine Augäpfel fühlten sich groß wie Tennisbälle an, aber ich hatte schon seit Stunden keine Tränen, keine Energie, keine Flüche mehr.

»Allergische Reaktion«, behauptete ich.

Jillian runzelte skeptisch die fein geschwungenen Brauen. Sie hatte den beneidenswerten Teint einer Kardashian *nach* der digitalen Bildbearbeitung, lockiges schwarzes Haar und karamellfarbene Augen. Ihr Outfit – ein fliederfarbenes Tweedkostüm – stammte aus meinem Kleiderschrank.

»Was haben die Kunden gesagt?«

Jillian und ich hatten beide an einem Scheideweg gestanden, als wir unsere Public-Relations-Agentur Brand Brigade gründeten. Sie war damals PR-Beraterin bei einer gemeinnützigen Organisation und musste sich tagtäglich der Annäherungsversuche privilegierter Arschgeigen innerhalb und außerhalb des Unternehmens erwehren, was ihr Leben unerträglich und ihren damaligen Freund rasend eifersüchtig machte. Unterdessen hatte ich fünfundvierzig Stunden pro Woche bei zwei Wahlkämpfen – von denen der eine mit einem Skandal und der andere mit der Vernichtung des Kandidaten endete – als Praktikantin gearbeitet und, von ein paar Komplimenten mal abgesehen, dabei so gut wie nichts verdient.

Irgendwann hatten wir beide die Nase voll gehabt und beschlossen, uns selbstständig zu machen. Vier Jahre war das jetzt her, und wir hatten es nie bereut. Unser Laden boomte, und ich war stolz darauf, für mich selbst sorgen zu können, auch wenn meine Mutter das als einen Akt des Widerstands auffasste.

Jetzt tat ich das, wofür ich wirklich Talent besaß – ich holte meine Klienten aus Bredouillen, in die sie sich selbst hineinmanövriert hatten. Denn wie Jillian so schön sagte, gab es auf diesem Planeten zwei Dinge, auf die immer Verlass war: die Fälligkeit unserer Einkommensteuer jeden fünfzehnten April und die einzigartige Fähigkeit der Menschen, sich in Schwierigkeiten zu bringen.

»Sie haben uns begeistert ihre Zusage gegeben und die

Echte-Körper-Präsentation, die du für Swan Soaps gemacht hast, in den höchsten Tönen gelobt.« Jillian hockte sich neben mich, griff sich eins meiner Kissen und drückte es an ihre Brust. »Der Vertrag sieht eine Probezeit von drei Monaten vor, aber sie haben unterschrieben und auch schon einen Vorschuss bezahlt. Für uns ist das eine Riesengelegenheit, Ari. Stuffed ist der größte Stoffwindelhersteller weltweit.«

Ich spendete Jillian Beifall, weil sie diesen Kunden geangelt hatte, doch mit dem Herzen war ich nicht bei der Sache. Es hatte sich noch immer nicht von dem erholt, was mir heute in Christian Millers Kanzlei widerfahren war.

Jillian stieß mich mit der Schulter an. »Verrätst du mir, was passiert ist? Wir wissen beide, dass das mit der Allergie nur eine faule Ausrede war, damit ich das mit dem Vertragsabschluss loswerden konnte.«

Es war ein Ding der Unmöglichkeit, vor Jillian Geheimnisse zu haben. Sie verfügte über den Instinkt einer FBI-Agentin und konnte eine Lüge meilenweit gegen den Wind riechen.

»Dad muss sich vor Gericht verantworten.«

Sie riss den Kopf hoch. »Das ist ein schlechter Scherz, oder?« Ihr Mund formte ein überraschtes O.

»Schön wär's.«

»Oh, Süße.« Sie sprang aus dem Bett und kam kurz darauf mit zwei Gläsern Rotwein zurück, nachdem sie sich im Flur ihrer Stöckelschuhe entledigt hatte. »Du darfst dich da gedanklich nicht hineinsteigern. Sie haben nichts gegen deinen Vater in der Hand, das hast du selbst gesagt. Wir werden unsere PR-Maschinerie anlaufen lassen und Conrad als den Engel darstellen, der er ist«, versprach sie und reichte mir ein Glas. Es hatte eher die Größe eines Eimers und war bis zum Rand gefüllt.

Ich trank einen Schluck und starrte blinzelnd auf einen imaginären Fleck an der Wand.

»Vielleicht sollte ich ein paar Nachforschungen anstellen«, murmelte ich, mehr an mich selbst gerichtet. »Die Tatsache, dass er mein Vater ist, mal außer Acht gelassen, wiegen die gegen ihn erhobenen Vorwürfe ziemlich schwer.«

Jillian schüttelte energisch den Kopf. »Hallo, wir sind zusammen aufgewachsen, weißt du noch? Ich war seit der Mittelstufe jeden Tag bei dir zu Hause. Ich kenne Conrad. Wir sprechen von dem Mann, der sich jeden Monat mit dir im Cloisters trifft und der seiner Sekretärin ein Jahr lang bezahlten Mutterschaftsurlaub zugestanden hat. Also ehrlich. Wen kümmert es, was Amanda Gispen behauptet?«

Am liebsten hätte ich mir jedes einzelne Wort auf den Körper tätowiert.

»Mal angenommen, sie lügt – warum sollte sie es auf einen Prozess ankommen lassen?« Ich spielte den Advocatus Diaboli.

»Weil er sie hat abblitzen lassen? Weil sie eine Affäre hatten und er einen Schlussstrich zog?«, schlug Jillian vor. »Es könnte hundert Gründe geben. Amanda wäre nicht die Erste, die ein Drama inszeniert. Soll sie doch sagen, was sie will.«

»Unter Eid?« Ich genehmigte mir noch einen Schluck Cabernet. »Sie könnte ins Gefängnis wandern, wenn sie beim Lügen erwischt wird.«

»Theoretisch ja, aber sehr wahrscheinlich ist das nicht. Ich glaube einfach nicht, dass man ihr ihre Geschichte abkauft, Ari.« Sie lächelte mir aufmunternd zu. »Dein Vater wird heil aus der Nummer rauskommen.«

Ich nagte an meiner Unterlippe, während vor meinem geistigen Auge die Erinnerung an Christians hasserfüllten Gesichtsausdruck und Dads ungläubige, verzagte und zutiefst beschämte Miene vorüberflog.

»Übrigens kann ich den Anwalt, der Amanda Gispen vertritt, nicht ausstehen.«

»Anwälte eignen sich schon von Berufs wegen nicht als Sympathieträger.« Jillian bedachte mich mit einem mitleidsvollen Das-solltest-du-eigentlich-wissen-Blick.

»Mag sein, aber dieser Typ spottet jeder Beschreibung, Jilly.«

»Wer ist er?« Sie hakte über der Bettdecke die Zehen in meine, so wie Nicky es früher immer gemacht hatte, wenn wir unter dem Schreibtisch in der Bibliothek saßen und schmökerten. *Ach, Nicky,* dachte ich mit einem wehmütigen Lächeln.

Ich erinnerte mich noch gut an den Tag – es war kurz nach meinem achtzehnten Geburtstag –, an dem ich Dads privaten Ermittler gebeten hatte, Nicky ausfindig zu machen, um festzustellen, ob es ihm gutging. Ich bezahlte den Mann aus meiner eigenen Tasche, mit dem Geld, das ich während des Sommers in einem Souvenirladen verdient hatte.

Nicholai ist tot, Arya.

Meine Reaktion auf diese Nachricht war ein Potpourri aus Nichtwahrhabenwollen, Wut, Tränen und einem mittelschweren Nervenzusammenbruch. Der Ermittler erklärte mir, dass Nickys Schicksal in der Natur der Sache läge, weil Jugendliche wie er oft durch das soziale Netz fielen. Vermutlich sei er an einer Überdosis, bei einem Autounfall unter Alkoholeinfluss oder einer Messerstecherei gestorben. Aber ich hatte Nicholai gut genug gekannt, um zu wissen, dass er kein in kriminelle Aktivitäten verwickelter Taugenichts war. Es fiel mir schwer zu glauben, dass er nicht mehr dasselbe hellblaue Fleckchen Himmel mit mir teilte.

»Er ist einfach nur die schlimmste Pestzecke, die die Welt je gesehen hat«, grummelte ich mit dem Glas an meinen Lippen.

»Und hat diese Pestzecke auch einen Namen?«, hakte Jillian nach.

»Einen ziemlich gewöhnlichen sogar«, schnaubte ich. »Christian Miller. Oder, wie ich ihn zu nennen pflege, der leibhaftige Satan.«

Jillian musste so heftig lachen, dass sie Rotwein auf mein Tweedkostüm *und* mein Bettzeug aus ägyptischer Baumwolle prustete.

»Sag das noch mal.«

»Der leibhaft–«

»Ja, den Teil habe ich mitbekommen. Ich meine, seinen richtigen Namen?«

»Christian Miller«, wiederholte ich leicht genervt. »Danke auch für die Schweinerei. Das ist wahre Freundschaft.«

Jillian flitzte ins Wohnzimmer und kam mit einem mir unbekannten Hochglanzmagazin zurück. Entgegen Christians Annahme las ich nämlich *keine* Klatschblätter oder Modezeitschriften (nicht, dass daran etwas Verwerfliches gewesen wäre).

Sie blätterte durch die Seiten, bis sie gefunden hatte, was sie suchte, dann hielt sie mir das Magazin triumphierend vor die Nase. Trotz meiner geschwollenen Augen erkannte ich Christian auf Anhieb. Bekleidet mit einem umwerfenden Smoking, die Haare sexy zerzaust, blickte er direkt in die Kamera und stellte ein Lächeln zur Schau, das gleichzeitig eine gute Zeit und eine schmerzhafte Trennung versprach.

»Was gucke ich mir da an?«, fragte ich, als hätte ich irgendwann in den letzten fünf Sekunden mein Sehvermögen eingebüßt.

»Lies die Überschrift.«

»*Fünfunddreißig unter fünfunddreißig – die begehrtesten Junggesellen von New York!*«

Na super. Er war nicht nur reich, attraktiv und fest entschlossen, meine Familie zu ruinieren, sondern außerdem auch noch ein gefeierter Promi in der Stadt, in der wir beide lebten.

Name: Christian George Miller
Alter: 32
Größe: 1,88
Beruf: Anwalt bei Cromwell & Traurig
Vermögen: vier Millionen Dollar
Traumfrau: Wäre es politisch inkorrekt, wenn ich zugäbe, dass ich Blondinen bevorzuge? Hochgewachsen und langbeinig, mit dunkelbraunen Augen. Ein naturwissenschaftlicher Hochschulabschluss gibt einen zusätzlichen Pluspunkt. Seriosität ist ein Muss. Sie sollte Spaß an Partys und gutem Wein haben und bereit sein, die weniger ausgetretenen Pfade des Lebens zu erkunden.

Ich schloss die Finger fester um mein Weinglas. Die Worte waren wie ein persönlicher Affront gegen mich, weil seine Traumfrau zufällig das genaue Gegenteil von mir war. Fast schien es, als hätte er ihr absichtlich sämtliche Attribute zugemessen, die ich nicht besaß.

Krieg dich wieder ein, Ari. Christian Miller ist schließlich kein Hellseher. Bis vor sechs Stunden ahnte er noch nicht mal, dass du existierst.

»Ich weiß ja, dass wir ihn hassen sollten, aber da er diesen Fall verlieren und eine ordentliche Bauchlandung hinlegen wird, könntest du mir doch verraten, ob er in echt genauso umwerfend ist wie auf diesem Foto.« Jillian verlagerte ihren Körper auf meinem Bett.

Leider sah er in Wirklichkeit sogar noch besser aus. Natürlich hatte ich nicht den Großmut, das zuzugeben.

»Er ist abartig hässlich. Das reinste Brechmittel.« Ich schleuderte das dumme Magazin in den Papierkorb, und selbstverständlich landete es so darin, dass mich Christians Konterfei weiterhin angrinste. Die Erinnerung an diesen Mann würde mich mein ganzes Leben lang heimsuchen, und sehr wahrscheinlich auch die nächsten vier, falls es so etwas wie Reinkarnation gab. »Das ist doch nur Photoshop. In Wahrheit sieht er aus wie eine Kreuzung zwischen einem Oger und Richard Ramirez.«

»Ramirez ist seit Jahren tot.«

»Exakt.«

Jillian schürzte die Lippen, sie glaubte mir kein Wort. Schließlich sagte sie: »Scheiß auf ihn, auch wenn er aussieht wie ein Halbgott. Er will deiner Familie Schaden zufügen, somit ist er auch mein Feind.«

»Danke.« Ich holte tief Luft, dank ihrer Loyalitätserklärung fühlte ich mich gleich ein klein wenig besser. Zumindest hatte ich Christian Miller jede Chance verbaut, jemals eine der tollsten Frauen in Manhattan erobern zu können. Und Jilly war ein echtes Juwel.

»Nur um ganz sicherzugehen … heißt das, ich kann seine Nummer auf LinkedIn finden«, witzelte sie.

Ich gab ihr einen Klaps auf die Schulter. »*Verräterin.*«

8. KAPITEL

Arya

Damals

Er war hier.

Endlich.

Ich erkannte ihn an seinem Gang, dem Klang seiner Schritte, als seine gefälschten Markenturnschuhe in stetigem, gleichbleibendem, präzisem Rhythmus über den Natursteinboden schlurften. Ich schloss die Augen und stützte mich an einem der Bücherregale in der Bibliothek ab, um nicht das Gleichgewicht zu verlieren. Mein Atem flatterte wie Schmetterlingsflügel.

Zehn lange Monate haben wir uns nicht mehr gesehen. Komm, und such mich.

Eine fieberhafte Aufregung erfasste mich. Es war das erste Mal, dass ich Nicholai zappeln ließ. Nur zu gern hätte ich ihn, begierig, all meine Bücher und Geschichten mit ihm zu teilen, wie ein anhängliches Hündchen an der Tür erwartet. Doch ich beherrschte mich. Ich hatte mir vorgenommen, mich diesen Sommer neu zu erfinden, so geheimnisvoll und verführerisch zu werden wie die heiß umkämpften Heldinnen in meinen Romanen.

Also stand ich in meinem Nachthemd aus mintgrünem Satin in der Bibliothek und wartete, in meiner Hand eine schwarzweiße Taschenbuchausgabe von Ian McEwans *Abbitte*. Ich hatte den Roman schon im Februar gelesen, nachdem ich ihn aus der Schulbücherei entwendet hatte, nur um herauszufinden, wie es sich anfühlte, etwas zu nehmen, das mir nicht gehörte. Seither sehnte ich den Moment herbei, in dem ich Nicky davon erzählen könnte. Obwohl wir in derselben Stadt lebten, war es, als trennten uns Welten, die nie miteinander in Berührung kamen. Wir bewegten uns auf unterschiedlichen Umlaufbahnen, mit unterschiedlichen Schulen, Kontakten und Events. Nur in den Sommerferien kam es zur Kollision, dann explodierte das Universum in einem vielfarbigen Funkenregen.

Seit unserer letzten Begegnung hatte es mich des Öfteren in den Fingern gejuckt, ihm einen Brief oder eine E-Mail zu schreiben oder sogar zum Hörer zu greifen und ihn anzurufen. Aber ich riss mich zusammen. Von ihm kam während des Schuljahrs nie ein Lebenszeichen – warum sollte ausgerechnet ich den ersten Schritt machen? Vielleicht bedeutete ich für ihn nur die lahme Version eines Sommercamps. Vielleicht waren wir noch nicht mal Freunde, sondern nur zwei von ihren Erzeugern vernachlässigte Teenager, die auf engem Raum zusammen die Ferien verbrachten.

Vielleicht hatte er inzwischen eine Freundin.

Vielleichts über Vielleichts.

Also war ich abgetaucht. Ich hatte mir das Buch zu Gemüte geführt und mich den Emotionen überlassen, die es in mir auslöste. Weil sie mir Nicholai nahebrachten. Meinen Nicky.

Die Schritte wurden lauter, kamen näher.

Ich schob mir eine lose Haarsträhne hinters Ohr und beschwor mein Herz, sich zu beruhigen.

Ich hatte mich gleich bei unserer ersten Begegnung, damals auf dem Friedhof, in Nicholai Ivanov verknallt. Allerdings konnte ich das, was ich für ihn empfand, erst benennen, seit sich unter meinen Schulkameraden neuerdings immer mehr Pärchen bildeten. Einen Freund zu haben, war plötzlich keine den schamlosen Mädchen vorbehaltene Sache mehr, sondern der absolute Trend. Und ich war ins Abseits geraten. In der Schule vermieden diese Turteltäubchen zwar jeden Kontakt, dafür nutzten sie sämtliche Ausflüge oder Geburtstagspartys, um miteinander zu tuscheln und rumzumachen.

Letzteres war ebenfalls zu einer Art Initiationsritus geworden, zu etwas, das es auf einer To-do-Liste abzuhaken galt. Nur gab es an meiner Schule keinen einzigen Jungen, den ich küssen wollte.

Die einzigen Lippen, nach denen ich schmachtete, waren Nicholais.

Ich blätterte durch die Seiten von *Abbitte*, bekam die Wörter jedoch nicht zu fassen, sie purzelten nur so durcheinander. Der reinste Buchstabensalat. Es war ein hoffnungsloses Unterfangen, meine Gedanken auf irgendetwas anderes konzentrieren zu wollen als auf ihn.

Und dann … die Erlösung. Aus dem Augenwinkel sah ich, wie Nicholai im Türrahmen auftauchte. In ramponierten Sneakers, zerrissenen Jeans und einem am Saum ausgefransten, verschossenen T-Shirt. Von Jahr zu Jahr nahm seine attraktive Erscheinung immer deutlicher Form an.

Ich gab vor, ihn nicht zu bemerken.

»Was geht ab?« Ein nicht angezündeter Zigarettenstummel baumelte von seiner Unterlippe. Ich fragte mich, was die mondäne Beatrice Roth wohl dazu sagen würde, dass ich einen Jungen küssen wollte, der weggeworfene Kippen von der Straße auflas und sich in den Mund steckte. Wahrscheinlich nicht viel. Von ihr aus könnte ich mir, um einen modischen Akzent zu setzen, ein Körperteil abschneiden – Hauptsache, ich schleppte keine Krankheitserreger ein.

Ich blickte auf. »Oh. Hi, Nicky.«

Sein Anblick traf mich wie ein Blitzschlag. Vor zwei Jahren war er längst nicht so hübsch gewesen. Seine Gesichtszüge wurden von Sommer zu Sommer immer männlicher. Sein Kinn wirkte wie gemeißelt, die Furche zwischen seinen Brauen tiefer, seine Lippen röter. Aber das Nonplusultra waren seine faszinierenden Augen, die exakt die Farbe von blauem Topas aufwiesen. Er war groß, schlank und gelenkig, darüber hinaus haftete ihm eine Aura an, die schwer in Worte zu fassen war. Die eines Teufelskerls, der wusste, wie man sich selber durchschlug, um zu überleben. Mir wurde schlecht bei dem Gedanken, dass seine Schulkameradinnen ihn fast das ganze Jahr über um sich haben konnten.

»Alles klar?« Nicky stieß sich vom Türrahmen ab, kam zu mir geschlendert. Mir fiel auf, dass seine ehemals mageren Arme sehnig und muskulös geworden waren. Er blieb erst stehen, als unsere Zehenspitzen sich berührten, dann nahm er mir das Buch aus der Hand und blätterte lässig durch die Seiten.

Stirnrunzelnd klemmte er sich den Zigarettenstummel hinters Ohr.

»Hi«, wiederholte ich.

»Hallo.« Er hob lächelnd den Kopf, dann wandte er seine Aufmerksamkeit wieder meiner Lektüre zu. Ich konnte es nicht erwarten, ihn diesen Sommer in Badehosen zu sehen.

»Hast du es gelesen?«, fragte ich mit heiserer Stimme und glühenden Wangen.

Er schüttelte den Kopf. »Hab gehört, dass es zum Teil ziemlich heiß hergehen soll.«

»Stimmt. Aber das Rumgemache ist nicht der zentrale Punkt der Geschichte.«

»Es dreht sich doch immer alles nur darum.« Er grinste vielsagend und gab mir das Buch zurück. »Falls Mr Van aufhört, mir seine ausgemusterten *Penthouse*-Exemplare zu überlassen, werfe ich vielleicht irgendwann mal einen Blick rein.«

Eigentlich war das mein Stichwort, ihm zu offenbaren, worum meine Gedanken, meine Träume in den vergangenen Monaten gekreist waren.

»Gratuliere, du hast dich offiziell zu einem Widerling gemausert.«

Er lachte. »Du hast mir gefehlt.«

»Du mir auch.« Ich wickelte eine Haarsträhne um meinen Zeigefinger, fühlte mich so fremd in meinem Körper, als gehörte er nicht zu mir. »Übrigens habe ich mir überlegt, mich für die Theaterklasse anzumelden, wenn ich nach den Ferien die Highschool besuche.«

Das war gelogen, aber ich brauchte eine glaubwürdige Hintergrundgeschichte.

»Coole Idee.« Er fing an, im Zimmer umherzustreifen und alle möglichen Schubladen zu öffnen, auf der Suche nach neuen, glänzenden Dingen, die es zu erforschen galt. Für ihn war mein Zuhause eine Art Erlebnispark. Er liebte es, die Feuerzeuge meines Vaters zu benutzen, die Füße auf den Eichenschreibtisch zu legen und so zu tun, als nähme er auf dem antiken Toscano-Telefon wichtige Anrufe entgegen.

»Ich dachte, vielleicht könnten wir einzelne Szenen von *Abbitte* nachspielen. Als Vorbereitung auf mein Vorsprechen im September.«

»Von welchen Szenen sprechen wir?«

»Den heißen. Ich brauche etwas Gewagtes für das Casting.«

»Etwas Gewagtes?«, echote er, während er in einer Schublade herumwühlte.

»Ja. Sie werden mich nicht nehmen, wenn ich zu bieder rüberkomme.«

Keine Ahnung, was zum Kuckuck ich da faselte.

»Wie unanständig soll es denn werden?« Er klang geistesabwesend, war abgelenkt von seiner Jagd auf etwas, das er einstecken konnte.

Ich schlug Seite einhundertsechsundachtzig des Romans auf und hielt sie vor ihn hin. Er unterbrach seine Durchsuchung der Schubladen und las den Text, während ich gespannt den Atem anhielt. Sowie er fertig war, stellte ich das Buch zurück ins Regal.

»Willst du mich veräppeln?«

Ich schüttelte den Kopf, mein Puls galoppierte.

Nicholai erstarrte, sein Blick flog zwischen den Schreibtischschubladen und mir hin und her. In seinen Augen stand ein Ausdruck von Ungläubigkeit, gepaart mit Wissen, Trotz und Ärger. Ich wollte die Szene einstudieren, in der Robbie Cecilia gegen eines der Bücherregale in der Bibliothek drängt und sie küsst, als stünde der Weltuntergang bevor. Denn für ihn ist es so.

Die feinen Härchen auf meinen Armen hatten sich aufgestellt, ich hatte das Gefühl, mich jeden Moment übergeben zu müssen.

»Wir werden uns nur küssen«, klärte ich ihn auf und täuschte ein Gähnen vor. »Den Schmutzkram lassen wir natürlich weg.«

»*Nur* küssen?«

»Warst du nicht derjenige, der eben behauptet hat, dass sich alles immer ausschließlich darum dreht?« Ich warf die Hände in die Luft.

Ein Lächeln stahl sich auf seine Lippen. Mein Herz tat einen Satz.

»Hast du etwa den Barschrank deines alten Herrn geplündert, Ari?« Nicky kam ganz nah heran und strich mit seinem Finger an meiner Ohrmuschel entlang. Ein Schauder durchlief mich. »Wir dürfen uns nicht küssen. Es sei denn, du legst es darauf an, dass unsere Eltern mich umbringen.«

»Du meinst *uns*.«

»Blödsinn.« Er griff nach seiner Kippe, steckte sie sich in den Mund und kaute auf dem Filter herum. »Solange Daddy Conrad ein Wörtchen mitzureden hat, kommst du mit allem davon. Schuld hat immer der arme Kerl mit dem seltsam klingenden Namen. Ist dir nicht ein gewisses Muster aufgefallen, als wir letzten Sommer all diese Klassiker gelesen haben?«

»Ich werde es niemandem erzählen.« Meine Kehle war eng, wie mit Kieselsteinen gefüllt. Zurückweisung hatte auf einmal einen Geschmack, einen Geruch, einen Körper. Sie war ein lebendiges, atmendes Wesen, und meine Wangen brannten von der Ohrfeige, die sie mir verpasst hatte. Trotzdem konnte ich Nicky nicht einmal böse sein. Schon zu oft hatte ich miterleben müssen, wie sowohl meine Eltern als auch Ruslana Giftpfeile in seine Richtung abfeuerten, um ihn auf seinen Platz zu verweisen.

Wage es bloß nicht, sie anzufassen.

Halte Abstand, Junge.

Solltest du nicht eigentlich deiner Mutter mit dem Abwasch helfen, Nicholai?

»Das weiß ich«, antwortete er. »Und es ist nicht so, dass ich dir nicht vertraue. Nur glaube ich einfach nicht an mein Glück. Falls diese Wohnung überwacht wird oder so was … Ari, dir muss doch klar sein, dass ich das nicht tun kann.«

Sanft, aber endgültig. Thema beendet. Ich verstand ihn, gleichzeitig machte es mich wütend, dass er die Sache so nüchtern betrachtete, wohingegen mir, wo es uns betraf, alle Vernunft abhandenkam. Bittere Galle stieg mir in der Kehle hoch. Dabei war ich gar nicht diese Art von Mädchen. Stattdessen gab ich mir größte Mühe, genau Nickys Erwartungen zu entsprechen. Ich guckte Actionfilme, spielte Wall Ball und benutzte mindestens fünfzehnmal am Tag das Wort *Alter*.

»Lust, 'ne Runde schwimmen zu gehen?« Nicky schloss die Hand um eine kleine Kristallkugel in dem Fach hinter mir und steckte sie ein. Er vergriff sich oft am Eigentum meiner Eltern, und ich hielt ihn nicht davon ab. Vielleicht, weil ich wusste, dass er nie etwas entwenden würde, das mir lieb und teuer war. »Ich hab das ganze Jahr im Pool der YMCA trainiert. Stell dich auf eine herbe Niederlage ein, Prinzesschen.«

Ich spürte ein Brennen in den Augen und wusste, dass mir höchstens fünf Sekunden blieben, um meine Tränen zurückzuhalten.

»Alter«, schnaubte ich. »Wer hat jetzt 'nen Höhenflug? Ich mach dich fertig. Lass mich nur schnell meinen Badeanzug holen.«

»Wir treffen uns in fünf Minuten am Eingang.«

Ich ließ ihn stehen, verschwand in meinem Zimmer und schloss die Tür. Als ich meinen Badeanzug aus der Schublade kramte, zog ich mir eine kleine Schnittwunde am Daumen zu. Aber ich spürte rein gar nichts.

Ich leckte das Blut von dem Finger, dann schaute ich in den Spiegel und setzte mein strahlendstes Lächeln auf.

Das war meine erste Lektion im Erwachsenwerden: Man ging diskret mit Liebeskummer um, verbannte den Schmerz in die hintersten Winkel der Seele. Nach außen gab ich mich stark. Doch im Innern war ich gebrochen.

Nach dem Wettschwimmen – welches Nicky tatsächlich mit weitem Abstand gewann – mied ich ihn für den Rest der Woche.

Ich tat es ganz beiläufig, indem ich mich mit ein paar Freundinnen bei Saks verabredete oder die öffentliche Bibliothek besuchte. Ich ging sogar so weit, meiner Mutter und ihrer langweiligen Clique bei einem Brunch Gesellschaft zu leisten.

Nicky kam trotzdem jeden Tag. Er begegnete mir mit einer stoischen Entschlossenheit, die verriet, wie sehr ihm daran gelegen war, unsere Freundschaft zu erhalten. Währenddessen ließ ich mir jeden Tag einen neuen Plan einfallen, der ihn ausschloss.

Um ihn auf subtile Weise dafür zu bestrafen, dass er mich nicht küsste. Ruslana zwang ihn, ihr bei ihren Aufgaben zu helfen, um ihn beschäftigt zu halten. Sie genehmigte ihm mehrere Pausen am Tag, die er auf dem Balkon vor dem Salon verbrachte. Meiner grenzte direkt daran an, und es war durchaus machbar, wenn auch riskant, sich von einem Balkon auf den anderen zu schwingen. Die gläserne Trennwand war zu hoch, um darüber hinweg zu klettern, darum musste man sich außen am Geländer entlanghangeln, um auf die andere Seite zu gelangen. Was bedeutete, dass man über eine Strecke von einem Meter in luftiger Höhe an einem Hochhaus hing.

Als ich irgendwann in dieser ersten Ferienwoche – Ruslana brachte gerade den Müll runter – von einer weiteren sinnlosen Unternehmung zurückkehrte, eilte Nicky an die Glasscheibe und presste die Hände dagegen. Instinktiv tat ich dasselbe, wie von einem Magneten angezogen.

»Bestrafst du mich?«, fragte er, ohne eine Spur Ärger in der Stimme.

Ich lachte ungläubig. »Wie kommst du darauf?«

»Das weißt du ganz genau.«

»Leidest du an einem etwas zu aufgeblasenen Ego, Nicky?«

Er musterte mich ausdruckslos. Ich kam mir vor wie das letzte Miststück auf Gottes Erdboden. Er probierte es mit einer anderen Taktik. »Sind wir noch Freunde?«

Ich bedachte ihn mit einem mitleidigen Blick. Es war der

gleiche, den die beliebten Mädchen in meiner Klasse mir zuwarfen, wenn ich etwas Altkluges oder Uncooles sagte. Ich hasste ihn. »Es ist doch nichts dabei, wenn ich nicht den ganzen Sommer mit dir verbringen möchte.«

»Denke ich auch.« Er sah mich durchdringend an, so als wollte er eine Lüge nach der anderen zutage fördern. »Aber anscheinend willst du dich nicht mal mehr eine einzige Minute mit mir abgeben.«

»So ein Quatsch. Morgen gehen wir zusammen schwimmen. Nein, warte.« Ich schnippte mit den Fingern. »Ich habe meinem Dad versprochen, dass ich mit ins Büro komme und seiner Sekretärin bei der Aktenablage helfe.«

»Und das hat Vorrang vor mir?« Aus seinen Augen sprühte Feuer.

»Bleib locker, Nicky. Ein bisschen Arbeitserfahrung zu sammeln, schadet nicht. Sowieso sollten wir beide darüber nachdenken, uns in den nächsten Sommerferien einen Job zu suchen. Wir werden allmählich zu alt für das hier.«

Seine Augen wurden schmal, sein Blick zuckte von mir zur Balkonbrüstung und wieder zurück. Was mich zu einem Kopfschütteln animierte. Ich wollte nicht, dass er starb. Höchstens ein kleines bisschen, weil mich seine Abfuhr verletzt hatte. Trotzdem würde ich es nicht überleben, wenn ihm etwas zustieße.

»Nicht über die Barriere!«, warnte ich ihn, dabei hatte ich das Gefühl, dass es um weit mehr ging als das Geländer. Er trat an die Brüstung, bereit, sich darüber zu schwingen. Mir entfuhr ein Keuchen.

Im selben Augenblick rief seine Mutter ihn nach drinnen. Er lächelte.

»Für dich jederzeit, Arya.«

Und er tat es.

Neun zermürbende Tage später, die darin gipfelten, dass ich das ganze Wochenende in mein Kissen heulte. Ich band gerade meine Sneakers zu, bereit, den Nachmittag ziellos durch Manhattan zu stromern, nur um Nicky aus dem Weg zu gehen. Ruslana machte Besorgungen, mein Vater war in der Arbeit, meine Mutter bei einem Yoga-Seminar. In der Wohnung war alles still, bis auf unseren Shih Tzu Fifi, der wie ein Irrer die neue Statue ankläffte, die Beatrice letztes Wochenende auf einer Auktion ersteigert hatte. Dieser Hund war an Niedlichkeit und Dummheit nicht zu überbieten.

Aus dem Augenwinkel bemerkte ich eine Bewegung auf meinem Balkon. Ich wandte den Kopf in die Richtung und entdeckte Nicky, der zwischen Leben und Tod balancierte.

Ich sprang vom Bett auf und rannte zur Tür.

»Du Vollidiot!«, schrie ich mit wild klopfendem Herzen.

Aber Nicky war schlank und athletisch, er hangelte sich sicher über das Geländer und klopfte sich den Staub von den Händen, noch ehe ich draußen angelangt war.

»Du hättest sterben können.« Wutschnaubend schubste ich ihn in mein Zimmer.

»Diese Gnade war mir leider nicht vergönnt, Prinzesschen.«

Ich liebte und hasste den Spitznamen gleichermaßen. Die Stichelei ärgerte mich, aber er nannte mich immerhin eine *Prinzessin*.

»Ich hätte nackt sein können!«

»Dann wäre heute mein Glückstag«, gab er schlagfertig zurück. Er schloss die Tür hinter uns, lehnte sich gegen eine Kommode und kreuzte die Knöchel. Seine Miene war weich und eindringlich zugleich. Wie ein Ölgemälde. Ich kämpfte mit den Tränen. Es war einfach nicht fair, dass er nicht mir gehörte. Dass, selbst wenn es Hoffnung für uns gäbe, wir gezwungen wären, unsere Beziehung geheim zu halten. »Wir müssen reden, Kumpel.«

Daran, wie er das letzte Wort artikulierte, erkannte ich, dass er mich nicht mehr als solchen betrachtete.

»Dann aber ein bisschen dalli. Ich treffe mich in einer halben Stunde mit meinen Freundinnen.«

»Tust du nicht.«

Ich verschränkte die Arme vor der Brust, nahm Abwehrhaltung ein. Weil ich mir vorkam wie eine Närrin. Bis dato waren Nicky und ich Seelenverwandte gewesen, zwischen denen ein unsichtbares Band bestand. Zwei verlorene Teenies in einer großen Stadt. Trotz unseres unterschiedlichen Hintergrunds hatten wir unheimlich viel gemein. Jetzt fühlte sich alles irgendwie falsch an. Nicky hatte Oberwasser, und er wusste, dass ich ihn exakt so mochte. Das Gleichgewicht hatte sich verschoben.

»Hör zu.« Er rieb sich den Hinterkopf. »Ich hab die Nerven verloren, okay? Es liegt nicht daran, dass ich dich nicht küssen möchte. Aber ich wäre gern noch im Besitz meiner Eier, wenn ich auf die Highschool wechsle, und … na ja …«

»… und das kann dir niemand garantieren, falls mein Vater uns erwischt«, vollendete ich den Satz.

Sein Lächeln drückte aus, dass es ihn einen Scheiß kümmerte, was mein Dad von ihm hielt. Ihn interessierte nur, welche Folgen es nach sich ziehen könnte, wenn er es sich mit ihm verscherzte. »Du bringst es auf den Punkt.«

Ich machte einen Schritt vorwärts, ließ die Arme hängen. »Mir ist bewusst, dass mein Vater dazu neigt, mich zu sehr zu beschützen. Das liegt daran, was mit Aaron –«

»Nein«, widersprach er tonlos. »Es liegt daran, dass er ein reicher Mann ist und ich ein armer Schlucker bin.«

»So ist mein Dad nicht«, protestierte ich.

»Doch, ganz genau so ist er. Ganz ehrlich? Wärst du meine Tochter, würde ich auch nicht wollen, dass du dich mit jemandem wie mir abgibst.«

Der Nachdruck in seiner Stimme sagte mir, dass er sich nicht von seiner Meinung abbringen ließe.

»Jedenfalls hätte ich dich nie darum gebeten, wenn ich glauben würde, dass wir erwischt werden könnten. Es tut mir leid. Das war dumm und rücksichtslos und –«

»Arya?«

»Ja?«

»Ich war noch nicht fertig.«

»Oh.« Meine Kehle zog sich zusammen. »Entschuldige. Sprich weiter.«

»Wie schon gesagt, würde ich nicht wollen, dass du dich mit mir abgibst, wenn du meine Tochter wärst.« Kurze Stille. »Aber da du das nicht *bist*, habe ich beschlossen, dass dein Theaterdings das Risiko wert ist. *Nicht*, weil ich Bock drauf hab, dich zu küssen.« Er hob warnend den Finger. »Sondern weil ich der Welt nicht die nächste Meryl Streep vorenthalten will.«

Ein Beben erfasste meinen ganzen Körper. »Ich bin auch nicht scharf drauf, dich zu küssen. Aber ich will unbedingt Schauspielerin werden.«

Die Lüge ging mir bedenklich leicht über die Lippen. In Wahrheit strebte ich eine Schauspielkarriere in etwa mit derselben Inbrunst an wie eine Laufbahn als Zirkusclown. Nämlich gar nicht. Aber der Zweck heiligte nun mal die Mittel.

»Ich verlange zwei Eintrittskarten für den ersten Kinofilm, in dem du die Hauptrolle spielst. Und eine Limousine, die mich zu Hause abholt und zur Premiere chauffiert.« Nicky wedelte immer noch mit dem Finger.

»Limos sind nicht mehr ganz zeitgemäß.«

»Meine Eier, meine Regeln.«

»Was noch?«

»Es sollte besser kein Rohrkrepierer sein. Falls du so eine grottige Leistung ablieferst wie Demi Moore in *Valkenvania*, dann sind wir geschiedene Leute, Ari, das schwöre ich.«

Mir entschlüpfte ein gekünsteltes Lachen. »Abgemacht.« Ich strich mir eine Locke aus dem Gesicht. »Ich schicke dir eine Limo und mache dich stolz, wenn du mir versprichst, dass deine Begleiterin nicht hübscher sein wird als ich.«

»Erstens handeln wir hier keine Bedingungen aus. Immerhin bin ich derjenige, der das alleinige Risiko trägt. Zweitens kannst du ganz unbesorgt sein.« Er guckte ein bisschen verlegen und wippte auf den Fußballen. »Ich kenne kein Mädchen, das hübscher ist als du.«

Die anschließende Stille war plötzlich angefüllt mit Dingen, die keiner von uns auszusprechen wagte. Er räusperte sich.

»Im Übrigen wird meine Mutter mich zwingen, deine Zimmerdecke zu schrubben, wenn du nicht endlich wieder mit mir abhängst. Darum schaff deinen Hintern hier raus, oder du kannst unseren Deal vergessen.«

Hysterie erfasste mich, ich bekam kaum noch Luft. Nicholai Ivanov würde mich wirklich und wahrhaftig küssen.

»Warte in der Bibliothek auf mich«, wies ich ihn an.

»Okay, Sklaventreiberin.«

»Ach, und Nicky?«

Er blieb stehen, drehte sich jedoch nicht um.

»Wenn du noch einmal über die Brüstung kraxelst, musst du dir erst gar keine Sorgen mehr machen runterzufallen. Weil ich dich nämlich eigenhändig umbringen werde.«

Sein Rücken war mir zugewandt, als ich die Bibliothek betrat.

Irgendetwas veranlasste mich, auf der Türschwelle innezuhalten und mich am Anblick des Jungen, der mein Herz gestohlen hatte, zu ergötzen. Er stand, die Hände hinter dem Rücken verschränkt, in aufrechter Haltung vor dem Fenster und bewunderte das Panorama der Stadt, dabei strahlte er dieselbe Kraft aus wie diese Metropole, der tagtäglich zahllose Hoffnungen und Träume zum Opfer fielen.

Plötzlich wurde mir mit erschreckender Klarheit bewusst, dass Nicholai es noch weit bringen würde und für mich dann kein Platz mehr wäre in seinem Leben. Er konnte keinen Ballast brauchen, wenn er Hunts Point erst einmal hinter sich lassen würde.

»Ist dein Vater schon zu Hause?«, fragte er, ohne zu mir herzusehen.

Ich trat über die Schwelle und schloss leise die Tür hinter mir. »Er ist heute zu einer Spendenaktion eingeladen und wird erst nach dem Abendessen zurück sein. Die Luft ist rein.«

Meine Knie fühlten sich an wie Pudding. Bevor ich mein Zimmer verließ, hatte ich vorsorglich noch einen Blick auf die Uhr geworfen und festgestellt, dass es erst vier war. Ruslana konnte zwar jeden Moment vom Einkaufen zurückkommen, aber sie machte sich immer bemerkbar, wenn sie wusste, dass Nicholai und ich zusammen waren. Dann klapperte sie mit Töpfen, saugte den Flur und telefonierte mit lauter Stimme. Sie wollte uns auf keinen Fall bei etwas Verbotenem erwischen. Weil Wissen mit Verantwortung einherging.

Nicky drehte sich auf dem Absatz zu mir um. Seine Miene war grimmig und entschlossen zugleich, er sah aus wie ein Delinquent auf dem Weg in den Todestrakt. Ich wusste, dass er mir nur einen Gefallen tat und sich insgeheim vermutlich davor fürchtete, mich zu küssen. Ich konnte die ganze Sache abblasen und ihm die Unannehmlichkeit ersparen.

Doch dafür fehlte es mir an Selbstlosigkeit.

An Anstand.

Mein Vater behauptete, dass nur Bettler sich Skrupel leisten könnten und moralische Grundsätze überbewertet seien. »Unsereins zahlt zu viele Steuern, um rechtschaffen zu sein«, hatte er einmal ironisch bemerkt.

Ich huschte zu einem der raumhohen Bücherregale, lehnte mich mit dem Rücken dagegen und schloss die Augen. Es kam mir wirklich so vor, als würde ich eine Rolle spielen, zumindest dieser Teil war also nicht gelogen. Jedenfalls in diesem Moment nicht. Ich spürte die Vibration seiner Schritte in meinem Brustkorb, die Hitze seines Körpers, die mir verriet, dass er fast bei mir war. Nicky blieb vor mir stehen, und ich öffnete die Augen. Er war so nah, dass ich nicht sein ganzes Gesicht sehen konnte, sondern nur seine türkisblauen Augen, die glitzerten wie der Ozean. Ob ich wohl einen ebenso verlorenen Eindruck machte wie er? Er wirkte schrecklich verängstigt, so gar nicht ... sexy.

»Ich habe noch nie jemanden geküsst.« Meine Stimme klang zaghaft und belegt. Fremdartig.

»Ich auch nicht.« Er knabberte an seiner Unterlippe. Die leichte Röte auf seinen Wangen machte diesen Augenblick noch kostbarer. Ich wollte ihn genießen wie einen saftigen Pfirsich, den süßen, klebrigen Nektar auf meinen Lippen schmecken.

»Das ist gut. Weil ich mir ziemlich sicher bin, dass ich mich ganz furchtbar anstellen werde.« Ich kicherte verlegen.

»Ausgeschlossen«, versetzte er in ernstem Ton, und aus irgendeinem Grund glaubte ich ihm.

Nicky beugte sich vor, um mich zu küssen, und traf so ungeschickt daneben, dass seine Stirn mit meiner kollidierte. Wir sahen uns an und mussten lachen. Dann versuchte er es erneut, nur dass er dieses Mal die Hände an meinen Hals legte, bevor er meinen Mund mit seinem bedeckte. Seine Lippen waren warm und weich, sie schmeckten nach Tabak und Eiswürfeln und Nicky. Wir ließen beide unsere Augen offen.

»Ist das so okay für dich?«, murmelte er. Speichel glänzte über seiner Oberlippe, auf dem feinen Haarflaum, der noch nie mit einem Rasierapparat in Berührung gekommen war. Mein Herz schlug laut wie eine Trommel. Ich hoffte, dass er sich für immer an das hier erinnern würde, und an das Mädchen, mit dem er seinen allerersten Kuss getauscht hatte.

Ich nickte und strich mit den Lippen über seine. »Mmhmm.«

»Gut«, flüsterte er. »Gott, bist du hübsch.«

»Früher hast du mich hässlich gefunden.« Wir machten rum, flüsterten, hielten uns in den Armen.

»Das war gelogen.« Er schüttelte den Kopf, suchte wieder meine Lippen. »Du warst immer wunderschön, und daran wird sich auch nie etwas ändern.«

Mein Herz machte vor Freude einen Satz. Er schlang die Finger um meine und küsste mich ein weiteres Mal. Es war immer noch ungewohnt, aber ich ließ meine Befangenheit nicht die Oberhand gewinnen. Mir war fast ein bisschen übel, so euphorisch machte es mich, geküsst zu werden. Nicht so sehr wegen der sinnlichen Empfindung an sich, sondern weil *er* sie mir schenkte. Zu wissen, wie viel er für mich riskierte, ließ meine Seele erglühen. Ich spürte ein Ziehen in der Brust, das mit jeder verstreichenden Sekunde stärker wurde, sich entfaltete wie die Blüte einer Blume.

»Nimm deine dreckigen Pfoten von meiner Tochter!«

Und dann ging alles Schlag auf Schlag. Gerade noch presste Nicky seinen Körper an meinen, einen Augenblick später kauerte er inmitten eines Wusts aus Büchern auf dem Boden, während mein Vater sich zu ihm hinabbeugte und ihn am Kragen packte.

Ein lautes Klatschen ertönte, das Geräusch einer Hand, die auf Haut traf. Mein Blickfeld trübte sich an den Rändern ein.

»Ich hätte es wissen müssen, dass du kleiner Wichs–«

Bevor er den Satz zu Ende bringen konnte, stürzte ich mich auf ihn und zog ihn am Arm von Nicky weg. »Daddy! Bitte nicht!«

»– ihr Leben ruinieren wirst!« Mein Vater zerrte ihn hoch und stieß ihn mit voller Wucht rücklings gegen das Regal. Weitere Bücher regneten auf ihre Köpfe herab, aber sie nahmen keine Notiz davon. Dads Gesicht war purpurrot vor Zorn, auf Nickys lag ein Ausdruck von schicksalsergebener Aufsässigkeit. Er versuchte das, was passiert war, weder abzustreiten noch zu erklären. Er zog nicht den Schwanz ein, sondern er würde diese Sache durchstehen, wie er alles in seinem Leben durchstand.

Sein Kopf wurde nach hinten geschleudert, als mein Vater ihm einen Fausthieb verpasste und ihm, dem Geräusch nach zu urteilen, die Nase brach.

Ruslana kam mit einem Besen bewaffnet durch die Tür gestürzt, während ich erschüttert und verwirrt und von Übelkeit überwältigt versuchte, Dads Finger von Nickys Hals loszulösen. Ich hatte ihn nie zuvor handgreiflich erlebt. Mit mir ging er immer nur sanft und liebevoll um, stets darum bemüht, die vielen Defizite meiner Mutter auszugleichen.

»Was ist hier los?«, kreischte Ruslana. Als ihr Blick auf das blutige Gesicht ihres Sohns fiel, der sich einen Anstarrwettbewerb mit meinem Vater lieferte, ging sie dazwischen, indem sie Dad mit ihrem Besen beiseitestieß.

»Los, weg von ihm!«, brüllte sie. »Sie werden ihn noch umbringen, und dann muss ich mich mit der Polizei herumschlagen.«

Das war ihre größte Sorge? Ernsthaft?

»Ihr schmutziger, missratener Sohn hat meine Tochter angefasst. Ich bin früher als erwartet heimgekommen, um mir für die Benefizveranstaltung einen anderen Schlips umzubinden, und ...«

»Oh Himmel!«, schrie Ruslana und wandte sich Nicky zu, der mit seinem zerschlagenen, geschwollenen Gesicht ein Bild des Jammers abgab. »Ist das wahr? Ich hatte dir *verboten*, sie anzurühren!«

Er streckte trotzig das Kinn vor.

»Los, sag was!«, befahl sie.

Nicky sah meinen Vater an und lächelte. Sein Zahnfleisch blutete. »Sie hat gut geschmeckt, Sir.«

Mein Vater versetzte ihm einen Schlag mit dem Handrücken und fügte ihm mit seinem Siegelring eine weitere blutende Wunde zu. Nickys Kopf flog zur Seite, er knallte mit der Schläfe gegen das Bücherregal. Das alles war allein meine Schuld. Es gab so vieles, das ich gern getan hätte.

Nicky sagen, dass es mir leidtat und ich nicht gewusst hatte, dass Dad nach Hause kommen würde.

Ihm helfen.

Meinem Vater und Ruslana die Sache erklären. Ich musste Schadensbegrenzung betreiben. Um Nicky zu beschützen.

Aber die Worte blieben mir in der Kehle stecken. Sie saßen wie ein dicker Kloß in meinem Hals. Ich öffnete den Mund, doch es kam nichts heraus.

Er kann nichts dafür.

»Geh auf dein Zimmer, Arya«, bellte mein Vater. Er marschierte zur Tür und wies mit dem Kopf zum Flur. Ich rührte mich nicht von der Stelle. »Verschwinde, verflucht noch mal.«

Dann stellte ich mir vor, wie es sich auf mein Leben auswirken würde, wenn mein Vater beschlösse, sich ein Beispiel an meiner Mutter zu nehmen, indem er mich vernachlässigte, mich ignorierte und wie ein Möbelstück behandelte.

Die Schamesröte stand mir im Gesicht, als ich schließlich auf bleischweren Beinen und zu meiner eigenen Bestürzung den Raum verließ.

Ich spürte Nicholais Blick in meinem Rücken, wurde verzehrt von Schuldgefühlen wegen meines Verrats.

Ich wusste, dass er mir niemals vergeben könnte.

Nichts je wieder so sein würde wie zuvor.

Ich meinen besten Freund verloren hatte.

9. KAPITEL

Christian

Heute

Ich erkannte sie auf Anhieb wieder.

Der grazile Hals, der ätherische Ava-Gardner-Blick aus grünen Katzenaugen. Aryas Anmut und Eleganz schien sich mit jedem Lebensjahr zu steigern. Mit dreizehn war sie hübsch gewesen. Mit einunddreißig sah sie einfach umwerfend aus. Ihre Aura von Unschuld, der Eindruck von Unverderbtheit und Unantastbarkeit hatte zwar ein paar Risse bekommen, war ansonsten jedoch noch immer intakt. Sie war wie ein Leuchtfeuer. Ich wollte ihr ihre Strahlkraft nehmen, ihr inneres Licht auslöschen und sie mit mir in die Dunkelheit zerren.

Als ich sie an der Rezeption des Van-Der-Hout-Gebäudes entdeckte, konnte ich mein Glück kaum fassen. Sie hatte sich also dazu entschlossen, dem Ganzen beizuwohnen und den Niedergang ihres Vaters von einem Logenplatz aus zu beobachten. Anders konnte ich mir ihr Erscheinen nicht erklären. Meine unmittelbare Reaktion war, sie anzusprechen. Um herauszufinden, ob auch sie mich erkannte. Ob ich ihr je etwas bedeutet hatte oder in ihren Augen einfach nur der Sohn der Haushälterin war. Der Junge, der ihr den ersten Kuss geraubt und teuer dafür bezahlt hatte.

Sie hatte keine Ahnung, wer ich war. Kein Wunder. Ich war für sie nie mehr als eine Eintagsfliege gewesen, eine belanglose Anekdote. Das Bedürfnis, sie zu bestrafen, ihr zu zeigen, dass diese neue Version von mir niemand war, den man ignorieren oder auf Nimmerwiedersehen in einer Einrichtung verschwinden lassen konnte, fuhr in mich wie ein Blitz. Also ließ ich meinen Rachegelüsten freien Lauf.

Indem ich mitten in einer Mediationssitzung unflätiges Zeug faselte wie irgendein drittklassiger Rapper.

Ich jedes Angebot der Gegenseite ablehnte, inklusive eines verlockenden achtstelligen Betrags.

Ich Aryas Gesicht mit den Augen aufsaugte, als wäre ich immer noch dieser vierzehnjährige, hormongesteuerte Junge, der nach jedem Fitzelchen Aufmerksamkeit gierte, das sie mir zuteilwerden ließ.

Ich nippte an meinem Whiskey und betrachtete von meinem Apartment in der Park Avenue aus die Skyline von Manhattan. Es verfügte nur über zwei Zimmer, doch es gehörte mir, war vollständig abbezahlt. Ich setzte immer auf Qualität statt auf Quantität.

»Kommst du ins Bett?«, ertönte Claires Stimme hinter mir. Ich konnte ihre Spiegelung in der Scheibe des bodentiefen Fensters sehen, sie lehnte, nur mit meinem weißen Anzughemd bekleidet, die langen Beine nackt, im Türrahmen.

»In einer Minute.«

»Ich bin hier, falls du Redebedarf hast«, fügte sie hinzu. Aber es hätte keinen Sinn, mich ihr anzuvertrauen, sie würde mich nicht verstehen. Das tat sie nie.

Ich hasse Sie, hatte Arya an diesem Nachmittag in der Kanzlei zu mir gesagt. Und sie meinte es ernst, das hatte ich daran erkannt, dass ihre Unterlippe genauso gezittert hatte wie damals, als sie mir von Aaron erzählte.

Die gute Nachricht war, dass das Gefühl auf Gegenseitigkeit beruhte und ich darauf brannte, ihr zu zeigen, wie sehr.

Sie sind ein grässlicher Mann.

Dem musste ich zustimmen. Andernfalls hätte ich die Finger von diesem Fall gelassen.

Mit einem leisen Knurren warf ich das Whiskeyglas gegen das doppelt verglaste Fenster und beobachtete, wie die bernsteinfarbene Flüssigkeit die Scheibe hinabbrann und sich zu den glitzernden Glasscherben gesellte, die schon bald von irgendeinem dienstbaren Geist aufgesammelt würden.

Das war der Mensch, zu dem ich geworden war.

Einer, der noch nicht einmal die Namen der Leute kannte, die sich um sein Zuhause kümmerten.

Ich hatte derart konsequent mit meiner Vergangenheit gebrochen, dass ich mich gelegentlich fragte, ob sie tatsächlich real gewesen war.

Bis mir wieder bewusst wurde, dass mich einzig und allein mein Bankguthaben von Nicholai unterschied.

Arya Roth würde in der Währung bezahlen, die ihr wichtiger war als alles andere.

Ihrem Vater.

Wenige Tage später wusste das ganze Land, dass ich in Amanda Gispens Namen beim US-Bundesgericht des südlichen Bezirks von New York Klage eingereicht hatte. Kaum dass das EEOC unserem Antrag auf ein Verfahren stattgegeben hatte, ließ ich die Klageschrift dem Gericht per Boten zustellen. Sämtliche Zeitungen berichteten darüber, die Nachrichtensender brachten die Story als Eilmeldung. Um der Presse zu entwischen, ließ ich mich von einem Uber-Wagen nach Hause chauffieren und mogelte mich durch die Tiefgarage ins Gebäude. Claire würde bei dem Prozess als meine Assistentin fungieren, worüber ihre Eltern so sehr aus dem Häuschen waren, dass sie einen riesigen Blumenstrauß in die Kanzlei schickten, als hätte ich mich mit ihr verlobt.

»Sie möchten dich gern kennenlernen, wenn sie nächste Woche aus Washington D.C. zu Besuch kommen«, teilte mir Claire mit, als ich sie zu dem Bouquet beglückwünschte. »Ich weiß, dass für Mittwoch und Donnerstag Befragungen angesetzt sind, aber ...«

»Tut mir leid, Claire. Das kommt nicht infrage.«

Amanda hatte die strikte Anweisung, mit niemandem über den Fall zu sprechen. Sie war untergetaucht und hatte sich bei ihrer Schwester einquartiert. Ich würde nicht zulassen, dass Conrad Roth oder seine gehässige Tochter irgendwelche Manöver versuchten. In dieser Nacht schlief ich zum ersten Mal seit fast zwanzig Jahren wie ein Baby.

10. KAPITEL

Christian

Damals

Hinterher spürte ich nur noch heißen, hilflosen, ohnmächtigen Zorn.

Ich war unbeschreiblich wütend.

Auf Arya, die mein Leben zerstört hatte, indem sie mir eine Falle stellte, damit ihr Vater uns erwischen konnte.

Auf Conrad Roth, diesen widerwärtigen, multimillionenschweren Schlägertypen, der glaubte – nein, *wusste!* –, dass er mit dem, was er mir angetan hatte, ungestraft davonkommen würde, so wie er mit allem davonkam.

Und in gewissem Maße sogar auf meine Mutter, von der ich längst kaum noch irgendetwas erwartete und die es trotzdem immer wieder schaffte, mich mit ihrem illoyalen Verhalten zu überraschen.

Aber ich hatte kein Ventil für meinen Zorn. Er war wie eine große, dicke schwarze Wolke, die über meinem Kopf schwebte. Unerreichbar und dennoch real. Ich konnte es Arya nicht heimzahlen – sie hatte Conrad hinter sich. Ich konnte es Conrad nicht heimzahlen – er hatte ganz Manhattan hinter sich.

Nachdem ich von Conrad den finalen Fausthieb kassiert hatte, war ich wie ein geölter Blitz aus dem Penthouse geflüchtet. Mein blutiges Gesicht hatte im Bus unbehagliche Blicke auf sich gezogen, und das sogar seitens der Einheimischen, die in New York an so ziemlich *alles* gewöhnt waren. Ich stolperte zu unserer Wohnung, nur um dort festzustellen, dass ich keinen Schlüssel hatte. Er befand sich in Moms Handtasche und brannte vermutlich ein Loch hinein, während sie mein Blut von den glänzenden Marmorböden wischte.

Mir kam eine Idee, wie ich meinem Zorn zumindest vorübergehend Luft machen konnte.

Ich drosch auf die Tür ein.

Beim dritten Hieb fingen meine Knöchel zu bluten an.

Ich boxte so lange gegen das Holz, bis ein Spalt darin klaffte und meine Fingerknochen gebrochen waren.

Noch ein paar letzte Schläge, dann war die Öffnung endlich groß genug, dass ich meine blutverschmierte Hand hindurchschieben und die Tür von innen aufmachen konnte.

Meine Finger waren entsetzlich geschwollen und sahen irgendwie schief aus.

Das war das Problem mit Brüchen, dachte ich.

Sie konnten den entlarven, der Schaden angerichtet hatte.

Darum würde ich zusehen, dass ich schnell wiederhergestellt wäre, und mir meinen Hass auf Conrad und Arya Roth für später aufsparen.

Sie sollten noch von mir hören.

Danach konnte ich nicht länger in New York bleiben. Jedenfalls nach Ansicht meiner Mutter.

Natürlich sagte sie mir das nicht persönlich, schließlich war ich nur ein nutzloser Bengel. Stattdessen teilte sie ihren Entschluss ihrer Freundin Sveta während eines lauten, hitzigen Telefonats mit. Ihre schrille Stimme schallte durch das kleine Mehrfamilienhaus, dass die Dachschindeln wackelten.

Ich bekam nur einzelne Gesprächsfetzen mit, während ich auf der mit Plastikfolie überzogenen Couch der Vans lag und einen Beutel Tiefkühlerbsen auf meinen Kiefer drückte.

»… wird ihn umbringen … sagt, ich habe ihm ein Versprechen gegeben … mir überlegt, ihn in eine, wie heißt das Wort? Erziehungsanstalt? … hatte ihn gewarnt, die Finger von dem Mädchen zu lassen … vielleicht eine Schule in einer anderen Stadt … Schaff dir bloß keine Kinder an, Sveta. Kann ich dir nur raten.«

Jacq, die siebzehnjährige Tochter von Ms Van, streichelte mir übers Haar. Zum Glück war zufällig gerade Mr Van aufgetaucht, um mir sein ausgelesenes *Penthouse* zu bringen, als Mom mich vor die Tür setzte, weil ich andernfalls diese Nacht keinen Schlafplatz gehabt hätte.

»Deine Nase ist gebrochen.« Jacq fuhr mit ihren langen Fingernägeln über meine Kopfhaut, und mir lief ein wohliger Schauer über den Rücken.

»Ich weiß.«

»Eine echte Schande. Jetzt bist du gar nicht mehr hübsch.«

Ich versuchte zu lächeln, doch es gelang mir nicht. Mein Gesicht war zu verquollen. »Mist, verdammter. Dabei hatte ich fest auf diese Einkommensquelle gesetzt.«

Sie kicherte.

»Was, glaubst du, wird jetzt mit mir passieren?« Ich fragte das nicht, weil ich annahm, dass sie darauf eine Antwort hätte, sondern weil sie der einzige Mensch auf der Welt war, der noch mit mir sprach.

Jacq dachte kurz nach. »Keine Ahnung. Aber ehrlich gesagt scheint mir deine Mom eine ziemliche Rabenmutter zu sein. Ich schätze, sie wird dich in die Wüste schicken.«

»Klingt logisch.«

»Hättest das mit dem Knutschen lieber mal sein lassen sollen, Herzblatt. Hey, hat dir schon mal jemand gesagt, dass du tolle Wimpern hast?«

»Baggerst du mich etwa an?« Ich wollte die Brauen hochziehen, aber dann wäre die Wunde darüber wieder aufgeplatzt.

»Kann schon sein.«

Mir entfuhr ein Stöhnen. Ich hatte dem weiblichen Geschlecht mit dem heutigen Tag für immer abgeschworen.

»Hat Ruslana dir je die Wimpern gestutzt, damit sie dichter nachwachsen?«

Ich schüttelte den Kopf. »Wie ich sie kenne, hat sie mir früher wahrscheinlich noch nicht mal die Windeln gewechselt.«

Das war für mehrere Jahre meine letzte Nacht in New York City.

Am nächsten Morgen klopfte meine Mutter an die Tür der Vans, um anschließend meine wenigen Habseligkeiten in den Kofferraum eines Taxis zu werfen.

Sie sagte mir nicht auf Wiedersehen, sondern gab mir nur den Rat, keinen Ärger zu machen.

Dann wurde ich an die Andrew-Dexter-Jungenschule am Stadtrand von New Haven, Connecticut, verfrachtet.

Und das nur wegen eines einzigen dummen Kusses.

11. KAPITEL

Christian

Damals

Meine Mom würde kommen. Sie musste einfach.

Inzwischen wagte ich nicht mehr oft zu hoffen. Aber heute tat ich es.

Vielleicht, weil Weihnachten vor der Tür stand und ein winzig kleiner Teil von mir seinen kindlichen Glauben, dass an diesem Hokuspokus etwas dran war und Wunder geschehen konnten, nicht verloren hatte.

Ich war beim besten Willen kein guter Christ, aber ich hatte mir sagen lassen, dass Gott an allen seinen Kindern Barmherzigkeit übte, selbst den missratenen.

Nun, ich war ein Kind, und ich brauchte dringend eine Verschnaufpause. Dies war seine Gelegenheit, Wort zu halten. Mich von seiner Existenz zu überzeugen.

Ich hatte meine Mutter seit Monaten nicht gesehen. Die Tage zogen vorüber, vollgepackt mit Hausaufgaben und Schwimmtraining. An meinem fünfzehnten Geburtstag hatte ich mir an der Tankstelle einen abgepackten Muffin gekauft und mir gewünscht, dass ich das nächste Jahr lebend überstehe. Seit ich New York verlassen hatte, hatte ich nicht einmal einen halbherzigen Anruf von meiner Mom bekommen, nicht eine einzige Nachfrage, wie es mir geht. Sondern nur diesen zerknitterten, mit Wasserflecken, Fingerabdrücken und Spuren irgendeiner Soße verunzierten Brief, den sie mir vor zwei Monaten in ihrer nach rechts geneigten Handschrift geschrieben hatte.

Hallo Nicholai,
wir werden das Weihnachtsfest in meiner Wohnung
verbringen. Ich hole dich mit einem Mietwagen ab. Warte am
zweiundzwanzigsten Dezember um vier Uhr am Eingang auf
mich. Und verspäte dich nicht, sonst fahre ich allein zurück.
Ruslana

Die Nachricht war kalt, unpersönlich und freudloser als jede Beerdigung. Trotzdem war ich ganz aus dem Häuschen, dass sie sich überhaupt noch an mich erinnerte.

Ich stand, meinen Rucksack mit all meinem weltlichen Besitz zwischen meinen Beinen, auf der Treppe, die zum doppelflügeligen Eingangsportal meiner Schule führte. Nervös warf ich einen Blick auf die Uhr, während ich mit meinem löchrigen Halbschuh auf den Boden trommelte. Darauf zu warten, dass meine Mutter endlich auftauchte, ließ mich an die vielen Male zurückdenken, die ich auf dem Friedhof ausgeharrt hatte. Nur war jetzt kein hübsches Mädchen an meiner Seite, um mir die Zeit zu vertreiben. Leider hatte sich besagtes hübsches Mädchen als eine falsche Schlange entpuppt. Ich wünschte Arya, wo auch immer sie derzeit stecken mochte, die Pest an den Hals.

Ein Tritt in den Hintern riss mich aus meiner Gedankenversunkenheit. Richard Rodgers – besser bekannt als Dickie – ließ der Vollständigkeit halber noch eine Kopfnuss folgen, als er die Stufen hinuntersprang und auf den schwarzen Porsche zueilte, der vor dem Tor des Internats wartete.

»Mom!«

»Schätzchen!« Angetan mit so viel Echtpelz, dass es für drei ausgewachsene Eisbären gereicht hätte, entstieg Dickies Jet-set-Mutter der Beifahrerseite. Mein Klassenkamerad warf sich in ihre ausgebreiteten Arme. Sein Vater saß hinter dem Steuer und lächelte gezwungen wie ein Kind bei der Sonntagsmesse. Kaum zu glauben, dass jemand wie Richard, dessen einziger Achtungserfolg darin bestand, dass er das Alphabet mit den Achseln furzen konnte, von diesem heißen Feger einer Mutter geliebt wurde. Sie rückte ein Stück von ihm ab, um ihn besser in Augenschein nehmen zu können, und legte die gepflegten Hände an seine Wangen. Mein Herz zuckte und zappelte wie ein Wurm am Angelhaken. Jeder Atemzug tat weh.

Wo zur Hölle bleibst du, Mom?

»Du siehst fantastisch aus, Schätzchen. Ich habe dir einen Streuselkuchen gebacken. Den isst du doch so gern«, zirpte Dickies Mutter.

Mein Magen knurrte. Endlich stiegen sie in den Wagen und brausten davon. Wurde auch Zeit, dass sie verschwanden und nicht länger die Zufahrt blockierten.

Sie würde kommen. Sie musste. Sie hatte es versprochen.

Eine weitere Stunde verstrich. Der Wind frischte auf, der graue Himmel färbte sich schwarz. Von meiner Mutter war noch immer nichts zu sehen, und mein letzter Rest Zuversicht fing an zu bröckeln wie das alte Küchlein, das der Hausmeister am Tag nach Thanksgiving in mein Zimmer geschmuggelt hatte, weil er wusste, dass ich der einzige Schüler war, der im Internat bleiben würde.

Vier Stunden, sechzehn Schläge auf den Rücken und »Man sieht sich nächstes Jahr«-Abschiedsgrüße später war es stockdunkel und bitterkalt, dicke, weiche Schneeflocken trudelten wie Wattebäusche vom Himmel.

Ich nahm die Kälte nur am Rande wahr. Genau wie die Tatsache, dass meine Schuhe komplett durchnässt und auf meiner rechten Wange zwei Tränen gefroren waren. Die Erkenntnis, dass meine Mutter mich an Weihnachten versetzte und ich, wie üblich, die Feiertage allein verbringen würde, wischte alles andere beiseite.

Etwas Flauschiges landete auf meinem Kopf. Bevor ich herausfinden konnte, was es war, ließ Riggs Bates, ein Junge aus meinem Schwimmteam, sich neben mir auf der Treppe nieder und ahmte meine Kauerhaltung nach.

»Was ist los, Ivanov?«

»Geht dich einen Dreck an«, fauchte ich, während ich mir die rote Nikolausmütze vom Kopf riss und auf den Boden warf.

»Ganz schön großmäulig für eine halbe Portion wie dich.« Der gut aussehende Mistkerl stieß einen anerkennenden Pfiff aus und musterte mich neugierig.

Ich wandte mich ihm zu und boxte ihn kräftig in den Arm.

»Autsch! Wofür war das, du Mistkerl?«

»Damit du endlich die Schnauze hältst«, knurrte ich. »Oder was dachtest du?«

Was machte er überhaupt hier?

»Fahr zur Hölle«, gab Riggs launig zurück; er schien die Situation rasend komisch zu finden.

»Da bin ich schon«, konterte ich. »Was sollte dieser Ort hier sonst sein?«

Die Andrew-Dexter-Jungenschule war eine katholische Einrichtung im Herzen des ländlichen Connecticut. Das ursprünglich als nobelstes Luxushotel an der Ostküste gedachte Gebäude war 1891 von einem Eisenbahnmagnaten in Auftrag gegeben worden, bevor aufgrund finanzieller Engpässe die Bauarbeiten dann für etliche Jahre auf Eis gelegt werden mussten. Nach Ende des Ersten Weltkriegs wurden sie schließlich von einer Gruppe reicher europäischer Einwanderer vollendet, die das Gebäude mit einer Handvoll Lehrer und Priester bestückten und als Abstellgleis für ihre missratenen Söhne nutzten. Ein gewisser Andrew Dexter war einer dieser Priester und zugleich Namensgeber des ersten Jungeninternats in Amerika.

Die Schule war ein Drecksloch, da gab es nichts zu beschönigen. Um zum nächstgelegenen 7-Eleven-Laden zu gelangen, musste man einen Fußmarsch von fünfzehn Kilometern in Kauf nehmen. Wir waren von der Außenwelt abgeschnitten, und das aus gutem Grund. Das Internat beherbergte einige der verkommensten Teenager des Landes. Das Gute daran: Im Fall einer Zombie-Apokalypse hätten wir anderen einen Puffer, bevor die Hirnfresser uns angriffen.

Es war offensichtlich, dass meine Mutter nicht kommen würde und ich, genau wie letztes Jahr, Weihnachten allein verbringen würde. Der Hausmeister war damals mein einziger Ansprechpartner gewesen, er schaute regelmäßig nach mir, um sicherzustellen, dass ich mir nichts antat. Was mir nicht im Traum eingefallen wäre. Stattdessen stöberte ich in den Archiven gelungene College-Bewerbungen auf und druckte sie aus. Mein Ziel war, Millionär zu werden. Wenn die Eltern all der Knalltüten, von denen ich umgeben war, das geschafft hatten, warum sollte es mir nicht gelingen?

»Wieso bist du überhaupt noch hier?« Ich schlang die Arme um meine Knie und maß Riggs mit finsterem Blick.

Er zuckte mit den Achseln. »Hab keine Familie mehr, du erinnerst dich?«

»Eigentlich nicht, nein.« Ich zog die Brauen hoch. »Über dich Buch zu führen, zählt nicht zu meinen Lieblingsbeschäftigungen.«

Ich redete so gut wie nie mit Riggs oder irgendwem sonst an

der Schule. Gespräche schufen Nähe, und darauf legte ich absolut keinen Wert. Weil auf Menschen kein Verlass war.

»Verständlich. Jedenfalls bin ich bei meinem Großvater aufgewachsen, und er hat letztes Weihnachten das Zeitliche gesegnet.«

»Üble Sache.« Ich wackelte mit den Zehen, um das taube Gefühl zu vertreiben. Allmählich spürte ich die Kälte. »Aber bestimmt kannst du dir einfach einen neuen Opa oder so kaufen.« Es hieß, dass Riggs in Geld schwamm.

»Geht leider nicht.« Er reagierte unerwartet gelassen auf meine Stichelei, dabei hatte ich eigentlich eine Abreibung verdient. »Das Original ist unersetzlich.«

»Tut mir echt leid für dich.«

Riggs versuchte den Atem, der aus seinem Mund dampfte, zu Kringeln zu formen. »Diese Feiertage sind die schlimmsten des ganzen Jahres. Man sollte sie abschaffen. Falls ich je eine Wohltätigkeitsorganisation gründe, werde ich sie ›Tod dem Weihnachtsmann‹ nennen.«

»Mit üppigen Spendengeldern brauchst du da nicht zu rechnen.«

»Täusch dich mal nicht, Ivanov. Ich kann ziemlich überzeugend sein, und reiche Menschen lieben es, ihr Geld für Mist auszugeben. Mein Großvater hatte eine Klobrille aus massivem Gold. Da fühlt man sich beim Kacken wie ein König.« Er schnalzte mit der Zunge, schien ganz in seinen nostalgischen Erinnerungen zu schwelgen.

»Dann fährst du in den Ferien nie nach Hause?« Langsam ließ ich jede Hoffnung, dass meine Mutter noch kommen würde, fahren und dachte über das nach, was Riggs gerade gesagt hatte. »Warte mal. Über Thanksgiving warst du nicht hier.«

Riggs lachte auf. »Oh doch. Arsène und ich haben heimlich im Wald gezeltet. Wir haben Marshmallows am Lagerfeuer gegrillt und mehr oder weniger versehentlich einen kleinen Brand gelegt.«

»Ihr wart das?« Meine Augen wurden groß wie Untertassen. Wir hatten danach einen ganzen Tag lang eine Unterweisung in Gesundheitsschutz und Sicherheit bekommen und waren alle zu einem Wochenende Hausarrest verdonnert worden.

Riggs grinste mit vor Stolz geblähter Brust. »Ein Gentleman genießt und schweigt.«

»Du hast es mir doch gerade erzählt.«

»Stimmt. Natürlich haben wir das Feuer gelegt. Aber die Marshmallows waren die Sache echt wert, Kumpel. So süß und fluffig.« Er drückte einen Kuss auf seine Fingerspitzen.

»Wo ist Arsène gerade?« Ich ließ meine Blicke umherschweifen, als würde er jeden Moment hinter den Kiefern auftauchen. Ich kannte Arsène Corbin kaum, aber ich hatte gehört, dass er ein geistiger Überflieger war und seiner Familie ganze Straßenzüge in Manhattan gehörten.

»Oben in der Küche. Er zaubert einen Nudelauflauf mit Schinken und Käse und eine Ramen-Suppe. Hat mich losgeschickt, damit ich den hier hole.« Riggs fischte einen Flachmann aus dem Kragen seiner Jacke. »Aus Plaths Büro. Dann habe ich deine jämmerliche Gestalt auf der Treppe entdeckt und mir gedacht, ich sag dir, dass Arsène und ich hier sind.«

»Hat er denn auch keine Familie?« Hoffnung keimte in mir auf. Es fühlte sich gut an, zu wissen, dass ich nicht der Einzige war. Was gleichzeitig bewies, dass manche Erwachsenen zum letzten Abschaum gehörten.

»Doch, schon. Aber er hasst sie. Er hat wegen irgendwas Megazoff mit seiner Stiefschwester.«

»Cool.«

»Nicht für ihn.«

»Er könnte sie doch einfach ignorieren und sich in sein Zimmer verziehen.«

»Leichter gesagt als getan.« Riggs streckte mir den Flachmann hin, bot mir einen Schluck daraus an. Mein Blick glitt zu der flachen, silbernen Flasche und dann zurück zu ihm.

»Plath wird uns umbringen«, sagte ich knapp. Ich wusste, dass Conrad Roth einen Haufen Geld in diese Einrichtung fließen ließ, um sicherzustellen, dass man mich niemals aus diesem backsteinernen Spukhaus rauswerfen würde. Hierher schickte man Kids, die ihre Lehrer schlugen, das Vermögen ihrer Familien verzockten oder eine Drogenkarriere eingeschlagen hatten. Danach waren sie nicht mehr das Problem ihrer Eltern, sondern das von Rektor Plath.

»Nicht, wenn wir das selbst erledigen. Was durchaus der Fall sein könnte in Anbetracht von Arsènes Kochkünsten, den Mengen an Alkohol, die ich uns beschafft habe, und den Feuern, die wir legen werden. Kommst du jetzt endlich, oder was?« Eine Strähne seiner goldblonden Haare fiel ihm über die Augen, als er aufstand.

In diesem Moment erkannte ich zum ersten Mal, dass Riggs Bates wirklich der tolle Hecht war, für den er selbst sich hielt, und nicht irgendein reicher Lackaffe, der auf andere hinunterschaute.

Ich warf einen letzten, zögerlichen Blick auf die verwaiste Zufahrt.

»Mach dir nichts draus, Ivanov. Andere Menschen sind nicht so wichtig. Besonders Eltern nicht.«

»Sie hat gesagt, dass sie kommen wird.«

»Und ich habe letzte Woche gesagt, dass ich Dickies hausgemachte Lasagne nicht essen werde. Bis ich zwei Stunden später dann doch Nudelblätter und Auberginen ins Klo gekotzt habe.«

Ich stützte die Hände auf den Knien auf und stemmte mich hoch.

»Na komm.« Er gab mir einen Klaps auf den Rücken. »Es hat etwas Befreiendes zu realisieren, dass man seine Erzeuger nicht braucht.«

Vielleicht war sie in einen Schneesturm geraten und steckte irgendwo fest, wo es kein Handynetz gab.

Vielleicht verspätete sie sich, weil die Straßen wegen der bevorstehenden Feiertage völlig verstopft waren.

Vielleicht war sie in einen schrecklichen Unfall verwickelt worden.

Was immer der Grund war – sie kam nicht.

Arsènes Nudelauflauf war grauenhaft. Klumpig, halb gar und durchsetzt mit Kügelchen aus irgendeinem orangefarbenen Pulver. Seine Ramen-Suppe hätte ich liebend gern gegen eine Tasse Bleichmittel getauscht – dabei hatte ich nicht mal gewusst, dass man Fertigsuppe verhunzen konnte. Trotzdem schlürften wir jetzt aus Styroporbechern muffig schmeckende Instantnudeln, die in einer Brühe schwammen, welche verdächtig an Urin erinnerte. Riggs mischte den ominösen Inhalt des Flachmanns mit Tropicana, wodurch ein scharfes Gebräu mit einer leichten Spülmittelnote entstand. Ich war eindeutig am Tiefpunkt meines Lebens angekommen. Falls Gott tatsächlich existierte, würde ich ihn verklagen.

Wir saßen alle drei auf der unteren Etage von Arsènes Stockbett und benutzten die Matratze seines Mitbewohners Simon als Beinablage.

»Gefällt mir, wie du dein Zimmer dekoriert hast.« Riggs wies mit seinen Essstäbchen zu einer Wand, auf der in Arsènes ordentlicher, geschwungener Handschrift mit einem schwarzen Stift unzählige Male derselbe Satz geschrieben stand:

Ich hasse Gracelynn Langston. Ich hasse Gracelynn Langston. Ich hasse Gracelynn Langston. Ich hasse Gracelynn Langston. Ich hasse Gracelynn Langston. Ich hasse Gracelynn Langston …

»Wer ist Gracelynn Langston?« Ich schluckte einen Bissen von dem Auflauf, ohne ihn zu kauen.

»Arsènes böse Stiefschwester«, klärte Riggs mich auf und beförderte mit seinen Stäbchen eine Ladung Ramen-Nudeln in seinen Mund. Es gab viele Dinge, die reiche Kids im Gegensatz zu mir beherrschten. Der Gebrauch von Essstäbchen zählte dazu.

Ich fing einen giftigen Blick von Arsène auf, bevor er mich mit seinen braunen Augen von Kopf bis Fuß musterte. Er konnte mir nicht viel abgewinnen, so viel stand fest. Riggs war jemand, der mit dem Strom schwamm, wohingegen sein Freund nicht gerade versessen darauf schien, seinen Bekanntenkreis, der sich derzeit auf Riggs beschränkte, zu erweitern.

»Bist du dir sicher, was diesen Typen betrifft?«, fragte ihn Arsène. »Wir wissen nichts über ihn.«

»Stimmt nicht. Wir wissen, dass er bettelarm und ein guter Schwimmer ist.« Riggs lachte, aber aus irgendeinem Grund konnte er sagen, was er wollte, ohne dass ich mich auf den Schlips getreten fühlte. Er hatte nicht einen bösartigen Zug an sich, was man von Arsène nicht behaupten konnte.

»Was, wenn er das mit dem Flachmann petzt?«, fuhr er an Riggs gewandt fort, als wäre ich nicht anwesend.

»Schau ihn doch an. Kann ein Mensch harmloser aussehen? Ich traue ihm nicht mal zu, dass er eine Küchenschabe erschlägt. Er wird uns nicht verraten.« Riggs winkte ab. »Jetzt zu dir, Arsène. Wie stehst du eigentlich zu Gracelynn Langston? Sag's uns.« Riggs trank gackernd einen Schluck von seinem mit Glutamat versetzten Spülwasser.

»Ich würde sie erschießen, aber sie ist es nicht wert, dass man eine Kugel an sie verschwendet«, stieß Arsène zähneknirschend hervor und starrte unverwandt auf sein Essen. »Sie ist der Grund, warum ich Weihnachten mit euch Trotteln verbringen muss.«

»Nicht schon wieder die alte Leier.« Riggs gähnte. »Erzähl endlich, was zwischen euch vorgefallen ist, oder hör auf, dir das Maul über sie zu zerreißen.«

»Die Frage kam von *dir*.« Arsène versetzte Riggs einen Tritt ins Schienbein. »Sag mal, kann dieser Kerl auch reden?«

»Ja, kann er«, antwortete ich kühl und rührte die Nudeln in meinem Becher um. Ich hatte einfach nur keine Lust dazu. Abgesehen davon gab es von meiner Seite nicht viel zu sagen.

»Ich formuliere die Frage um. Kannst du irgendetwas Interessantes zu unserer Unterhaltung beisteuern?«

»Lass ihn in Frieden. Seine Mutter hat ihn versetzt«, sprang Riggs mir bei.

»Scheißspiel.« Arsène zog die Luft durch die Zähne. »Also, lass hören, Unglücksrabe.«

»Was meinst du?« Ich runzelte die Stirn.

»Wie bist du in diesem Teenie-Knast gelandet? Hier ist niemand freiwillig.«

Ich zwang mich, die Augen von meinem Essen loszureißen und ihn anzuschauen. »Man hat mich beim Knutschen mit der Tochter eines Milliardärs erwischt. Zur Strafe wurde ich hierher geschickt. Ich habe meine Mutter seit über einem Jahr nicht mehr zu Gesicht bekommen. Keine Ahnung, ob sie sich überhaupt noch mal blicken lässt.«

Erst als ich die Worte laut aussprach, wurde mir klar, dass es dafür tatsächlich keine Garantie gab. Arsène tippte sich nachdenklich ans Kinn. Er wirkte wie jemand, dem man einen Mord durchaus zutrauen konnte. Wohingegen Riggs diesen niedlichen, verlotterten Typ verkörperte, auf den viele Mädchen abfuhren.

»Wer war schuld daran, dass ihr erwischt wurdet?« Arsène stellte seinen Suppenbehälter auf den Boden, nahm mir meinen aus der Hand und platzierte ihn daneben. Er holte eine Packung Chips mit Essiggeschmack und eine Tüte Popcorn aus der Nachttischschublade und riss beide auf. Ich seufzte erleichtert.

»Ist das wichtig?«, fragte ich.

»Ist das Leben wichtig?«, versetzte er trocken. »Natürlich ist es wichtig. Was könnte stimulierender sein als Rachsucht? Falls es einen Schuldigen gibt, stehen die Zeichen auf Vergeltung.«

Ich ließ mir seine Worte durch den Kopf gehen.

»Es war ihre Schuld.« Ich bediente mich am Popcorn. »Je länger ich darüber nachdenke, desto überzeugter werde ich, dass es eine Falle war. Meine Lippen hatten ihre kaum berührt, als plötzlich ihr Vater ins Zimmer geplatzt ist.«

»Dann war es hundertprozentig eine Falle.« Riggs, der im Schneidersitz auf dem Bett saß, nickte versonnen und mampfte geräuschvoll eine Handvoll Chips. »War sie wenigstens heiß?«

»Hmm.« Ich rieb mir das Kinn. Es reichte schon, dass ich mir Aryas Namen im Kopf vorsagte, um sofort ein klares Bild von ihr zu haben. Die grünen Augen, die sinnlichen Lippen. »Schätze schon.«

»Das ist mir zu ungenau. Zeig sie uns«, verlangte Riggs.

»Wie denn?«

»Bestimmt ist sie in den sozialen Medien aktiv.«

»Darauf wette ich, aber ich habe keinen Computer«, behauptete ich, obwohl das nicht ganz der Wahrheit entsprach. Ich hatte einen, ein vorsintflutliches Auslaufmodell, das bereits mit Textverarbeitung überfordert war. Dass ich überhaupt einen besaß, war den Vorschriften der Schule zu verdanken.

Arsène holte einen nagelneuen Laptop aus seinem Lederrucksack und gab ihn mir. »Hier. Versuch's über meinen My-Friends-Account. Gib einfach ihren Namen ein.«

»Du bist bei My Friends?« Ich guckte ihn zweifelnd an. Meines Wissens war Arsène Corbin boshaft und hochintelligent, er nahm nur selten am Unterricht teil und schloss trotzdem jedes Schuljahr als Klassenbester ab. Während Riggs Kopf und Kragen riskierte, indem er auf Bäume kletterte, zwischen Hausdächern umhersprang und Prügeleien anzettelte, war Arsène eher der Typ, der eigenhändig eine Bombe bauen und sie im Internet verticken würde. Wenn ich es mir recht überlegte, bildeten die beiden ein seltsames Paar. Wahrscheinlich standen sie sich nur deshalb so nahe, weil die Einsamkeit sie aneinanderkettete.

»Ausschließlich zu Recherchezwecken.«

»Du meinst Stalking.«

Arsène trat mich mit dem Fuß in die Seite. »Stumm wie ein Fisch warst du mir lieber.«

Ich gab Aryas Namen in die Suchleiste ein und spürte, wie meine Hände feucht wurden. Den Grund konnte ich mir selbst nicht erklären. Ich hatte in den vergangenen Monaten zwar oft an Arya gedacht – nein, nicht im positiven Sinn –, aber ich empfand definitiv nichts mehr für sie.

Ihr lächelndes Gesicht erschien auf dem Monitor, und ich klickte es an.

»Nicht zu fassen, dass ihr Account nicht privat ist.« Arsène linste auf den Bildschirm, dabei wäre sein Kopf fast gegen meinen geknallt. »Ihre Eltern müssen selten dämlich sein.«

»Ihre Mutter ist praktisch nie anwesend, sondern ständig in der Weltgeschichte unterwegs. Ich glaube, sie hasst Arya, weil sie nicht anstelle ihres Zwillingsbruders gestorben ist. Und ihr Vater kennt sich mit so was nicht aus.« Ich fing an, durch die Fotos zu scrollen.

Wie vermutet, amüsierte Arya sich prächtig, während ich hier festsaß. Die Bilder, die sie allein in den letzten zwei Monaten gepostet hatte, zeigten sie auf dem Weihnachtsball ihrer Schule, beim Schlittschuhlaufen im Rockefeller Center, bei einem Mädchenabend mit einer Freundin namens Jillian und mit einem Eis in der Hand auf den Bahamas. Aber es war die letzte Aufnahme, von der ich mich nicht losreißen konnte, sie war in Aspen, Colorado, entstanden und erst vor vier Stunden eingestellt worden. Arya stand in kompletter Skimontur neben ihrem Vater auf einem schneebedeckten Hang und schaute lächelnd in die Kamera. Der flammende Zorn, der in mir hochstieg, war nicht dem Anblick dieser beiden Ratten geschuldet, die ihr Leben genossen, während man mich in ein Heim für schwer erziehbare Jugendliche abgeschoben hatte. Inzwischen war ich daran gewöhnt, aufs Kreuz gelegt zu werden. Nein, es war die Frau hinter Arya und Conrad, die meinen Puls in die Stratosphäre schießen ließ. Dienstbeflissen wie eh und je trug sie die Skistöcke der Roths und sah dabei aus, als würde sie jeden Moment das Gleichgewicht verlieren.

Mom.

»Nicholai?« Riggs wedelte mit der Hand vor meinem Gesicht. »Hast du einen Nervenzusammenbruch?«

»Da ist sie.« Ich sprach von meiner Mutter, aber Arsènes und Riggs Aufmerksamkeit galt allein Arya.

»Offensichtlich. Wir haben schließlich Augen im Kopf. Sie sieht irgendwie ganz scharf aus, trotzdem ist sie es nicht wert, dass man wegen ihr hier eingebuchtet wird.« Riggs strich mit den Fingerspitzen über die Ansätze von Bartstoppeln auf seinen Wangen.

»Jedenfalls ist sie heißer als Gracelynn«, spie Arsène aus, so als wäre seine Stiefschwester anwesend und könnte sich beleidigt fühlen. Ich konnte nachvollziehen, warum er aufgebracht war. Alle diese Schweine kosteten das Leben in vollen Zügen aus, während man uns aufs Abstellgleis geschoben und vergessen hatte.

»Ich meine nicht Arya. Sondern meine Mutter. Sie ist mit den Roths in den Urlaub gefahren, ohne mir auch nur zu sagen, dass ihre Pläne sich geändert haben. Das da ist meine Mom.« Ich zoomte ihr Gesicht heran.

Wenn man die Gesamtsituation berücksichtigte, war es hirnverbrannt, dass ich mich wegen dieser Sache aufregte. Und dennoch – was zur Hölle sollte das? Konnte sie nicht wenigstens anrufen? Eine Textnachricht schicken? Einen weiteren blöden Brief schreiben? Ruslana steckte nicht in einem Schneesturm oder im Verkehr fest und hatte auch keinen schlimmen Unfall gehabt. Sie war quicklebendig in Aspen und hatte wie gewöhnlich diese Leute mir vorgezogen.

Es machte mich rasend, wie wenig ich dieser Frau bedeutete.

Hatte ich überhaupt je eine Chance bei ihr gehabt? Vielleicht hatte sie mich aufgegeben, weil ich sie permanent an meinen treulosen Vater erinnerte. Oder ich hatte es selbst vermasselt.

Arsène klopfte mir sacht auf den Rücken. Es war das erste Mal, dass er mich anfasste, praktisch die erste Berührung überhaupt, seit Conrad mich windelweich geprügelt hatte. »Klingt, als wäre sie ein ziemliches Rabenaas. Du brauchst sie nicht. Du brauchst niemanden.«

»Jeder braucht irgendwen«, widersprach Riggs. »Zumindest steht das in den Selbsthilferatgebern, die ich aus der Bibliothek stibitze.«

»Warum machst du das?«, fragte ich.

Riggs warf lachend den Kopf zurück. »Was soll ich sonst benutzen, um mir einen Joint zu bauen?«

»Ich brauche Menschen«, bekannte ich. »Allein stehe ich das nicht durch.«

Diese Schule. Dieses Leben. Die Verbitterung, die mir jedes Mal, wenn ich an Conrad und Arya dachte, wie ein Messer in den Leib fuhr.

»Na schön. Dann sind *wir* eben füreinander da.« Arsène sprang auf und ließ die Popcorntüte aufs Bett fallen. »Scheiß auf sie alle. Auf unsere Familien. Unsere Eltern. Die Leute, die uns unrecht tun. Scheiß auf Weihnachtsessen, Christbäume, Bienenwachskerzen und hübsch verpackte Geschenke. Von heute an sind wir drei eine Familie. Wir verbringen jedes Weihnachten, jedes Ostern, jedes Thanksgiving zusammen. Wir stehen füreinander ein, und wir werden verdammt noch mal gewinnen.«

Arsène schlug seine Faust gegen Riggs', anschließend streckte er sie mir hin. Ich betrachtete sie, hatte auf einmal das Gefühl, an der Schwelle zu etwas Großem, Monumentalen zu stehen. Die beiden schauten mich erwartungsvoll an. Ich dachte an das, was Arya damals auf dem Mount-Hebron-Friedhof zu mir gesagt hatte, nämlich dass nicht alles eine Frage des Geldes sei. Womöglich hatte sie recht. Diese Jungs waren reich, und trotzdem schienen sie nicht glücklicher zu sein als ich.

Ich hob den Arm und stieß meine Faust gegen Arsènes.

»Guter Junge.« Riggs grinste. »Hab ich nicht gesagt, dass Nicholai einer von uns ist?«

Und von dieser Minute an war ich das.

12. KAPITEL

Christian

Heute

»Arya Roth hat's echt drauf, die Tatsachen zu verdrehen.«
Claire pfefferte eine Zeitung auf meinen Schreibtisch.

Es war Montagmorgen und ich hochkonzentriert in die Unterlagen vertieft, die Amanda Gispen mir hatte zukommen lassen. Die Ermittlungsphase war entscheidend, um einen hieb- und stichfesten Fall präsentieren zu können. Conrads Anwälte würden zweifelsohne gleich zu Beginn den Antrag stellen, die Empfehlung des EEOC aus dem Verfahren herauszuhalten. Anstatt, wie ursprünglich geplant, wild zu vögeln, hatten Claire und ich das ganze Wochenende über nur das Beweismaterial gesichtet. Sowieso wollte ich momentan niemand anderen ficken als die Roths. Und das mit gnadenloser Härte.

Claire beugte sich, die Hüfte an meinen Schreibtisch gelehnt, über mich, während ich mit gefurchter Stirn einen Blick auf die Titelseite warf. Darauf prangte ein Foto von Conrad, wie er Kinder in einem Krankenhaus umarmte. Allem Anschein nach hatte er jedem von ihnen eine brandneue Spielkonsole des Typs geschenkt, von dem ein Normalbürger nur träumen konnte.

… Roth hat der Don-Hawkins-Kinderklinik tausendfünfhun-

dert GameDrop-Konsolen spendiert, zuzüglich einer großzügigen Zuwendung von zwei Millionen Dollar …

»Was für eine gequirlte Scheiße.« Ich rollte die Zeitung zusammen und stopfte sie in den Papierkorb. Claire zog ihr Handy heraus und wischte mit dem Finger über das Display.

»Es sind heute drei weitere positive Artikel über Conrad Roth auf verschiedenen Nachrichtenseiten erschienen. Der Hashtag #RothTutDasNicht trendet auf Twitter. Ehemalige Kolleginnen von ihm melden sich zu Wort und schwärmen davon, wie nett und professionell er ist. Wir sprechen hier von einflussreichen Frauen. Arya Roth legt sich mächtig ins Zeug, um Daddys Image aufzupolieren.«

Ich bekam einen Ausschlag, wenn ich diesen Namen nur hörte. Die Dame brachte es nicht bloß fertig, mir unter die Haut zu gehen, nein, sie arbeitete sich bis in meine Magengrube vor, um darin ein Freudenfeuer zu entzünden.

»Das ist der dämlichste Hashtag, von dem ich je gehört habe, und bedauerlicherweise kenne ich eine Menge.«

»Da stimme ich dir zu, aber er funktioniert.« Claire seufzte. »Was machen wir jetzt?«

»Nichts.« Ich zuckte mit den Achseln. »Ich werde den Fall im Gerichtssaal vor einer Jury darlegen. Nur darauf kommt es an. Internettrolle sind nicht mein Zielpublikum.«

»Sollten wir vielleicht etwas taktischer vorgehen? Wir könnten versuchen, sie einzuschüchtern.« Claire pflanzte ihren Hintern auf die Kante meines Schreibtischs und verschränkte die Arme vor der Brust. Ich rollte meinen Chefsessel ein Stück zurück, um etwas Abstand zu gewinnen. Sie war siebenundzwanzig, ehrgeizig, hinreißend und wohlsituiert. Und sie wurde allmählich zu einer Belastung, indem sie mich beispielsweise dazu drängte, ihre Eltern kennenzulernen oder Wochenendtrips mit ihr zu unternehmen. Dabei hatte ich ihr

zu Beginn unserer Affäre die Regeln erläutert und ihr klarge-
macht, dass ich ein eingefleischter Junggeselle war und nicht
einmal mittels Karte, Taschenlampe und Navi den Weg in
eine feste Beziehung finden würde. Sie hatte damals beteuert,
dass das für sie okay sei, aber die Situation wurde zunehmend
komplizierter, weshalb ich die Sache zwischen uns demnächst
beenden würde.

»Du willst, dass ich mit unseriösen Reportern rede? Die öffentliche Meinung kontra den Beklagten zu beeinflussen, wäre
unterste Schublade.«

»Ich sage ja nur, dass Arya Roth unseren Fall torpediert.«

»Tut sie nicht. Sie hat Schiss, ich kann ihren Angstschweiß
riechen. Über sie mache ich mir keine Sorgen.«

Trotzdem hatte Claire nicht ganz unrecht. Ich überflog
einen der Artikel auf ihrem Handy und erkannte, dass ich nicht
ins Kalkül gezogen hatte, wie unverändert raffiniert und er-
finderisch Arya agieren könnte. Doch am allermeisten wurm-
te mich, dass sie gut war in dem, was sie unternahm. Sowie
Amanda Gispens Vorwurf gegen Conrad publik geworden
war, hatte Arya sich die unterschiedlichsten Manöver einfallen
lassen, um die Geschichte in einem anderen Licht erscheinen
zu lassen. Wobei sie auch vor schmutzigen Tricks nicht zurück-
schreckte. Amanda war kürzlich geschieden worden. Angeblich hatte ihr früherer Ehemann sie betrogen. Arya stellte sie
als eine Männerhasserin hin, verbittert über die Trennung und
das andere Geschlecht im Allgemeinen. Außerdem war sie mit
ihren Hypothekenzahlungen im Rückstand, offenbar infolge
der Scheidung. Und jetzt spekulierte die Regenbogenpresse,
dass sie ihren ehemaligen Arbeitgeber der sexuellen Beläsigi-
gung beschuldigte, um schnell an Geld zu kommen. Nichts
konnte weiter von der Wahrheit entfernt sein in Anbetracht
der Tatsache, dass Conrad ihr, um einen Prozess zu vermeiden,

eine Summe angeboten hatte, die ausreichen würde, um zig Hypotheken abzubezahlen.

Arya war gründlich und hartnäckig, und sie arbeitete rund um die Uhr.

Pech für sie, dass das ebenso für mich galt.

»Claire hat recht«, ertönte Traurigs halblaute Tenorstimme aus Richtung Tür. Meine Assistentin richtete sich unverzüglich auf und strich ihren Bleistiftrock glatt. Traurig kam ins Zimmer und tat so, als hätte er ihre Imitation von Sharon Stone in *Basic Instinct* nicht bemerkt. »Ms Roth könnte zu einem Problem werden. Sie sollten sie genau im Auge behalten. Die mediale Berichterstattung ist das A und O. Das müssten Sie eigentlich wissen, mein Junge. Sie haben seinerzeit den Fall für die Staatsanwaltschaft nicht zuletzt deshalb gewonnen, weil Sie der Liebling der Boulevardzeitungen waren.«

Mein Kiefer mahlte. Aryas Versuch, meinen Fall zu sabotieren, war nichts im Vergleich dazu, dass Traurig mein Ansehen gefährdete, indem er mich *mein Junge* nannte. Claire gegenüber würde er sich niemals eine solche Frechheit herausnehmen, weil ihm das als Sexismus ausgelegt werden könnte. Wohingegen er in mir ein rivalisierendes Alphatier sah, das auf seinen Platz verwiesen werden musste.

»Ich habe alles im Griff.«

»Ich wollte Sie nur daran erinnern, dass Sie es sich nicht leisten können, diesen Fall zu verlieren. Dafür steht zu viel auf dem Spiel.« Es war mehr als offensichtlich, was er mir durch die Blume zu sagen versuchte. Er sprach von meiner Chance auf eine Partnerschaft.

»Aber es ist *mein* Spiel. Lehnen Sie sich einfach zurück und genießen die Show.«

»Das wollte ich hören, mein Junge.«

»Und hören Sie auf, mich so zu nennen.«

Traurig lachte und stupste auf dem Weg zur Tür Claire mit dem Ellbogen an. »Er ist heute wohl mit dem falschen Fuß aufgestanden. Sie kümmern sich um ihn, ja?«

Nachdem er gegangen war, blieb Claire noch zurück und nestelte an einer Strähne ihrer seidigen Haare.

Ich zog mokant die Brauen hoch. »War sonst noch was?«

»Hör zu.« Sie räusperte sich. »Das mag vielleicht etwas unpassend sein …«

Die Erfahrung hatte mich gelehrt, dass ein solcher Satzanfang ausnahmslos immer etwas Unpassendes einleitete. Ich stand kurz davor, vollends die Geduld zu verlieren.

»Jedenfalls habe ich eine merkwürdige Spannung zwischen dir und Arya Roth wahrgenommen. Natürlich kenne ich dich gut genug, um zu wissen, dass du niemals einen Fall übernehmen oder in Gefahr bringen würdest, wenn da irgendetwas …«

Sie verstummte, hoffte wohl darauf, dass ich freiwillig mit der Sprache herausrückte. Ich forderte sie mit einem finsteren Blick dazu auf, den Satz zu Ende zu bringen. Claire wand sich sichtlich. »… *Komisches läuft.* Na ja, ich hab mir gedacht, vielleicht wäre es dir recht, wenn ich etwas mehr Verantwortung übernehme, wo es Arya Roth betrifft. Falls sie dir irgendwie Unbehagen einflößt, könnte ich als Verbindungsperson fungieren, dann müsstest du nicht persönlich mit ihr zu tun haben, oder …«

»Das wird nicht nötig sein.«

»Oh.« Sie stockte. »Darf ich fragen, warum nicht?«

Weil ich nach Rache dürste und aus unmittelbarer Nähe zusehen will, wie Arya endlich ihre verdiente Strafe bekommt.

»Weil ich keine Hilfe brauche, um diese aufgetakelte Volkshochschulabsolventin mit ihren paar Kontakten zur Lokalpresse in die Schranken zu weisen.«

Es überraschte sogar mich selbst, mit welcher Verve ich Arya als eine überschätzte Art von Barbiepuppe verunglimpfte. Vor allem, nachdem ich stark bezweifelte, dass ich damit auch nur ansatzweise richtiglag. Es hatte ihr nie an Intelligenz gemangelt, sondern lediglich an Herz.

»Die Botschaft ist angekommen.« Claire nickte würdevoll. »Du wirkst ganz verändert heute Morgen. Irgendwie ... *energiegeladener.*«

Ich schluckte, ging jedoch nicht darauf ein. Was hätte ich auch sagen sollen? Dass das Wiedersehen mit Arya mir einen Mordsständer beschert hatte?

Claire stöckelte zur Tür, wo sie kurz noch einmal stehen blieb und an den Türrahmen klopfte. »Solltest du irgendetwas brauchen, lass es mich einfach wissen, Christian.«

Das Einzige, das mir einfällt, wäre Arya, die mit gespreizten Beinen auf meinem Schreibtisch liegt und meinen Namen stöhnend – den alten und den neuen – um Gnade fleht.

Grundgütiger. Ich musste die Sache mit Claire unbedingt beenden, wenn ich ihr inzwischen in diesem Tenor antwortete, und sei es auch nur in Gedanken.

»Sicher.«

Sowie sie außer Sichtweite war, holte ich die Zeitung aus dem Papierkorb und fing an, potenzielle Ungereimtheiten in Aryas sorgsam konstruierter Erzählung zu markieren.

Sie würde bald feststellen, dass ich keine Gefangenen machte, wenn ich auf dem Kriegspfad war.

»Das ist das Schlimmste, das mir je passiert ist, und ich bin immerhin gerade erst aus einem Kriegsgebiet zurückgekehrt.« Riggs nahm einen Schluck aus seiner Bierflasche und ließ den Blick wie ein Falke durch den Schankraum des *Brewtherhood* fliegen.

»Es ist nur ein Quizabend, und keine Heimsuchung.« Arsène kippte sein Bier in einem Zug runter. Ich stemmte die Ellbogen auf den Tresen und beobachtete die anderen Gäste, die in Gruppen die Tische belagerten und sich für die Show bereit machten. Jemand platzierte einen Barschemel auf der kleinen Bühne, die normalerweise spärlich bekleideten Collegestudentinnen als Tanzfläche diente. Moderator des heutigen Ratespiels war irgendein Reality-Star aus New Jersey, der anscheinend eine gewisse Berühmtheit erlangt hatte, indem er es in einem öffentlichen Pool mit einer seiner Mitstreiterinnen trieb. Derlei Darbietungen waren der Grund, warum ich kein Fernsehen mehr guckte. Was heutzutage an Unterhaltung geboten wurde, war meistens übelster Schund ohne jeden kulturellen Anspruch.

»Sinn und Zweck einer Bar ist, sich zu betrinken und anschließend jemanden abzuschleppen. Nicht, sein Wissen zu erweitern.« Riggs winkte mit seiner leeren Flasche in Elises Richtung, um ihr zu bedeuten, uns noch eine Runde zu bringen. »Ich brauche Urlaub.«

»Dein Leben *ist* ein einziger Urlaub«, wies ich ihn hin. »Komm endlich mal zur Ruhe.«

»Niemals«, gelobte Riggs. Ich glaubte ihm, er war ein unverbesserlicher Nomade. Er wandte sich mir zu und zog die Stirn in Falten. »Apropos Urlaub. Wie gefällt Alice ihre neue Wohnung in Florida?«

Alice war die wichtigste Frau in meinem Leben. Genauer gesagt, in unser aller Leben. Nur galt ich als der »gute« Junge. Ich war derjenige, der sich um sie kümmerte, ihr zum Geburtstag Blumen und an Weihnachten eine Karte schickte, wenn ich es nicht einrichten konnte, sie zu besuchen.

»Sie liebt sie heiß und innig. Ich habe vor ein paar Tagen mit ihr gesprochen. Alice besucht Tai-Chi-Kurse, nimmt an

Seniorenausflügen teil und scheint vollkommen im Einklang mit sich selbst zu sein.«

»Wir sollten uns mal wieder bei ihr blicken lassen«, schlug Riggs vor.

»Wenn es jemanden gibt, der mich aus New York weglotsen kann, dann ist das Alice«, pflichtete Arsène ihm bei.

»Ich werde sie fragen, wann es ihr am besten passt«, stimmte ich mit einem Kopfnicken zu, obwohl mich in Wahrheit keine zehn Pferde dazu bringen würden, die Stadt zu verlassen, ehe ich den Conrad-Roth-Fall gewonnen hätte.

»Hey, lasst uns doch bei diesem idiotischen Quiz mitmachen«, ermunterte uns Arsène, während sich ihm eine Frau in Stöckelschuhen zögerlich näherte und er ihr demonstrativ den Rücken zukehrte. Gott bewahre, dass er eine Unterhaltung mit jemandem führte, der kein Preisträger des MacArthur-Fellowship-Programms war. »Mein Hirn ist randvoll mit nutzlosem Wissen, und ich liebe es, zu gewinnen.«

»Sogar, wenn der Hauptgewinn zwei Übernachtungen in einem Drei-Sterne-Hotel in Tacoma sind?« Ich nippte an meinem Whiskey. »Mehr gibt es hier nämlich nicht abzuräumen.«

»Dann erst recht.« Arsène nahm seinen Nachschub von Elise entgegen und gab ihr ein Trinkgeld, ohne Blickkontakt herzustellen. Der Kerl war ein leidenschaftlicher Frauenhasser, der aller Wahrscheinlichkeit nach eines Tages einsam sterben und sein millionenschweres Vermögen dem Nachbarshund oder einem entfernten Verwandten auf der anderen Seite des Erdballs hinterlassen würde. »Das verschafft mir einen Einblick, wie die andere Hälfte so lebt.«

»In Wirklichkeit interessiert dich das einen Scheiß.«

Arsène prostete mir zu. »Das braucht besagte andere Hälfte ja nicht zu wissen.«

»Ich nehme alles zurück, was ich über diesen Quizabend gesagt habe. Er hat eindeutig seine Vorzüge.« Riggs' Augen waren auf die Eingangstür gerichtet. Ich folgte seinem Blick und biss mir so fest auf die Zunge, dass ich Blut schmeckte.

Nicht wahr. Was für ein sonderbarer Zufall.

Es waren drei Wochen vergangen, seit Arya in der Kanzlei aufgetaucht war. Ich hatte die Zeit dazu genutzt, mich zu berappeln, mich wieder zu sammeln und ihr freches Mundwerk samt ihrem hinreißenden Körper aus meiner Erinnerung zu verbannen. Und jetzt kam sie einfach so in meine Stammkneipe spaziert, in einem kleinen Schwarzen, das sie mit einem Perlenhalsband und mörderisch hohen roten Stilettos von Balenciaga abgerundet hatte. Genau wie ihre drei Begleiterinnen schmückte sie außerdem eine Art Miss-Wahl-Schärpe mit dem Schriftzug *The Sherlock Holmesgirls*. Offenbar war sie nicht nur gefühlskalt und niederträchtig, sondern außerdem auch aus der Zeit gefallen.

»Klapp die Kinnlade wieder hoch, Kumpel, bevor noch jemand drauftritt.« Riggs klopfte mir lachend auf die Schulter. »Scheint, als hättest du ein Auge auf die kleine Audrey Hepburn dort drüben geworfen. Du hast Glück, dass ich nicht wählerisch bin. Ich werde mich mit der Blondine begnügen.«

»Wieso hältst du nicht einfach den Rand?« Ich schüttelte seine Hand ab. »Ich mach 'nen Abflug.«

»Langer Tag im Büro?« Riggs verzog die von Bartstoppeln umrahmten Lippen zu einem Grinsen, bei dem sich seine Grübchen zeigten. Kein Wunder, dass die Frauen auf diesen Herzensbrecher nur so flogen. »Lass mich raten. Zum Abendessen genehmigst du dir Hafergrütze und einen Dan-Brown-Roman?«

In Sachen Reifegrad und Intellekt konnte sogar der Milchkarton in meinem Kühlschrank mit meinem besten Freund mithalten.

»Die, die du Audrey Hepburn nennst, ist die Tochter des Beklagten in einem Fall, an dem ich aktuell arbeite, Blödmann.«

»Und wenn schon.« Arsène kniff die Brauen zusammen. »Es ist ein Quizabend, keine öffentliche Orgie.«

»Riggs wäre glatt zuzutrauen, dass er eine daraus macht.« Ich schlüpfte in meinen Mantel. Es hätte gerade noch gefehlt, dass ich mich dazu hinreißen ließe, Arya Roth mit Blicken zu verschlingen. Wenn ich eines beherrschte, dann war das Impulskontrolle. Ich hatte meine Bedürfnisse immer im Griff gehabt und schon seit meinem fünfzehnten Lebensjahr weder im Internet noch sonst irgendwo Informationen über Arya eingeholt, sondern ihre Existenz komplett aus meinem Gedächtnis gelöscht. Sie war für mich gestorben. Das Letzte, wonach mir der Sinn stand, war, sie hier unvermutet wiederzusehen, ausgelassen und hübsch wie eh und je. »Bleib sauber, und sorg dafür, dass diese Knalltüte sich einen Gummi überzieht.« Ich versetzte Arsène einen herzhaften Schlag auf den Rücken und schickte mich an, zu gehen.

»Danke, Papi. Ach, übrigens …« Riggs stellte sich mir in den Weg und spähte über meine Schulter. »Audrey Hepburn steuert gerade in unsere Richtung, und im Gegensatz zu dir scheint sie sich mächtig über euer Wiedersehen zu freuen.«

Ein neugieriger Blick von Arsène, und über sein Gesicht flog ein Grinsen. »Ah, jetzt schnall ich's. Es ist *Arya Roth*.«

Mit entschlossen vorgeschobenem Kinn steckte ich mein Handy und mein Portemonnaie ein.

»Sie ist eine echte Granate.« Riggs stieß einen anerkennenden Pfiff aus.

»Das kannst du laut sagen. Sie hat mein Leben in die Luft gejagt«, meinte ich unwirsch. »Ich verzieh mich.«

Als ich mich umdrehte, prallte ich mit einer zierlichen Gestalt zusammen und rempelte sie beinahe um.

Arya. Wie könnte es auch anders sein? Sie stolperte ein paar Schritte nach hinten, bevor eine ihrer Freundinnen – die Blondine, die Riggs abzuschleppen gedachte – sie auffing.

»Na so was, mit Ihnen im wahrsten Sinne des Wortes zu kollidieren«, kommentierte sie kühl lächelnd, als sie ihr Gleichgewicht wiedergefunden hatte. Stalkte sie mich etwa? Das wäre nicht nur unethisch, sondern auch illegal. Ich maß sie mit einem geringschätzigen Blick.

Impulskontrolle. Du bist Christian, und nicht der kleine Nicky. Sie kann dir nichts anhaben.

»Ms Roth.«

»Sie sind schon auf dem Sprung?«

»Ihrer Aufmerksamkeit entgeht aber auch gar nichts«, gab ich trocken zurück.

»Aber allem Anschein nach versuchen *Sie*, mir zu entgehen. Sind Ratespiele nicht Ihre starke Seite, Mr Miller?«

Grinsend beugte ich den Kopf und flüsterte dicht an ihrem Ohr: »Es gibt *nichts*, das ich nicht beherrsche, Ms Roth. Sie wären gut beraten, das niemals zu vergessen.«

Ich richtete mich wieder auf und sah, wie ein Ausdruck, den ich nicht deuten konnte, über ihr Gesicht huschte. Wiedererkennen? Verwirrung? Erinnerte sie sich an mich? Was immer es für eine Gefühlsregung war, sie verflüchtigte sich und wich einem frostigen Lächeln.

»Tatsächlich ist Ihr Medien-Management durchaus ausbaufähig. Zufällig bin ich heute in Begleitung meiner Geschäftspartnerin Jillian und unserer beiden Perlen Hailey und Whitley. Melden Sie sich doch einfach, sobald der Fall abgeschlossen ist. Dann geben wir Ihnen ein paar Tipps.« Arya brachte eine schwarze, mit roségoldener Kursivschrift bedruckte Visitenkarte zum Vorschein und drückte sie mir in die Hand. Mein Blick erhaschte den Namen Brand Brigade. Alle Achtung. Sie besaß eine eigene Firma. Andererseits hatte sie auch einen Vater, der ihr ein Raumschiff kaufen würde, falls sie Lust verspürte, sich als Astronautin zu versuchen.

»Danke für das Angebot, Ms Roth, aber eher nehme ich einen Rat von dem Obdachlosen an, der mit einem Megafon an der Ecke Broadway und Canal Street steht und durch die Gegend plärrt, dass er von Außerirdischen entführt wurde und jetzt unsterblich ist.« Ich schnippte die Visitenkarte in den Mülleimer hinter der Bar.

»Gute Idee, Mr Miller. Sogar er versteht mehr vom Umgang mit den Medien als Sie.«

Ihr Lächeln erlosch nicht, jedoch verriet das Flackern in ihren Augen, dass es eine gänzlich neue Erfahrung für sie war, von einem Mann nicht mit der ihr vermeintlich zustehenden Bewunderung bedacht zu werden.

»Sie sind ja immer noch da«, seufzte ich, als sie keine Anstalten machte, den Weg freizugeben. »Hätten Sie die Güte, mir zu sagen, warum?«

»Wussten Sie schon, dass die Leitung des Verfahrens Richter Lopez zugewiesen wurde?« Sie klimperte mit den Wimpern.

»Ich spreche mit Ihnen nicht über den Fall.«

Ich schob mich an ihr vorbei, als sie die Hand ausstreckte und kurz über meinen Oberarm strich. Die Berührung fuhr mir wie ein sengend heißer Pfeil direkt in die Lenden. Wenn es um Arya ging, hatte mein Körper schon immer eine Tendenz zum Verrat gehabt.

»Bleiben Sie«, befahl sie, als just in diesem Moment der zum Quizmaster erkorene Reality-TV-Darsteller die Teilnehmergruppen via Mikrofon aufforderte, sich zu registrieren und Platz zu nehmen. »Ich möchte sehen, was Sie draufhaben.«

Ich versenkte die Hände in den Hosentaschen. »Auf jeden Fall mehr, als Ihnen lieb ist.«

»Schön für Sie. Dann zeigen Sie mir, was ich verpasst habe.«

»Ich bezweifle, dass Sie mit Anstand verlieren können.«

»Ich bin ein ehrenwerter Mensch«, wendete sie ein.

Ein abfälliges Schnauben meinerseits. »Schätzchen, Ihr Name und das Wort *Ehre* sollten nicht einmal im selben Satz genannt werden dürfen.«

Arya drehte sich um und stolzierte davon, gefolgt von ihrer auf hohen Hacken hinterhertrippelnden Entourage.

»Melde uns an, Riggs. Wir bleiben«, blaffte ich. Mein Blick folgte Arya, während Riggs zur Bühne ging. Ich war sicher, dass er einen Namen für unser Team aussuchen würde, der gleichzeitig anstößig und zumindest ein klein wenig sexistisch war.

Der Reality-Dummbeutel, der sich als Dr. Goliath Hengst (Wahrheitsgehalt nicht bestätigt) vorstellte, verkündete, dass acht Mannschaften gegeneinander antreten würden, darunter auch das STD-Team, wie Riggs uns getauft hatte.

Es sah ihm mal wieder ähnlich, dass er mich in Gegenwart einer Person, die ich nächste Woche in einem Gerichtssaal wiedersehen sollte, mit Geschlechtskrankheiten in Verbindung brachte.

»Ich würde dich einen Trottel nennen, wenn das nicht für jeden einzelnen Trottel auf der Welt eine Beleidigung wäre«, sagte ich an Riggs gewandt und unterdrückte nur mit Mühe den Drang, seinen Kopf auf die Theke zu schmettern. Ich versuchte, nicht zu Arya hinüberzusehen, aber es war schwer. Sie saß nur wenige Meter von mir entfernt. Schön, schillernd und zerstörerisch. Wie ein menschlicher roter Knopf.

Schon nach der ersten Runde waren nur noch vier Gruppen übrig: die technikbegeisterten, mit runden Lesebrillen und modischen Frisuren ausstaffierten Jungs vom Team Ratefuchs, die Mädels aus dem College-Kader, Aryas Mannschaft, die sich Sherlock Holmesgirls nannte, und zu guter Letzt Arsène, Riggs und ich.

Um das Aufwärmtraining der zweiten Runde zu bestehen, genügte der IQ eines Bierdeckels. Es galt, die Hauptstadt der Vereinigten Staaten benennen zu können oder zu wissen, wie viele Ecken die klassische Schneeflocke hatte. Obwohl für das Beantworten der Fragen gerade mal zwei funktionstüchtige Gehirnzellen vonnöten waren, flog der College-Kader als Nächstes raus. Die Mädchen wussten nicht, in welchem Land das Musical *The Sound of Music* spielte, beziehungsweise verwechselten Österreich mit dem Osmanischen Reich.

»Das erinnert mich an diese Kleine, der du von deinem Abschluss in Astronomie erzählt hast und die anschließend von dir wissen wollte, ob Menschen mit dem Sternzeichen Stier tatsächlich Perfektionisten seien«, sagte Riggs lachend zu Arsène.

Widerwillig gestand ich mir insgeheim ein, dass die Sherlock Holmesgirls gut waren. Vor allem Arya und Jillian. Pech für sie, dass sie gegen Arsène und mich trotzdem keine Chance hatten. Während Arya ihre Ferien beim Sonnenbaden auf Maui oder beim Skifahren in St. Moritz verbrachte, hatte Arsène Riggs und mich in die Schulbibliothek geschleift, wo wir ganze Enzyklopädien verschlangen, um die Zeit totzuschlagen.

Vierzig Minuten nach Spielbeginn schieden auch die Ratefüchse aus, als sie gefragt wurden, in welchem Monat Russland den Jahrestag der Oktoberrevolution feierte (die richtige Antwort lautete November). Somit waren nur noch die Sherlock Holmesgirls und wir übrig.

»So, Leute, die Spannung steigt«, plapperte Dr. Goliath Hengst mit dem Mund zu dicht am Mikrofon und rieb sich erwartungsvoll die Hände. Er hatte so viel Wachs in den Haaren, dass man daraus eine lebensgroße Statue von LeBron James anfertigen könnte, und lange weiße Zähne, die an Klaviertasten erinnerten. Was die Sache nicht besser machte, waren die zerrissenen Jeans in Kombination mit dem geschmacklosen Designershirt, das seinen mit Steroiden vollgepumpten Leib wie eine zweite Haut umspannte. Ich fand es schon erstaunlich, dass seine Bildung ausreichte, um überhaupt die Fragen abzulesen.

»Also, Holmesgirls, was glaubt ihr, wer gewinnen wird?« Er wandte sich Arya zu, die auf der anderen Seite des Raums saß.

Sie schob sich eine Strähne ihrer kastanienbraunen Haare hinters Ohr, und ich ertappte mich erneut dabei, wie ich sie mit den Augen beinahe auffraß. »Natürlich wir, das versteht sich von selbst.«

»Was ist mit euch, Jungs?« Dr. Hengst zwang sich, den Blick von Arya loszureißen.

Arsène schaute ihn mitleidig an. »Ich werde diese lächerliche Frage noch nicht einmal einer Antwort würdigen.«

Die Miene des Quizmasters ließ erkennen, dass er mit ganzem Herzen – von anderen Körperteilen mal ganz abgesehen – auf einen Sieg der Holmesgirls hoffte.

»Klingt, als wäre da jemand im Wettkampfmodus. Wir werden jetzt die letzte Runde einläuten. Denkt daran – eine falsche Antwort, und ihr seid raus. Es geht immerhin um einen Haufen Kohle. Besser gesagt um einen Gutschein für *Denny's* im Wert von sage und schreibe einhundert Dollar!«

»Ich krieg mich vor lauter Begeisterung gar nicht mehr ein«, kommentierte Arsène knochentrocken und trank einen Schluck von seinem Bier.

»Wie lautet Joe Bidens zweiter Vorname? Holmesgirls, diese Frage geht an euch. Falls ihr sie nicht beantworten könnt, sind die STDs am Zug.«

Die Frauen steckten flüsternd die Köpfe zusammen, bevor Arya sich kerzengerade aufsetzte und sagte: »Die Antwort ist Robinette.«

»Das ist korrekt. Wow.« Er kratzte sich am Hinterkopf. »Das ist mir komplett neu.« Dieser Typ wusste vermutlich noch nicht mal, auf welchem Kontinent er sich befand, darum überraschte mich seine Aussage nicht. Er sah zu uns her. In der Bar herrschte noch immer dichtes Gedränge, die Gäste warteten gespannt darauf, wer den Jackpot abräumen würde.

»Hier kommt eine Frage für die STDs: Mit welcher Geschwindigkeit dreht sich die Erde um ihre eigene Achse?«

»Tausendsechshundert Kilometer pro Stunde.« Arsène gähnte.

»Holmesgirls. Was haben die alten Römer als Mundwasser benutzt?«

»Urin!«, rief Jillian und sprang so hastig von ihrem Stuhl auf, dass die Cocktails auf dem Tisch überschwappten. »Sie haben Urin benutzt. Total eklig. Na ja, andere Zeiten, andere Sitten.«

»Vollkommen richtig! STDs, wozu war die Form der Eistüte ursprünglich gedacht?«

»Als Blumenvase«, antwortete ich wie aus der Pistole geschossen.

Dr. Hengst pfiff durch die Zähne. »Mann, heute Abend lerne ich jede Menge Interessantes dazu. Da kriege ich fast Lust, die Nase mal in ein Buch zu stecken.« Er richtete sich wieder an unsere Rivalinnen. »Okay, Holmesgirls. Was können Tiger und Pumas, Geparden aber nicht?«

Arya öffnete instinktiv die Lippen, um zu antworten, doch es kam kein Wort aus ihrer Kehle. Sie runzelte die Stirn, wirkte sichtlich erschüttert über ihre Wissenslücke.

»Hat es Ihnen die Sprache verschlagen?« Ich betrachtete sie mit amüsiert hochgezogenen Brauen.

Sie und Jillian beratschlagten sich im Flüsterton. Ich lehnte mich zurück und kreuzte die Arme über der Brust. Nichts bereitete mir mehr Freude, als Arya Roth in Nöten zu sehen. Der Anblick war fast so herrlich wie der Sonnenaufgang.

»Ich nehme an, du möchtest darauf antworten, wenn die Frage an uns weitergereicht wird«, mutmaßte Arsène, der gerade über eine Börsen-App einige seiner Aktien verkaufte.

»Hey!«, herrschte Dr. Hengst ihn an. »Es ist untersagt, ein Handy zu benutzen! Sie mogeln!«

»Man sollte *Ihnen* untersagen, ein Wissensquiz zu leiten«, entgegnete Arsène, ohne den Blick vom Display zu nehmen. »Sie sind eine taube Nuss.«

Riggs rupfte ihm das Handy aus den Fingern und hielt es dem Kerl vor die Nase, zum Beweis, dass Arsène keine Informationen im Internet suchte.

Arya kratzte sich an der Wange, und mein Schwanz fing an zu zucken. Ich würde die Frau nicht mal mehr mit der Kneifzange anfassen – ich hatte aus meinen Fehlern gelernt –, trotzdem war es ein überaus verlockender Gedanke, es ihr zu besorgen, bis sie meinen Namen stöhnte, und ihr dann den Orgasmus zu versagen.

»Holmesgirls?« drängte der Moderator und warf einen Blick auf sein Handy. »Die Uhr tickt. Nur noch zehn Sekunden, dann sind die STDs dran.«

»Einen Moment noch«, fauchte Arya und beriet sich wieder mit ihren drei Freundinnen. Ganz kurz sah ich die alte Arya vor mir. Das Mädchen mit den aufgeschürften Knien, das sich lautstark beschwerte, wenn wir im Pool Bahnen schwammen und ich auch nur einen Sekundenbruchteil vor ihr startete. Dann spritzte sie mir Wasser ins Gesicht und forderte mich zu diversen anderen Wettkämpfen heraus – wer am längsten unter Wasser die Luft anhalten oder die weiteste Arschbombe machen konnte –, bis sie in *irgendeiner* Disziplin gewann. Wir waren beide Dickschädel. Daran hatte sich nichts geändert. Allerdings würde es mir heute nicht mal mehr im Traum einfallen, ihr nachzugeben. Auf einen Sieg zu verzichten, nur um des Vergnügens willen, sie lächeln zu sehen.

Aryas Ohren glühten. Unsere Blicke kollidierten. Etwas Unausgesprochenes ging zwischen uns vor, ein vages Wiedererkennen.

»Vier … drei … zwei«, zählte Dr. Hengst die Sekunden herunter.

»Schwimmen!«, stieß Arya hervor. Das Wort traf mich wie ein Schlag in den Magen, weil ich gerade erst an unsere gemeinsamen Nachmittage im Pool gedacht hatte. »Ich behaupte, Tiger und Pumas können schwimmen, Geparden hingegen nicht.«

»Das ist leider nicht korrekt.« Der Kerl drehte sich mit übertrieben bekümmerter Miene auf seinem Hocker zu uns um. »Ich gebe die Frage an die Herren weiter. Ist die Antwort richtig, haben Sie gewonnen.«

Ich nahm Arya ins Visier, von der die erlittene Demütigung in Wellen abstrahlte. »Ihre Krallen einziehen.«

»Wie bitte?« Sie kniff die Augen zusammen.

»Anders als Tiger und Pumas sind Geparden nicht in der Lage, ihre Krallen einzuziehen. Nicht alle Raubkatzen sind gleich beschaffen.«

»Das stimmt!«, verkündete Dr. Goliath Hengst. »Team STD hat gewonnen!«

»Nein!« Arya sprang auf und stampfte mit dem Fuß. Ihre Reaktion war lächerlich, kindisch und gleichzeitig anbetungswürdig.

Weil sie damit bewies, dass sie immer noch das verwöhnte Prinzesschen war, das ich mit solcher Leidenschaft hasste.

Es folgte ein aufgeregtes Durcheinander. Der Quizmaster zündete sogar eine Konfettikanone und rief uns auf die Bühne, wo wir unseren Preis und eine völlig überflüssige schulterklopfende Umarmung von ihm entgegennahmen. Arsène drückte Elise ein Bündel Geldscheine in die Hand und machte sich vom Acker, ohne sich auch nur zu verabschieden. Er hatte für heute genug von der menschlichen Gattung. Riggs gesellte sich zu den Mädels vom College-Kader am hinteren Ende der Bar, wo sie ihn anschmachteten und kaum die Finger von ihm lassen konnten. Arya stürmte mit brennenden Wangen zur Toilette, vermutlich, um sich dort die Augen auszuheulen.

Ein klügerer Mann wäre ihr nicht gefolgt. Doch ich tat es. Natürlich nur bis zur Tür, alles andere wäre abartig gewesen. Ich beantwortete E-Mails auf meinem Handy, während ich wartete, dass sie wieder herauskam. Auch das war grenzwertig, würde mir aber keine einstweilige Verfügung einbringen. Als sie dann endlich auftauchte, war ihr Gesicht nass, und sie ließ die Schultern hängen. Kaum dass sie mich sah, blieb sie wie angewurzelt stehen.

»Stellen Sie mir nach?«, konfrontierte sie mich.

»Komisch, ich wollte Sie gerade dasselbe fragen. Dies ist meine Stammkneipe. New York verfügt über mehr als fünfundzwanzigtausend Bars und Clubs. Wie wahrscheinlich ist es, dass Sie zufällig am selben Tag, an dem das mit dem Prozess bekannt wurde, zum ersten Mal hier aufkreuzen?«

»Jedenfalls nicht unwahrscheinlich, wenn man bedenkt, dass wir vermutlich in derselben Gegend wohnen, dieselben Schulen besucht haben und in denselben gesellschaftlichen Kreisen verkehren.«

»Sie wissen alles über mich?« Ich strich mir mit der Hand übers Kinn und tastete mit den Augen ihr Gesicht ab.

Sie schob den Unterkiefer vor. »Mehr oder weniger. Obwohl es, wie ich gestehen muss, nicht ganz leicht war, im Internet Informationen über Sie zu finden, Mr Miller.«

Meine Lippen zuckten belustigt. Also kaufte sie mir die Scharade von dem im Höhenflug befindlichen Millionär ab. Vielleicht vermutete sie sogar, dass wir demselben Yachtclub angehörten.

»Und, was haben Ihre Nachforschungen ergeben?«

Ich stützte mich mit dem Unterarm über ihrem Kopf auf, sodass sie zwischen mir und der Wand gefangen war. Ihr vertrauter Duft streifte mich. Sie roch nach Pfirsich-Shampoo und zarter Haut, langen, trägen Sommernachmittagen, spontanen Abstechern an den Pool und alten Büchern. Nach allem, was seinerzeit meinen Untergang einläutete.

Ihr Blick bohrte sich in meine Augen. »Sie haben in Harvard Jura studiert und wurden direkt nach dem Examen von der Staatsanwaltschaft angeworben. Traurig und Cromwell sind auf Sie aufmerksam geworden, als Sie trotz Ihrer Unerfahrenheit einen großen Fall gewannen. Die Kanzlei hat Sie auf die dunkle Seite der Juristerei gelockt. Inzwischen gelten Sie als ein Hai, der für seine Mandanten horrende Vergleichszahlungen herausschlägt.«

»Wo bleibt da das Mysterium?« Ich beugte mich vor, um mehr von ihrem Duft aufzufangen. »Klingt, als wäre ich ein offenes Buch. Soll ich Ihnen meine Sozialversicherungsnummer und meine Krankenakte geben, damit Sie das Bild vervollständigen können?«

»Wurden Sie erst mit achtzehn geboren?«

»Nicht wirklich. Zum Glück für meine Mutter.«

»Es existieren keinerlei Informationen über Sie, die aus der Zeit vor Harvard stammen.«

Mir entschlüpfte ein bitteres Lachen. »Meine Leistungen

vor meinem achtzehnten Lebensjahr beschränken sich auf Siege beim Bier Pong und schnelle Nummern auf dem Rücksitz meines Autos.«

Sie runzelte skeptisch die Brauen. Ich fuhr fort, ehe sie mich weiter löchern konnte.

»Eines muss ich Ihnen lassen. Sie schaffen es, diesen Drecksack, der sich Ihr Vater nennt, in den Medien als einen wahren Samariter darzustellen.«

»Was keine große Kunst ist. Er ist unschuldig.« Obwohl nur wenige Zentimeter ihre Lippen von meinen trennten, hatte ich die Situation komplett unter Kontrolle.

»Das haben nicht Sie zu entscheiden. Falls Sie nicht damit aufhören, die öffentliche Meinung zu beeinflussen, bevor das Verfahren überhaupt eröffnet wurde, sehe ich mich genötigt, Ihnen einen Maulkorb verpassen zu lassen. Das Bedürfnis, Sie zum Schweigen zu bringen, ist geradezu übermächtig.«

»Flößen Ihnen Frauen, die kein Blatt vor den Mund nehmen, Unbehagen ein?«, schnurrte sie mit funkelnden Augen. Fast hätte ich gelacht, so sehr erinnerte mich unser Geplänkel an die Zeit vor über fünfzehn Jahren.

»Nein, aber weinerliche Gören.«

Sie wich zurück und kniff verärgert die Lippen zusammen. »Sind Sie nur hier, um mir Ihren belanglosen kleinen Triumph unter die Nase zu reiben, oder gibt es noch einen anderen Grund?«

»Den gibt es in der Tat.« Ich drückte mich von der Wand ab, um etwas Distanz zwischen uns zu schaffen. »Zunächst einmal ist das *Brewtherhood* mein Revier. Suchen Sie sich irgendeine angesagte Cocktailbar, die Quizabende veranstaltet. Außerdem sollten Sie, bevor Sie das nächste Mal an einem teilnehmen, Ihre Nase vorher in ein Lexikon stecken. Ihr Allgemeinwissen ist nämlich durchaus *ausbaufähig*.«

Ich benutzte denselben Begriff, mit dem sie meine Fähigkeiten im Medien-Management herabgewürdigt hatte.

Sie wollte gerade zu einer Erwiderung anheben – zweifellos, um mir kundzutun, dass ich mir meine Selbstgefälligkeit sonst wohin stecken könne –, aber ich ließ sie nicht zu Wort kommen.

»Zweitens finde ich, dass ich im Austausch gegen das hier zumindest eine Information verdiene«, fuhr ich fort und förderte den *Denny's*-Gutschein zutage, den Dr. Spatzenhirn mir vorhin überreicht hatte. Ihre Augen leuchteten auf. Ich wusste, dass ihr der Gutschein an sich schnurzegal war. Es ging ihr um das, was er repräsentierte. Nämlich den Sieg. Das war typisch für Arya. Sie hatte auch früher schon geschummelt oder mich beim Wettschwimmen im Pool an den Füßen festgehalten. Um zu gewinnen, war ihr jedes Mittel recht.

»Sie wollen eine Information?«, hakte sie nach. »Sie sind unausstehlich. Zufrieden? Und jetzt geben Sie mir diesen Gutschein. Meine Mitarbeiterinnen haben sich ein Gratisessen bei *Denny's* redlich verdient.«

Arya grabschte danach, und ich hielt ihn grinsend höher, sodass sie ihn nicht erreichen konnte. »Verzeihung, ich hätte mich präziser ausdrücken sollen. *Ich* stelle hier die Fragen.«

Sie warf die Arme in die Luft, offenbar war sie nicht daran gewöhnt, den Kürzeren zu ziehen. »Schießen Sie los.«

»Wie soll ich Sie anreden – Miss oder Mrs?«

Ich hatte mich bewusst nicht über Aryas Familienstand kundig gemacht, was allerdings nicht hieß, dass es mich nicht interessiert hätte. Sie trug keinen Ehering. Andererseits wirkte sie auf mich nicht wie die Art Frau, die ein solches Statussymbol zur Schau stellen würde.

Ein Lächeln umspielte ihre Lippen. »Sie sind neugierig.« Ihre Augen blitzten.

»Und Sie leiden an Wahnvorstellungen.« Es juckte mich in den Fingern, ihr eine lose Haarsträhne zurückzustreichen. »Ich schätze es einfach, gut unterrichtet zu sein. Wissen ist Macht.«

Sie befeuchtete die Lippen mit der Zunge und starrte unverwandt auf den Gutschein in meiner Hand. Willy Wonkas goldene Eintrittskarte. Ich sah, wie ihre Entschlossenheit ins Wanken geriet. Sie wollte ihr Geheimnis wahren und trotzdem nicht auf diesen Preis verzichten.

»Ich bin ledig.«

»Das erstaunt mich.« Ich hielt ihr den Gutschein hin. Sie griff so hastig danach, als befürchtete sie, ich könnte es mir anders überlegen, und steckte ihn in ihre Handtasche.

»Ich vermute, Sie sind mit Ihrer hübschen Assistentin liiert?«

»Wie kommen Sie darauf?«, fragte ich überrascht. Ich würdigte Claire in der Kanzlei praktisch keines Blickes, es sei denn, wir arbeiteten zusammen an einem Fall.

Arya zuckte die Achseln. »Nur so ein Gefühl.«

»Höre ich da Neid heraus?«

Ein nichtssagendes Lächeln. »Bilden Sie sich ein, was Sie wollen, wenn es Ihrem Ego guttut, Mr Miller. Dies ist ein freies Land.« Sie wandte sich zum Gehen.

»Das nenne ich einen untrüglichen Instinkt, Prinzesschen.«

Ihr Kopf fuhr so schnell herum, als wollte er sich selbstständig machen. »*Wie* haben Sie mich gerade genannt?«

Verdammter Mist. Das Wort war mir einfach entschlüpft. Als wären mittlerweile nicht beinahe zwei Jahrzehnte vergangen und wir noch die alten Freunde von früher.

»Prinzessin«, schwindelte ich.

»Das ist nicht wahr. Sie sagten *Prinzesschen.*« Ihre Augen verengten sich zu schmalen Schlitzen.

»Stimmt zwar nicht, klingt aber auch nicht schlechter.«

»Verkaufen Sie mich nicht für dumm. Ich weiß, was ich gehört habe.«

»Da Sie keinerlei Beweise haben und ich nicht einlenken werde, schlage ich vor, Sie lassen das Thema auf sich beruhen. Ich nannte Sie eine Prinzessin. Mehr nicht.«

Arya dachte mehrere Sekunden nach, dann nickte sie kurz. »Wir sehen uns nächste Woche bei der Anhörung.« Sie tippte sich mit zwei Fingern grüßend an die Stirn, gab mir keine Gelegenheit mehr, meine Affäre mit Claire zu leugnen oder zu bestätigen.

Nächste Woche. Was bedeutete, dass ich sie erst in sieben Tagen wiedersehen würde.

Kommt dir doch zupass. Du hasst sie, schon vergessen?

»Ich kann's kaum erwarten.«

Ihre spitzen Absätze drückten Mulden in den klebrigen Holzboden, als sie davonstakste. Typisch Arya. Sie hinterließ immer und überall irgendwelche Spuren.

»Ach, und Ms Roth?«

Sie blieb stehen, drehte sich um und zog eine Braue hoch. Ich leckte mir mit der Zunge über die Zähne.

»Ich mag Ihre Krallen.«

In dieser Nacht erlaubte ich mir einen Schnitzer.

Na gut, in Wirklichkeit waren es zwei.

Der erste Fehler war, dass ich Arya googelte. Ich fand heraus, dass sie – zusammen mit Jillian Bazin – Gründerin und Geschäftsführerin von Brand Brigade war. Sie hatte die Columbia University mit Bestnote abgeschlossen, bei diversen politischen Kampagnen als Beraterin fungiert und ihren heißgeliebten Papa zu etlichen Wohltätigkeitsveranstaltungen begleitet. Zwei üble Typen vom gleichen Schlag, die vermutlich jeden, der sich ihnen auf ihrem Weg zum Ziel in den Weg stellte, kurzerhand zur Seite rempelten. Ich entdeckte auch ein paar Fotos, auf denen dieselbe Person zu sehen war, die mich dazu gebracht hatte, hinreißenden Frauen mit grünen Augen und brünetten Haaren lebenslang abzuschwören.

Der zweite Patzer unterlief mir in der Dusche. Ich stand, die Stirn an die Fliesen gepresst, unter dem heißen Wasserstrahl und wusch mir den Tag vom Körper, als ich nach unten schaute und feststellte, dass ich eine mächtige Erektion hatte, die geradezu um Erlösung bettelte.

Impulskontrolle. Denk daran, wie sehr du Arya verabscheust.

Aber was die Vernunft ihm sagte, ließ meinen bescheuerten Körper unbeeindruckt. Jedes Mal, wenn ich mir Arya in ihrem schwarzen Kleid und mit den Perlen um den Hals ins Gedächtnis rief, drückte meine Erektion um Aufmerksamkeit bettelnd gegen meinen Bauch. *Verzeihung, Sir, aber ich wäre Ihnen sehr verbunden, wenn Sie mir zu Erleichterung verhelfen würden.* Ich konnte Claire anrufen und sie das Problem beseitigen lassen, aber das wäre nicht die Lösung.

Das war der Punkt, an dem ich anfing, Rechtfertigungen zu finden, was nie ein guter Ansatz ist.

Ich legte mir, ganz der Anwalt, alle möglichen schlagenden Argumente zurecht.

1. Käme es unterm Strich wirklich darauf an, wenn ich mir ein einziges Mal einen runterholte?

Es würde an meinem Hass auf Arya ebenso wenig ändern wie an meinem Plan, sie und ihren Vater in die Knie zu zwingen und ihre heile Scheinwelt in Schutt und Asche zu legen.

2. Es wäre klüger, mir hier und jetzt selbst Befriedigung zu verschaffen als durch sie.

Ich konnte sie nicht haben. Sie war tabu. Der Versuchung unter der Dusche nachzugeben, war wesentlich ratsamer, als die Sache ins Hotel Mandarin zu verlegen, wo ich eine ganze

Packung Kondome verbrauchen und währenddessen den Prozess gegen ihren Vater vermasseln würde.

3. Sie würde nie davon erfahren.

Das war das Beste an der Sache.

Arya würde niemals draufkommen, dass sich hinter meiner Fassade der Junge verbarg, der sie mit zitternden Lippen geküsst hatte. Der Jahr für Jahr die Tage bis zu den nächsten Sommerferien zählte. Der sich, wenn die Sehnsucht nach Arya zu groß wurde, zu Duane Reade stahl, um an dem Shampoo zu schnuppern, das sie benutzte.

Ich nahm mein steifes Glied in die Hand und strich mit festem Griff hoch und runter, während ich mir mit geschlossenen Augen vorstellte, wie ich Aryas Rock nach oben schob und ihre Schenkel streichelte, bevor ich sie zwischen Papierstapeln und meinem Laptop rücklings auf meinen Schreibtisch presste und …

Ein tiefes Knurren stieg in meiner Kehle auf. Ich schaffte es noch nicht mal bis zu dem Teil, in dem ich in sie eindrang, als ich mich auch schon warm und feucht in meine Hand ergoss.

Ich taumelte nach hinten, drehte das Wasser ab und stieß die Glastür auf. Mit einem Handtuch um die Hüften stützte ich mich am Waschtisch auf und betrachtete mich grimmig im Spiegel.

Du Narr. Ich schüttelte den Kopf. *Sie hat sich schon jetzt wieder in deiner Seele eingenistet.*

13. KAPITEL

Arya

Heute

Es gab einen medizinischen Ausdruck für meine derzeitige Verfassung: desaströs.

Gut, er war vielleicht nicht zwingend medizinisch, trotzdem brachte er die Situation, in der ich mich aktuell befand, sehr treffend auf den Punkt.

Nach außen ließ ich mir nichts anmerken, während ich vorzeigbar herausgeputzt – graues Wollkleid, Pumps, eleganter Chignon – an der Seite meines Vaters der Vorverhandlung folgte. Im Innern kam ich mir vor wie eine Idiotin. Mir flatterte das Herz, weil ich wusste, dass *er* hier sein würde.

Prinzesschen.

Zu allem Überfluss fing ich jetzt auch noch an, Gespenster zu sehen.

Schlimm genug, dass Christian und ich neulich im *Brewtherhood* aufeinandergetroffen waren. Wie groß war die Wahrscheinlichkeit, dass es sich bei dem Lokal, das Jilly und ich schon so lange mal ausprobieren wollten, um seine Stammkneipe handelte? Und jetzt musste ich dabei zusehen, wie er den Untergang des einzigen Familienmitglieds herbeiführte, das mir wirklich etwas bedeutete.

Ich drückte Dads feuchtkalte Hand. Er war während des

letzten Monats um zehn Jahre gealtert. Seit die Klage gegen ihn publik geworden war, hatte er kaum noch geschlafen oder gegessen. Vergangene Woche hatte ich ihn zu einer Psychologin begleitet, die ihm ein Beruhigungsmittel und zusätzlich ein Medikament verschrieb, das seine Serotoninwerte stabilisieren sollte. Bisher zeigte weder das eine noch das andere Wirkung.

»Mach dir keine Sorgen, Dad. Terrance und Louie sind die Besten auf ihrem Gebiet.« Ich streichelte seinen Handrücken. Er schaute mich mit geröteten Augen an.

»Die *Zweit*besten. Mir ist unerklärlich, wie Amanda es geschafft hat, Miller an Land zu ziehen. Angeblich nimmt er gar keine neuen Mandanten mehr an.«

»Bei einem derart großen Fall konnte er wohl nicht Nein sagen.« Meine Augen scannten den Gerichtssaal. Ich war nie zuvor in einem gewesen, darum hatte ich keine Vergleichswerte; nichtsdestotrotz machte das Daniel-Patrick-Moynihan-Gerichtsgebäude einen übertrieben prunkvollen, fast schon theatralischen Eindruck auf mich: rote Samtvorhänge mit goldenen Quasten, breit geschwungene Marmortreppen ohne Ende; Zeugenbänke aus Mahagoniholz und kirchenartig ausgestattete Säle, die brechend voll sein würden mit Reportern, Fotografen und Gerichtspersonal, sobald der eigentliche Prozess anfinge. Heute würden nur der Richter, der Beklagte, die Klägerin und die jeweiligen Anwälte anwesend sein.

Ich nahm Christian Millers Gegenwart wahr, noch ehe ich ihn sah. Hitze kroch mir den Nacken hoch, mein ganzer Körper erwachte kribbelnd zum Leben, meine Hände zitterten. Gleich darauf stellten sich Schuldgefühle ein.

»Ich habe mir nichts vorzuwerfen. Kann sein, dass ich Amanda gegenüber hin und wieder einen Witz gemacht habe. Aber nie unter der Gürtellinie.« Dad starrte auf unsere ineinandergeflochtenen Finger. »Es ist falsch, ein Exempel an mir zu statuieren. Ich will, dass diese Sache vorbei ist, Arya.«

»Das wird sie bald sein.«

»Gott sei Dank habe ich dich an meiner Seite, Liebes. Deine Mutter ist vollkommen – «

»Nutzlos?«, ergänzte ich. »Ich weiß.«

Christian, Amanda und Claire tauchten an meinem Blickfeldrand auf. Ich wagte es nicht, ihn direkt anzusehen, trotzdem entging mir nicht, dass er eine blasierte, unerschütterliche Ruhe ausstrahlte. Seine Frisur war makellos, sein anthrazitfarbener Anzug akkurat gebügelt, die Krawatte eine Nuance dunkler als seine blauen Augen. Schlagartig zog er alle Aufmerksamkeit auf sich.

Ein Strahlen ging über Richter Lopez' Gesicht, als er Christian erblickte. Es war offensichtlich, dass sie sich kannten.

»Ich habe Sie letztes Wochenende auf dem Golfplatz gesehen, Herr Anwalt. Hatten Sie Privatstunden bei Jack Nicklaus?«

»Ich will mein Licht nicht unter den Scheffel stellen, Euer Ehren, aber ich habe nur gegen Traurig gespielt. Seine Schwünge reichen gerade mal für eine Minigolfbahn.«

Man merkte Terrance und Louie an, dass es ihnen überhaupt nicht behagte, wie vertraulich Christian mit dem Richter umging. Sie rutschten sichtlich nervös auf ihren Stühlen herum und kritzelten hektisch auf ihren Notizblöcken. Vater ließ meine Hand los und massierte sich die Schläfen. Ich wandte den Kopf zu ihm. »Alles okay?«

Er nickte wortlos.

Als wenige Minuten später Dads Anwälte auf die Vorvernehmung der Geschworenen sowie die Jury-Auswahl zu sprechen kamen, stellte sich heraus, dass Christian besser vorbereitet war als die beiden. Claire warf ihm bewundernde Blicke zu, und ich verspürte eine heftige Welle von Eifersucht. Es war unübersehbar, dass sie was miteinander hatten und Claire in ihn verliebt war.

Ich musste dringend damit aufhören, nach dem Anwalt zu schmachten, der meinen Vater demontieren wollte.

Den Rest der Anhörung bekam ich nur noch am Rande mit. Die beiden Parteien diskutierten über Termine und die voraussichtliche Prozessdauer – vier bis sechs Wochen. Ich vertrieb mir die Zeit hauptsächlich damit, Christian zu beobachten und mich zu fragen, warum zum Kuckuck er mir so bekannt vorkam.

»Gefällt dir, was du siehst?«, unterbrach Dads Stimme meine Tagträumereien.

Ich hüstelte und nahm eine aufrechte Haltung ein. »Ich hätte vielmehr Lust, ihn von einer Klippe zu stoßen.«

Dieses Gefühl von Vertrautheit hing nicht mit seinem Aussehen zusammen. Ein derart attraktiver Mann war mir nämlich noch nie untergekommen. Aber irgendetwas an seinen Augen regte meine Erinnerung. Die Art, wie er während des Sprechens seine Handknöchel knacken ließ, dieses jungenhafte, leicht verschämte Grinsen, das manchmal über sein Gesicht flog, wenn er sich eine Notiz machte und sich unbeobachtet glaubte.

Sowie fürs Erste alles geklärt war, verließen Christian, Amanda und Claire den Gerichtssaal. Mein Vater, Louie und Terrance blieben unentschlossen zurück. Dads Lippen waren zu einem schmalen Strich zusammengepresst. Ich holte eine Wasserflasche heraus und reichte sie ihm. »Es hat nichts zu bedeuten, dass Richter Lopez und Miller sich kennen. Damit mussten wir rechnen. Er ist immerhin Prozessanwalt.«

»Verschone mich, Arya. Ohne dich wäre das alles nie passiert.« Seine Schulter streifte meine, als er mit seinen Anwälten im Schlepptau zur Tür stapfte. Ich runzelte perplex die Stirn und folgte ihm.

Was zum Teufel?

»Wie darf ich das verstehen?«

Seine verletzenden Worte brachten mich aus dem Gleichgewicht, weil Conrad zu mir mein Leben lang immer nur ausnehmend liebenswürdig gewesen war.

»Diese ganze Scharade ist nichts als ein ausgestreckter Mittelfinger in unsere Richtung. Um uns Roths etwas zu beweisen. Uns kleinzukriegen.«

»Mag ja sein, aber inwiefern sollte das irgendetwas mit mir zu tun haben?« Wir gingen durch die Flure des Gerichtsgebäudes in Richtung Ausgang. Dad blieb stehen und funkelte mich an.

»Du hast diesen Miller während der Schlichtungsgespräche unentwegt provoziert und ihn regelrecht um eine Reaktion *angebettelt*. Jetzt hast du sie bekommen. Zu meinen Lasten, weil ich derjenige bin, den man vor Gericht stellen wird.«

»Du gibst *mir* die Schuld?« Ich stieß mit dem Finger gegen mein Brustbein.

»Du bist hingerissen von ihm, das sieht ein Blinder mit dem Krückstock.«

»Weil ich ihm Widerworte gegeben habe?« Ich zog die Brauen bis fast zum Haaransatz hoch, so verdattert war ich.

»Du hattest seit jeher eine Schwäche für Unruhestifter. Und immer war ich derjenige, der hinterher den Karren aus dem Dreck ziehen durfte.«

Oh Mann. Das war mal ein starkes Stück. Ich wandte den Kopf zur Seite, um den Speicheltröpfchen auszuweichen, die aus seinem Mund flogen. Es ließ sich nicht bestreiten, dass ich an jenem Tag in Christians Kanzlei den Bogen überspannt hatte, aber er war sowieso fest entschlossen gewesen, den Fall vor Gericht zu bringen. Mein Verhalten hatte damit rein gar nichts zu tun.

»Gut zu wissen, dass du die Jahre, in denen ich daran gearbeitet habe, dir für damals vergeben zu können, dazu genutzt hast, die Geschichte umzuschreiben. Im Übrigen werde ich so großzügig sein, diese Unterhaltung allein dem Umstand zuzurechnen, dass du seit drei Wochen kaum geschlafen und dich ausschließlich von Kaffee und verschreibungspflichtigen Medikamenten ernährt hast.« Ich fischte ein Taschentuch aus meiner Handtasche und gab es ihm, damit er sich den Speichel von der Unterlippe wischen konnte.

Wir verließen das Gebäude und stiegen in seinen SUV, der am Straßenrand wartete.

»Wo soll ich Sie absetzen, Ari?«, erkundigte sich Dads Fahrer Jose, derweil Louie und Terrance mit gedämpften Stimmen noch einmal die Ereignisse des heutigen Tages zusammenfassten.

Ich nannte Jose meine Firmenadresse und knüpfte wieder an das Gespräch mit meinem Vater an. »Christian Miller hat es auf dich abgesehen. Daran hätte nichts etwas geändert.«

»Aber warum?« Er brachte seine Anwälte zum Schweigen und nagelte mich mit seinem Blick fest. »Wieso will er ausgerechnet mir eins reinwürgen? Er hat tagtäglich mit schlimmeren Fällen zu tun«, geiferte er. »Ich habe Amanda lediglich ein paarmal getätschelt, um zu sehen, ob sie für eine Affäre zu haben wäre.«

»Du hast sie getätschelt?«, echote ich wutschnaubend.

»*Angeblich.*« Er rollte mit den Augen. »Himmelherrgott, Arya. Angeblich.«

»Das Wort *angeblich* hinterherzuschieben, beweist noch lange nicht deine Unschuld«, wies ich ihn hin. »*Bist* du unschuldig?«

»Natürlich bin ich das!« Er fuchtelte mit den Armen. »Mag sein, dass ich gelegentlich eine Grenze überschritten habe, trotzdem besteht ein himmelweiter Unterschied zwischen einem amourösen Abenteuer in gegenseitigem Einvernehmen und sexueller Nötigung. Und es ist ja auch nicht so, als wäre ich bei deiner Mutter je auf meine Kosten gekommen.«

»Du verwickelst dich permanent in Widersprüche.« Noch während ich das sagte, wusste ich, dass ich keinesfalls nach den Leichen suchen würde, die meine Familie im Keller hatte, aus Angst, über die Knochen zu fallen, die ich dort finden könnte. »Hattest du jetzt eine Affäre mit Amanda Gispen oder nicht? Hast du sie unsittlich berührt oder nicht?«

»Ich habe mir nichts zuschulden kommen lassen«, fauchte er.

»Wir drehen uns im Kreis«, murmelte ich und schloss die Augen.

»Du kannst jederzeit aussteigen.«

Zu gern hätte ich ihm seine Unschuldsbeteuerungen unbesehen geglaubt. Doch in einem Punkt hatte mein Vater recht.

Christian Miller trachtete danach, meine Familie zu zerstören. Und in mir keimte allmählich die Sorge auf, dass es dafür einen triftigen Grund geben könnte.

Nachdem Jose mich bei meiner Firma abgesetzt hatte, führten Jillian und ich ein Vorgespräch mit einem potenziellen Neukunden. Ich vergeigte das Meeting dermaßen, dass meine Freundin mich um ein Haar rausgeworfen hätte, und zwar durchs Fenster. Ich konnte es ihr nicht verübeln. Der CEO von *Bi's Kneads* – eine Bäckereikette, die gerade dabei war, an die Börse zu gehen – verabschiedete sich sichtlich unbefriedigt nach meiner holprig gehaltenen Präsentation. Dass wir den Auftrag nicht bekommen würden, lag auf der Hand.

»Es tut mir so leid«, entschuldigte ich mich bei Jillian, als wir den Konferenzraum verließen und in unser offenes Büro mit den unverputzten Backsteinwänden traten. »Ich hätte mich gründlicher vorbereiten müssen. Ich bin die Präsentation heute Morgen noch mal durchgegangen, aber nach der Anhörung fühlte sich mein Hirn wie Mus an.«

Jillian winkte erschöpft und verärgert ab. »Schon gut. Du hattest einen langen Tag. Wie lief's mit Mr Miller?«

»Er ist immer noch ein Arsch.«

»Bist du ihm an die Gurgel gegangen?«

»Nur telepathisch.«

»Ich bin stolz auf dich.« Sie seufzte und betrachtete mich mitfühlend.

»Und dein Vater?«

»Benimmt sich wie ein pubertierender Teenager. Ich werde einfach nicht schlau aus ihm.«

»Hat halt im Moment 'ne Menge Stress zu bewältigen.«

Ich trat an meinen Schreibtisch und fuhr meinen Laptop hoch, dann verschränkte ich die Finger und dehnte sie kurz, bevor ich Christians Namen in die Suchmaschine eingab. Ich hatte ihn schon einmal gegoogelt, kurz nachdem bekannt geworden war, dass er Amanda vertreten würde. Nur dass ich dieses Mal sein Profil bei LinkedIn und das auf der Homepage seiner Kanzlei außer Acht ließ und mich direkt seinen Social-Media-Konten widmete. Viel war dort nicht zu entdecken. Von einer vergessenen Facebook-Seite einmal abgesehen, die aussah, als wäre sie seit der Steinzeit nicht aktualisiert worden. Ich klickte auf ein Foto, das eine jüngere Version von Christian zeigte. Flankiert von den beiden Männern, die mit ihm im *Brewtherhood* gewesen waren, strahlte er in die Kamera.

Ich scrollte durch sein Profil, fand jedoch kaum mehr als Glückwünsche von Leuten, die ihm zu verschiedenen Beförderungen gratulierten und ihn auf Firmenfotos markierten. Die einzige Person, die praktisch jedes seiner Bilder zu liken schien, war eine Frau namens Alice. Von ihr selbst gab es kein Profilfoto. Handelte es sich um eine Verflossene? Eine Verehrerin? So oder so war Claire mit Sicherheit nicht glücklich über Alice' Existenz.

Zuletzt wurde Christian vor sieben Monaten in einem Post von einem gewissen Julius Longoria markiert. Die Aufnahme zeigte den Empfang eines exklusiven Fitnessstudios namens *Solstices* in der Columbus Avenue. Der Kommentar lautete: *Zum Schwitzen hier!*

Ich trommelte mit den Fingern auf den Schreibtisch und überlegte mir, wie ich weiter vorgehen sollte. In seinem Fitnessstudio aufzutauchen, wäre völlig verrückt. Andererseits hatte ich nie behauptet, geistig normal zu sein. Christian hatte bei unserer Zufallsbegegnung im *Brewtherhood* bereits den Verdacht geäußert, dass ich ihm nachstellte. Es würde seine Stalking-Theorie nur weiter untermauern, wenn ich mich jetzt auch noch im *Solstices* blicken ließe.

Aber irgendwas an diesem Mann ließ mir einfach keine Ruhe. Ich konnte nicht genau sagen, was es war, doch etwas erschien mir ... *schräg*. Christian Miller hielt Dads Zukunft in Händen, darum lohnte es sich, der Sache auf den Grund zu gehen. Zumal die Chance bestand, dass ich ihn dabei erwischen würde, wie er selbst etwas moralisch Verwerfliches tat, indem er beispielsweise einer hübschen Trainerin auf den Pelz rückte.

Und dann war da noch Claire. Mein Gefühl sagte mir, dass er mit ihr schlief. Gab es da nicht diesen Kodex, der Romanzen am Arbeitsplatz untersagte, falls die Beteiligten derselben Befehlskette angehörten? Ich würde das überprüfen.

Jedes Druckmittel, das sich gegen ihn einsetzen ließe, spielte mir in diesem Stadium in die Hände, und im Krieg und in der Liebe war bekanntlich alles erlaubt.

»Ich kenne diesen Ausdruck in deinem Gesicht.« Jillian, die auf der anderen Seite des Raums auf ihrem Laptop tippte, schnalzte missbilligend mit der Zunge. »Was immer du gerade ausheckst, Ari, lass die Finger davon. Es wird hundertprozentig in eine Katastrophe münden.«

Aber mein Entschluss stand fest.

Auf Christian Miller wartete eine weitere Überraschung.

Das *Solstices* verteilte sich über drei Etagen und bot neben den Trainingsmöglichkeiten einen Wellnessbereich, ein Hallenschwimmbad, einen Friseursalon und ein Kosmetikstudio. Im Grunde konnte man beim Betreten aussehen wie ein Cover-Model des *Enquirer* und beim Verlassen wie jemand von der Titelseite der *Sports Illustrated*.

Ich meldete mich für einen Probemonat an und blätterte unerhört viel Geld für dieses Vergnügen hin.

Entgegen der landläufigen Meinung war ich ein sparsamer Mensch, der seit seinem achtzehnten Lebensjahr finanziell auf eigenen Füßen stand (mit Ausnahme der Studiengebühren, die hatten meine Eltern übernommen). Ich hatte Spaß daran, in Secondhandläden nach Designerklamotten zu stöbern, aber ich war niemand, der sein Geld zum Fenster rauswarf.

In der Hoffnung, Christian dort anzutreffen, fand ich mich morgens *und* abends im *Solstices* ein. Ich schwitzte auf dem Laufband und hielt die Augen nach Christian Miller offen. Am dritten Tag beschloss ich, meine Detektivarbeit mit echtem Training zu verknüpfen, und packte meinen Bikini und meine Badekappe ein.

Da Schwimmen die einzige sportliche Aktivität war, die mir halbwegs Freude bereitete, begab ich mich auf direktem Weg zum Pool. Sofort wurden Erinnerungen an früher, an meine Zeit mit Nicky, wach.

Die ersten beiden Bahnen waren die Hölle. Meine Lungen brannten, ich schluckte Wasser. Bis zur dritten hatte ich dann meinen Rhythmus gefunden. Am Ende der zehnten durchbrach ich am Beckenrand die Wasseroberfläche und holte mit tropfnassem Gesicht gierig Luft. Ich war zu Tode erschöpft.

»Sieh mal an, wen haben wir denn da?«

Mein Kopf fuhr hoch, und mein Blick fiel auf Christian Miller. Er stand leibhaftig in Badeshorts vor mir, ein Adonis mit Waschbrettbauch. In seinem Brusthaar glitzerten Wassertropfen, er musste die ganze Zeit neben mir hergeschwommen sein, ohne dass ich es bemerkt hatte.

»Wollen Sie mir jetzt auch noch verbieten, ein Fitnessstudio zu besuchen?« Ich stützte meinen Unterarm am Beckenrand auf und zog mir mit einem befriedigenden Schnalzen die Badekappe vom Kopf. »Warum schicken Sie mir nicht einfach eine Liste, damit ich weiß, welche Orte für mich in dieser Stadt erlaubt sind und welche nicht?«

Christian zupfte am Bund seiner Badehose. Sein Sixpack würde sogar einen Joe Manganiello vor Neid erblassen lassen. »Das ist tatsächlich gar keine schlechte Idee. Ich werde meine Sekretärin damit beauftragen.«

»Wir werden ja sehen, was Ihnen das einbringt.« Ich stemmte mich aus dem Pool und ging zu der Bank, wo ich meine Sachen zurückgelassen hatte. Christian folgte mir und beäugte verstohlen meine Beine, als ich mir mein Handtuch umwickelte und in meine Flip-Flops schlüpfte.

»Wollen Sie etwa behaupten, Sie seien nicht meinetwegen hier?« Er verschränkte die Arme.

Ich schnaubte, als wäre allein die Idee absurd. »Ob Sie es glauben oder nicht, Mr Miller – es dreht sich nicht alles um Sie.«

Er schaute zu, wie ich mich abtrocknete. »Schwimmen Sie oft?«

Nanu. Kein verbaler Gegenschlag? War er am Ende krank?

»Hab gerade erst wieder damit angefangen. Und Sie?«

»Jeden Tag seit meinem zwölften Lebensjahr.«

Man sah es ihm an. Er hatte den schmalen, athletischen Körper eines Schwimmers. Seine Muskeln waren definiert, ohne hervorzutreten.

»Es ist ein gesunder Sport.« Na toll. Jetzt klang ich wie meine eigene Großmutter. Fehlte nur noch, dass ich ihm ein Rezept für Haferkekse empfahl.

»Ja«, bestätigte er in flachem Ton. Er ließ mich nicht vom Haken.

»Ich habe das Schwimmen vermisst.« Noch mehr bedeutungslose Worte seitens meiner Wenigkeit.

Christian verzog den Mund zu einem Grinsen und begann, mich zu umkreisen wie ein Hai. »Warum sind Sie hier, Roth? Jetzt mal ehrlich. Was für ein Spiel treiben Sie?«

»Irgendetwas an Ihnen kommt mir vage vertraut vor.« Ich steckte das Handtuch um meine Hüfte fest und wandte den Kopf zu ihm. »Und ich werde herausfinden, was es ist. Ansonsten genieße ich einfach nur mein tägliches Sportprogramm.«

Seine blauen Augen hielten meinen Blick unerbittlich gefangen. Zum ersten Mal sprach etwas anderes als Hass oder Verachtung aus ihnen. Und zwar Neugier, gemischt mit einem Funken Hoffnung. Es kam mir vor, als würde mir irgendwas entgehen. Als redeten wir komplett aneinander vorbei. Aber vor allem hatte ich das Gefühl, dass das, was wir hier taten, falsch war. Verboten.

»Wollen Sie damit andeuten, dass wir uns von früher kennen, Ms Roth?«, fragte er so bedächtig, als wollte er mir einen versteckten Hinweis geben.

»Ich will lediglich andeuten, dass die Puzzleteile nicht zusammenpassen und ich nicht aufgeben werde, solange ich nicht das ganze Bild kenne.«

»Verraten Sie mir eins, Ms Roth. Was wird passieren, wenn Sie diesen Fall verlieren?«

»Ich verliere nie«, antwortete ich viel zu hastig. Lieber versteifte ich mich darauf, eine Niederlage nicht einmal in Erwägung zu ziehen, anstatt mich mit der alles entscheidenden Frage – war mein Dad schuldig oder nicht? – auseinanderzusetzen.

Es entstand eine Pause. Die Stille hing in der feuchtwarmen Luft wie ein Damoklesschwert über mir.

»Treffen Sie mich in zwanzig Minuten in der Dampfsauna.« Die Worte stolperten aus seinem Mund, als versuchte er, sie zurückzuhalten. Er drehte sich um und marschierte davon. Ich betrachtete seinen wohlgeformten Rücken und konnte mich des Gefühls nicht erwehren, ihn schon einmal gesehen, ihn sogar berührt zu haben. Doch das war unmöglich. Hätte ich irgendwann einmal Sex mit einem Mann wie ihm gehabt, würde ich mich erinnern. Der einzige Mensch, der jemals eine solch namenlose Sehnsucht in mir geweckt hatte, war vor langer Zeit gestorben. Nicky war tot, und obwohl ich mir dessen bewusst war, hielt ich von Zeit zu Zeit immer noch vergeblich Ausschau nach ihm.

Das hier war Christian, und er war ein vollkommen anderes Kaliber. Kaltschnäuzig und hinterhältig und kein Vergleich zu dem süßen, mürrischen Jungen, der mein Herz gestohlen hatte.

Ich würde tun, was nötig war, um den einzigen Mann, dem ich etwas bedeutete, zu beschützen.

Auch wenn ich dafür alle meine Prinzipien über den Haufen werfen musste.

14. KAPITEL

Christian

Heute

Irgendetwas an Ihnen kommt mir vage vertraut vor.

Mit dem Satz hatte sie mich kalt erwischt. Und so kam es, dass ich zwanzig Minuten später auf einer Holzbank in der Dampfsauna saß und auf Arya wartete.

Dass sie in ihrem roten Bikini zum Anbeißen aussah, machte es nicht besser. Oder dass ich beinahe jeden Abend im *Brewtherhood* rumhing, in der Hoffnung, Arya möge sich meinem Befehl widersetzen und dort auftauchen. Damit wir da weitermachen konnten, wo wir beim letzten Mal aufgehört hatten.

Ich lehnte den Kopf gegen die Wand. Schweißperlen rannen meinen Oberkörper hinab und sickerten in das weiße Handtuch um meine Hüften. Ich war erregt. Wie immer, wenn sich Arya Roth in der Nähe befand. Und aus irgendeinem Grund schien das ständig der Fall zu sein. Seit sie wieder in meiner Umlaufbahn war, wurde ich sie einfach nicht mehr los.

Es ging mir gründlich gegen den Strich, dass sie zu der Anhörung gekommen war. Nicht nur, weil ich mich mit einem halbsteifen Dauerständer herumplagen musste, während ich mit Richter Lopez übers Golfen fachsimpelte, sondern auch, weil es mir nicht die erhoffte Genugtuung verschaffte, Arya leiden zu sehen. Sosehr ich sie auch hasste, hatte ich es dennoch in erster Linie auf ihren Vater abgesehen.

Hinzu kam, dass Claire langsam zappelig wurde. Ich hatte sie seit Beginn der Anhörung nicht mehr zu mir eingeladen, und natürlich war ihr nicht entgangen, dass ich die Augen nicht von Arya lassen konnte, wann immer wir uns im selben Raum aufhielten. Andererseits wusste Claire, dass das mit uns nie etwas Ernstes gewesen war. Das hatte ich oft genug klargestellt.

Die Saunatür ging auf und wieder zu. Ich ließ meine Augen geschlossen und wartete darauf, dass Arya etwas sagte. Schließlich war sie diejenige, die alle Register gezogen hatte, um mich aufzuspüren.

»Christian.« Ihre Stimme war rau und voller Wärme.

»Setz dich«, befahl ich.

»Erst, wenn du mich ansiehst.«

»*Setz. Dich. Hin.*«

»Sieh mich an.«

»Dann sorg dafür, dass es sich für mich lohnt.« Ein Lächeln zupfte an meinen Lippen. Gleich darauf hörte ich, wie ihr Handtuch mit einem weichen Geräusch auf dem Boden landete. War diese Verrückte etwa komplett nackt? Es gab nur einen Weg, das herauszufinden.

Meine Lider klappten auf. Arya stand vor mir, eine wahr gewordene erotische Fantasie. Ihre Brüste waren spektakulär, die Brustwarzen klein und rosig. Ihr schlanker Körper war mit einer Wespentaille und weiblich gerundeten Hüften ausgestattet, ihre feuchte, seidenweiche Haut bettelte geradezu darum, berührt zu werden.

Arya Roth ist es nicht wert, die Partnerschaft zu riskieren, geschweige denn den Sieg gegen ihren Vater. Sie hat sich in den Kopf gesetzt, dich zugrunde zu richten. Zu verführen, um zu zerstören, ist der einzige Trick, den sie draufhat.

Sie kam ein paar Schritte näher. Wir waren allein, doch es konnte jede Sekunde irgendwer hereinplatzen. Es war eine gemischte Sauna. Ich sah Arya an der Nasenspitze an, dass sie sich rittlings auf mich setzen würde, wenn ich ihr nicht Einhalt gebot. Sosehr es mich auch schmerzte – besonders einen bestimmten Teil von mir –, sie abblitzen zu lassen, durfte ich auf keinen Fall schwach werden.

Sie beugte sich vor, stützte sich mit einer Hand hinter meiner Schulter auf und hielt mit ihren grünen Augen meinen Blick fest. Ihre andere Hand glitt zu meinen Bauchmuskeln, die sich daraufhin instinktiv anspannten. Meine Erektion zeichnete sich deutlich unter dem Handtuch ab. Plötzlich war es, als wären wir wieder vierzehn.

Ich schloss die Finger um ihr Handgelenk und schob es weg. »Ich passe.«

»Warum?«

»Weil man seinen Nacken niemandem darbietet, der plant, einem den Kopf abzuschlagen.«

»Wäre auch schade um den hübschen Kopf.« Ihre Augen funkelten; ich musste ein Lachen unterdrücken. Sie rührte sich nicht von der Stelle. »Ist es wegen Claire?«

Claire. Es kam mir seltsam vor, den Namen aus Aryas Mund zu hören. Falsch. In meinen zweiunddreißig Lebensjahren war mir nie eine Frau begegnet, die es mit Aryas Fähigkeiten, ihrer Anziehungskraft und ihrem Zerstörungspotenzial hätte aufnehmen können.

»Eifersüchtig?« Ich fuhr mit der Zunge über meine Unterlippe.

»Vielleicht.« Sie platzierte ihre Hände wieder hinter meinen Schultern.

Mein Puls beschleunigte sich. Mit dieser Antwort hatte ich nicht gerechnet. »Dazu besteht kein Grund.«

»Soll das heißen, du schläfst nicht mit deiner Assistentin?«

Ich konnte sie nicht anlügen, so verlockend das auch war. »Das soll heißen, dass Claire nicht wichtig ist.«

Es war nicht auszuschließen, dass Arya nach etwas suchte, das sie gegen mich verwenden könnte, und meine Affäre mit meiner Kollegin warf definitiv kein gutes Licht auf mich.

»Wo liegt dann das Problem? Wir fühlen uns körperlich zueinander hingezogen.« Ihr Ton war sachlich, fast schroff.

»Ja.« Ich ließ meine Zähne aufblitzen, gab mich cool und gelassen. »Trotzdem bin ich nicht bereit, meinen Fall aufs Spiel zu setzen. Wenn ich dich anfasse, werde ich verlieren, das wissen wir beide. Jetzt verhüll dich, und setz dich dort drüben auf die Bank. Wir müssen reden.«

Arya wandte sich ab, hob ihr Handtuch auf und wickelte sich darin ein, bevor sie sich ans Ende der umlaufenden Sitzbank hockte. Sie ließ sich nicht anmerken, dass sie vor wenigen Minuten eine Abfuhr von mir bekommen hatte, sondern wirkte ruhig und gefasst.

»Du solltest dich von ihm distanzieren.« Ich strich mir die nassen Haare zurück.

»Nein«, lautete ihre schlichte Antwort.

»Er ist schuldig.«

»Logisch, dass du das sagst. Du vertrittst Amanda Gispen.«

»Ich sage das, weil ich Augen und Ohren habe. Ich habe mir die Reaktion der Gegenseite auf den Offenlegungsantrag angesehen. Diese Sache wird deinem Vater großen Schaden zufügen. Nur weil du von Dreck umgeben bist, heißt das nicht, dass auch du dich besudeln musst.«

»Christian«, sagte sie und klang fast tadelnd. Eine weitere Reminiszenz an unsere Teenagerzeit. Arya war schon immer herrisch gewesen. »Was soll das?«

»Ich gebe dir lediglich einen guten Rat.«

»Wirst du mir nach Ablauf dieser Stunde fünfhundert Dollar in Rechnung stellen?«

»Du meinst, zweitausend. Und die Antwort ist Nein. Du bekommst diesen Rat gratis, obwohl er unbezahlbar ist. Die Anwälte deines Vaters – gehören sie zur Rechtsabteilung seiner Firma?«

Ich hatte keine Ahnung, was ich da tat und wieso ich es tat. Irgendwie hatte ich das Bedürfnis, ihr einen Knochen hinzuwerfen. Ich wollte gewinnen, aber nicht kampflos. Wie es im Moment aussah, würde der Prozess gegen Conrad Roth eine mühelose Angelegenheit werden. Der reinste Spaziergang.

»Nein.« Arya schüttelte den Kopf. »Es sind externe Anwälte. Er hatte schon früher mit ihnen zu tun. Sie wurden ihm von seinen Beratern wärmstens empfohlen.«

»Seine Berater taugen nichts, und sein Justiziar sollte gefeuert werden. Jeder Grünschnabel weiß, dass bei einer Klage wegen sexueller Belästigung ein weiblicher Verteidiger bei den Geschworenen mehr Sympathiepunkte sammelt als ein männlicher. Vor allem, wenn es eine junge Frau ist.«

»So wie Claire«, meinte Arya.

»So wie Claire. Aber das tut nichts zur Sache.«

»Du schlägst also vor, dass mein Vater eine Anwältin engagiert?« Ihre grünen Augen blitzten neugierig, und da war sie wieder, die Arya, die ich kannte und von der ich besessen war. Anscheinend existierte sie noch unter den dicken Schichten aus Designerklamotten, miesen Winkelzügen und Bockmist.

»Exakt.«

»Das ist sexistisch.«

Ich zuckte mit den Achseln. »Ändert nichts an den Tatsachen.«

»Warum gibst du mir diesen Tipp?« Ihre Augen wurden

schmal. »Du willst um nichts auf der Welt, dass mein Vater das Verfahren gewinnt.«

Ich lächelte sie an, als wäre sie ein törichtes Kind. »Ich werde ihn zur Strecke bringen, selbst wenn der liebe Gott persönlich seine Verteidigung übernimmt«, erklärte ich in herablassendem Ton. »Trotzdem würde ich gern ein bisschen ins Schwitzen kommen. Darum lasse ich dir einen Vorsprung.«

Aryas Blick wanderte über meine Brust. Zum Glück hatte sie sich wieder verhüllt, sodass ich dasselbe nicht bei ihr tun konnte. Mein IQ war um neunundsechzig Punkte abgesackt, während sie nackt war.

»Auf mich wirkst du auch so ziemlich verschwitzt«, bemerkte sie.

»Ich rede vom *Gerichtssaal.*«

Sie streckte ihre gebräunten Beine aus und wackelte mit den Zehen. Ich konnte nicht anders, ich musste einfach hinsehen. Zuerst nahm ich ihre Zehen in Augenschein, dann ihre wohlgeformten Waden, die sie so gern mit meinen verflochten hatte, wenn wir früher unter dem Schreibtisch in der Bibliothek lasen.

»Jetzt raus mit der Sprache, Christian. Woher kenne ich dich?«

Wir duzten uns. Das war nicht gut. Auf der anderen Seite hatte es sich komisch angefühlt, Arya mit Ms Roth anzusprechen.

Meine Muskeln spannten sich an. »Du bist doch ein schlaues Mädchen. Finde es selbst heraus.«

Du spielst mit dem Feuer, vernahm ich Arsènes warnende Stimme in meinem Kopf.

Mag schon sein, antwortete ich. *Aber wie könnte ich dieser wunderschönen Flamme widerstehen?*

Am nächsten Tag bestellte ich Claire in mein Büro.

»Bitte nehmen Sie Platz, Miss Lesavoy.«

Claire sah immer gut aus, doch in den vergangenen Tagen schien sie sich extra viel Mühe zu geben. Vielleicht, um mich daran zu erinnern, dass sie mehr zu bieten hatte als ihren messerscharfen Verstand.

Sie setzte sich mir gegenüber und lächelte heiter. »Hallo, Fremder. Ich habe gestern Abend versucht, dich zu erreichen. Deine Mailbox musste Überstunden einlegen.«

Ich war damit beschäftigt gewesen, mir mit mentalen Bildern von Arya vor Augen einen runterzuholen. Allerdings sollte ich Claire diese Information wohl besser ersparen.

»Tut mir leid.« Ich strich meine Krawatte glatt. »Ich hatte zu tun. Hör zu, Claire. Ich werde sofort zum Punkt kommen. Du bist bildschön, intelligent, brillant und eine Nummer zu groß für mich. Ich bin ein abgewrackter, abgestumpfter Wichser, der nicht Nein sagen kann, wenn etwas Gutes auf seinem Schoß landet. Ich halte dich nur auf, darum tue ich dir den Gefallen und beende das mit uns, bevor du anfängst, mich zu hassen, und unsere Zusammenarbeit zur Belastung wird.«

Ich fand, das war eine hübsche kleine Ansprache. Vor allem, weil nichts davon gelogen war. Sie *war* zu gut für mich. Ich *war* abgestumpft. Und die Sache wurde zunehmend kompliziert, seit wir das Gispen-Mandat übernommen hatten.

Claires Miene wurde düster, sie versuchte gar nicht erst, ihren Schmerz zu verhehlen. Eigentlich ein bewundernswerter Zug, trotzdem stand ich viel mehr auf Aryas Psychospielchen. Ihren hochmütigen Stolz. Ihre Bockigkeit.

»Denkst du nicht, es ist an mir, zu entscheiden, ob du gut genug für mich bist oder nicht?«

»Nein, das denke ich nicht«, entgegnete ich sanft. »Ich bin ein Blender, wie er im Buche steht.«

»Du solltest dich nicht unter Wert verkaufen.« Claire beugte sich über den Schreibtisch und fasste meine Hand. »Ich mag dich wirklich sehr, Christian.«

»Dafür gibt es nicht den geringsten Grund.«

»Dass dir nicht einmal klar ist, wie umwerfend du bist, gefällt mir umso mehr.«

Ich gab ihr mit einem Blick zu verstehen, dass die Masche nicht ziehen würde.

»Steckt Arya Roth dahinter?« Sie ließ meine Hand wieder los.

»Nicht, Claire.«

»Dann ist es also wahr.« Sie stand auf, machte jedoch keine Anstalten, zu gehen. Sie wartete darauf, dass ich es vehement abstritt, mich eines Besseren besann.

Ich übertünchte meine Verärgerung mit vermeintlicher Sorge um sie. »Du verdienst etwas Besseres.«

»Das sehe ich auch so.« Claire legte ein humorloses Lächeln auf, wandte sich aber noch immer nicht zur Tür. Sie wartete auf etwas. Auf etwas, das sie von mir nicht bekommen würde. Menschlichkeit. Reue. Mitgefühl. In diesem Moment hätte ich Arya und Conrad am liebsten getötet. Weil sie mich der Fähigkeit beraubt hatten, anderen etwas zuteilwerden zu lassen.

»Dann hätten wir diese Sache ein für alle Mal geklärt?«, vergewisserte ich mich.

Ich sah, wie sie zu begreifen anfing, die Erkenntnis das Feuer in ihren Augen löschte. Die Botschaft war zu ihr durchgedrungen.

»Allerdings. Das war unmissverständlich. Wäre das dann alles, Mr Miller?« Sie reckte das Kinn vor.

»Ja, Miss Lesavoy.«

Das war das letzte Mal an diesem Tag, dass Claire mit mir sprach.

15. KAPITEL

Arya

Heute

»Bist du sicher, dass du diesen Muffin wirklich essen willst?«
Meine Mutter – sie bevorzugte Beatrice, weil sie nicht erpicht
darauf war, von einer Frau Anfang dreißig in aller Öffentlichkeit Mom genannt zu werden – linste mit einem geringschätzigen Zug um die Lippen hinter ihrer Speisekarte hervor.

Mein Vater bestrich neben ihr gerade schweigend eine
Scheibe Toast mit Butter. Ich biss, ohne den Augenkontakt
mit Beatrice zu unterbrechen, einen großen Happen von meinem Orange-Cranberry-Muffin ab. Krümel rieselten auf mein
mintgrünes Gucci-Kleid. »Sieht ganz so aus, Bea.«

Wir saßen beim Sonntagsbrunch im *Columbus Circle Inn*,
einem charmanten, in Pastellfarben gehaltenen, mit Blumen
aus mundgeblasenem Glas dekorierten Restaurant. Ich bekam
meine Mutter nicht allzu oft zu Gesicht. Der Großteil ihrer
Zeit ging für ihre Komitees und Stiftungen und Mittagsein-
ladungen drauf, aber den Jahrestag von Aarons Tod hielt sie
sich immer frei. Da besuchten wir sein Grab und nahmen anschließend zusammen einen Brunch ein. Dieser Tag war im
Kalender rot markiert, wohingegen ich mich nicht erinnern
konnte, wann mein Geburtstag für Beatrice zuletzt mehr als
eine Randnotiz gewesen wäre.

»Du musst auf deine Figur achten, Arya. Schließlich bist du keine Zwanzig mehr.« Sie nestelte an ihren neuen Diamantohrringen, was keinem anderen Zweck diente, als unsere Blicke darauf zu lenken.

Nein, ich bekam meine Mutter nicht oft zu Gesicht, und das, obwohl ich nur einen Steinwurf von ihr entfernt wohnte. Und wenn wir uns doch einmal trafen, hatte sie stets ein paar unfreundliche Kommentare für mich parat. Sie missbilligte meine mangelnde Bereitschaft, mich von einem Mann aushalten zu lassen. Ich arbeitete zu hart, trieb zu wenig Sport, sprach zu häufig über Politik. Unterm Strich war ich in ihren Augen eine Komplettversagerin auf dem gesellschaftlichen Parkett.

»Ich behalte das im Hinterkopf, für den Fall, dass mir eines Tages der Sinn nach einem misogynen Ehemann steht, der eine hirn- und appetitlose Trophäenfrau sucht.«

»Musst du immer so derb sein?« Sie trank einen Schluck von ihrem Gin mit Diät-Tonic.

»Ob ich muss? Nein. Bin ich es? Klar, wenn ich Bock habe.«

»Lass sie in Frieden, Bea«, ermahnte mein Vater sie mit müder Stimme.

»Sag mir nicht, was ich zu tun habe.« Sie feuerte einen vernichtenden Blick auf ihn ab und wandte ihre Aufmerksamkeit wieder mir zu. »Mit deiner Einstellung tust du dieser Familie keinen Gefallen. Dein Vater hat mir erzählt, dass du Amanda Gispens Anwalt bis aufs Blut gereizt und ihm praktisch keine andere Wahl gelassen hast, als vor Gericht zu ziehen.«

»Beatrice!«, zischte Dad. Er hatte sich für den Vorfall nach der Anhörung entschuldigt, und ich hatte die Entschuldigung angenommen. Trotzdem war etwas zwischen uns zerbrochen, ein fragiles Vertrauen, das wir wiederhergestellt hatten, als ich fünfzehn war.

Ich verschluckte mich fast an meinem Muffin, während sie mit ärgerlicher Stimme fortfuhr. »Offen gestanden überrascht es mich, dass du nicht mehr Zeit und Mühe in den Versuch investiert hast, die Medien von Conrads Unschuld zu überzeugen.«

»Genau genommen habe ich rund um die Uhr daran gearbeitet, eine positive Berichterstattung zu generieren. Was in Anbetracht der gegen ihn erhobenen Vorwürfe keine einfache Aufgabe ist. Viel kann ich nicht mehr unternehmen, bevor der Prozess beginnt.« Ich richtete mich an meinen Vater. »Übrigens habe ich mit jemandem gesprochen, dessen Meinung ich sehr schätze. Er empfiehlt, dass du dir einen weiblichen Rechtsbeistand in dein Team holst, weil davon auszugehen ist, dass die Geschworenen positiv auf eine Frau reagieren werden.«

Dad nahm einen Schluck von seiner Sangria. »Herzlichen Dank, Arya. Dein Job ist es, mich in einem guten Licht erscheinen zu lassen, und nicht, mir juristische Ratschläge zu erteilen.«

»Du hast verlangt, dass ich dich stärker unterstütze«, hielt ich dagegen.

»Auf deinem Fachgebiet, ja.«

»Nun, meinst du nicht –«

Unser Gespräch wurde von der Kellnerin unterbrochen, die uns Spinat-Quiches, Eier Benedict und Bloody Marys servierte. Wir schwiegen, bis sie wieder außer Hörweite war, dann ergriff mein Vater das Wort, ehe ich meinen Satz zu Ende bringen konnte.

»Ich habe kein Interesse daran, einen weiteren Rechtsbeistand zu engagieren, egal, ob Mann oder Frau. Es würde uns verzweifelt aussehen lassen.« Aufgebracht säbelte er an seiner Quiche herum.

»Wir *sind* verzweifelt«, konterte ich mit ungläubig aufgerissenen Augen.

»Was wir uns Christian Miller gegenüber besser nicht anmerken lassen sollten.«

»Oh, auf einmal scherst du dich um die Außenwirkung?«, entfuhr es mir. Diese ganze Misere hätte vermieden werden können, wäre mein Dad nicht ganz so schofelig gewesen, als er Amanda kündigte. Vorausgesetzt, ihre Behauptungen entsprachen nicht der Wahrheit. Was mir von Tag zu Tag unwahrscheinlicher vorkam. Abgesehen davon wollte ich mir keinen Kopf darum machen, was Christian Miller denken könnte. Wenn ich anfinge, darüber zu grübeln, würde ich mich in irgendein Loch verkriechen und wegen der Sache in der Sauna vor Demütigung sterben. Bestimmt lachten er und Claire sich schlapp deswegen. Egal. Millers Meinung würde mir sicher keine schlaflosen Nächte bereiten.

»Es gibt keine größere Sünde als Selbstüberschätzung, Dad. Stolz ist ein Luxus, den du dir momentan nicht leisten kannst«, sagte ich bedächtig und in der Hoffnung, vielleicht auf diesem Weg zu ihm durchzudringen.

»Arya, ich werde nicht auf den letzten Drücker noch irgendwelche Änderungen vornehmen, bloß weil irgendein namenloser Freund von dir dazu rät.« Er schleuderte seine Serviette auf den Tisch. »Nebenbei bemerkt wird es Zeit, dass du dich ein bisschen mehr ins Zeug legst. Du folgst mir wie ein Schoßhündchen, anstatt irgendetwas zu unternehmen, um mich aus der Sache rauszupauken.«

Aus der Sache rauspauken? Dachte er ernsthaft, dass ich die Macht hatte, sein Problem aus der Welt zu schaffen?

»Meine Schuld. Ich werde meinen Zauberstab heraussuchen und die Jury verhexen, damit sie an deine Unschuld glaubt.« Mir war völlig schleierhaft, wie die Situation zwischen uns so hatte eskalieren können. Moms Blick pendelte zwischen uns, als wären wir zwei Fremde, die sie beim Essen störten.

Er schüttelte mit dem Kopf. »Beatrice, wir sehen uns zu Hause. Arya.« Er nickte mir kurz zu, stand auf und verließ das Lokal. Ich saß sprachlos da, während meine Mutter wieder an ihrem Gin Tonic nippte. Es schien sie ziemlich kaltzulassen, wie geladen mein Vater war. Andererseits hatte ich nie erlebt, dass meine Eltern sich wie ein normales Paar benahmen. Ihre Beziehung glich eher der zweier Geschwister, die einander nicht sonderlich mochten.

»Glaubst du, er hat es getan?«, platzte ich heraus.

Nicht ein einziger Riss zeigte sich in Beatrice' perfekter Fassade. Sie sezierte ihre Eier Benedict mit Messer und Gabel und genehmigte sich einen winzigen Bissen. »Ich bitte dich, Arya. Dein Vater hatte zig amouröse Abenteuer, aber sie beruhten stets auf beiderseitigem Einverständnis. Diese Frauen haben sich ihm schamlos an den Hals geworfen. Ich bin sicher, dass er und Amanda eine Affäre hatten und sie eine höhere Entschädigung erwartete, als er sie gegen ein neueres Modell austauschte.«

»Er hat dich betrogen?«, fragte ich, obwohl ich die Antwort kannte.

Meine Mutter lachte heiser auf und schob sich ein mikroskopisch kleines Stück Sauerteigbrot zwischen die scharlachrot geschminkten Lippen. »Er hat mich betrogen, er betrügt mich, er wird mich betrügen. Such dir die Zeitform selbst aus. Trotzdem würde ich nicht gerade dieses Wort benutzen. *Betrügen* impliziert, dass es mich kümmert. Ich habe schon seit einer ganzen Weile kein Interesse mehr daran, meinen ehelichen Pflichten nachzukommen. Darum verstand es sich von selbst, dass er sich weibliche Zuwendung andernorts suchen musste, wenn ihm danach war.«

»Wieso habt ihr euch nicht längst scheiden lassen?«, spuckte ich wutentbrannt aus. Ich wusste, dass die Ehe meiner Eltern nicht glücklich war – da machte ich mir nichts vor –, trotzdem hatte ich gedacht, dass sie zumindest einigermaßen funktionierte.

»*Weil*«, hob sie schnippisch an, »wir uns, wie schon gesagt, einig sind und es daher keinen Grund für eine solche Schlammschlacht gibt.«

»Wo bleibt dein Stolz?«

»Wo bleibt *seiner*?«, parierte sie fast vergnügt. »In den höheren Kreisen gelten Tugenden als nicht mehr zeitgemäß. Und findest du wirklich, sich wie ein Dieb in der Nacht in die Betten fremder Frauen zu schleichen, ist ehrenwerter, statt wie ich zu Hause zu sitzen und darüber Bescheid zu wissen?«

Meine Sicht auf die Dinge stürzte wie ein Kartenhaus in sich zusammen. Es wäre übertrieben zu behaupten, dass ich meinen Vater auf einen Sockel gestellt hatte, aber ich hatte ihn definitiv in einem zu positiven Licht gesehen. Und jetzt musste ich mir die Frage stellen, was meine Eltern wohl noch vor mir verheimlichten.

»Wie viele Affären hatte er?« Ich rutschte auf meinem Stuhl herum, als litte ich an einem juckenden Hautausschlag.

Beatrice machte eine wegwerfende Handbewegung. »Gute Frage. Sechs? Sieben? Damit meine ich seine ernsthaften Liebschaften. Von Amanda wusste ich nichts, aber es gab andere Frauen. Tatsächlich wurde er mir schon zu Beginn unserer Ehe untreu, noch bevor dein Bruder und du geboren wart. Und nachdem Aaron gestorben war …«

Mir brach fast das Herz. In diesem Moment erkannte ich den liebenswerten Menschen in ihr, sah nicht nur die Frau, die mich seit dem Tod meines Bruders mit Missachtung strafte.

»Das ist furchtbar.«

Sie lächelte matt. »Findest du? Er war dir in all den Jahren ein wundervoller Vater, während ich dich kaum ansehen konnte. Du erinnerst mich zu sehr an Aaron.«

War das der Grund, warum sie mich hasste und so tat, als existierte ich nicht?

»Er hat nie irgendetwas von mir gefordert, selbst dann nicht, als klar wurde, dass ich nicht länger die Frau war, in die er sich verliebt hatte. Kann man ihm einen Vorwurf daraus machen, dass er woanders nach Zuneigung sucht, oder ist das einfach eine natürliche Reaktion?«

»Das, wessen man ihn beschuldigt, hat nichts mit Zuneigung zu tun.«

Sie ließ es sich durch den Kopf gehen. »Dein Vater ist bisweilen ein komplizierter Mann.«

»Traust du ihm zu, dass er getan hat, was man ihm zur Last legt?« Ich versuchte, in sie hineinzublicken, doch in ihren smaragdgrünen Augen stand nur Leere. Als wäre Beatrice Roth geistig nicht anwesend. »Dass er Amanda sexuell belästigt hat?«

Meine Mutter wich meinem Blick aus und gab der Kellnerin ein Zeichen, die Rechnung zu bringen. »Es wird allmählich kühl. Lass uns diese Unterredung ein andermal fortsetzen, einverstanden?«

Am nächsten Morgen in der Arbeit spitzte unsere Büroleiterin Whitley hinter ihrem Computermonitor zu mir her. »Ari? Unten ist jemand, der zu dir möchte.«

Ich klickte auf meinen Terminkalender und zog die Stirn kraus. »Mein erstes Meeting ist um drei.« Abgesehen davon würde es in SoHo stattfinden, mehrere Straßenzüge von meiner Firma entfernt.

Jillian und Hailey – Letztere unsere festangestellte Grafikdesignerin – warfen mir neugierige Blicke zu. Whitley, die den

Hörer der Gegensprechanlage zwischen Ohr und Schulter geklemmt hielt, zupfte mit den Zähnen an ihrer Nagelhaut. »Er steht vor dem Gebäude.«

»Hat *er* auch einen Namen?« Ich zog die Brauen in die Höhe.

»Das nehme ich doch an.«

»Dann wäre jetzt wohl ein guter Zeitpunkt, ihn danach zu fragen.«

Whitley verschwand wieder hinter ihrem Bildschirm und erkundigte sich nach der Identität des Besuchers. »Christian Miller«, teilte sie mir mit und spähte abermals über den Monitor zu mir herüber. »Er behauptet, dass du dich freuen wirst, ihn zu sehen.«

Mein Magen schlug vor Nervosität einen Salto, es fühlte sich an, als würde eine Hundertschaft von Schmetterlingen mit samtweichen Flügeln darin herumflattern.

»Das ist gelogen.«

Sie leitete meine Worte an ihn weiter, dann lauschte sie seiner Antwort und lachte.

»Er sagt, dass er mit nichts anderem gerechnet hat, aber er habe Informationen, die dich interessieren dürften.«

»Richte ihm aus, dass ich in einer Minute bei ihm bin.«

Ich strich halbherzig meine ungebändigten Haare glatt, schnappte mir Handy und Sonnenbrille und hastete zum Treppenhaus. Da nicht die geringste Chance bestand, dass ich die bevorstehende Unterhaltung genießen würde, wollte ich sie so schnell wie möglich hinter mich bringen. Christian war hier, um mir weitere Hiobsbotschaften zu präsentieren, daran bestand für mich kein Zweifel. Gleichzeitig stellte sich die Frage, wie er wissen konnte, wo ich arbeitete, nachdem er meine Visitenkarte an jenem Abend im *Brewtherhood* in den Müll geworfen hatte.

Ich lief, immer zwei Stufen auf einmal nehmend, die Treppe hinunter. Christian stand mit dem Handy am Ohr auf dem Gehsteig und spielte mit einem Streichholzbriefchen herum. Als er mich sah, hob er einen Finger in die Luft, offenbar hatte er es nicht eilig, sein Telefonat zu beenden. Er gab jemandem aus seiner Kanzlei detaillierte Anweisungen, wie er irgendeinen schriftlichen Antrag an das Gericht formuliert haben wollte, bevor er das Gespräch schließlich abbrach und sein Handy in der Brusttasche seines Sakkos verschwinden ließ. Dann taxierte er mich mit einem Blick, als wäre ich ein verschimmelter Essensrest in der Küchenspüle.

»Ms Roth. Wie ist das werte Befinden?«

»Hervorragend. Jedenfalls war es das bis vor fünf Minuten.« Ich schob mir meine Sonnenbrille auf die Nase. »Ich bin schon gespannt, welche Horrornachricht du jetzt wieder eigens für mich ersonnen hast.«

»Du verletzt mich«, sagte er in einem Ton, der kein bisschen verletzt klang, und holte eine Zigarre heraus. »Es würde mir nicht im Traum einfallen, *eigens* für dich eine Horrornachricht zu ersinnen. Obwohl ich zugeben muss, dass du gleich eine erhalten wirst.«

»Na dann her damit, Miller.«

»Ich wollte dich persönlich darüber unterrichten, bevor du es über Umwege erfährst. Die Anwälte deines Vaters sind übrigens unfassbar inkompetent. Sie kriegen es noch nicht mal gebacken, den Gerichtstermin zu verschieben.« Er zündete sich seine Zigarre an und blies mir den Rauch mitten ins Gesicht. Unseligerweise sah er dabei eher aus wie ein sexy Männermodel als wie der Antiheld in einem Mafiafilm.

»Es haben sich vier weitere Frauen aus der Deckung gewagt und beschlossen, sich Amanda Gispens Klage anzuschließen. Eine von ihnen ist im Besitz mehrerer sehr intimer und plastischer Fotos, die dein Vater ihr geschickt hat. Du wirst sie lieber nicht sehen wollen, allerdings bin ich zur Offenlegung verpflichtet, um meine Mandantinnen adäquat vertreten zu können. Das bedeutet, dass ich diese Aufnahmen als Beweismittel während des Gerichtsverfahrens in vergrößerter Form zeigen werde.«

Ich stützte mich mit der Hand an der Backsteinmauer ab, holte zittrig Luft und versuchte, mir meine Erschütterung nicht anmerken zu lassen. Diese Sache geriet außer Kontrolle. Jetzt waren es angeblich schon fünf Frauen, die gegen meinen Vater aussagen wollten. Und es gab Fotos?

Hatte er es getan? Wäre er dazu imstande?

Nun begriff ich, warum meine Mutter gesagt hatte, sie wolle nichts darüber hören. Sie fürchtete die Antwort auf diese Fragen genauso sehr wie ich. Mit nur einer Anklage konnte ich mich theoretisch arrangieren, indem ich Ausflüchte fand und sie in Ermangelung weiterer Opfer als aus der Luft gegriffen abtat. Fünf hingegen waren eine Katastrophe. Nicht zuletzt, weil ich als Frau mir bildhaft vorstellen konnte, wie schrecklich es sein musste, in den Zeugenstand zu treten und sich von versierten Anwälten zu einem zutiefst traumatischen Erlebnis ins Verhör nehmen zu lassen. Meine Knie drohten nachzugeben.

Christian sah mir prüfend ins Gesicht, als wartete er darauf, dass es bei mir endlich Klick machte. »Diese Geschichte wird sich nicht in Wohlgefallen auflösen, Ari.«

»Ari?« Ich zuckte zusammen, meine Augen wurden riesengroß.

»*Arya*«, korrigierte er sich und errötete leicht. »Dir wird dein Leben um die Ohren fliegen, wenn du dich nicht von ihm lossagst.«

»Sieht ganz danach aus. Und du kannst es nicht erwarten, dass das Feuerwerk endlich losgeht. Du forderst mich auf, meinen eigenen Vater aus meiner Kundenkartei zu streichen?« Ich warf meine Haare über die Schulter.

»Vielmehr erhoffe ich mir von *ihm*, dass er dich freiwillig vom Haken lässt und dir die peinliche Auseinandersetzung erspart. Falls du es nicht übers Herz bringst, bitte Jillian, seinen Vertrag aufzukündigen.« Woher wusste er von Jillian? Und glaubte er ernsthaft, dass ich ihm seine angebliche Sorge um mich und meine Firma abkaufte? »Du solltest das Richtige tun und dich aus dieser Sache zurückziehen«, fuhr er fort. »Tatsächlich begreife ich nicht, warum du so lange zögerst.«

»Tu nicht so, als würdest du mich kennen«, fauchte ich. »Und hör auf, mich vollzuqualmen.« Ich pflückte ihm die Zigarre aus den Fingern, brach sie mittendurch und entsorgte sie in einem Abfalleimer.

»Du bist verrückt«, bemerkte er, doch in seinem Gesicht stand kein Ärger, sondern nur Belustigung. Er genoss es, mich zu reizen. Meine Rage törnte ihn an. »Was ich, nebenbei bemerkt, eigenartig entzückend finde.«

»Wage es nicht, mit mir zu flirten.«

»Warum nicht?«

Gute Frage. Die Anziehung, die er auf mich ausübte, machte mich ganz kirre.

»Wegen Claire?«, schlug ich erschöpft vor.

Er schüttelte den Kopf. »Die Geschichte gehört seit letzter Woche der Vergangenheit ein.«

»Tut mir leid, das zu hören.«

Er grinste. »Tut es nicht.«

»Stimmt. Weil das Einzige, worum ich mir zurzeit Gedanken mache, der desolate Zustand meines sogenannten Familienlebens ist.«

»Verständlich.« Er konnte nicht aufhören, mich anzustarren, und umgekehrt.

»Jedenfalls danke für die Vorwarnung.«

»Die Beweislage ist erdrückend, daher wird es voraussichtlich ein zügiges Verfahren werden. Richter Lopez mag kein großes Tamtam.«

»Das Gespräch ist hiermit beendet.« Ich wandte mich zur Tür, wollte nur noch weg.

»Arya?«

Hatte er Tomaten auf den Ohren?

Ich drehte mich noch einmal zu ihm um und setzte ein künstliches Lächeln auf. »Ja, Christian?«

»Tauch nächste Woche nicht im Gerichtssaal auf. Es werden Dinge zur Sprache kommen, die du sicher nicht hören willst. Ganz zu schweigen davon, dass es beruflicher Selbstmord für dich wäre.« Seine Stimme war sanft, sein Blick nicht mehr so kalt wie bei dem Intermezzo in der Sauna vor ein paar Tagen.

»Manches lohnt, dafür zu sterben. Es geht immerhin um meinen Vater.«

»Ganz genau. Um deinen Vater. Nicht um *dich*. Sobald dem Antrag auf Verbindung der Rechtssachen stattgegeben wurde, werden sich die Medien auf den Fall stürzen, und da nützt deinem Vater dann auch kein Foto mehr, auf dem er kranke Kinder umarmt. Anleger werden ihr Geld aus seinem Hedgefonds abziehen. Der Vorstand wird ihn mit hoher Wahrscheinlichkeit zum Rücktritt zwingen. Die Anklage hat sich geändert und damit die gesamte Struktur des Falls, dementsprechend auch das Strafmaß. Conrad Roth wird nicht an die Wall Street zurückkehren. Falls dir noch etwas an deiner Karriere liegt, solltest du dich schleunigst von ihm distanzieren.«

»Würdest du einfach so mit einem deiner Elternteile brechen?«

Christian blickte mit einem betrübten Lächeln zu Boden und strich mit dem Daumen über sein Streichholzheftchen.

»Ich würde meine Eltern für eine Tasse lauwarmen Tee mit einem Sattelschlepper überrollen. Dabei mag ich gar keinen Tee. Insofern bin ich, was deine Frage betrifft, vermutlich nicht der richtige Ansprechpartner.«

Etwas an seinen Worten bewirkte, dass ich mich nackt und verletzlich fühlte. *Schuldig.*

»Möchtest du darüber reden?«

Er schüttelte den Kopf und sah wieder auf. »Nein. Du hast genug Sorgen mit deiner eigenen Familie.«

»Das kannst du laut sagen. Und ich habe entschieden, meinem Vater einen Vertrauensbonus zu geben.«

»Seine Schuld steht außer Frage. Es gibt handfeste Beweise und Zeugen für seine Verbrechen. Sie sind objektive Realität. Nicht ich habe den guten Ruf deines Vaters auf dem Gewissen. Ich bin sozusagen nur der Leichenbeschauer. Er war bereits tot, als ich dazukam. Und es gibt noch etwas anderes zu bedenken.«

»Nämlich?«

»Ich kann dich nicht um ein Date bitten, solange du in den Fall involviert bist.«

Mir blieb der Mund offen stehen. Ich wusste nicht, ob meine Wut oder mein Schock überwog, sondern nur, dass ich ihm eine kleben würde, wäre meine Familie nicht ohnehin schon Opfer schlechter Presse. Das schlug dem Fass dem Boden aus. Seine Arroganz war einfach unerhört.

»Du willst mit mir *ausgehen*?«, fuhr ich ihn an.

»Das wäre zu viel gesagt. Ich will mit dir schlafen und bin bereit, alle zivilisatorischen Kriterien zu erfüllen, um mein Ziel zu erreichen.«

»Hast du Claire mit diesem Spruch –«

»Nein. Das war nicht nötig.«

Mit der Andeutung eines Lächelns auf den Lippen schob

ich meine Sonnenbrille hoch. »Schon komisch. Neulich in der Sauna warst du nicht besonders scharf auf Sex mit mir.«

»Weil hinter deiner Anmache ein hinterlistiger Plan steckte. Abgesehen davon wollte ich mich nicht in die Grauzone der Untreue begeben. Da dieses Problem jetzt aus der Welt ist ...«

»Du magst mich noch nicht mal.« Ich warf entnervt die Arme in die Luft und wanderte auf dem Gehsteig hin und her, ohne mich um die neugierigen Blicke der Passanten zu kümmern. Christian wirkte komplett tiefenentspannt, so als wäre er es gewohnt, andere in die Ecke zu drängen.

»Ich muss dich nicht mögen, um mit dir schlafen zu wollen. Man sollte meinen, dass dir in deinem doch recht fortgeschrittenen Alter der Begriff Hassfick vertraut ist.«

»Woher willst gerade du wissen, wie *fortgeschritten* mein Alter ist?« Ich blieb stehen und fuhr im selben Moment zu ihm herum, als der schuldbewusste Ausdruck eines Menschen, der sich verplappert hatte, über sein Gesicht flackerte. Gleich darauf war seine Miene wieder normal.

»Ich weiß alles über jeden, der von Relevanz für meine Fälle ist.«

»Solltest du dich wirklich der Illusion hingeben, dass ich mit jemandem ins Bett gehen würde, der meinen Vater in den Ruin zu treiben versucht, rate ich dir dringend zu einer Therapie.«

»Ich verstehe das als ein Ja.«

»Komm nie wieder hierher, Christian.«

Damit ließ ich ihn stehen und stieß die Eingangstür auf.

Ich stürmte die Treppe zu meinem Büro hinauf, dabei geriet ich mindestens dreimal ins Stolpern. In meinem Kopf herrschte das reinste Gedankengestöber. Wegen Christian, meinem Vater, der vergifteten Ehe meiner Eltern. Als ich die Tür öffnete, prallte ich fast mit Jillian zusammen. Sie hatte ihre Aktentasche dabei, eine frische Schicht Lippenstift aufgelegt und signalisierte mir mit versteinerter Miene, dass sie gerade dabei war zu gehen.

»Du hast dein Meeting mit ShapeOn verpasst. Sie haben gerade angerufen und gesagt, dass sie seit einer halben Stunde auf dich warten.« Jillian bemühte sich vergeblich um einen gemäßigten Tonfall, wie immer, wenn sie verärgert war. Offenbar hatte ich übersehen, den Termin in meinen Kalender einzutragen. *Scheiße.* Das war schon der zweite Kunde in diesem Monat, dessen Erwartungen ich enttäuschte.

»Ich …« Ich verstummte, wusste nicht, was ich sagen sollte. Jillian schüttelte den Kopf und drängte sich an mir vorbei. Ich blieb vollkommen ratlos auf der Türschwelle stehen.

Den restlichen Tag versuchte ich x-mal, meinen Vater auf seinem Handy zu erreichen. Er ging nicht ran. Mit jeder Sekunde drängte die niederschmetternde Wahrheit immer stärker in den Vordergrund.

Als ich endlich Feierabend machte, entschloss ich mich zu einer Verzweiflungstat und rief meine Mutter an. Sie hob beim dritten Klingeln ab und klang noch unterkühlter als sonst.

»Arya. Da du aus heiterem Himmel anrufst, gehe ich wohl recht in der Annahme, dass du mich nach deinem Vater fragen willst?«

Hallo, Mutter, sei mir auch gegrüßt.

»Ich kann mich nicht erinnern, wann du dich das letzte Mal bei *mir* gemeldet hast«, schoss ich zurück, weil mir ihr unmögliches Verhalten bis sonst wohin stand. »Und ja, ich rufe wegen Dad an. Er geht nicht an sein Handy.«

Ich hörte, wie sie in ihren Designerschuhen über den Marmorboden im Salon trippelte. Im Hintergrund kläffte ihr winziger Hund.

»Dein Vater hat sich den ganzen Tag mit seinen Anwälten in seinem Arbeitszimmer verbarrikadiert. Sie haben sich zu einer Beratung zurückgezogen, mit der ich absolut nichts zu tun haben will. Die weiteren Klägerinnen und neuen Beweise werden die Sache erheblich verkomplizieren. Kannst du dir vorstellen, was mir bei meinem Lunch im Country Club nächste Woche blüht? Mir bleibt wohl nichts anderes übrig, als abzusagen. Dickpics, Arya! Wie unfassbar vulgär.«

Dickpics. Ich hätte niemals gedacht, dass ich diesen Ausdruck je aus dem Mund meiner Mutter hören würde.

Und wie immer ging es ausschließlich um sie, nicht um ihn. Inzwischen war ich vor dem Eingang des Apartmenthauses, in dem ich wohnte, angelangt. Ich gab den Code ein und öffnete die Tür.

»Glaubst du, er hat es getan?«, wiederholte ich die Frage, die ich ihr bei unserem Brunch gestellt hatte. Nur dass sie dieses Mal, anstatt amüsiert zu reagieren, nicht einen Ton von sich gab. Ich wusste nie, was im Kopf meiner Mutter vor sich ging, darum ließ sich auch jetzt nicht erahnen, ob sie eine klare Antwort darauf hätte.

»Spielt das eine Rolle? Wir sind seine Familie. Wir müssen zu ihm halten.«

Müssen wir das?, dachte ich. *Selbst wenn sich herausstellt, dass er anderen Menschen böswillig schweren Schaden zugefügt hat?*

Ich betrat meine Wohnung und streifte meine Pumps ab, dann starrte ich auf das antike Regal an der Wand. Es war mit Fotos von mir und meinem Vater gefüllt. Die Aufnahmen zeigten uns im Urlaub, auf Städtereisen und Wohltätigkeitsbällen. Meine Mutter war auf keiner einzigen zu sehen. Sie begleitete uns nie irgendwohin. Mein Dad hatte mich ganz allein großgezogen.

»Die finanziellen Auswirkungen sind ein weiterer Gesichtspunkt«, drang Beatrice' Stimme aus meinem Handy. »Die Firma steuert geradewegs auf den Bankrott zu, wenn Conrad nicht zurücktritt. Falls es dafür nicht schon zu spät ist. Gar nicht zu reden davon, dass man ihn auf den Großteil seines Privatvermögens verklagt. Ich kann einfach nicht fassen, dass er uns das angetan hat.«

»Lass mich eine Nacht darüber schlafen, Bea.«

»In Ordnung. Ach, und Arya?« Sie schniefte. Ich wartete stumm auf ihre nächsten Worte. »Sei nicht so distanziert. Du kannst mich auch mal anrufen, weißt du. Ich bin immer noch deine Mutter.«

Wohl kaum, dachte ich.

Du hast in meinem Leben nie eine Rolle gespielt.

16. KAPITEL

Arya

Heute

Ich beschloss, mir einen Tag freizunehmen, um mich zu sortieren. Genauer gesagt die Fakten. In der Hoffnung, Antworten zu bekommen, wollte ich mich genauer mit den gegen meinen Vater erhobenen Anschuldigungen auseinandersetzen. Bis gestern war ich mehr oder minder davon ausgegangen, dass er die Wahrheit sagte, als er die Vorwürfe kategorisch zurückwies. Inzwischen war ich mir nicht mehr sicher. Gestern Abend hatte Louie mir auf meine Nachricht hin bestätigt, dass bei ihnen noch mehr Anträge zur Offenlegung eingegangen seien. Weitere Frauen hatten sich der Klage angeschlossen, und der aktuell geforderte Schadensersatz belief sich auf eine astronomische Summe. Sollte mein Vater verlieren, würde ihn das praktisch sein gesamtes Vermögen kosten.

In der U-Bahn auf dem Weg von meinem Apartment zum Penthouse meiner Eltern in der Park Avenue musste ich ununterbrochen an Christian denken. Es nervte mich ohne Ende, dass sein Rat, ich solle mich aus der Sache zurückziehen, absolut gerechtfertigt war.

Meine Mutter nahm mich an der Wohnungstür in Empfang.

»Lieb von dir, dass du gekommen bist. Was hältst du davon,

wenn wir uns Sushi zum Mittagessen bestellen?« Ihre Mundwinkel hoben sich zu einem hoffnungsvollen Lächeln.

»Könntest du das bitte wiederholen?« Ich wollte sichergehen, dass ich mich nicht verhört hatte. Beatrice ließ sich sonst nie dazu herab, irgendetwas gemeinsam mit mir zu unternehmen. Nachdem ich als Kind mehrere Male bei ihr abgeblitzt war, hatte ich jeden Versuch, sie dazu zu bewegen, aufgegeben.

»Sushi. Du und ich. Anschließend kann ich dir helfen, Dads Sachen durchzusehen.«

Mir stand gerade nicht der Sinn danach, mit meiner Mom einen auf heile Familie zu machen, trotzdem erkannte ich an, dass sie sich bemühte. Ich tätschelte ihren Arm und drängte mich an ihr vorbei in Richtung Elternschlafzimmer. »Danke für das Angebot. Aber ich arbeite besser, wenn ich allein bin.«

Ich klopfte an die Tür, indem ich Conrads und meinen Geheimcode benutzte. *Klopf.* Pause. *Klopf-klopf-klopf-klopf-klopf.* Pause. *Klopf-klopf.*

»Dad?«

Keine Reaktion. Meine Mutter tauchte neben mir auf und zuppelte nervös am Saum ihres Kleids herum. »Dein Vater ist schon den ganzen Morgen nicht ansprechbar. Er nimmt noch nicht mal die Anrufe seiner Anwälte entgegen.«

»Dad!« Ich klopfte erneut, dieses Mal ohne unseren Code. »Mach die Tür auf. Wie soll ich dir helfen, wenn du nicht mit mir redest? Ich muss verstehen, was passiert ist.«

Ich hatte die ganze Nacht kein Auge zugetan. Allein der Gedanke, er könnte der Taten fähig sein, die man ihm vorwarf, weckte in mir den Wunsch, mich in den Hudson zu stürzen.

Meine Mutter blieb in der Nähe, um nur ja nichts zu verpassen.

»Geh weg«, schallte Dads Stimme durch die geschlossene Tür.

»Ich will dir helfen.«

»Ach ja? Bisher warst du mir keine große Hilfe.«

»Ich habe Fragen«, stieß ich zwischen zusammengebissenen Zähnen hervor. Mein wachsender Argwohn und sein Verhalten waren eine schlechte Kombination.

»Wenn du mir nicht glaubst, solltest du dich vielleicht besser nicht im Gerichtssaal blicken lassen.«

»Niemand hat behauptet, dass ich dir nicht glaube.« Obwohl mein Vertrauen in seine Unschuld zugegebenermaßen auf sehr wackligen Füßen stand. »Ich möchte dir nur –«

»Ich werde auf keine deiner Fragen antworten. Verschwinde!«, brüllte er.

Unwillkürlich wich ich einen Schritt zurück. Meine Wangen brannten, als hätte er mir eine Ohrfeige verpasst. Mein Vater hatte mich nie zuvor angeschrien. Was nicht hieß, dass ich nicht schon miterlebt hätte, wie er anderen gegenüber ausrastete. Wenn ich ehrlich zu mir selbst war – was in Bezug auf ihn nur selten vorkam –, hatte er Aggressionsprobleme, solange ich denken konnte. Und Zorn war wie ein Tumor. Er streute. Wie man sich in der Arbeit verhielt, färbte automatisch auf das Privatleben ab. Das Liebesleben. Die gesamte Existenz.

Ich drehte mich zu meiner Mutter um. »Hast du den Schlüssel zu seinen Aktenschränken? Ich würde mir gern die Arbeitsverträge anschauen.«

Mein Vater war ein Geschäftsmann alter Schule. Er hielt bis heute daran fest, jede Art von Dokument auszudrucken und an einem sicheren Ort zu archivieren. Jegliche Korrespondenz mit seinem Mitarbeiterstab würde sich in seinem Arbeitszimmer finden lassen. Er war zu vorsichtig, um solche Unterlagen in der Firma zu verwahren.

Meine Mutter knetete ihre Hände. »Denkst du, das wird etwas bringen?«

»Einen Versuch ist es wert.« Selbst wenn es ihm juristisch vielleicht nicht helfen würde, wäre ich hinterher jedenfalls schlauer hinsichtlich des Wahrheitsgehalts der Anschuldigungen.

Zehn Minuten später hockte ich auf dem weichen Teppich in Conrads Arbeitszimmer, vor mir stapelweise Akten, die zum Teil dreißig Jahre zurückreichten. Sie umfassten alles, von Dienstleistungsverträgen über persönliche E-Mails bis hin zu Kündigungsschreiben. Ich fragte mich, wie viel davon er Louie und Terrance hatte einsehen lassen. Ob er ihnen *überhaupt* Einsicht gewährt hatte. Was das Verfahren betraf, schien er komplett dichtgemacht zu haben. Ein Teil von mir drängte danach, Christian anzurufen und ihm zu entlocken, was genau er gegen meinen Vater in der Hand hatte. Nur hatte er mir klar zu verstehen gegeben, dass ihm keineswegs daran gelegen war, mir zu helfen, sondern er nur mit mir ins Bett wollte.

»Arya?« Drei Stunden nachdem ich mit meiner Spurensuche begonnen hatte, tauchte meine Mutter in der Tür auf, in ihren Händen ein Tablett mit Keksen und Limonade. Was war aus ihrer Gebäck-Aversion geworden? Drückte sie in Sachen Kohlenhydrate ein Auge zu, weil jetzt die reale Möglichkeit bestand, dass ich bald ihre einzige verbliebene Familie wäre? Ich bezweifelte, dass sie bei meinem Vater bleiben würde, wenn er mittellos dastände.

»Ich stell das einfach mal hier ab.« Sie kam ins Zimmer und platzierte das Tablett neben mir auf dem Boden. »Gib Bescheid, falls du sonst noch etwas brauchst.«

Früher hätte ich die Mutter gebraucht, als die du dich jetzt gerierst. Die mich wahrnimmt, anstatt mich mit Verachtung zu strafen.

Ich hatte Aaron nie kennengelernt, trotzdem war sein Tod mein ständiger Begleiter. Die Luft in dieser Wohnung war erfüllt davon, er hatte sich in jedem Möbelstück, jedem Gemälde festgesetzt. Der Verlust dieses Familienmitglieds hatte eine unermessliche Leere hinterlassen.

»Danke«, sagte ich, ohne den Blick von den Aktenbergen, die mich umringten, zu heben. Beatrice blieb zögerlich bei der Tür stehen.

Ich stieß auf den Ausdruck einer weiteren herzlichen E-Mail-Kommunikation zwischen Amanda und meinem Vater und legte ihn auf meinen Amanda-Stapel. Mein Ziel war es, herauszufinden, wann es zwischen ihnen zum Zerwürfnis gekommen war. »Äh, Mom? Ich versuche hier zu arbeiten.«

»Oh. Sicher. In Ordnung.«

Sie schloss mit einem leisen Klicken die Tür.

»Kommt schon, ihr untröstlichen Verehrerinnen und geldgierigen Opportunistinnen. Lasst mich euer wahres Gesicht sehen. Zeigt mir, dass alles gelogen ist …«, murmelte ich vor mich hin, während ich die Dokumente durchforstete.

Offenbar wurde meine Bitte erhört, denn keine zwei Minuten später fiel ein schwarzer Umschlag aus einem der Aktenordner. Er schien mit Papier vollgestopft zu sein und war versiegelt.

Was zur …?

Ich hob den Kopf, blickte mich in dem leeren Zimmer um und lauschte auf Geräusche im Flur. Die Luft war rein. Ich nahm einen Brieföffner und schlitzte den Umschlag sauber auf. Ein Packen vergilbtes Papier segelte zu Boden. Mein Herz schlug wie ein Presslufthammer, als ich einen der Briefe aufhob. Die Handschrift kam mir seltsam vertraut vor. Kursive Buchstaben, so eng aneinandergefügt, als ob jemand Papier sparen wollte.

Lieber Conrad,

ich habe deinen Befehl ausgeführt. Keinen von Nicholais Briefen beantwortet und auch keinen seiner Anrufe angenommen. Doch mein Gewissen plagt mich. Er ist schließlich mein Sohn. Aber wie du weißt, hänge ich an dir. Trotzdem fehlt er mir. Denkst du, ich könnte ihn an Weihnachten wiedersehen? Natürlich würde ich die Feiertage auch gern mit dir verbringen. Aber nur, wenn sie nicht dabei ist. Ich ertrage ihren Anblick nicht. Sie hat weder dich noch Arya verdient.

In Liebe

Ruslana

Der Brief glitt mir aus den Fingern. *Nicholai.*

Ruslana sprach von ihrem Sohn. Aber was meinte sie damit, dass sie Conrads Befehl ausgeführt habe? Warum sollte er ihr verbieten, zu Nicky Kontakt zu halten, nachdem er weggezogen war? Das war nicht die Version, die ich von meinem Vater gehört hatte, als er mir vor vielen Jahren schilderte, was nach jenem schmählichen Tag passiert war.

Jedenfalls brauchte man kein Detektiv zu sein, um aus dem Schreiben herauszulesen, dass Ruslana und Conrad eine Romanze hatten. Ich nahm an, dass sie mit »sie« auf Beatrice anspielte, die in fraglichem Jahr tatsächlich auf ein gemeinsames Weihnachtsfest verzichtet hatte, um stattdessen in Sydney an ihrer Sonnenbräune zu arbeiten. Es war nicht ungewöhnlich, dass mein Vater und Ruslana in den Ferien mit mir verreisten, um mich von meiner Mutterlosigkeit abzulenken. Allerdings hatte Ruslana immer ein eigenes Zimmer bewohnt und kaum je ein Wort mit Dad gesprochen. Ich nahm einen anderen Brief zur Hand.

Lieber Conrad,

ich habe den Verdacht, dass du ein Lügner bist. Falls ich mich irre, warum bist du dann immer noch mit Beatrice zusammen?

Du hast gesagt, dass du sie für mich verlassen wirst. Seitdem sind drei Jahre vergangen, und sieh nur, was daraus geworden ist. Nicholai ist ein erwachsener Mann. Er redet kein Wort mit mir. Ich habe die Verbindung zu meiner eigenen Familie verloren, weil ich dachte, dass ich bald zu deiner gehören würde. Eigentlich wäre es Nicholais Aufgabe gewesen, im Alter für mich zu sorgen. Jetzt geht er nicht mal mehr ans Telefon, wenn ich ihn anrufe. Bestimmt kennst du dieses Sprichwort – ihr Yankees liebt es doch. Es lautet: Man kauft nicht die Kuh, wenn man die Milch auch umsonst haben kann.

Nun fühle ich mich wie ein Stück Vieh, und das gefällt mir überhaupt nicht, Conrad.

Noch immer die deine

Ruslana

Mir drehte sich der Magen um. Ruslana und Nicholai hatten all die Jahre keinerlei Kontakt zueinander gehabt? Wo passte mein Vater ins Bild? Er hatte einen Tobsuchtsanfall bekommen, als er Nicky und mich in der Bibliothek dabei erwischte, wie wir jene Szene aus *Abbitte* nachspielten. Trotzdem war es undenkbar, dass …

Armer Nicky. War mein Vater wirklich zu solcher Grausamkeit imstande?

Wenn etwas riecht wie ein Schwein und aussieht wie ein Schwein …

Ich griff mir den nächsten Brief. Dann noch einen. Ein Schleier aus ungeweinten Tränen vernebelte mir die Sicht.

Lieber Conrad ... kann nicht essen ... kann nicht schlafen ...
meine Liebe zu dir brennt wie Feuer ...

Lieber Conrad ... ich spiele mit dem Gedanken, die Sache selbst
in die Hand zu nehmen und mit deiner Frau zu sprechen ...
Wenn du ihr nicht reinen Wein einschenkst, werde ich es tun.
Du hast gesagt, du verlässt sie. War das eine Lüge?

Lieber Conrad ... ich bin verzweifelt. Wann rufst du mich
endlich zurück?

Lieber Conrad ... bitte, schmeiß mich nicht raus. Ich werde
mich benehmen. Versprochen. Ich bin zu weit gegangen, und
das tut mir leid. Es wird nie wieder vorkommen. Ich war ...
verwirrt. Ich kann es mir nicht leisten, diesen Job zu verlieren.
Ich habe schon zu viel verloren.

Mit dem letzten Brief erstarb jede Hoffnung, die ich noch hatte.

Lieber Conrad,
du lässt mir keine andere Wahl. Ich werde es Beatrice selbst
sagen.
Erkauf dir mein Schweigen, oder bezahl für das, was du mir
angetan hast.
Ruslana

Sie hatte nicht gekündigt. Er hatte sie rausgeworfen.

Gefeuert. Irgendwohin außerhalb des Blickfelds meiner
Mutter verfrachtet. Sie aus seinem Königreich verbannt, genau
wie zuvor ihren Sohn.

Ich erinnerte mich noch gut an Conrads Worte, als Ruslana
von einem Tag auf den anderen ohne jegliche Erklärung nicht

mehr zur Arbeit erschienen war. Damals noch Studentin, hatte ich eigentlich nur auf einen Sprung vorbeigeschaut, um Hallo zu sagen.

»Ich schätze, sie ist irgendwo hingezogen, wo viele Russen leben. Fox River wäre genau der richtige Ort für sie«, hatte er gemutmaßt. Mir war es damals höchst widersinnig vorgekommen, dass unsere treue Haushälterin, die schon im September über die winterliche Kälte klagte, freiwillig nach Alaska umgesiedelt sein sollte. Ebenso merkwürdig erschien es mir, dass ich ihre Adresse nicht herausfinden konnte. Ich hätte ihr gern einen Blumenstrauß oder einen Präsentkorb geschickt, um mich für ihre jahrelange Unterstützung zu bedanken. Aber sie war wie vom Erdboden verschluckt.

Jetzt fügten sich die Teile allmählich zu einem Ganzen zusammen.

Nicholai.

Ruslana.

Die Affären.

Amanda.

Nicht zu vergessen die Art, wie mein Vater neuerdings mit mir umsprang, wenn ich versuchte, ihm auf den Zahn zu fühlen. Er hatte auch mich aus seinem Königreich verbannt.

Ich stand auf und ließ die auf dem Fußboden verstreuten Unterlagen einfach liegen. Meine Mutter versuchte noch, mich an der Tür aufzuhalten, aber ich preschte an ihr vorbei und aus dem Gebäude. Dann, über einen Busch gebeugt, erbrach ich mich.

17. KAPITEL

Arya

Damals

»Wo ist er?«, fragte ich ungehalten. Der schreckliche Vorfall lag einen Tag zurück, und erst jetzt sah ich mich imstande, meinem Vater gegenüberzutreten, ohne befürchten zu müssen, dass mir die Hand ausrutschen könnte.

Ruslana erfüllte ihre Pflichten, als sei nichts geschehen, nur dass sie jedes Mal, wenn ich mich bei ihr nach Nicky erkundigte, entweder auf Durchzug schaltete oder ganz konzentriert Geschirr spülte und Wäschestücke zusammenlegte, so als könnte sie unmöglich gleichzeitig reden und ihre Aufgaben erledigen.

Mein Vater, der an seinem Schreibtisch saß und irgendwelche Papiere durchsah, blickte auf, dann legte er seinen Füller beiseite und ließ sich in seinem Stuhl zurückfallen. »Hallo, Liebes. Wo steckt eigentlich deine Mutter?«

»Dreimal darfst du raten«, fauchte ich und lehnte mich mit der Schulter in den Türrahmen. »Irgendwo auf der Welt ist gerade Fashion Week. Ich schätze, sie verprasst deine Kohle, während sie gleichzeitig über dich herzieht.« In Wirklichkeit war sie in einem Yoga-Retreat, aber ich konnte es mir nicht verkneifen, über sie zu lästern. Es war das erste Mal, dass ich schlecht über sie redete, um mich besser zu fühlen. Ironischerweise funktionierte es nicht. Meine Verbitterung wuchs von Tag zu Tag, sie schnürte mir die Kehle zu. »Jetzt beantworte endlich meine Frage. Wo ist Nicky?«

Dad rollte seinen Schreibtischstuhl zurück und bedeutete mir, ihm gegenüber Platz zu nehmen. Mit finsterer Miene leistete ich der Aufforderung Folge.

»Hör zu, Arya, es fällt mir nicht leicht, dir das zu sagen. Aber ich werde dir diesen Kummer leider nicht ersparen können.« Er fuhr sich über die Wange. »Zunächst einmal möchte ich dir versichern, dass ich es zutiefst bereue, wie ich gestern reagiert habe, als ich euch zwei so vorfand. Aber du bist nun mal meine Tochter, und es ist mein oberstes Anliegen, dich zu beschützen. Als ich sah, wie er dich gegen das Bücherregal drängte, da dachte ich … Nun, offen gestanden habe ich überhaupt nicht gedacht. Das war das Problem. Ich habe rein aus väterlichem Reflex heraus gehandelt. Später habe ich Nicholai zu Hause aufgesucht und mich für mein Verhalten entschuldigt. Ich bin kein primitiver Mensch, Gewalt ist mir fremd. Darum lass uns dieses Thema als Erstes aus der Welt schaffen. Nicholai war gesund und munter. Er hatte ein paar Kratzer, mehr nicht.«

Um nicht loszuheulen, schaute ich zur hohen, gewölbten Decke empor. Ich durfte meinen Vater nicht einfach so davonkommen lassen. Selbst wenn ich es gewollt hätte, wäre ich nicht imstande gewesen, ihm zu vergeben. Er hatte sich als ein brutaler, bösartiger Mann entpuppt. Einen solchen Vater konnte ich nicht akzeptieren.

»Du lügst«, beschied ich ihn kalt.

»Glaubst du das wirklich?« Er schaute mich hilflos an, hatte keinerlei Ähnlichkeit mehr mit dem Schläger, der Nicky gestern windelweich geprügelt hatte.

»Ja«, bestätigte ich tonlos. »Du hast Nicholai grausam misshandelt.«

»Was das betrifft ...« Er legte sich seine nächsten Worte sorgsam zurecht. »Liebes, ich war mit der Situation komplett überfordert. Ich weiß, dass Nicholai und du euch nahesteht. Aber nachdem ich mich persönlich bei ihm entschuldigt hatte, bat er mich um etwas, das ich ihm nicht abschlagen konnte. Du musst verstehen, dass ich seinem Wunsch nur nachkam, weil ich mich unendlich schuldig fühlte. Und ... na ja, ich konnte es ihm auch deshalb nicht verweigern, damit er mir nicht am Ende einen Strick aus meinem Fauxpas drehen würde. Ich musste an das Wohl unserer Familie denken. Du kannst nicht allein mit deiner Mutter zusammenleben.«

»Was hast du getan?« Meine Stimme war so kalt, dass mir eine Gänsehaut über den Rücken jagte.

»Arya ...«

»Hör auf, herumzudrucksen, Dad.«

Er schloss die Augen und stützte den Kopf in seine Hände. In dieser Woche dämmerte mir zum ersten Mal, dass mein Vater nicht nur gute Seiten hatte. Ein ernüchternder Gedanke. Schließlich war er die einzige Familie, die ich hatte.

»Nicholai bat mich, ihm ein One-Way-Ticket nach Belarus zu besorgen, wo sein Vater lebt. Ich habe zugestimmt.«

Obwohl ich mit beiden Füßen fest auf dem Boden stand, drehte sich alles um mich herum.

Nicholai war weg.

»Er möchte dort noch einmal von vorne anfangen. An einem Ort, wo er nicht den ganzen Sommer über der Versuchung widerstehen muss. Es hat ihn schier umgebracht, Liebes.«

Mir war speiübel. Bittere Galle stieg mir in der Kehle hoch. Ich schluckte sie hinunter. Zusammen mit meinem Zorn, meinen Gewissensbissen, meiner Enttäuschung. Der *Demütigung*.

So also fühlte sich ein gebrochenes Herz an. Wie tausend

Messerstiche in die Seele. Ich würde mich *niemals* wieder mit einem Jungen einlassen.

»Er hat gesagt, dass er die Sommerferien nicht mehr hier verbringen will?« Ich kniff blinzelnd die Augen zusammen, hielt die Tränen mit aller Kraft zurück. Dad stemmte die Ellbogen auf die Tischplatte und barg das Gesicht zwischen seinen Händen. Er ertrug es nicht, mich in dieser Verfassung zu sehen.

»Es tut mir wirklich leid, Arya. Ich bin sicher, du bedeutest ihm sehr viel. Er will einfach nur verhindern, dass die Dinge … kompliziert werden. Das ehrt ihn. Natürlich habe ich versucht, ihn zum Bleiben zu überreden. Hauptsächlich wegen Ruslana. Wie du weißt, ist er ihr einziges Kind.«

Meine Hände zitterten in meinem Schoß, während ich das alles sacken ließ. Das Gefühl, verraten worden zu sein, verursachte mir Atemnot. Obwohl Nicky und ich nur die Sommer miteinander verbrachten, hielten mich diese Wochen über Wasser. Sie waren ein Quell der Freude für mich und machten es mir leichter, mich im Leben zurechtzufinden.

»Du wirst ihn über kurz oder lang vergessen. Im Moment mag es dir vorkommen wie der Weltuntergang, aber auf jeden Anfang folgt nun mal unweigerlich auch ein Ende. Du bist noch so jung. Später wirst du dich nicht mal mehr an ihn erinnern.«

»Ich werde Ruslana nach seiner Nummer fragen«, verkündete ich, ohne auf seine Worte einzugehen. Mein Stolz war gekränkt, aber nie wieder mit Nicky zu sprechen, wäre schlimmer als ein angekratztes Ego. Dad strich sich seufzend mit der Hand über seinen graumelierten Schopf.

»Sie wird sie dir nicht geben«, entgegnete er mit einem scharfen Ton in der Stimme. Dann schob er, um den Schlag abzumildern, eine Erklärung hinterher. »Ruslana ist bemüht, ihre Beziehung zu ihrem Sohn zu kitten, und er möchte im Moment nichts mit den Roths zu tun haben. Verständlicherweise.«

»Weil du ihn verprügelt hast.« Ich knirschte wütend mit den Zähnen.

»Nein. Sondern weil er glaubt, dass er von dir reingelegt wurde. Er will nicht mit dir reden.«

Ein weiterer Schuss vor den Bug, den ich bis in die Seele hinein spürte.

»Hast du die Adresse seines Vaters? Damit ich Nicky wenigstens schriftlich kontaktieren kann?«, fragte ich mit stahlharter Stimme und straffte die Schultern. Ich würde nicht aufgeben. Er musste die Wahrheit erfahren.

»Sicher. Ich werde sie für dich notieren. Schlag einen lockeren Ton an, wenn du ihm schreibst. Du darfst nicht aufgebracht oder frustriert klingen. Ich fühle mich schrecklich, weil alles so gekommen ist. Hoffentlich findet er dort seinen Platz.«

Nein. Hoffentlich kommt er zurück nach Hause gekrochen. Zu mir.

Ich wollte, dass Nicky Schiffbruch erlitt.

Dass er sich seine Niederlage eingestand und zurückkehrte.

In diesem Augenblick erkannte ich zum ersten Mal, dass die Liebe auch noch eine andere, eine dunkle Seite hatte. Mit Stacheldraht und rostigen Nägeln bewehrt und hochgiftig, so wie ich.

»Ach, und Dad?«

»Ja, Liebes?«

»Sprich mich nie wieder an. Du bist für mich gestorben.«

In dieser Nacht schrieb ich Nicky den ersten Brief. Er war vier Seiten lang und beinhaltete sowohl eine Entschuldigung als auch eine Erklärung für das, was an fraglichem Tag geschehen war. Ich legte außerdem ein paar Fotos von uns am Pool und im Park bei. Aus irgendeinem Grund hatte ich eine Heidenangst, dass er mein Gesicht vergessen könnte. Ich überreichte Ruslana den frankierten Umschlag und wartete gespannt auf ihre Reaktion. Mit stoischer Miene versprach sie, ihn aufzugeben.

Zwei Wochen später schrieb ich Nicky einen weiteren Brief. Dieses Mal machte ich ihm Vorhaltungen. Ich beschuldigte ihn, mich kalt auflaufen zu lassen, mich verraten und mir die Freundschaft gekündigt zu haben.

Unterdessen setzte mein Vater alles daran, sich wieder bei mir einzuschmeicheln. Er überhäufte mich mit Geschenken – eine neue Kamera, Tickets für *Wicked – Die Hexen von Oz*, eine Handtasche, die sogar die meisten erwachsenen Frauen als zu extravagant empfunden hätten –, aber ich lenkte nicht ein.

Eine Woche darauf schickte ich Nicky einen dritten Brief, in welchem ich mich für den zweiten entschuldigte.

Je mehr Zeit verging, ohne dass er antwortete, desto verzweifelter wurde ich. Ich spürte Sehnsucht, Panik, heftige Schuldgefühle und Empörung. Wenn es ihm so leichtfiel, mich aus seinem Leben zu verbannen, vielleicht verdiente er es, von mir drangsaliert zu werden. Mein ohnehin schon angeschlagener Stolz ging komplett in die Brüche. Ich wünschte mir nichts mehr, als mit Nicky zu sprechen. Seine Stimme zu hören und sein schiefes Grinsen zu sehen, während er mir irgendeinen sarkastischen Kommentar um die Ohren knallte.

Die ersten vier Monate an der Highschool verbrachte ich damit, ihm einen Brief nach dem anderen zu schreiben. Einen Tag vor Heiligabend traf seine Antwort in Form eines unwillkommenen Geschenks ein: alle meine Briefe, ungeöffnet und mit dem Vermerk »Zurück an den Absender«.

Da brach ich endgültig zusammen.

Er wollte keinen Kontakt mit mir und auch nicht daran erinnert werden, dass es mich gab.

In der Zwischenzeit blieb mein Vater weiterhin in Lauerstellung, wartete auf die erstbeste Gelegenheit, sich mit mir auszusöhnen.

»Es tut mir unendlich leid«, entschuldigte er sich ein ums andere Mal. »Ich würde alles dafür geben, die Dinge ungeschehen zu machen.«

Die Monate verstrichen, doch mein Zorn schwächte sich nicht ab. In jenem Jahr mied ich meinen Vater, so gut es ging. Ich unternahm jeden Abend und an jedem Wochenende etwas, ohne ihn in meine Pläne einzuschließen.

Eines Tages, als mir das Nicky-förmige Loch in meiner Brust besonders wehtat, ging mein Dad auf dem Weg zum Elternschlafzimmer an meiner offenen Tür vorbei. Ich fläzte auf dem Bett und starrte ins Nichts.

»Was findest du an der Zimmerdecke so interessant?«, fragte er.

»Sie ist das Einzige, das sich in dieser Dreckswohnung anzuschauen lohnt.« Ich hörte mich an wie eine Rotzgöre und war mir dessen auch bewusst.

»Steh auf. Ich will dir etwas zeigen.«

»Du hast mir schon genug gezeigt.« Uns war beiden klar, dass ich auf Nicky anspielte. Er beherrschte noch immer meine Gedanken.

»Es wird sich auszahlen, dafür sorge ich«, versuchte Dad mich mit schmeichelnder Stimme zu überreden.

»Das bezweifle ich.« Ich atmete vernehmbar aus. Obwohl ich unvermindert wütend auf ihn war, hatte ich erkannt, dass Jillian jetzt meine einzige echte Bezugsperson war. An der Highschool hatte ich bisher nur lose Bekanntschaften geknüpft, und der Rest meiner Familie wohnte weit weg.

»Lass dich einfach drauf ein.« Er lehnte sich mit der Schulter im Türrahmen an. »Du wirst mir eine Chance geben, ob nun heute, nächsten Monat oder nächstes Jahr. So oder so werde ich dich dazu bewegen, dass du mir verzeihst. Dessen kannst du dir sicher sein.«

»Na schön«, hörte ich mich zu meiner eigenen Überraschung sagen. »Aber bilde dir bloß nicht ein, dass wir danach wieder ein Herz und eine Seele sind.«

Er besuchte mit mir das The Cloisters, wo wir schweigend durch die Kreuzgänge schlenderten und mittelalterliche Kunst und Architektur bestaunten.

»Wusstest du«, begann er, als wir zu den Grabfiguren gelangten, »dass es in Westminster Abbey noch viel mehr dieser Art gibt? Am gelungensten finde ich die von Königin Elisabeth I. Wir könnten sie uns ansehen, falls du Lust dazu hast.«

»Wann?«, fragte ich in hochmütigem Ton. Fies zu ihm zu sein, war mir im Verlauf dieses Jahres zur Selbstverständlichkeit geworden wie Essen und Trinken.

»Wie wär's mit morgen?« Er zog die Brauen hoch und bedachte mich mit seinem verschmitzten Conrad-Roth-Lächeln. »Da hab ich zufällig frei.«

»Morgen ist Schule«, erinnerte ich ihn und spürte, wie ich um einiges zugänglicher wurde.

»Du wirst in London eine Menge lernen. Es ist eine geschichtsträchtige Stadt.«

Und so kam es, dass ich nach einem Jahr schließlich nachgab und meinen Dad zurück in mein Leben ließ.

Von da an statteten wir dem Cloisters jeden Monat einen Besuch ab.

London bewirkte keine Veränderung bei mir.

Genauso wenig wie die Trips nach Paris, Athen und Tokio.

Ich war noch immer besessen von Nicky, gierte nach jedem Schnipsel Information über ihn.

Doch anstatt mich permanent mit ihm zu beschäftigen, verlegte ich mich darauf, seine Mutter von Zeit zu Zeit in die Zange zu nehmen. Es konnten mehrere Wochen vergehen, ohne dass ich ein Wort über ihn verlor, bevor ich ihr dann tagelang ein Loch in den Bauch fragte.

Ruslana berichtete mir, dass ihr Sohn glücklich sei in Minsk und mir vermutlich wegen seines straffen Zeitplans nicht antwortete. Mein Vater zeigte Verständnis für mich, aber wann immer ich ihn bat, seinen Privatermittler Informationen über Nicky einholen zu lassen, lehnte er kategorisch ab. Seine Begründung lautete, dass er nur mein Bestes wolle, ich ein neues Kapitel aufschlagen und meine Obsession überwinden müsse.

War es möglich, dass mit mir etwas nicht stimmte? Konnte Liebe krank machen? Wahrscheinlich schon. Ich hatte mein Leben lang mitansehen müssen, wie meine Mutter meinen Bruder betrauerte. Ich wollte niemandem nachweinen, der niemals zurückkommen würde.

Und doch konnte ich, als ich mit sechzehn meinen zweiten Kuss bekam, an nichts anderes denken als daran, dass Andrew Brawn nicht Nicky war.

Gleichzeitig wusste ich, dass mein Vater sich nicht dazu würde überreden lassen, irgendetwas zu unternehmen. Abgesehen davon musste ich mich auf das Wesentliche konzentrieren. Meine Mutter gab sich kaum noch mit uns ab. Daher war mein Vater die einzige verlässliche Familie, die ich hatte, und ich durfte unsere Beziehung nicht gefährden, indem ich um einen Jungen kämpfte, der sich noch nicht mal dazu herabließ, mir zurückzuschreiben.

Die Jahre flossen dahin wie ein steter Strom, der alle möglichen ersten Male mit sich brachte, die ich mit Jungen erlebte, welche nicht Nicholai Ivanov waren. Die erste Knutscherei (Rob Smith). Das erste Petting (Bruce Le). Der erste feste Freund (Piers Rockwysz) und der erste Liebeskummer (Carrie und Aidan in *Sex and the City*. Piers war ein toller Kerl, doch an Aidan reichte er nicht heran). Nicky lauerte ständig am Rande meines Bewusstseins und ließ jeden Jungen, mit dem ich mich traf, im Vergleich zu ihm blass aussehen. Ich fragte mich, wie viele Mädchen er im Laufe der Jahre wohl geküsst hatte. Ob er noch an mich dachte, wenn er eine andere berührte und seine Hand unter ihr Oberteil schob. Es machte mich verrückt, dass ich ihn nicht danach fragen konnte. Andererseits war es vielleicht besser so, weil ich es im Grunde gar nicht wissen wollte.

Nach meinem achtzehnten Geburtstag bestand meine erste Amtshandlung darin, Kontakt zu Dads Privatermittler David Kessler aufzunehmen, der als der Beste in ganz Manhattan galt. Ich bat ihn, Nicky ausfindig zu machen.

Vier Wochen später meldete er sich bei mir zurück und überbrachte mir die Nachricht, dass Nicky gestorben sei.

Ich schaffte es drei Tage lang nicht, aus dem Bett aufzustehen, bis meine Angst, ich könnte mich in meine Mutter verwandeln, schwerer wog als das niederschmetternde Wissen um Nickys Tod.

Ich gelobte mir zu vergessen, dass Nicholai Ivanov je existiert hatte.

Wenn es doch nur so einfach wäre …

18. KAPITEL

Christian

Heute

Arya tauchte bereits am ersten Prozesstag im Gerichtssaal auf.

Demnach hatte sie beschlossen, auf meinen gutgemeinten Ratschlag zu pfeifen und mir nachdrücklich zu signalisieren, dass ich mich um meine eigenen Angelegenheiten kümmern solle.

Wenigstens war sie einsichtig genug, im öffentlichen Zuhörerbereich Platz zu nehmen, anstatt auf der Bank, die Angehörigen vorbehalten war. Conrad Roth hatte keine Anwältin in sein Team geholt, wie ich es seiner Tochter empfohlen hatte. Schwer zu sagen, ob sein Stolz ihn daran hinderte oder er realisierte, dass er sich aus diesem Schlamassel ohnehin nicht würde herauswinden können.

Fünf Opfer, von denen jedes einzelne Roth der mehrfachen sexuellen Belästigung beschuldigte. Die geforderte Entschädigungssumme belief sich auf insgesamt zweihundert Millionen Dollar – vierzig Millionen pro Klägerin.

Im Gegensatz zu anderen Sexualstraftätern, die über seinen Einfluss und Reichtum verfügten, hatte er jämmerlich darin versagt, seine Spuren zu verwischen. Meiner Einschätzung nach würde Richter Lopez in vier Wochen um unsere Schlussplädoyers bitten.

Ich stand mit ernster Miene vor dem Richtertisch, um mein Eröffnungsplädoyer zu halten. Nur mit Mühe konnte ich die Augen von der Frau in der letzten Reihe des Zuschauerraums losreißen. Mit ihrem kerzengeraden Rücken und dem hochgereckten Kinn war Arya der Inbegriff von Selbstsicherheit und Grazie. Seit unserer Begegnung am Pool war sie nie wieder dort erschienen, somit hatte ich eine ganze Woche Zeit gehabt, mir über dieses unvermutete Zusammentreffen den Kopf zu zerbrechen, bei dem sie mir ziemlich unverblümt zu verstehen gab, dass ich mir meine Idee, sie zum Essen auszuführen, irgendwohin schieben könne. Selbstverständlich begehrte ich sie jetzt nur umso mehr.

Keine Ahnung, wann die Grenze zwischen meinen Rachegelüsten und meinem Verlangen nach ihr zu verschwimmen begonnen hatte. Allerdings war mir bewusst, dass ich auf einem sehr schmalen Grat balancierte.

Ich wollte Arya, ganz egal, wie irrational, unlogisch und *gefährlich* das war (mit ihr zu schlafen, konnte sich negativ auf meinen Fall auswirken, meine Aussicht auf eine Partnerschaft und mein Leben im Allgemeinen, da gab es nichts zu beschönigen).

Und ich *verdiente* sie. Nach allem, was sie mir zugemutet hatte, war Sex mit ihr die perfekte Wiedergutmachung.

Sobald ich mit ihr fertig wäre, konnte sie von mir aus fröhlich ihrer Wege gehen und jemanden aus dem gemeinen Volk heiraten. Was anderes bliebe ihr wohl auch nicht übrig, wenn ihr Vater erst einmal seinen Posten in dem von ihm geleiteten Hedgefonds-Unternehmen verloren hätte und aus der feinen Gesellschaft ausgestoßen wäre.

Pech für Arya – und womöglich auch für mich –, dass mein Eröffnungsstatement die Präsentation eines Fotos beinhaltete, auf dem der halb erigierte Penis ihres Vaters zu sehen war. Er hatte die Aufnahme, die vergrößert auf einer Leinwand im Gerichtssaal gezeigt wurde, einer dreiundzwanzigjährigen Praktikantin zugesandt.

Ich achtete darauf, Arya nicht anzusehen, während ich mit einem unguten Gefühl im Magen der Jury erläuterte, dass Conrad einer Frau, die jünger war als seine eigene Tochter, ein Foto von seinem Schwanz geschickt hatte. Ich würdigte sie auch keines Blickes, als meine Mandantin unter Tränen im Zeugenstand schilderte, wie sehr die Aufdeckung (im wahrsten Sinne des Wortes), dass ihr Boss ein Wichser war, sie traumatisiert hatte.

Der erste Prozesstag lief wie geschmiert. Die Klägerinnen waren überzeugend und sammelten schnell Sympathiepunkte bei den Geschworenen. Ich lieferte eine hollywoodreife Vorstellung, indem ich den verständnisvollen Zuhörer gab und mitfühlend die Brauen runzelte, wann immer es mir angebracht schien.

Als Richter Lopez mit einem Hammerschlag eine Sitzungspause ankündigte, drehte ich mich zu Aryas Platz um und stellte fest, dass er leer war.

Ich geleitete meine Mandantinnen durch die zweiflügelige Doppeltür des Gerichtssaals ins Foyer, wo ich in leicht verdaulichen Häppchen zusammenfasste, was der heutige Tag erbracht hatte. Anschließend stieg ich mit Claire im Schlepptau die Treppe hinunter und verließ, zwischen den kolossalen Säulen hindurchgehend, das Gerichtsgebäude. Regentropfen prasselten auf meinen Brunello-Cucinelli-Anzug, als auf der anderen Straßenseite eine Frau mit kastanienbrauner Mähne, die ich überall auf der Welt erkennen würde, in einem Café verschwand.

Arya.

»Wir sehen uns später in der Kanzlei«, sagte ich und berührte Claire leicht am Arm, als sie im selben Moment fragte: »Wollen wir unterwegs irgendwo einen Kaffee trinken und reden?«

Sie blieb stehen und schluckte merklich, bevor sie nickte. »Natürlich. Bis dann.«

Ohne die Augen von der Tür des Coffeeshops abzuwenden, überquerte ich die Straße und trat ein. Arya saß an einem der hohen Tische vor dem Fenster und starrte in den Kaffeebecher in ihren Händen. Ich pflanzte mich auf den Hocker ihr gegenüber, wohl wissend, dass ich dabei war, ein Zündholz an einen Benzinkanister zu halten.

»Wie fühlst du dich?« Mir wurde sofort klar, dass meine Frage vollkommen unangemessen war. Wie sollte sie sich schon fühlen, nachdem ich die letzten sieben Stunden damit zugebracht hatte, den metaphorischen Sarg ihres Vaters zuzunageln, bevor ich ihn im Meer versenkte.

Arya wirkte leicht desorientiert, als sie aufblickte. Regen platschte gegen die Fensterscheibe.

»Sollte ein Anwalt nicht geübt sein im Erkennen sozialer Signale? Wonach sieht's denn aus?«, seufzte sie und rieb sich die Augen.

»Ich bin jemand, der gern Klartext redet.« Ich stellte meinen Aktenkoffer auf den freien Schemel zwischen uns.

»Was du nicht sagst.« Sie zupfte mit den Zähnen am Rand ihres Pappbechers. »Dann will ich die Bombe mal platzen lassen. Ich habe keinerlei Interesse daran, *je* wieder ein Wort mit dir zu wechseln, Christian.«

Ich ging nicht darauf ein. »Wieso bist du heute gekommen?«, fragte ich stattdessen. Es entsprach nicht meiner Gewohnheit, Frauen vor den Kopf zu stoßen oder ihre Wünsche zu ignorieren, es sei denn, sie forderten es heraus. Aber ich wusste, dass Arya dazu neigte, Menschen von sich wegzustoßen, wenn sie sich unter Druck gesetzt fühlte – wir zwei waren aus demselben Holz geschnitzt, und ich war mir nicht sicher, ob sie gerade wirklich allein sein wollte. »Dein Vater hat dir nicht mal einen Blick gegönnt.«

»Da wurde mitten im Gerichtssaal sein Penis in einer Größe abgebildet, dass er die ganze Leinwand ausfüllte. Nicht ganz einfach, seiner Tochter danach noch in die Augen zu schauen.«

»Womit wir beim Thema wären. Du kannst nach dieser Sache unmöglich weiter an seine Unschuld glauben.«

»Ich weiß nicht, was ich glauben soll.« Sie setzte ihren Becher ab und drehte ihn abwesend mit den Fingern auf der Tischplatte. »Aber mich beschleichen allmählich doch Zweifel. Im Übrigen hast du recht. Mein Vater straft mich mit Missachtung. Er nimmt nicht mal meine Anrufe an.«

»Man könnte das als eine Art Schuldeingeständnis werten.« Ich griff nach ihrem Becher und nahm einen Schluck. Sie trank ihren Kaffee schwarz und ohne Zucker. Genau wie ich. »Was mich zu meiner eigentlichen Frage zurückführt. Warum bist du gekommen?«

»Weil es schwer für mich ist, mit der einzigen Familie, die ich habe, zu brechen. Was meinem Vater vorgeworfen wird, ist grauenvoll. Fast wünschte ich, er wäre tot, weil ich ihn dann wenigstens noch lieben könnte.«

Als Sohn zweier Arschlöcher wusste ich genau, was sie meinte.

»Was ist mit deiner Mutter?«

»Ehrlich gesagt war sie mir nie eine echte Mutter. Das könnte der Grund dafür sein, dass ich sämtliche Warnsignale in Bezug auf meinen Vater übersehen habe. Du stehst deinen Eltern nicht sehr nahe, oder?«

Ich verzog die Lippen zu einem schmalen Lächeln. »Nein, nicht besonders.«

»Bist du ein Einzelkind?«

Ich nickte.

»Hast du dir jemals Geschwister gewünscht?« Sie stützte das Kinn auf ihrer Faust auf.

»Nein. Je weniger Menschen mir das Leben schwer machen, desto besser. Wie steht's mit dir?«

»Ich hatte einen Zwillingsbruder«, murmelte sie und starrte hinaus in den immer heftiger trommelnden Regen. »Er ist vor langer Zeit gestorben.«

»Das tut mir leid.«

»Manchmal habe ich das Gefühl, als wäre ich nur die Hälfte von einem Ganzen. Nie vollkommen.«

»Sag so etwas nicht.«

Ich habe trotz all deiner Fehler nie einen vollkommeneren Menschen getroffen als dich.

Plötzlich legte sie den Kopf schräg und musterte mich stirnrunzelnd. »Warte mal. Darfst du überhaupt mit mir sprechen?«

»Du fungierst nicht mehr als Conrads PR-Beraterin und bist somit nicht länger in den Fall involviert. Dein Name steht auch nicht auf der Zeugenliste.«

Wobei es, unter ethischen Gesichtspunkten betrachtet, bestenfalls unorthodox war, dass ich mit der Tochter des Beklagten kommunizierte. Sollte es wirklich kritisch werden, konnte auch ein Debakel daraus entstehen.

Sie zog die Brauen hoch. »Echt nicht?«

Ich schüttelte den Kopf. »Dein Vater hat wenige Tage, nachdem ich vor deinem Büro aufgekreuzt bin, jeden Link zu deiner Firma von seinen Webseiten entfernt. Auf dein Geheiß hin, nehme ich an.«

Ihre von dichten Wimpern umrahmten Augen flackerten. Offenbar lag ich falsch mit meiner Vermutung. Sie sprang so abrupt auf, dass ihr Kaffeebecher umkippte und sein Inhalt sich auf den Tisch und den Fußboden ergoss. Mit zitternden Fingern stellte sie ihn wieder aufrecht hin. »Schönen Abend noch, Miller.«

Sie riss die Tür auf und stürmte aus dem Café. Ich schnappte mir meinen Aktenkoffer und setzte ihr nach, zutiefst verärgert über meine Gedankenlosigkeit. Es war, als wollte ich mich absichtlich in Schwierigkeiten bringen. Richter Lopez hätte jedes Recht, mich von dem Fall abzuziehen, sollte er von meinem Verhalten erfahren.

So wiederholt sich die Geschichte.

»Arya, warte!« Unter Einsatz meiner Schultern zwängte ich mich durch die Ströme von Passanten, die an diesem Abend in Manhattan unterwegs waren. Es schüttete wie aus Eimern, der Regen glättete Aryas sonst so widerspenstige Haare. Sie rannte vor mir davon. Und ich jagte ihr hinterher.

»Arya!«, brüllte ich. Dabei hatte ich keinen Plan, was ich zu ihr sagen würde. Ich wollte einfach noch einen Schlusspunkt setzen. Regen peitschte mir ins Gesicht. Sie stoppte an einer Kreuzung. Die Ampel war rot, sie saß in der Falle. Langsam drehte sie sich zu mir um, ihre Haltung drückte Kampfbereitschaft aus, ihre grünen Augen blitzten zornig.

»*Was ist? Was willst du von mir, Christian?*«

Alles und nichts.

Deine Tränen, deine Entschuldigungen, deine Reue und deinen Körper.

Vor allem will ich, dass du dich erinnerst. An das, was wir einst füreinander waren. Und nie wieder sein können.

Ich strich mir die nassen Haare zurück. »Warum gehst du nicht mehr schwimmen?«

Arya warf den Kopf zurück und lachte. Sie sah dabei so schön aus, dass ich es in diesem Moment zutiefst bereute, den Fall angenommen zu haben. Wieso hatte ich es nicht jemand anderem überlassen, Conrad Roth zur Verantwortung zu ziehen, während ich eine schmutzige Affäre mit seiner Tochter hätte? Inklusive Wochenendtrips zu exotischen Orten, wo wir Champagner schlürften und jede Menge geilen Sex zelebrierten.

»Ich war nur dort, um etwas zu finden, das dich in ein negatives Licht rücken würde«, gestand sie grummelnd. »Doch dann …« Sie stockte, ließ den Satz mittendrin abreißen. »Doch dann begriff ich, dass nicht du der wahre Schurke in dieser Geschichte bist.«

»Nein, das bin ich nicht.« Die Worte hinterließen einen faden Beigeschmack bei mir, denn tatsächlich *war* ich in gewisser Weise der Schurke. Keiner von uns kümmerte sich um die dicken Tropfen, die uns ins Gesicht klatschten, während wir noch immer an der Kreuzung standen. Der Duft nach süßen Pfirsichen und Arya streifte mich, er wurde vom Regen noch verstärkt. Als ich sah, wie die Ampel hinter ihr auf Grün schaltete, trat ich einen Schritt auf Arya zu und musste mich beherrschen, um nicht die Hand an ihre Wange zu legen. »Mach der Sache ein Ende. Sag dich von deinem Vater los, so wie er sich von dir losgesagt hat. Lass uns zusammen abendessen gehen.«

Sie schlug die Augen nieder und schüttelte derart energisch den Kopf, dass die Wassertropfen nur so flogen. Plötzlich waren wir wieder vierzehn. Ich legte meine Stirn an ihre und inhalierte ihren Duft. Überraschenderweise stieß sie mich nicht weg. Meine Haare verwoben sich mit ihren, unsere Nasenspitzen berührten sich. Ich konnte ihren Herzschlag spüren. Ich wollte Dinge mit ihr tun, an die ich nicht einmal denken durfte.

»Gott.« Sie schloss die Hände zu Fäusten und presste sie an meine Brust. »Ich will, dass das aufhört.«

»Es tut mir leid, so unendlich leid.«

Und zumindest in diesem Augenblick entsprach das der

Wahrheit, war ich wieder ganz und gar der alte Nicky mit seiner törichten Schwäche für dieses Mädchen.

»Ich fühle mich komplett verloren.« Sie seufzte schwer.

»Du wirst bald wieder zu dir selbst finden. Hab Geduld, bis der Prozess vorbei ist und sich der Rauch verzogen hat.«

»Träumst du schon lange davon, irgendwann einmal eine Roth zu vögeln?« Ihr Mund war meinem so nah, dass ich ihren Atem spürte.

»Nicht irgendeine. Sondern eine ganz bestimmte. Das steht auf meiner Wunschliste, jawohl.«

»Und geht alles in Erfüllung, was du dir darauf notierst?« Lippen an Lippen, Haut an Haut.

»Das meiste schon«, gab ich zu.

»Tja, mich wirst du nicht bekommen.«

»Halb gehörst du mir bereits.«

Unsere Körper berührten sich, unsere Klamotten trieften vor Nässe, aber sie kniff nicht, ging nicht auf Abstand. Ich dachte an die Zwölfjährige, die mich nicht ein einziges albernes Wortgefecht gewinnen ließ, wenn wir auf dem Friedhof abhingen. Dieses Mädchen existierte noch immer.

»Wollen wir wetten?« Wassertropfen glitzerten auf ihren Wimpern; nie hatte sie schöner, gefährlicher und realer ausgesehen.

»Immer doch«, flüsterte ich an ihrem Mund. »Lass uns das Ganze interessant gestalten. Falls es zum Sex kommt, wirst du mir rückwirkend die Kosten für jedes Abendessen erstatten, zu dem ich dich einlade.«

Jemand drängte sich an uns vorbei und hätte Arya beinahe auf die Straße geschubst, so eilig hatte er es, ein trockenes Plätzchen zu finden. Ich fasste sie blitzschnell um die Taille und zog sie wieder zu mir heran. Unser Augenkontakt brach unterdessen nicht ein einziges Mal ab.

»Wie galant von dir. Aber falls ich gewinne und wir nicht miteinander schlafen, wirst du alle meine Fragen zu dem Verfahren gegen meinen Vater beantworten.«

»Das kann ich nicht tun.«

»*Nachdem* der Prozess vorbei ist«, stellte sie klar. »Damit endet gleichzeitig die Frist für unsere Wette.«

Ich strich ihr das nasse Haar hinters Ohr. »Abgemacht. Vorausgesetzt, deine Fragen bewegen sich in einem vernünftigen Rahmen und du verlangst nicht von mir, dass ich gegen das Anwaltsgeheimnis verstoße.«

»Wie lange wird der Prozess dauern?«, hakte sie nach. Ich starrte wie gebannt auf ihre feucht glänzenden Lippen, war fasziniert davon, wie sie beim Sprechen die einzelnen Vokale liebkosten.

»Etwa vier Wochen. Fünf, falls das Anwaltsteam deines Vaters endlich den Arsch hochkriegt, was, offen gesagt, eher unwahrscheinlich sein dürfte.«

»Dann solltest du Gas geben.« Sie zwinkerte mir zum Abschied neckisch zu.

Ich schaute ihr hinterher und fühlte mich irgendwie beraubt.

Ari und Nicky.

Nicky und Ari.

Damals war ich ihr nicht genug gewesen.

Jetzt würde ich ihr beweisen, dass ich mehr war, als sie verkraften konnte.

Später an diesem Abend traf ich mich mit Arsène in einer trendigen Bar in SoHo, wo wir zufällig Jason Hatter begegneten, einem ehemaligen Kommilitonen von mir aus Harvard. Er bemerkte uns vom anderen Ende des Tresens aus, gab seiner Begleiterin einen Kuss auf die Wange und gesellte sich zu uns. Jason erzählte, dass er kürzlich zum Partner in seiner Kanzlei aufgestiegen war, und wirkte darüber in etwa so glücklich wie jemand, der seinen Lebensunterhalt mit Stiefellecken verdiente.

»Du bist immer noch nicht Partner?«, erkundigte er sich und klang dabei eher verblüfft als blasiert. Er war ein netter Kerl, aber so unbeholfen wie ein Elefant im Porzellanladen.

»Christian arbeitet noch daran, Daddy und Daddy mit seinem Charme einzuwickeln.« Arsène tätschelte meinen unteren Rücken, als wäre ich sein Date oder so was. Ich schlug seine Hand weg und funkelte ihn an.

»Sie werden mich vor Ende des Jahres zum Partner machen«, teilte ich Jason mit.

»Oh, daran zweifle ich nicht. Du hast dir einiges Ansehen erworben. Übrigens lässt meine Freundin fragen, ob du mit jemandem zusammen bist.«

Ich dachte an Arya, nicht an Claire, bevor ich den Kopf schüttelte. »Nichts für ungut, Kumpel. Aber ich steh nicht auf flotte Dreier.«

Jason lachte auf. »Nein, sie will dich mit einer ihrer Freundinnen verkuppeln.«

»Ach so.« Ich warf die Stirn in Falten. »Leider auch kein Interesse.«

Nachdem Jason gegangen war, schaute Arsène mich mit einem triumphierenden Lächeln auf den Lippen an. »Zurück zu deiner Geschichte. Nur damit ich das richtig verstehe – du sagst, du hast sie die Straße entlanggejagt?«

Ich hielt meinen Cognacschwenker mit beiden Händen und rieb mir mit den Daumenknöcheln über das Kinn. »Korrekt.«

»Und dann«, fuhr er bedächtig fort und starrte mich an, als wollte er mir dringend empfehlen, einen Schutzhelm zu tragen, weil ich eine Gefahr für mich und andere darstellte, »hast du mit ihr gewettet, dass du sie ins Bett kriegst, obwohl du noch nicht mal ihre Telefonnummer hast?«

»Doch, die habe ich«, korrigierte ich. »Nur dass Arya sie technisch gesehen nicht freiwillig herausgerückt hat.«

»Definiere *technisch gesehen*.«

»Meine Sekretärin hat sie für mich herausgefunden.«

Arsène gab mir mit einem stummen Nicken zu verstehen, wie irre sich das für einen Außenstehenden anhörte.

»Und dann hättest du sie fast geküsst.«

»Aber nur fast.«

»Warum das?«

»Weil es die Situation verkomplizieren würde.«

Das war gelogen. In Wahrheit hatte ich gewusst, dass sie es nicht zulassen würde, und ich spielte auf Zeit.

»Ich bedaure, dass ich dir die schlechte Nachricht überbringen muss, Kamerad, aber der Zug ist abgefahren. Von kompliziert kann keine Rede sein. Du bist schlicht und ergreifend erledigt«, stellte Arsène in sachlichem Ton fest. »Du hast nie zuvor gegen dein Berufsethos verstoßen. Und wegen Arya wirfst du jetzt alle moralischen Grundsätze über Bord?«

»Ich bin eben kein Heiliger«, sagte ich und ließ meinen Drink im Glas kreisen, bevor ich, wie um meine mangelnde Professionalität unter Beweis zu stellen, hinzufügte: »Ich hatte Sex mit Claire.«

»Das war bloß eine Bettgeschichte. Die Frau ist farbloser als Vanilleeiscreme. Du hast dich aus reiner Bequemlichkeit auf sie eingelassen und alles darangesetzt, um eure Affäre unter dem Deckel zu halten. Abgesehen davon ging das Ganze nicht mal drei Monate.«

Ich winkte ab. »Das mit Claire hat meiner Reputation geschadet, obwohl ich die Personalstelle über die Sache informiert habe. Immerhin arbeitet sie unter mir.«

»Nicht so, wie sie das gern hätte.« Arsène leerte sein Glas mit einem Zug und knallte es auf den Holztresen. »Zumal es nie um deine Reputation ging. Arya Roth ist deine größte Schwachstelle. Du hättest den Fall niemals übernehmen dürfen. Und jetzt kommst du aus der Nummer nicht mehr raus, ohne dass deine Karriere den Bach runtergeht.«

Noch während er das sagte, schob sich eine vollbusige Frau mit roten Haaren, schwarzem Lederrock und einem roten BH, bei dem einige Teile zu fehlen schienen, zwischen uns. Sie grinste mich an wie eine Katze und machte eine seitliche Kopfbewegung. »Meine Freundinnen dort drüben haben fünfzig Dollar drauf gewettet, dass ich dich nicht dazu kriege, mir einen Drink zu spendieren. Na, was denkst du?«

»Ich *denke* …« Ich stülpte mir ein freundliches Lächeln über, beugte mich zu ihr und flüsterte: »Dass du soeben um fünfzig Mäuse ärmer geworden bist.«

Ihr Grinsen machte einer Grimasse Platz, dann stolzierte sie zurück zu ihren Klonen. Sie war genau mein Typ, aber ich brauchte ein bisschen mehr als eine exakte Kopie meines letzten One-Night-Stands. Ich wollte eine Frau, die mich herausforderte, die mir Paroli bot und mich in den Wahnsinn trieb. Genauer gesagt, die Frau, die mich Kavaliersschmerzen leiden ließ, weil ich darauf aus war, ihren Vater zu vernichten.

Ich wandte mich wieder Arsène zu, der sichtlich amüsiert mit dem Kopf schüttelte. »So was von erledigt.«

»Was soll das jetzt wieder heißen?«, fuhr ich ihn an.

»Der alte Christian hätte niemals Nein gesagt zu einer wilden, unverbindlichen Sexnacht mit Jessica Rabbit.«

»Der alte Christian musste auch nicht um sechs Uhr morgens aufstehen, um sich auf einen Prozess vorzubereiten.«

»Schon gut.« Arsène versetzte mir lachend einen Klaps auf die Schulter. »Der neue Christian soll sich ruhig in die eigene Tasche lügen, wenn er sich dann besser fühlt.«

Auf dem Heimweg bat ich den Uber-Fahrer, einen Zwischen-stopp bei Aryas Büro einzulegen. Arsènes Meinung juckte mich nicht. Ich brauchte nur eine einzige Kostprobe von Arya, bevor ich sie zusammen mit ihrem Vater zurück in meine Ver-gangenheit beförderte.

Für sie und mich konnte es keine Zukunft geben. Nicht nur, weil sie mein Vertrauen missbraucht hatte, um mir einen Dolchstoß zu versetzen, sondern auch, weil sie meine wahre Identität nicht kannte. Eine Beziehung stand nicht zur Debat-te. Arya würde mich zum Teufel jagen, wenn sie herausfände, wer ich in Wirklichkeit war.

Nicht zu vergessen, dass die vierzehnjährige Arya nur aus Spaß an der Freude mein Leben zerstört hatte. Was würde sich die heute Einunddreißigjährige wohl einfallen lassen, wenn sie dahinterkäme, welches Spielchen ich trieb?

Die regennassen Straßen Manhattans wischten am Wagen-fenster vorbei, ehe der Fahrer schließlich vor dem Backstein-gebäude hielt, das Brand Brigade als Firmensitz diente. Es war zweiundzwanzig Uhr dreißig, trotzdem brannte in Aryas Büro noch Licht. Ich beobachtete durch das Fenster, wie sie sich, den Telefonhörer am Ohr, im Zimmer umherbewegte und Schrift-stücke aus dem Drucker nahm.

Sie hatte sich zum Workaholic entwickelt. Genau wie ich.

»Sir?«

»Hmm?«, machte ich gedankenverloren, ohne die Augen von Arya abzuwenden.

»Wir stehen jetzt schon eine Viertelstunde hier.«

So lange?

»Ja«, bestätigte er hüstelnd, und erst da realisierte ich, dass ich die Frage laut gestellt hatte. »Wollen wir weiterfahren?«

»Klar.« Ich spielte mit meinem Streichholzheftchen. »Ab nach Hause.«

19. KAPITEL

Christian

Damals

»Schneller.« Rektor Plath verpasste mir einen Schlag auf den Hinterkopf, dann schlenderte er über den Fliesenboden und verschränkte die Arme hinter dem Rücken. Mein Körper steckte zur Hälfte in dem tiefen Kochkessel, den ich gerade schrubbte. Meine Knöchel waren mittlerweile so rissig, dass sie zu bluten anfingen, wenn sie mit Wasser in Berührung kamen. Was regelmäßig der Fall war, seitdem ich mindestens viermal pro Woche Spüldienst hatte.

Ich holte scharf Luft, während ich vergeblich versuchte, die teerartigen Verkrustungen, die sich an den Rändern festgesetzt hatten, mit einem Stahlwollschwamm zu entfernen.

»Mr Roth hatte recht. Du bist hässlich wie die Nacht«, gackerte er und blieb vor einem Fenster mit Blick auf die Grünanlage stehen. Eine Gruppe Schüler faulenzte auf einem Hügel nahe dem Brunnen in der Sonne; sie schlürften eisgekühlte Getränke und tauschten sich über ihre Pläne für den Sommer aus. Meine beschränkten sich mehr oder weniger darauf, mir in der nächstgelegenen Ortschaft einen Job zu suchen und jeden Tag sechs Kilometer hin und wieder zurück zum Internat zu laufen, weil ich mir keine Busfahrkarte leisten konnte. Ich malte mir aus, wie Ruslana – sie zu diesem Zeitpunkt noch als meine Mutter zu bezeichnen, wäre absurd gewesen – als dienstbarer Geist der Roths für Arya extravagante Açaí-Bowls zubereitete, ihr die Haare frisierte und ihre Strandtasche über goldfarbene Dünen an exotischen Stränden trug.

»Übrigens tut er dir einen Riesengefallen«, fuhr Rektor Plath fort. Ein gieriger Ausdruck trat in seine Augen, während er den Blick über die Schüler hinter dem Fenster draußen im Park schweifen ließ. Ich hatte schon immer den Eindruck gehabt, dass ihm bei einigen der Jungs ein bisschen zu sehr gefiel, was er sah. »In New York hättest du keine Zukunft gehabt.«

»Es wäre nett gewesen, wenn man mir ein Mitspracherecht eingeräumt hätte«, brummelte ich und verlagerte den Schwerpunkt meines Armes, während ich weiterschrubbte. Meine Muskeln brannten vor Anstrengung. Es kam nicht selten vor, dass meine Arme nach stundenlangem Küchendienst die ganze Nacht taub waren.

»Was hast du gesagt?« Sein Kopf fuhr so ruckartig herum, dass ich glaubte, seine Halswirbel knacken zu hören.

»Nichts«, zischte ich. Offiziell mussten die Schüler nicht in der Küche oder in der Wäscherei helfen, es sei denn, sie benahmen sich daneben. Solche Dienste waren lediglich als Strafmaßnahme vorgesehen, nur konnte man bei mir den Eindruck gewinnen, als gehörte ich zum Personal. Arsène und Riggs beharrten darauf, dass das eine Frechheit sei, und ich stimmte ihnen zu. Aber wie sollte ich mich dagegen auflehnen?

»Nein.« Plath kam auf mich zugefegt, er war eindeutig auf einen Streit aus. »Wiederhol das.«

Ich warf ihm über die Schulter einen Blick zu. Mein Gesicht fühlte sich heiß und gerötet an. Ich war wütend auf ihn, weil er diese Scheißnummer abzog, und wütend auf mich selbst, weil ich ihm nicht Kontra gab. Und auf Conrad, der mich – aus sicherer Entfernung – nach Jahren immer noch piesackte, nur weil ich es gewagt hatte, sein kostbares, verwöhntes Töchterchen anzurühren.

»Es wäre nett gewesen, wenn man mir ein Mitspracherecht eingeräumt hätte!« Ich wirbelte mit trotzig vorgeschobenem Unterkiefer zu ihm herum.

Er kam noch einen Schritt näher, bis seine Nasenspitze fast gegen meine stieß. »Hast du auch nur die geringste Vorstellung, wie viel er Jahr für Jahr bezahlt, damit ich dir erlaube, auf dieser Schule zu bleiben?«

»Ich wette, dass ich für den Großteil der Gebühren selbst aufkomme, nachdem Sie mich tagein, tagaus Schwerstarbeit machen lassen.«

Plath beugte sich drohend über mich, hob mein Kinn an und durchbohrte mich mit seinem Blick. »Ich lasse dich tagein, tagaus Schwerstarbeit machen, weil du ein verkommener Rotzbengel bist, der pausenlos Mist baut«, spottete er. »Du bist ein nutzloser kleiner Scheißer, dessen einziger Beitrag für die Gesellschaft darin besteht, die Sachen der anständigen Jungs zu waschen und zu bügeln.«

Da platzte mir der Kragen. Ich war das alles so leid. Um fünf Uhr morgens aufzustehen, um mich um die Schmutzwäsche anderer Menschen zu kümmern. Nachts meine Hausaufgaben zu erledigen, weil ich bis dahin Töpfe und Pfannen schrubben musste. An heißen Sommertagen ohne eine einzige Trinkpause den Rasen zu mähen. Ich hatte die Nase voll davon, für etwas bestraft zu werden, das ich nicht einmal hatte tun *wollen*. Gleichzeitig wusste ich, dass Plath mich absichtlich provozierte. Er wartete nur darauf, dass ich ihm Widerworte gab. Mich zur Wehr setzte. Ihm einen Grund lieferte, mich zu schlagen. Ich traute es ihm zu. Bis dato war er vorsichtig gewesen, aber seine gemeine Ader würde über kurz oder lang die Oberhand gewinnen.

Obwohl ich wusste, dass ich es hinterher bereuen würde, verzog ich die Lippen zu einem breiten, fast schon schmerzhaften Grinsen, bevor ich die Worte ausstieß, die auch Conrad verdient gehabt hätte, als er mich seinerzeit zusammenschlug. »*Fick. Dich.*«

Ich sammelte eine ordentliche Menge Speichel in meinem Mund und spie sie ihm ins Gesicht. Mir war klar, dass ich dafür büßen würde, trotzdem fühlte es sich gut an. Die Spucke landete auf Plaths rechter Wange und bahnte sich den Weg zu seinem Hals. Er machte keine Anstalten, sie wegzuwischen. Stattdessen starrte er mich mit einem Ausdruck in den Augen an, den ich nicht zu deuten wagte.

Die nächsten paar Sekunden zogen in Unschärfe vorbei. Rektor Plath stieß die Fäuste gegeneinander, und wie aufs Stichwort flog die Küchentür auf, und drei stämmige Zwölftklässler, die zur Rudermannschaft gehörten, stürmten herein.

»Meine Herren.« Plath trat zur Seite, auf seiner Wange noch immer Reste von meinem Speichel. Scheibenkleister! Sie hatten nur auf ihren Einsatz gewartet. Das Ganze war ein abgekartetes Spiel, um mich in Harnisch zu bringen. »Ich muss mich für einen Moment entschuldigen, um diese Schweinerei zu entfernen. Wenn ihr bitte so freundlich wärt, Mr Ivanov während meiner Abwesenheit Gesellschaft zu leisten. Könntet ihr das für mich tun?«

»Kein Problem, Sir.«

Einer der Jungen – natürlich der größte und dämlichste – wedelte wie eine Winkekatze mit der Hand in Richtung Plath und stampfte auf mich zu. Mit einem hörbaren Klicken fiel die Tür ins Schloss. Mein Blick wechselte zwischen den drei Kerlen hin und her. Ich wusste, was passieren würde. Trotzdem tat es mir nicht leid.

Drecksack Nummer eins ließ die Knöchel knacken, derweil

Drecksack Nummer zwei mich gegen die Wand schmetterte. Drecksack Nummer drei stand an der Tür Schmiere. Mir war bewusst, dass das mein Ende bedeutete, ich kaum eine Überlebenschance hatte.

»Unser Oliver Twist, sieh mal einer an. Hast dich in die Oberschicht hineingemogelt und geglaubt, wir nehmen es einfach so hin, als wärst du da zu Hause, hä?«, höhnte Drecksack eins. Ich schwieg. Er versetzte mir einen rechten Haken, der meinen Kopf zur Seite katapultierte, während Drecksack zwei mich mit aller Kraft festhielt.

Nummer eins lachte. Mein Kiefer war taub, trotzdem fühlte ich das warme Rinnsal, das aus meinem Mundwinkel lief.

»Und dem Rektor patzige Antworten geben ... Wo bist du aufgewachsen? In der Gosse?«

Er verpasste mir einen Fußstoß in die Magengrube, ich klappte zusammen, worauf er mich an den Schultern packte, damit ich nicht umfiel, und mein Gesicht mit Tritten traktierte. Danach brach ein Tumult aus, aber ich war kaum noch bei Bewusstsein. Meine Lider waren zu schwer, um sie offen zu halten, ich nahm die Umgebungsgeräusche nur gedämpft wahr. Als triebe ich auf dem Meeresgrund. Ich konnte nicht einschätzen, wie viel Zeit vergangen war. Vielleicht ein paar Minuten. Vielleicht eine Stunde. Irgendwann hörte ich ringsherum Schreie und das Donnern von Faustschlägen, die dieses Mal nicht mir galten. Dann packten mich zwei Paar Hände und schleiften mich aus der Küche. Laute Stimmen drangen an mein Ohr. Arsènes erkannte ich als erste. Er klang ruhig, eisig ruhig. Ganz im Gegensatz zu Riggs, der wieder zurückwollte, um dem Trio den Rest zu geben.

»Du hast dem einen Kerl bereits die Nase gebrochen.« Arsène ächzte vor Kraftanstrengung, als sie mich die Treppe hinaufwuchteten. Ich ließ meine Augen zu, weil ich mich zu sehr schämte, um sie zu öffnen. Und mir stand auch nicht der Sinn danach, Fragen zu beantworten.

»Der Wichser sieht von Natur aus wie eine zermalmte Beutelratte. Ich will ihm einen bleibenden Schaden zufügen«, beschwerte sich Riggs, als wir auf der Etage anlangten, wo mein Schlafraum lag, und sie mich den teppichbelegten Flur entlangschleppten.

»Der Typ ist dumm wie Brot. Damit ist er schon gestraft genug, auch wenn das nicht dein Verdienst ist. Lass es auf sich beruhen. Die sind ganz dicke mit Plath.«

»Dem sollten wir auch eine Abreibung verpassen«, befand Riggs und trat mit Schwung meine Zimmertür auf. Sie verfrachteten mich auf mein Bett. Ich öffnete ein Auge und sah, wie Riggs sich sein T-Shirt über den Kopf zog, zum Waschbecken ging und kaltes Wasser darüber laufen ließ.

Arsène setzte sich neben mich und träufelte etwas Wasser zwischen meine aufgesprungenen Lippen. »Nein. Dieser Conrad Roth hat Plath in der Tasche. Wir müssen ab jetzt besser auf Nicky aufpassen.«

Riggs wrang das T-Shirt aus, dann knöpfte er meinen Arbeitskittel auf und drückte die provisorische Kompresse auf meine heiße, von Blutergüssen übersäte Haut. Ich stöhnte vor Schmerz, trotzdem war es eine Wohltat.

»Sieh an, sieh an. Die Prinzessin ist aufgewacht«, säuselte Riggs. »Alles im Lack, Süße?«

»Fick dich.«

Riggs lachte. »Er ist okay. Wie wär's, wenn ich uns ein paar Burger besorge? Ich könnte in die Stadt fahren.«

Ich schüttelte heftig den Kopf. »Was, wenn du erwischt wirst?«

Riggs gab sich inzwischen nicht mehr mit verbotenen pyrotechnischen Experimenten zufrieden, sondern er »borgte« sich die Autos der Belegschaft für Spritztouren. Nicht dass er einen Führerschein besessen hätte. Doch das konnte ihn nicht aufhalten.

»Umso besser.« Riggs tätschelte mir das Knie, während Arsène eine Einkaufsliste erstellte. Bestimmt standen darauf auch Pommes mit extra viel Knoblauch. »Dann werde ich anstelle von dir zum Küchendienst verdonnert. Oder noch besser – wir arbeiten als Team. Fröhliche, dysfunktionale Familie, die wir sind.«

»Das kannst du nicht tun«, murmelte ich, zu erschöpft, um mit ihm zu diskutieren.

»Wir können, und wir werden.« Arsène drückte mich zurück aufs Bett. »Und du wirst dich gefälligst erkenntlich zeigen, wenn *wir* das nächste Mal in der Klemme stecken.«

Einen Tag später kaufte Arsène von einem Zwölftklässler Gras, das er nicht zu rauchen gedachte, derweil Riggs mit einem waschechten Berglöwen auftauchte, den er irgendwo aufgetrieben hatte und zu seinem Haustier erklärte. Meine besten Freunde bekamen beide drei Wochen Küchen- und Wäschedienst.

Nach diesem Tag sorgten Riggs und Arsène dafür, dass ich nie wieder eine Schicht allein übernehmen musste.

20. KAPITEL

Arya

Heute

Ich verlegte meine beruflichen Verpflichtungen auf den Abend, um tagsüber den Prozess verfolgen zu können. Das war suboptimal, andererseits galt dasselbe für meine Situation im Allgemeinen.

Christian Miller hatte nicht übertrieben – die Indizien ließen nicht viel Raum für Zweifel. Jede Verteidigungsstrategie, die Louie und Terrance versuchten, wurde von Christian und seinen Mandantinnen mit weiteren Beweisen beantwortet. Dads Anwälte konnten die Belästigungsvorwürfe noch nicht einmal abstreiten. Als sie an der Reihe waren, ihren Fall vorzutragen, behaupteten sie einfach, Conrads Avancen seien uneingeschränkt willkommen gewesen. Eine der Frauen war erst dreiundzwanzig, Himmelherrgott! Jünger als ich, und dazu eine fromme Katholikin. Die Vorstellung, dass sie sich an meinen Vater rangeschmissen haben sollte, war einfach nur grotesk. Verschärfend kam hinzu, dass sämtliche Klägerinnen entlassen worden waren, nachdem sie Dads Annäherungsversuche abgewiesen hatten.

Nichtsdestotrotz fand ich mich jeden Tag im Gerichtssaal ein. Vielleicht, um mich selbst zu martern, doch in erster Linie eher als Strafe für meinen Vater. Denn es war ihm deutlich anzumerken, wie sehr es ihm zusetzte, dass ich all das mit anhörte.

Ich bekam aktuell nicht viel Schlaf. Meistens weinte ich bis an den Rand der Erschöpfung, während ich in Dauerschleife jede Interaktion meines Vaters mit seinen weiblichen Angestellten, die ich erinnerte, im Kopf rekapitulierte.

Morgen für Morgen schleppte ich mich anschließend wieder zum Gericht.

Am Ende eines jeden Prozesstags überreichte Christian mir den Ausdruck einer Reservierungsbestätigung für eins der hippsten Restaurants in New York. Von *Benjamin Steakhouse* über *Luthun* und *Pylos* bis hin zu *Barnea Bistro*.

»Ich werde heute Abend genau eine Stunde auf dich warten. Wir sitzen entweder in einem Separee oder in einer Nische, wo niemand uns sehen kann.«

»Oh, ich bin sicher, es wäre dir eine Freude, wenn wir erwischt würden«, gab ich zurück.

»Keine Spur. Wenn man uns erwischt, verlieren wir beide.«

Er drängte mich nie, verlegte sich nie aufs Betteln und zeigte sich am Tag darauf nie verschnupft oder enttäuscht über mein Nichterscheinen beziehungsweise die Tatsache, dass er allabendlich allein in einem Restaurant saß.

Mit jedem Tag, an dem ich ihn versetzte, schwand mein Widerstand ein Stück weit mehr. Wenn ich ihn im Gerichtssaal beobachtete, durchlebte ich ein Gefühlschaos aus Ärger, Sehnsucht und Verbitterung, weil ich zum ersten Mal in meinem Leben nicht einschätzen konnte, ob jemand mein Freund oder mein Feind war.

Meine größte Befürchtung bestand allerdings darin, Christian könnte inzwischen durchschaut haben, dass ich nicht mehr wegen meines Vaters der Verhandlung beiwohnte.

Sondern *seinetwegen*.

Eines Abends lag ich – bekleidet mit einem Sweatshirt, das ich Jillian zu Collegezeiten gemopst hatte – völlig ausgepowert von der Doppelbelastung, die der Prozess in Kombination mit meinem Job (ich hatte meinen Rückstand größtenteils wieder aufgeholt) bedeutete, in meinem Bett. Ich war gerade in den Schlaf gesunken, als ich die Gegenwart von jemandem wahrnahm. Ich öffnete die Augen und sah Christian – er trug noch immer seinen todschicken Anzug – am Fußende stehen.

Er roch nach Regen und Rasierwasser, und ich war es leid, ihn zurückzuweisen. So sehr, dass ich noch nicht mal wissen wollte, wie er in meine Wohnung gelangt war.

»Was tust du hier?«, fragte ich stattdessen. Ohne einen Funken des kämpferischen Tons, den ich bei unseren verbalen Schlachten in meine Stimme legte.

Christian antwortete nicht. Er setzte sich auf den Bettrand, hob meinen Fuß auf seinen Schoß und fing an, ihn zu massieren.

Mit einem behaglichen Seufzen warf ich den Kopf zur Seite und ließ Christian seinen Zauber wirken. Ich war ihm gegenüber willenlos, und das erschütterte mich.

Seine Finger wanderten meine Waden hoch und kneteten unermüdlich meine verspannten Muskeln.

»Das bedeutet gar nichts«, murmelte ich mit geschlossenen Augen. Wir wussten beide, worauf das Ganze hinauslaufen würde.

Er ließ ein belustigtes Lachen hören. »Dann sollte ich unsere Hochzeit besser abblasen.«

»Die Torte will ich trotzdem. Lass sie in mein Büro schicken. Ich habe schon die ganze Woche Verlangen nach Zucker.«

Seine Hände glitten höher, sie strichen über die Innenseiten meiner Schenkel. Er zog mich dichter zu sich heran, um mehr von meinem Körper streicheln zu können, dann fanden seine Finger meine heiße Mitte, die schon so lange kein Mann mehr berührt hatte. Ich stieß einen zittrigen Seufzer aus, als er meinen Slip zur Seite schob und mit zwei Fingern in mich eintauchte.

»Braves Mädchen. Heute wirst du dich mit meinen Fingern begnügen müssen, damit dein Verlangen nicht vollständig gestillt ist und du mich morgen, wenn du aufwachst, um das eigentliche Vergnügen anflehst. Hast du verstanden?«

Ich schlug die Augen auf und funkelte ihn an. Was bildete dieser Kerl sich ein? Ich hatte keineswegs die Absicht, ihn morgen um irgendetwas anzuflehen, aber wenn hierbei heute Nacht ein Orgasmus für mich heraussprang, wollte ich ihm seine Illusionen gern lassen.

»Wie du meinst, Napoleon. Hauptsache, du sorgst dafür, dass ich auf meine Kosten komme.« Ich fasste seine Hand und schob sie weiter in meinen Slip. Sein dunkles, männliches Lachen bewirkte, dass ein Schwarm Schmetterlinge in meinem Bauch aufstob.

Und dann ging er richtig zur Sache. Er ließ seine Finger in mich gleiten, bewegte sie vor und zurück, wobei er gleichzeitig meinen empfindsamen G-Punkt und meine Klitoris stimulierte. Ich musste widerwillig eingestehen, dass er nicht zu viel versprochen hatte – er *war* gut in allem. Besonders, wenn seine Hände zum Einsatz kamen.

Ich drängte ihm begierig die Hüften entgegen, mein Atem ging flach und keuchend, während ich das wunderbare Gefühl auskostete, von jemand anderem Lust geschenkt zu bekommen.

»Christian. Ich … ich …«

»Kriegst du keinen verständlichen Satz mehr raus?«, raunte er leise lachend an meinem Ohr.

»Ach, leck mich.«

»Nur Geduld, Baby.«

Er drang schneller und tiefer in mich ein, seine Hände waren plötzlich überall, sie eroberten meine Brüste, meinen Nacken, meine Schenkel. Aber er küsste mich nicht und schlief nicht mit mir, genau wie er angekündigt hatte.

Der Höhepunkt überrollte mich in Wellen, heftige Zuckungen erfassten meinen Körper. Ich hielt die Augen geschlossen, konnte Christian nicht ansehen, während er mir solch sinnliches Vergnügen bereitete.

Als ich die Lider schließlich aufschlug, war Christian fort.

Und da waren nur die Feuchtigkeit zwischen meinen Schenkeln und ein ruinierter Slip, in dem noch immer meine Hand steckte.

Es war nur ein erotischer Traum gewesen.

Christian war nie hier gewesen.

»Dein Vater möchte dich sehen.«

Beatrice' Stimme klang brüchig und bedrückt. Was vielleicht verständlich war, nachdem ich sie seit Tagen ignorierte. Ich machte ihr keinen Vorwurf daraus, dass sie nicht in den Gerichtssaal kam. Es klassifizierte mich als Masochistin allererster Güte, dass ich selber es tat. Allerdings verübelte ich ihr ansonsten so ziemlich alles, einschließlich der Tatsache, dass sie mich bis vor ein paar Wochen, als die Bombe in Bezug auf Conrad platzte, kaum zur Kenntnis genommen hatte. Jetzt wünschte sie meine Gesellschaft. Um die Scharte auszuwetzen. Dies war ein klassisches Beispiel für »völlig ungenügend«.

»Kann er mich nicht selbst darum bitten?«, fragte ich, während ich mit dem Handy am Ohr in dem Coffeeshop gegenüber dem Gerichtsgebäude in der Warteschlange stand. Ich trat ungeduldig von einem Fuß auf den anderen und warf einen Blick auf meine Uhr. Der Prozess war für heute beendet, und ich hatte noch nichts im Magen.

»In Anbetracht der Umstände war er sich nicht sicher, wie du reagieren würdest«, erklärte meine Mutter. Obwohl mir bewusst war, dass sie keine Schuld an der Situation traf, konnte ich mich nicht beherrschen, meinen Ärger an ihr auszulassen. Abgesehen davon war sie mitbeteiligt am Scheitern dieser Ehe.

»Darum benutzt er dich als sein Sprachrohr?«

»Dein Vater weiß eben oft nicht, was sich gehört, Arya. Kommst du nun oder nicht?«

Die Schlange löste sich im Schneckentempo auf. Ich brauchte dringend Koffein.

»Bin in dreißig Minuten da. In zwanzig, wenn nicht viel Verkehr ist.« Ich schaltete das Handy aus und steckte es in meine Tasche. Endlich war ich mit Bestellen an der Reihe. »Einen Grande Americano, bitte. Ohne Zucker und Sahne.«

Ich kramte meinen Geldbeutel heraus, als sich eine Hand an meiner Schulter vorbeischob und dem Barista eine schwarze American-Express-Kreditkarte reichte.

»Sie nimmt außerdem den Gemüse-Wrap und die Espressobohnen in Zartbitterschokolade.«

Ich riss empört den Kopf herum. »Was erlaubst du dir?«

»Ich ergänze die Liste mit den von dir zu begleichenden Essensrechnungen um einen weiteren Posten.« Christians spitzbübisches Grinsen fühlte sich an, als würde er mit den Fingerknöcheln über meine Wirbelsäule streichen. »Momentan stehst du mit ungefähr tausendeinhundert Dollar bei mir in der Schuld. Die Restaurants, in denen ich mich in dieser Woche begnügt habe, sind nicht gerade preiswert, und ich lege immer Wert auf eine gute Flasche Wein.«

»Es gibt einen speziellen Ausdruck für die Angewohnheit,

sich jeden Abend allein einen einzugießen.« Ich lächelte honigsüß. »Alkoholismus.«

Sein Grinsen ließ winzige Fältchen in den Augenwinkeln erscheinen. »Keine Sorge. Ich spendiere den Wein stets den Leuten am Nachbartisch. Sehr großzügig von dir, möchte ich hinzufügen.«

Eines musste man ihm lassen – seinem Charme konnte niemand widerstehen. Weder die Geschworenen – egal, ob weiblich oder männlich – noch die Gerichtsreporterin und erst recht nicht seine Assistentin. Was abermals die Frage aufwarf, wieso er hinter mir her war. Sicher, ich war hübsch und beruflich erfolgreich, aber Christian Miller konnte praktisch jede haben. Wozu also Zeit auf eine Frau verschwenden, die ihre gesamte Energie darin investierte, ihn zu hassen?

»Vergiss nicht, dass ich dir nicht einen Penny schulde, falls ich nicht mit dir schlafe. Ach, da fällt mir ein …« Lächelnd wandte ich mich wieder dem Barista hinter der Theke zu. »Ich hätte gern noch Süßkartoffelchips und sämtliche Butterkekse. Und außerdem Geschenkgutscheine für fünfhundert Dollar.«

»Dein Optimismus ist lobenswert.« Christian fuhr sich mit der Zungenspitze über die Oberlippe.

»Deine Wahnvorstellungen sind besorgniserregend«, parierte ich und nickte dem Barista zu, woraufhin dieser Christians Order entgegennahm: ein Kaffee. Ich blieb neben ihm stehen, bis mein Americano fertig war. »Na, in welchem Restaurant werden wir heute Abend *nicht* zusammen speisen?«, erkundigte ich mich in liebenswürdigem Tonfall.

»Gut, dass du fragst. Heute Abend werde ich im *Sant Ambroeus* auf dich warten. Das ist ein Italiener im West Village. Es heißt, die Spaghetti Cacio e Pepe seien zum Niederknien.«

»Was du nicht sagst.«

Er grinste, und ich fühlte mich wie ein kleines Kind, das von einem Erwachsenen belächelt wird.

»Hör auf zu grinsen«, befahl ich. »Davon bekomme ich schlechte Laune.«

»Ich kann einfach nicht anders. Deine Angst, zu verlieren, ist einfach zu niedlich.«

»Ich bin nicht niedlich«, fauchte ich. Das Gegenteil war der Fall. Ich war eine skrupellose Karrierefrau und noch einiges mehr.

»Doch, das bist du.« Er klang fast bedauernd. »Das war so nicht vorgesehen.«

Ein anderer Mitarbeiter rief meinen Namen, ich ging zu ihm und nahm meine Bestellung in Empfang.

»Ich will nur eine Stunde mit dir, mehr verlange ich nicht«, rief Christian mir ins Gedächtnis. »Dieses Mal werde ich den 1995er Château Lafite Rothschild ordern. Der Preis pro Flasche beträgt achthundert Dollar. Du hast doch nichts dagegen?«

Ich drehte mich um und stürmte in meinen Jimmy Choos davon, während ich gleichzeitig auf meinem Handy einen Uber-Wagen bestellte.

Was für ein Widerling.

»Ich will, dass Brand Brigade mich wieder als Klienten aufnimmt. Und zwar als Privatperson, nicht als Angehörigen eines Unternehmens.«

Mein Dad saß in seinem braunen Ledersessel vor dem knisternden Kaminfeuer. In seinem Arbeitszimmer herrschte wüstes Durcheinander. Überall lagen Akten herum, inklusive derer, die ich neulich durchforstet hatte. Er konnte sich also denken, dass ich von seiner Affäre mit Ruslana wusste. Nicht dass das noch relevant gewesen wäre. Er schien es längst nicht mehr für nötig zu befinden, sich irgendwem gegenüber zu rechtfertigen.

»Warum sollten wir das tun?«, fragte ich in abweisendem Ton.

Conrad, der in den vergangenen Wochen mindestens fünf Kilo abgenommen hatte, blinzelte mich an, als wäre ich schwer von Begriff. »Weil ich dein Vater bin, Arya.«

»Ein Vater, der meine Anrufe nicht annimmt und sich seit einer ganzen Weile weigert, mich zu sehen«, hielt ich dagegen. Meine Mutter kam mit einem Tablett ins Zimmer gehuscht und stellte, ohne ihren Mann eines Blickes zu würdigen, eine Tasse Tee und einen Teller mit Gebäck vor mich hin. Wir sahen uns derzeit öfter als seit Jahren, trotzdem hatte ich sie nie gefragt, wie *sie* mit dem Skandal zurechtkam. Mich packte das schlechte Gewissen.

»Entschuldige die Störung. Aber ich dachte, du könntest eine kleine Stärkung vertragen. Zuckerplätzchen isst du doch am liebsten, oder?«

Eigentlich stand ich mehr auf Schokokekse, doch das war jetzt kleinkariert und ohne Belang. Ich rang mir ein Lächeln ab. »Danke, Mutter.«

Ich wartete, bis sie die Tür hinter sich geschlossen hatte, bevor ich mich wieder meinem Vater zuwandte. »Wo waren wir stehen geblieben?«

Er rieb sich über die Wange und seufzte theatralisch. »Wie hätte ich deiner Meinung nach denn reagieren sollen? Du bist mein Ein und Alles. Niemand will von den Menschen, die er liebt, mit heruntergelassener Hose erwischt werden.«

»Also hast du gelogen«, folgerte ich tonlos.

»Ja und nein. Ich hatte Liebesabenteuer. Jede Menge sogar. Ich bin nicht stolz auf mein Fremdgehen, aber ich habe nie eine Frau belästigt.«

»Dein Dickpic erzählt eine andere Geschichte.« Wenn auch nicht so wortreich.

Er rutschte unruhig auf seinem Stuhl hin und her. »Dieses Foto entstand in einer dunklen Phase meines Lebens und war im Übrigen nur eine Erwiderung meinerseits. Ich bin kein Wüstling.«

»Das muss die Jury entscheiden, nicht ich.« Ich schlug die Beine übereinander und umfasste mein Knie mit den Händen. »Und solange das Urteil nicht feststeht, kann ich meine Firma nicht guten Gewissens mit deinem Namen in Zusammenhang bringen. Vor allem, nachdem du uns kurz vor Prozessbeginn ohne Vorwarnung hast fallen lassen.«

»Das war lediglich zu deinem Schutz!« Conrad schlug mit solcher Wucht auf den Tisch, dass es nur so schepperte.

Ich schüttelte den Kopf. »Du hast uns ausgebootet, um eine Agentur mit größerem Renommee und Einfluss zu engagieren. Aber keine hat dich angenommen, stimmt's? Weil niemand sich die Finger verbrennen wollte.«

Er beugte sich vor, kam dichter an mich heran; eine Ader klopfte an seiner Schläfe. »Du hältst das alles für ein Spiel? Ich könnte jeden Penny verlieren, den ich besitze, Arya. Und du dein Erbe. Dann wärst du *arm*.«

Das letzte Wort troff vor Verachtung.

»Ich werde niemals arm sein, weil ich für mich selbst sorge. Und sollte mein Erbe draufgehen – wer wäre daran wohl schuld?«

»Diese verdammten Frauen!« Er sprang von seinem Stuhl auf und fuhrwerkte frustriert mit den Armen in der Luft herum. »Selbstverständlich wäre es ihre Schuld! Was glaubst du, warum sie sich erst jetzt melden? Sie haben sich einfach an Amanda Gispens Klage drangehängt.«

»Sie hatten Angst, dass du ihr Leben ruinieren würdest.«

Ich erhob mich nun ebenfalls und bleckte die Zähne. »So, wie du es mit Ruslana und Nicky gemacht hast. Was ist aus ihnen geworden? Sag es mir.«

Mein Vater starrte mich mit angewiderter Miene an. Ich hätte mir niemals träumen lassen, je einen solch hasserfüllten Ausdruck auf seinem Gesicht zu sehen. Wo war der Mann abgeblieben, der früher meine Wehwehchen geküsst und mir Gutenachtgeschichten vorgelesen hatte? Wie konnte ich ihn zurückholen? Und die wichtigste Frage überhaupt: Hatte er je existiert?

»Denkst du, eine gütliche Einigung wäre noch immer möglich?«, wechselte er abrupt das Thema.

»Woher soll ich das wissen?«

»Dieser Christian Miller scheint sehr von dir angetan zu sein.«

»Ach ja?«, entgegnete ich, um mir Zeit zu verschaffen. Allein die Erwähnung seines Namens ließ mein Herz höher schlagen.

»Ich sehe doch, wie er dich anschmachtet. Und er versucht noch nicht mal, es zu verbergen. Horch ihn für mich aus.«

Ich musste mich zusammenreißen, um nicht irgendetwas gegen die Wand zu pfeffern. »Miller wird sich nicht beeinflussen lassen. Er will deinen Kopf auf einem Silbertablett.«

»Aber noch viel lieber will er mit dir ins Bett.«

Er sah mich an und forderte mit den Augen etwas von mir, das sein Mund nicht laut zu artikulieren wagte. Ich verspürte Brechreiz, mir kam alles hoch. Der letzte Rest Liebe, den ich noch für ihn empfand, die guten Erinnerungen und auch die schlechten, das fragile Band der Loyalität zwischen uns. Denn ein Mann, der es fertigbrachte, seine eigene Tochter um so etwas zu bitten, war noch zu viel Schlimmerem fähig. Conrad hatte sich soeben selbst entlarvt.

»Das ist wirklich ein starkes Stück. Ich sollte jetzt besser gehen.«

»Wenn du mir nicht hilfst«, zischte er und stieß den Arm nach vorn, um mich aufzuhalten, zog ihn dann aber wieder zurück, ehe ich seine Hand wegschlagen konnte, »bist du für mich gestorben, Arya. Das ist deine Chance – wohlgemerkt deine einzige Chance –, dich dafür erkenntlich zu zeigen, dass ich mich um dich gekümmert habe, als deine Mutter sich einen Dreck um dich geschert hat. Ich muss wissen, ob ich auf dich zählen kann oder nicht.«

Wir standen uns gegenüber und fixierten einander. Ich schloss die Augen, holte tief Luft und öffnete den Mund.

»Zuerst verlange ich eine ehrliche Antwort. Hast du es getan?« Er wusste, was ich meinte. »Ja oder nein?«

Es folgte Schweigen. Die Wahrheit hing zwischen uns in der Luft, schwebte wie ein Damoklesschwert über unseren Köpfen. Sie hatte einen Geschmack, einen Geruch, einen Puls. Ich wusste auch ohne sein Schuldeingeständnis Bescheid. Weswegen er sich gar nicht erst die Mühe machte, mich anzulügen.

»Ja.«

Das Wort hallte in meinen Ohren wider. Ich presste die Lippen zusammen und schluckte die Tränen hinunter. Dann drehte ich mich auf dem Absatz um und stürzte aus der Wohnung. Meine Mutter lief mir hinterher. Sie hatte sich im Flur herumgedrückt, wahrscheinlich, um zu lauschen.

»Arya! Warte!«

Aber ich achtete nicht auf sie, sondern sprintete die Treppe hinunter, bevor ich erst zwei Etagen tiefer den Aufzug rief, um sicherzugehen, dass niemand mich aufhalten würde. Im Fahrstuhl realisierte ich, dass ich Conrad nicht mal mehr in Gedanken als meinen Vater bezeichnete. Er war jetzt nur noch der

Mann, der in den Abgrund gestürzt war und seine Familie mit in die Tiefe gerissen hatte.

Als ich ausstieg, überkam mich das Bedürfnis, die Straße zu überqueren und zum Friedhof zu gehen. Um Aaron zu besuchen und meinen Kummer bei ihm abzuladen.

Aber ich wollte nicht mit ihm reden.

Zum ersten Mal seit langer Zeit sehnte ich mich nach einem Gesprächspartner, von dem ich eine Antwort bekäme.

»Tut mir leid, Bruderherz.« Ich rannte am Friedhof vorbei und sprang in ein Taxi.

Ein Blick auf die Uhr zeigte mir, dass ich es mit ein bisschen Glück noch rechtzeitig schaffen würde.

Ich erspähte ihn durch das Fenster des Restaurants. Christian saß kerzengerade in einer der mit rot gepolsterten Stühlen bestückten Nischen, vor ihm mehrere unberührte Teller. Er tippte auf seinem Laptop, dabei ignorierte er mit stoischer Miene die neugierigen Blicke, die ihm einige der anderen Gäste zuwarfen. Mein Herzschlag beschleunigte sich. Ich wischte mir die Tränen, die ich unterwegs vergossen hatte, von den Wangen und reichte der Taxifahrerin meine Kreditkarte.

»Wie sehe ich aus?«, fragte ich.

Die Frau mittleren Alters begutachtete mich im Rückspiegel. »Schätzen Sie ehrliche Antworten?«

Im Allgemeinen schon, aber jetzt bin ich nicht ganz sicher.

»Ziemlich lädiert. Nehmen Sie's mir nicht übel.«

»Tu ich nicht.«

»Aber Sie haben ein hübsches Gesicht und eine gute Figur. Hauen Sie ihn vom Hocker, Herzchen.«

Ich prägte mir ihre aufmunternden Worte ein und schoss wie ein Blitz aus dem Taxi.

Es war fünf vor neun und somit gerade noch früh genug. Ich

trat durch die Tür und informierte den Oberkellner, dass ich erwartet wurde, dann eilte ich durch das Labyrinth aus Nischen. Ein unerklärliches Gefühl der Zuneigung überschwemmte mich, als Christian von seinem Monitor aufblickte und ihm vor Überraschung eine jungenhafte Röte ins Gesicht stieg.

Er klappte den Laptop zu, lehnte sich zurück und genoss augenscheinlich den Anblick, den ich bot. Anstatt mich sofort zu setzen, blieb ich vor ihm stehen. Atemlos, mit derangierten Haaren und dem dringenden Bedürfnis, diesen Tag abzuhaken.

»Sollten wir uns überhaupt zusammen sehen lassen?«, konfrontierte ich ihn, um die dringlichste Frage gleich vorab zu klären.

»Hier kennt uns niemand. So oder so ist es nicht weiter schlimm, wenn wir uns hin und wieder – ohne zu flirten oder uns zu berühren – zusammen in der Öffentlichkeit zeigen. Die Leute werden folgern, dass du in den Fall eingebunden bist und mich dazu bewegen willst, meine Mandantinnen zu einer gütlichen Einigung zu überreden. Wir dürfen uns nur nicht beim Knutschen erwischen lassen.«

»Wir werden nicht *knutschen*«, beschied ich ihn knapp.

»Ist alles okay?«, erkundigte er sich ohne eine Spur Sarkasmus in der Stimme.

»Wieso denn nicht?«, lautete meine kratzbürstige Antwort. Ich konnte ihm schlecht von meinem Gespräch mit meinem Vater erzählen, obwohl ich eigentlich genau deshalb hergekommen war.

»Na ja, weil du hier bist.« Christian stand auf und rückte mir einen Stuhl zurecht. Ich setzte mich. Er legte mir die Hände auf die Schultern, und mein ganzer Körper erwachte zum Leben. Ich spürte die Wärme seiner Haut durch meine Kleidung. Auf einmal fühlte ich mich nicht mehr wie eine Verräterin, wie ein gefallenes Mädchen, nur weil ich mit ihm zusammen sein wollte. Mein Vater war ein Ungeheuer, das bestraft gehörte. Christian hatte recht. Ihn traf keine Schuld an Conrad Roths Niedergang.

Er setzte sich mir gegenüber, in seinen funkelnden, eisblauen Augen ein Ausdruck, den ich als pure Freude, gepaart mit Überraschung und leiser Aufregung, identifizierte. »Was hat dich deine Meinung ändern lassen?«

»Ist das wichtig?«, schnaubte ich und spürte, wie mir erneut die Tränen kamen.

»Ja.« Er griff nach meinem Glas und schenkte mir Wein ein. Die Flasche sah teuer aus. *Ich wäre gut beraten, nicht mit diesem Mann zu schlafen.* »Für mich schon.«

»Warum?«

»Weil ich dich nicht rumkriegen werde, solange du glaubst, dass ich deinem Vater unrecht tue. Deshalb will ich wissen, ob du inzwischen zur Einsicht gekommen bist.«

Seine Worte brachten mich auf den Boden der Tatsachen zurück. Natürlich sah er in mir nicht mehr als eine potenzielle Eroberung. Eine Trophäe. Eine Belohnung dafür, dass er in diesem Prozess siegte. Etwas, das er meinem Vater wegnehmen konnte. Ich faltete meine Serviette auseinander, breitete sie über meinen Schoß, nahm eine Gabel und versenkte sie in einer Portion Nudeln. Ich war überwältigt von meinen Gefühlen und mir der Intensität seines Blicks derart bewusst, dass ich bisher noch gar nicht von den Speisen auf dem Tisch gekostet hatte.

»Ich bin hier, weil ich eine Atempause und eine anständige Mahlzeit brauchte. Mehr steckt nicht dahinter.« Meine Stimme klang ruhig, aber ich konnte ihm nicht in die Augen schauen.

»Und ich bin wegen des Essens hier«, erwiderte er mit ausdruckslosem Gesicht.

»Es schmeckt köstlich«, bekannte ich und tat, als würde ich die Speisekarte überfliegen, bevor ich sie wieder zuklappte und weglegte. Noch immer spürte ich seinen Blick auf mir. »Warum bist du Anwalt geworden?«, fragte ich aus heiterem Himmel.

»Was?« Seine Brauen gingen in die Höhe.

»Wieso hast du dir von allen Berufen auf der Welt ausgerechnet diesen ausgesucht? Du bist intelligent und gewitzt. Du hättest alles werden können.«

Ich rechnete mit einem ironischen Konter, einem Themawechsel oder einer nichtssagenden Floskel. Stattdessen ließ er sich meine Frage gründlich durch den Kopf gehen, ehe er darauf antwortete. »In meiner Jugend wurde mir übel mitgespielt. Ich schätze, ich wollte einfach sicherstellen, dass ich nie wieder zum Opfer würde. Nur wer seine Rechte kennt, weiß sich zu schützen. Ich kannte die meinen nicht immer.«

Ich schluckte. »Das leuchtet ein.«

»Und du?«, fragte er, bevor ich nachbohren konnte, was ihm widerfahren war. »Warum Public Relations?«

»Weil ich gern Menschen helfe und mir übel wird, wenn ich Blut sehe. Es gab nur die Wahl zwischen PR und Medizin.«

Das entlockte ihm ein Lachen. »Du hast die richtige getroffen. Ich kann mir lebhaft vorstellen, wie du deine Patienten unwirsch aufforderst, nicht so melodramatisch zu sein.«

Jetzt musste auch ich lachen. Er klang, als würde er mich in- und auswendig kennen. Aber wie sollte das möglich sein?

Es gab noch vieles, das wir beide über den jeweils anderen wissen wollten, trotzdem beschränkten wir uns den restlichen Abend auf ein Thema, das kein Konfliktpotenzial bot. Und so entspann sich eine angeregte Unterhaltung über Kulinarik.

Er erklärte mir in allen Einzelheiten jedes Gericht, das er bestellt hatte. Als er zum Ende kam, betrachtete ich ihn mit geschürzten Lippen und gelangte zu dem Schluss, dass ich diesen Mann von früher kannte. Vielleicht nur eine flüchtige Begegnung in einer Bar, auf einer College-Party oder bei einer Wohltätigkeitsveranstaltung, trotzdem war ich mir fast sicher.

»Habe ich dich in meinen Bann gezogen?« Wieder knipste er sein freches Grinsen an.

Ich zuckte mit den Achseln und trank einen Schluck Wein. »Ich finde es einfach nur süß.«

»Wovon sprichst du?«

»Davon, wie versessen du darauf bist, unsere Wette zu gewinnen.«

Christian stieß mit mir an. »Eins solltest du über mich wissen, Arya. Ich verliere niemals eine Wette.«

21. KAPITEL

Christian

Heute

Sie war hier.

In meinem Revier, meinem Territorium, meinen *Klauen*.

Arya hatte endlich angebissen, ob das nun ihrem Vater zu verdanken war oder dem Geheimnis, das mich umgab. Sie sah erschöpft aus. Unter ihrer Bluse zeichneten sich die Rippen ab, ihr Blick hatte etwas Gehetztes. Aber das machte nichts, ich begehrte sie nichtsdestoweniger. Zumindest daran hatte sich nichts geändert.

Das Abendessen verlief in angenehmer Atmosphäre, obwohl ich ihr anmerkte, dass sie mit ihren Gedanken woanders war. Ich tippte darauf, dass ihr feiner Herr Vater inzwischen gestanden hatte und Arya nun der unerfreulichen Wahrheit ins Auge schauen musste. Nachdem ich bezahlt hatte (was würde befriedigender sein: Sie einen Scheck für all die Essensrechnungen, die ich ausgelegt hatte, unterschreiben zu sehen oder mich in ihrem Körper zu verlieren?), schlug ich einen Spaziergang vor.

»Ich könnte ein bisschen Bewegung vertragen«, bekannte sie. Überraschenderweise war von ihrer gewohnten Trotzhaltung nichts mehr zu spüren. Wir schlenderten die belebte Greenwich Avenue entlang, wo es von Menschen und Hunden nur so wimmelte. So surreal es auch anmutete, wieder mit

Arya in New York vereint zu sein, konnte ich nicht umhin, jede Sekunde zu genießen. Wie oft hatte ich als Teenager davon geträumt, mit ihr die Stadt unsicher zu machen. Ich hatte mir vorgestellt, jemand anderes zu sein. Vielleicht der Sohn eines Chirurgen und einer Kinderpsychologin, der Conrad Roths kostbare Tochter zu einem Eis einlud. Und die väterliche Erlaubnis dazu erhielt.

»Mein Dad würde gern wissen, ob deine Mandantinnen eventuell doch noch zu einer Einigung bereit wären.« Arya, deren Wangen nach dem Essen und dem Wein eine gesunde Röte zeigten, schlang die Arme um ihren Körper.

Sieh einer an. Das war also der Grund für ihr Kommen. Ein grimmiges Lächeln glitt über mein Gesicht. »Wir waren vor der Verhandlung nicht bereit dazu. Wenn dieses Ansinnen also nicht absurd ist, dann weiß ich auch nicht. Des Weiteren wäre ich deinem Vater verbunden, wenn er nächstes Mal über seine Anwälte mit mir kommuniziert.«

Sie verzog das Gesicht.

Ich stupste sie unterm Gehen mit der Schulter an. »Hey. Lass uns jetzt nicht über den Fall reden.«

Es entstand eine kurze Pause, bevor sie mich lächelnd aufforderte: »Erzähl mir von deiner Kindheit. Ich versuche noch immer dahinterzukommen, woher ich dich kenne.«

Das war das perfekte Stichwort für mich, die Karten auf den Tisch zu legen. Doch da ich kein totaler Schwachkopf war, ließ ich die Gelegenheit verstreichen. Was mir neuerlich in Erinnerung rief, dass eine Romanze mit ihr ausgeschlossen war. Indem ich ihr meine wahre Identität vorenthielt, hinterging ich sie auf schändlichste Weise.

»Ich bin in New York aufgewachsen und habe ab meinem vierzehnten Lebensjahr eine Privatschule besucht. Mit meinen Eltern kam ich nicht gut aus.«

»Was machen sie beruflich?«

»Mein Vater ist Inhaber eines Feinkostladens, meine Mutter war bis vor einigen Jahren Managerin einer Immobilie.«

Genau genommen war das nicht gelogen. Wenngleich mein Erzeuger sein Geschäft auf einem anderen Kontinent betrieb und meine Mutter die Immobilie der Roths als Haushälterin gemanagt hatte.

»Habe ich schon mal von dieser Privatschule gehört?«

»Hast du.«

»Hat sie einen Namen?«

»Hat sie.«

»Aber du wirst ihn mir nicht verraten.« Sie funkelte mich herausfordernd an. »Du bist wirklich unmöglich.«

»Genau das gefällt dir an mir.«

»Wie hast du es nach Harvard geschafft, nachdem zwischen dir und deinen Eltern offenbar Funkstille herrscht? Erzähl mir nicht, dass du ein Vollstipendium bekommen hast. Das ist so gut wie ausgeschlossen. Besonders bei deinem finanziellen Background.«

Sie dachte noch immer, dass ich aus reichem Hause stammte. Ich ließ sie in dem Glauben, während ich gleichzeitig überlegte, wie viel ich preisgeben sollte. Riggs und Arsène waren die Einzigen, die meine Geschichte kannten. Letzten Endes gelangte ich zu dem Schluss, dass es eigentlich keinen Unterschied machte.

»Versprichst du, nicht über mich zu urteilen?«

»Das kann ich leider nicht versprechen, Herr Anwalt. Aber normalerweise maße ich mir kein Urteil über andere an.«

Ich stopfte die Hände in die Hosentaschen. »Ich hatte sozusagen eine ... *Sponsorin*.«

»Puh, ich dachte schon, du würdest dich zu einem Mord bekennen.« Sie tat so, als wischte sie sich den Schweiß von der

Stirn. »Was genau meinst du mit Sponsorin? Ist das ein Ersatzwort für eine Sugar Mama? Oder nennt man das heutzutage eine Gönnerin mit gewissen Vorzügen?«

»Ich bin nicht sicher, wie der Fachbegriff dafür lautet, jedenfalls hat sie mir mein Jurastudium finanziert. Ich konnte mir noch nicht mal das Zugticket nach Boston leisten.«

»Warte, sie hat einen sechsstelligen Betrag springen lassen, um für deine Ausbildung zu bezahlen?«, staunte sie. »Bist du tatsächlich *so* gut im Bett?«

Ich spürte mein Lachen in jeder Zelle. Es war das erste Mal seit fast zwanzig Jahren, dass ich von Herzen lachen musste. Mein Körper war daran nicht mehr gewöhnt.

»Die Antwort ist Ja, ich bin tatsächlich so gut im Bett. Im Übrigen musst du nicht gleich an was Schmutziges denken. Mrs Gudinski hatte die Fünfzig schon weit überschritten, als ich die Highschool beendete. Sie litt an Einsamkeit, und ich war ein Junge, auf den Verlass war.«

»Klingt nach dem Skript für einen Porno.«

Ich stieß sie erneut mit der Schulter an, und wir lachten beide.

»Sie hatte Pferde. Ziemlich teure sogar. Sie hat häufig nach ihnen gesehen, ist aber nie selbst geritten. Ihr verstorbener Ehemann war Amateurreiter gewesen. Sie behielt die Tiere zum Andenken an ihn, hatte ansonsten aber kein gesteigertes Interesse an ihnen. Mrs Gudinski hatte zu viel Geld und niemanden, für den sie es ausgeben konnte. Sie war auf der Suche nach jemandem, der ihr Gesellschaft leistete, sie an den Wochenenden besuchte und sich um sie kümmerte.«

»Und dieser Jemand warst du?« Sie lupfte skeptisch die Brauen.

Ich simulierte eine gekränkte Miene. »Ich und meine beiden engsten Freunde, die ich mit ins Boot holte. Wir wurden eine große, verkorkste Familie.«

»Hmm.«

»Was heißt hier ›hmm‹? Sag mir, was du denkst.«

»Du wirkst auf mich nicht wie ein fürsorglicher Mensch.«

»Warum nicht?«

»Zunächst einmal, weil du nur eines von mir willst: mich ins Bett kriegen. Warst du schon immer ein Beziehungsphobiker?«

Ihre Reaktion löste dieses flaue Gefühl in meiner Magengegend aus, das man spürt, wenn man mit knapper Not einem verheerenden Autounfall entgangen ist.

»Das eine hat mit dem anderen nichts zu tun. Ich will nichts Festes mit dir, weil ich es mir nicht *erlauben* kann, mit dir zusammen zu sein. Mich mit der Tochter eines Mannes einzulassen, bei dessen Gerichtsprozess ich die Gegenseite vertrete, insbesondere in einem Fall wie diesem, ist nicht förderlich für die Karriere.«

»Klingt nach fauler Ausrede«, bemerkte sie mit blitzenden Augen, während wir unsere Schritte beschleunigten, um warm zu werden.

»Nein, es klingt nach einer pragmatischen Geschäftsentscheidung. Die auch in deinem Sinn sein dürfte. Stell dir vor, wir würden auffliegen. Unsere Beziehung wäre zum Scheitern verurteilt. Was nicht heißt, dass ich etwas dagegen hätte, mich zu binden, sobald ich die Richtige gefunden habe.«

»Du weißt wirklich, wie man einer Frau das Gefühl gibt, etwas Besonderes zu sein.«

Ich lachte.

»Hast du noch Kontakt zu ihr? Deiner Sugar Mama?« Arya verschränkte die Arme eng um den Leib, um sich gegen die Kälte zu schützen.

»Ja«, bestätigte ich. »Was ist mit dir?«

»Ich kenne sie zwar nicht, aber ich könnte sie ja mal anrufen?« Sie machte einen auf begriffsstutzig. Wieder musste ich lachen. Verdammt. Ein Heiterkeitsausbruch jagte den nächsten.

»Wie warst du als Teenager?«, formulierte ich meine Frage um.

»Rebellisch. Furchtsam. Eine Leseratte.«

Um meine Mundwinkel zuckte ein wissendes Lächeln. Ich erinnerte mich noch gut daran, wie sie in den Sommerferien jeden Tag mindestens ein Buch verschlang, so als würden die Worte verblassen, wenn sie sie nicht schnell genug in sich aufsog.

»Eine Leseratte«, echote ich und tat überrascht. »Was ist dein Lieblingsbuch?«

Abbitte.

»*Abbitte.* Mein absoluter Favorit. Mit vierzehn habe ich eine Ausgabe aus der Stadtbücherei mitgehen lassen. Wegen der pikanten Stellen hätten meine Eltern mir niemals erlaubt, es zu kaufen. Tragischerweise ist der Roman total unterbewertet. Hast du ihn gelesen?«

»Leider nein.« Ich schüttelte den Kopf. Schon aus Prinzip hätte ich mir dieses Buch, das mein Schicksal besiegelt hatte, nicht angetan. Denn wenn ich Arya damals nicht geküsst … ihrem Drängen nicht nachgegeben hätte …

Dann was? Du hättest weiter im Armenviertel gewohnt, mit einer Mutter, die dich nicht liebte, voller Sehnsucht nach einem Mädchen, das niemals dir gehören konnte, und wärst auf dem besten Weg in eine kriminelle Karriere gewesen.

Ich wusste, dass die Dinge für mich viel schlimmer hätten kommen können, wäre ich in Hunts Point geblieben und hätte weiter die miese Schule dort besucht. Mal angenommen, unser erster Kuss wäre unbemerkt geblieben, dann hätte man uns eben beim zweiten, dritten oder vierten erwischt. Und selbst wenn niemand etwas von unseren hypothetischen Küssen mitbekommen hätte, hätte ich nie eine reelle Chance bei ihr gehabt. Ich wäre dazu verdammt gewesen, vom Spielfeldrand aus zuzusehen, wie Arya sich in jemanden verliebte, mit dem sie offiziell zusammen sein durfte. Einen Jungen namens Will, Richard oder Theodore, der seit seinem zehnten Lebensjahr mit einem eigenen Fahrer, einem Diener sowie einem College-Berater ausgestattet war.

»Das solltest du unbedingt nachholen.«

»Leih mir dein Exemplar.«

Sie kräuselte die Nase. »Ich verleihe meine Lieblingsbücher grundsätzlich nicht.«

»Grundsätze sind dazu da, dass man sie missachtet.«

»Interessante Aussage aus dem Mund eines *Anwalts*.«

Wir blieben vor der Jefferson Market Library stehen. Die Turmuhr zeigte fünf Minuten vor Mitternacht an. Nicht zu fassen, wie viele Stunden wir plaudernd durch die Straßen flaniert waren. Fast schien es, als hätte es die letzten zwanzig Jahre nie gegeben.

Nur traf das nicht zu.

Sie waren allgegenwärtig, voller Kälte und Einsamkeit, verpassten Gelegenheiten und erlittenem Unrecht.

»Warum bist du wirklich gekommen, Arya?« Mein Ton war rau und spröde wie die Schuppen eines Seeungeheuers. »Und bitte erspare mir diesen Unsinn von wegen anständige Mahlzeit.«

Sie befeuchtete ihre Lippen und blickte zu Boden.

»Um dir zu sagen, dass ich den Prozess nicht weiter live verfolgen werde. Heute war das letzte Mal. Ich bin es leid, mich selbst für Conrads Vergehen zu bestrafen. Es ist mir unerträglich, mit anzuhören, was diese Frauen durchgemacht haben.«

»Dann hältst du ihn also für schuldig?« Ich wollte, dass sie es laut aussprach, sich von dem Mann distanzierte, dem sie den

Vorzug vor mir gegeben hatte. Wir standen so dicht beieinander, dass kaum ein Blatt Papier zwischen uns gepasst hätte.

»Ja, das tue ich«, gestand sie leise.

Ich nahm ihr Kinn zwischen Daumen und Zeigefinger. Ihre Wimpern flatterten, ihre tränenfeuchten Augen glitzerten wie Diamanten. Früher hatte ich sie als *schlammfarben* bezeichnet. In Wirklichkeit waren sie von einem samtigen Moosgrün, in dem man sich stundenlang verlieren konnte. Sie hielt meinem Blick unverwandt stand.

Mein Prinzesschen.

Hinter ihr schlug die Turmuhr Mitternacht.

»Geisterstunde.« Sie schloss die Lider, zwei Tränen kullerten ihre Wangen hinunter. »In Büchern geschehen um diese Uhrzeit eigentümliche Dinge.«

Ich umfasste ihren Nacken und zog sie zu mir heran, nahm ihren Duft in mich auf. »In der Realität auch.«

Und so kam es, dass ich zwei Jahrzehnte später Nicholai Ivanovs Fehler wiederholte, indem ich Arya Roth einen Kuss stahl. Mir war bewusst, dass meine ganze Welt aus den Angeln gehoben werden konnte, doch das war mir die Sache wert.

Ich fuhr mit den Händen in ihre Mähne und zog sacht daran, wie ich es mir schon seit so vielen Jahren erträumte. Heftiges Verlangen stieg in mir auf. Ich wollte diese Frau besitzen und nichts von ihr übrig lassen für die Männer, die nach mir kommen würden. Sie öffnete begierig ihre Lippen, unsere Zungen tanzten umeinander, bis sich ihr ein leises Stöhnen entrang. Ich knabberte und leckte an ihrer Unterlippe, küsste sie wilder und fordernder, dabei grub ich die Finger in ihre Hüfte und presste ihren Körper an meinen. Ich bekam nicht genug von ihr, realisierte ich mit einem Anflug von Panik. Es gab nur eine Arya auf der Welt, nur diese eine Chance, sie zu besitzen. Ich löste mich von ihrem Mund und strich ihr eine

Locke aus der Stirn. Hunger stand ihr in den Augen. Nach guten Dingen und nach schlechten. Ganz Arya.

»Komm mit mir nach Hause.«

Verflixt. Das hatte mehr nach einem Befehl als einer Bitte geklungen. Ihre Leidenschaft verflog schlagartig, sie erstarrte in meinen Armen und kehrte ins Hier und Jetzt zurück.

Sie stemmte die Hand gegen meine Brust. »Ich werde nicht mit dir schlafen, Christian.«

»Ist es wegen der Wette? Scheiß auf die Wette.« Ich biss so fest die Zähne aufeinander, als wollte ich sie zu Staub zermalmen. Meine Verzweiflung machte mich rasend. Ich hatte im Laufe der Jahre mit Dutzenden Frauen Sex gehabt und dabei immer die Kontrolle behalten. Über das Narrativ, die Rhetorik, das Kleingedruckte, die Situation an sich.

»Nein, es ist nicht wegen der Wette. Aber wie du ganz richtig gesagt hast, verbietet sich eine Beziehung zwischen uns, und ich halte es für keine gute Idee, das hier zu forcieren. Dafür bin ich momentan zu …«

»Verletzlich?«

»*Verwirrt*«, korrigierte sie mit fester Stimme. »Ich mache gerade eine schwere Zeit durch. Solltest du also auf mehr als eine Freundschaft aus sein, bleib lieber weg. Ich wage mich nicht auf verbotenes Terrain.«

Das haben wir schon getan, als ich noch arm wie eine Kirchenmaus war und du mich dazu aufgefordert hast, in eurer Bibliothek besagte Kussszene nachzustellen. Damals hat es dir gefallen. Aber da wolltest du mich ja auch zugrunde richten.

»Du wirst deine Meinung ändern«, prophezeite ich mit mehr Zuversicht, als ich verspürte.

»Wieso sagst du das?«

»Weil wir gut zusammenpassen. Die Chemie stimmt. Es ist nur folgerichtig. Nichts ist reizvoller als etwas, das keine Zukunft hat, wusstest du das nicht? Das mit uns …«, ich schwenkte den Zeigefinger zwischen uns hin und her, »… wird im Sande verlaufen, wenn wir unsere Bedürfnisse nicht ausleben. Du wünschst dir eine Freundschaft? Bekommst du. Aber du wirst mehr wollen, das garantiere ich dir.«

»Uff.« Sie barg mit einem leisen Lachen den Kopf an meiner Schulter. »Ich bin zu alt für das hier.«

»Das hier?« Ich legte die Hand auf ihren unteren Rücken und inhalierte gierig und in dem Wissen, dass der Abschied nahte, ihren Duft.

»Ja. Es war leichter, dich zu hassen, als ich dich überhaupt nicht kannte.«

»Du hast mich immer gekannt«, murmelte ich mit den Lippen an ihrem Scheitel.

»Ganz ehrlich? Ich glaube, du hast recht. In deiner Gegenwart empfinde ich inneren Frieden.«

Ich lächelte grimmig.

Sie hatte ja keine Ahnung.

Als ich am nächsten Morgen im Gerichtssaal eintraf, spürte ich Enttäuschung, vermischt mit Erleichterung. Arya war nicht da, was bedeutete, dass ich mich ausnahmsweise einmal auf meine Arbeit konzentrieren konnte, ohne von meinem halbsteifen Schwanz und der Frage abgelenkt zu werden, was Arya gerade durch den Kopf gehen mochte. Andererseits schmerzte es mich, ihrer Gegenwart beraubt zu sein, sie nicht wenige Schritte von mir entfernt zu wissen.

Darum rief ich sie an, kaum dass ich zurück in meinem Büro war, um einigen Papierkram zu erledigen.

»Woher hast du meine Nummer?«, fragte sie, dabei hörte ich, wie sie auf einer Tastatur herumklapperte.

»Du hast mir deine Visitenkarte gegeben, erinnerst du dich?«

»Ja. Und ich erinnere mich auch, dass du sie weggeworfen hast.«

»Ich bin eben ein Mann mit grenzenlosen Fähigkeiten.«

Damit überließ ich es ihr, zu vermuten, dass ich meine Sekretärin gebeten hatte, die Nummer für mich im Branchenverzeichnis nachzuschlagen.

»Du meinst grenzenlosen Bockmist.«

»Was hältst du von einem Hotdog an dem Stand vor der Stadtbibliothek? Ich möchte ein Buch ausleihen. Würde dir halb acht passen?«

»Erstens schließt die Bibliothek um fünf. Zweitens würde es mir nicht passen.« Ihre Finger hielten für einen Moment inne, bevor sie weitertippten. War ich der Einzige von uns beiden, der unseren Kuss nicht vergessen konnte? Anscheinend schon. Arya klang, als wäre sie mit ihren Gedanken ganz woanders. »Leider kann ich nicht. Ich habe etwas zu erledigen.«

»Soll ich mitkommen?«

Warum bietest du ihr nicht einfach deine Eier an, Christian? Mit deinem Apartment als Zugabe.

Wenn das meine Reaktion auf diesen einen Kuss war, sollte ich definitiv die Finger von dieser Frau lassen.

»Ich bin nicht sicher, ob du mir dort wirklich Gesellschaft leisten möchtest.«

»Was hast du vor?«

»Auf den Friedhof gehen.«

Ich ließ den Füller in meiner Hand fallen, schob meinen Stuhl zurück und warf einen Blick auf den Kalender an der Wand. Scheiße. Neunzehnter März. Aryas und Aarons Geburtstag. Ich rollte zurück an den Schreibtisch, wo mein auf Lautsprecher gestelltes Handy lag.

»Friedhof klingt prima. Welcher denn?« Ganz der Ahnungslose.

Schweigen am anderen Ende der Leitung.

»Wieso solltest du mich auf einen *Friedhof* begleiten wollen?«

»Weil Freunde nun mal füreinander da sind.«

»Dann sind wir neuerdings Freunde?«

»Ja, das sind wir«, bestätigte ich, obwohl ein Freundschaftsangebot selbst für meine Begriffe eine eigenartige Gegenleistung für das war, was sie mir angetan hatte.

Wieder trat Stille ein. Ich wusste selbst nicht, was ich da tat.

»Der Mount Hebron.«

»Wen besuchen wir dort?«

»Meinen Bruder.«

»Denkst du, er wird mich mögen?« Früher hatten wir immer so getan, als weilte Aaron noch unter uns. Wir hatten mit ihm gezankt, herumgealbert und gelacht.

Arya hörte erneut auf zu tippen und seufzte. »Ich denke, er wird dich *lieben*.«

Der Mount-Hebron-Friedhof war unverändert, noch immer überschattete die mächtige Trauerweide Aarons letzte Ruhestätte. Als meine Augen Arya erfassten, die sich über den Grabstein ihres Bruders beugte, blieb ich stehen und saugte ihren Anblick in mich auf. Sie sah anmutig und stilvoll aus in ihrem schmal geschnittenen Designer-Rock, zu dem sie ein paar Pumps mit roten Sohlen trug. Überlebensgroß und doch nicht viel größer als das Mädchen, das ich vor fast zwanzig Jahren gekannt hatte. Ein hell leuchtendes Glühwürmchen. Ich drückte das schmiedeeiserne Tor auf, ein Luxus, der mir in Jugendtagen nicht gegönnt war, wenn ich den Friedhof widerrechtlich betreten hatte. Arya schien meine Gegenwart instinktiv zu spüren, sie drehte sich zu mir her und warf mir ein erschöpftes Lächeln zu.

»Ich hätte nicht gedacht, dass du wirklich kommen würdest.«

»Wirst du oft versetzt?«, fragte ich.

»Ziemlich oft sogar. Abgesehen davon bin ich nicht dein Problem.«

»Ich habe dich nie als eins betrachtet. Deine Klamotten vielleicht. Aber nie dich persönlich.«

»Was ist in der Plastiktüte?«, lenkte sie vom Thema ab.

Ich reichte sie ihr wortlos. Auf dem Weg hierher hatte ich an der Tapas-Bar haltgemacht, um nachzusehen, ob der Mann, der mich damals durchgefüttert hatte, noch dort arbeitete. Was nicht der Fall war. Dafür traf ich seinen Sohn an und bat ihn, mir sämtliche abgelaufenen Produkte zu verkaufen. Er hatte zuerst ein bisschen misstrauisch geguckt, sich dann aber breitschlagen lassen.

»Essen für zwei. Ich hoffe, du bist nicht pingelig.«

»Überhaupt nicht.« Sie schnappte sich die Tüte und linste hinein. »Ah, Tortillachips. Lecker.«

»Es gibt außerdem auch noch Käsebällchen und Mandelkonfekt, um eine vollwertige, nahrhafte Mahlzeit zu gewährleisten.«

Ich ging ein paar Meter weiter zu der Grabplatte, auf der ich als Teenager häufig gesessen hatte. Zu dem Namen Harry Frasier hatte sich ein zweiter gesellt: Rita Frasier. Ehefrau, Mutter, Großmutter und Ärztin.

»Jetzt bist du nicht mehr allein, alter Freund.« Ich ließ mich auf der Platte nieder und strich mit der Hand darüber. Als ich mich zu Arya umdrehte, fing ich einen seltsamen Blick von ihr auf. Wieder wünschte ich mir, sie würde mich entlarven, mir die Maske vom Gesicht reißen. Mich wiedererkennen. In ihren Augen blitzte etwas auf. Ich war gespannt, was sie als Nächstes tun, welche Worte aus ihrem hübschen Mund herauskommen würden.

Ich habe dich so sehr vermisst, Nicky.
Ich kann alles erklären, Nicky.
Nicky, Nicky, Nicky.

Aber sie blinzelte nur und schüttelte den Kopf, bevor sie sich wieder Aarons Grab zuwandte.

»Hi, Bruderherz. Ich bin's, Arya. Hm, wo soll ich bloß anfangen? Meine ganze Welt steht kopf. Nicht nur wegen der Sache mit Conrad, sondern auch, weil Mom neuerdings Interesse an mir bekundet. Wahrscheinlich befürchtet sie, dass sie bald unter einer Brücke schlafen muss.« Wieder schüttelte sie mit dem Kopf. »Es ist dumm von mir, mich bei dir auszuheulen, wo es dich doch viel schlimmer getroffen hat. Manchmal beneide ich dich um deine nicht vorhandene Wahrnehmung. Aber mitunter macht sie mir auch Angst. In meinen Gedanken führe ich immer noch lange Gespräche mit dir, sind du und ich zusammen aufgewachsen. Ich kann dich überall sehen. Du lebst in einer Parallelwelt, zusammen mit deiner Ehefrau Eliza, die gerade ein Kind von dir erwartet. Ich kann sie nicht ausstehen, Aaron.« Sie ließ ein tränenersticktes Lachen hören. »Ich nenne sie Lizzy, nur um sie zu ärgern. Sie ist ein grauenvoller Snob.«

Ich biss mir auf die Lippe. Arya hatte nichts von ihrer entzückenden Schrulligkeit eingebüßt. Und zum ersten Mal erkannte ich jetzt, dass wir gar nicht so unterschiedlich waren. Ihre Eltern hatten ebenso wie meine furchtbare Schuld auf sich geladen, auch wenn ihre Sünden nicht miteinander vergleichbar waren.

»Ich freue mich schon auf die Ankunft meines Neffen in diesem Paralleluniversum. Du weißt ja, wie sehr ich Kinder liebe. Ich kann mir gut vorstellen, irgendwann einmal selbst welche zu haben. Du willst wissen, ob ich jemanden kennengelernt habe?« Sie zog die Stirn kraus und warf einen flüchtigen Blick zu mir. Ich nahm Haltung an wie ein Schuljunge.

»Nein. Jedenfalls niemand Erwähnenswerten. Es gibt da zwar diesen Kerl, aber er ist tabu. Er behauptet, die Chemie zwischen uns würde stimmen, aber in diesem Fach war ich nie gut.«

Sie sprach noch ein paar Minuten länger mit Aaron, dann setzte sie sich neben mich, streckte die Beine aus und kreuzte die Knöchel. Ich öffnete eine Tüte Chips, und wir griffen beide zu.

»Wie ist er gestorben?«, erkundigte ich mich, weil sie das sicherlich von mir erwartete. Christian Miller konnte das schließlich nicht wissen.

»An plötzlichem Kindstod.«

»Das tut mir leid.«

»Wenigstens habe ich ihn nie kennengelernt. Bestimmt hätte das den Schmerz noch viel, viel schlimmer gemacht.«

Je nachdem. Mir fehlte meine Mutter kein bisschen.

»Kommst du oft hierher?«, fragte ich. Wir starrten beide auf Aarons Grab, einander anzusehen schien irgendwie unpassend.

»Öfter, als gut für mich ist. Zumindest behaupten das manche Leute. Ein Teil von mir ist wütend auf ihn, weil er mich mit diesem Chaos allein lässt. Ich brauche jemanden, der für mich da ist.«

»Du hast so jemanden«, sagte ich so offen und ernsthaft, dass es mich eigentlich hätte ängstigen müssen, was aber nicht der Fall war.

Plötzlich fiel mir etwas ein. Ich drückte Arya die Chipstüte in die Hand, stand auf, nahm zwei Kiesel, die ich neben einem Blumenkübel fand, und legte sie auf Aarons Grabstein.

»Damit er weiß, dass wir ihn besucht haben.« Ich erahnte ein Lächeln auf Aryas Gesicht und drehte mich zu ihr um.

»Das habe ich früher auch oft gemacht.« Ihre Augen strahlten. »Woher kennst du diesen Brauch?«

»Wer sagt, dass ich nicht jüdischer Abstammung bin?« Ich hob die Brauen.

»Der Name *Christian* sagt das.« Sie lachte.

Vielmehr mein Deckname.

Nimm dich in Acht, warnte mich eine innere Stimme, aber ich hatte mich schon zu weit vorgewagt, um noch auf sie zu hören.

»Jemand hat mir mal von diesem Brauch erzählt.«

Ich schlenderte zu ihr zurück und setzte mich wieder neben sie, so nah, dass unsere Schultern sich berührten.

»Hey, Christian?«

»Ja?«

»Heute ist mein Geburtstag.«

Ich weiß.

»Ich wünsche dir alles Gute, Arya.« Ich drückte ihr einen Kuss auf den Scheitel, worauf sie die Wange an meinen Hals schmiegte und den Blick geradeaus auf das Gewimmel von Geschäftsleuten richtete, die die Park Avenue entlangströmten wie auf einem Förderband. »Und auch dir herzlichen Glückwunsch, Aaron.«

22. KAPITEL

Arya

Heute

Wir küssten uns nicht noch einmal.

Das durfte ich nicht zulassen, wenn ich Christian Miller überleben wollte. Dabei dämmerte mir schon jetzt, dass mein Leben grauer und freudloser sein würde, sobald er daraus verschwunden wäre.

Wie Kinder stießen wir weiße Atemwölkchen in der kalten Luft aus, während Christian mich in kameradschaftlichem Schweigen nach Hause begleitete.

Eigentlich hätte ich bestürzt sein müssen darüber, dass ich mich ihm gegenüber in diesem Maße geöffnet und ihm einen exklusiven Einblick in meine verdrehte Psyche gewährt hatte. Immerhin war es nicht alltäglich, dass eine zweiunddreißigjährige Frau ihren Geburtstag auf einem Friedhof feierte, dazu noch mit einem Mann, den sie kaum kannte. Erst recht, wenn es sich bei besagtem Mann um Christian Miller handelte, der danach trachtete zu zerstören, was von meiner kaputten Familie noch übrig war.

Als wir vor meiner Haustür ankamen, streichelte er sacht über meine Wange. Seine Hand fühlte sich warm und rau an. Ich war seit über einem Jahr mit niemandem mehr zusammen gewesen, genauer gesagt seit einem Tinder-Date, das mit schlechtem Sex begonnen und damit geendet hatte, dass der Typ sich bei mir wegen seiner Ex ausweinte, die ihn partout nicht zurückhaben wollte. Gänsehaut überzog meinen Nacken, während ich in tiefen Zügen Christians Duft einsog und gleichzeitig meine Bedenken über Bord warf.

»Danke, dass ich heute für dich da sein durfte«, sagte er.

»Danke, dass du nicht schreiend davongelaufen bist.« Ich stupste ihn mit der Schulter an, so wie er es zuvor bei mir gemacht hatte. Von Jillian mal abgesehen war mit mir seit Menschengedenken niemand so liebevoll umgegangen.

»Du bist gar nicht so verkorkst, wie du mich glauben machen willst, Arya.« Er strahlte mich mit einem Lächeln an, an das ich mich definitiv gewöhnen könnte.

»Und ob.«

»Ich schlage dich jedenfalls um Längen«, behauptete er.

»Beweis es mir«, forderte ich ihn heraus. »Erzähl mir, inwiefern du nicht ganz richtig tickst.«

»Vielleicht später mal.« Doch zwischen den Zeilen klang so deutlich ein *Niemals* mit, dass ich nicht weiter insistierte.

»Hast du deine Meinung in Bezug auf uns inzwischen geändert?« Seine Stimme liebkoste meine Haut wie sanfte Fingerspitzen.

»Nicht im Geringsten.«

»Das wirst du noch.«

»Darauf kannst du warten, bis du schwarz wirst.«

»Kein Problem. Ich habe einen langen Atem.«

Christian hauchte mir einen Kuss auf die Nasenspitze, bevor er im Dunkel der Nacht verschwand und ein winziges Stück meines Herzens mit sich nahm.

Am nächsten Tag in der Arbeit spürte ich eine Leere an der Stelle, wo ein Teil meines Herzens fehlte. Ich wollte ihn zurückhaben. Darum musste ich Christian wiedersehen. Rührte meine Sehnsucht daher, dass er mich auf den Friedhof begleitet hatte? Oder lag es an dem Kuss gestern Abend? Womöglich bot er mir auch nur eine willkommene Ablenkung von dem Desaster, das neuerdings Einzug in mein Leben gehalten hatte. Das Verfahren gegen meinen Vater lief völlig aus dem Ruder. Ich hielt mich von den sozialen Medien fern, las keine Zeitungen oder Nachrichtenseiten im Internet mehr und schlug alle Einladungen aus. Tatsächlich ging ich so weit, dass ich mit meiner Mutter nur noch via Textnachrichten kommunizierte. Was, wie sich herausstellen sollte, vergebliche Liebesmüh war.

»Hallihallo.« Whitley pflanzte ihren Hintern auf die Kante meines Schreibtischs und schüttelte lächelnd ihre prächtige aschblonde Mähne. »Unten ist jemand, der dich sehen will.«

»Echt?« Ich wurde schlagartig munter, bevor ich verlegen hüstelte, um meine Aufregung zu kaschieren, und eine lässige Sitzhaltung einnahm.

Whitleys Lippen, auf denen eine dicke Schicht Lipgloss glänzte, verzogen sich zu einem noch breiteren Lächeln. »Oh Arya, ich finde es wunderbar, dass du wieder Kontakt zu ihr hast. Auch wenn eure Aussöhnung dem Drama um deinen Vater zu verdanken ist. Soll ich sie heraufbitten?«

Ich zwinkerte mehrmals, ehe der Groschen endlich fiel. Nur mit Mühe konnte ich ein frustriertes Stöhnen unterdrücken.

»Das ist nicht nötig. Ich werde sie unten in Empfang nehmen. Aber danke.«

»Arya! Zum Glück habe ich mich nicht in der Adresse geirrt. Dein Vater hat sie irgendwann einmal erwähnt.« Beatrice streifte sich ihre weißen Lederhandschuhe einzeln von den Fingern. Das Kleid, das sie trug, hatte gewissermaßen Kultstatus, ich kannte es schon seit meiner Kindheit.

»Ja, Mutter. Ich arbeite seit ungefähr vier Jahren hier. Alle sechs Monate geben wir auf der Dachterrasse eine Party für unsere Kunden. Conrad war immer mit von der Partie.«

Hinterher hatte er dann stets beim Aufräumen geholfen, wogegen bei meiner Mutter Verlass darauf war, dass sie noch nicht mal auf die Einladungen reagierte.

Zumindest hatte sie den Anstand, verlegen dreinzugucken und ein entschuldigendes Lächeln aufzusetzen. »Arya, können wir reden?«

Mit einem Kopfnicken wies ich auf den Coffeeshop nebenan und forderte sie auf, mir zu folgen. Ich erlaubte ihr, meinen Kaffee zu bezahlen, weil sie sowieso darauf bestehen würde. Nachdem wir uns gesetzt hatten, kramte sie etwas aus ihrer Chanel-Tasche.

»Ich habe ein Geburtstagsgeschenk für dich.«

»Das ist ja ganz was Neues«, konnte ich mich nicht beherrschen zu murmeln, wickelte das Päckchen aber trotzdem aus. Zum Vorschein kam eine hübsche blaue Samtschatulle. Ich tippte auf ein Armband oder eine Halskette. Irgendwas mit Diamanten. Meine Mutter hatte ein Faible für erlesenen Schmuck. Doch als ich das Seidenpapier wegzog, erblickte ich stattdessen etwas gänzlich Unerwartetes, nämlich ein gerahmtes Foto von mir und Aaron als Babys. Wir lagen beide auf dem Bauch und schauten mit großen Augen in die Kamera.

Ich räusperte mich, um mir meinen Gefühlsaufruhr nicht anmerken zu lassen. »Wir sehen völlig verschieden aus.«

Meine Augen waren grün, seine braun. Er hatte blonde Haare, ich braune.

»Das stimmt.« Beatrice' grazile Finger schlossen sich um ihren Kaffeebecher. »Ich hatte eine IVF-Behandlung. Als ich schwanger wurde, erwartete ich Drillinge. Dein Vater wollte nur zwei Kinder, und da es eine Risikoschwangerschaft war, schlugen die Ärzte sich auf seine Seite. Ursprünglich wart ihr zu dritt.«

Mit geweiteten Augen riss ich den Blick von dem Foto los. »Davon hast du mir nie erzählt.«

Sie zuckte mit den Schultern. »Du hast nie danach gefragt.«

»Was hattest du erwartet? *Guten Morgen, Mom. Was gibt's zum Frühstück? Ach, übrigens, hattest du zufällig eine Mehrlingsreduktion, als du schwanger warst? Ja, Pfannkuchen klingt gut.*« Bevor sie darauf antworten konnte, stutzte ich plötzlich. »Moment mal. *Conrad* wollte keine weiteren Kinder?«

Mir war es immer eigenartig vorgekommen, dass meine Mutter in den Jahren nach Aarons Tod nicht noch einmal schwanger geworden war.

»Nein. Er hat sich nur widerwillig dazu bereit erklärt, mich deinen Bruder und dich austragen zu lassen. Aber natürlich hat sich das Blatt dann gewendet. Heute bist du seine größte Freude und sein ganzer Stolz.«

Das war einmal, hätte ich sie am liebsten berichtigt. Paradoxerweise glaubte ich meiner Mutter unbesehen, dass Conrad derjenige war, der bestimmt hatte, wie viele Kinder sie haben würden. Es war einfach nur ein weiterer abscheulicher Punkt auf der langen Liste der ihm zur Last gelegten Missetaten.

Nun war es wohl an der Zeit für eine offene Aussprache.

»Entschuldige meine Direktheit, Mutter, aber deinem Verhalten nach warst du nicht gerade versessen darauf, das eine Kind großzuziehen, das dir geblieben war.« Ich trank einen Schluck Kaffee und bemerkte, dass meine Finger zitterten.

Beatrice setzte ihren Becher ab, fasste über den Tisch und ergriff meine Hände. »Sieh mich an, Arya.« Ich tat es. Nicht, weil ich es wollte, sondern um ihr nach all den Jahren die Chance zu geben, sich zu erklären. »Es war ein Schutzmechanismus, verstehst du? Dein Vater hat oft damit gedroht, dich mir wegzunehmen. Jedes Mal, wenn wir stritten oder ich von Trennung sprach, hat er diese Trumpfkarte ausgespielt. Er sagte, man werde ihm das alleinige Sorgerecht für dich zusprechen, weil ich angeblich nicht für die Mutterrolle tauge. Und das lange, bevor ich überhaupt die Gelegenheit hatte, mich als schlechte Mutter zu erweisen. Dann begriff ich, dass meine Qualitäten letzten Endes nicht ins Gewicht fielen. Er würde tun, was er wollte, ob ich mich nun bemühte oder nicht. Es war eine Zwickmühle. Ich gestattete mir nicht, eine zu tiefe Bindung zu dir zu entwickeln, weil es keine Gewähr dafür gab, dass ich dich auf Dauer würde behalten können. Dein Vater ist ein sehr überzeugender und manipulativer Mensch, wie du inzwischen erkannt haben dürftest. Ich wollte mein Herz nicht zu sehr an dich hängen, damit es nach der Sache mit Aaron nicht weiteren Schaden nähme.«

Mir war die Brust derart eng geworden, dass ich kaum noch Luft bekam. Meine Schutzmauern stürzten Stein um Stein in sich zusammen, und ich konnte nichts dagegen tun. Mein Leben lang hatte ich mir meine eigene erträgliche Realität zusammengebastelt. Mein Dad war ein Heiliger, meine Mom eine Sünderin. Sie war der Bösewicht in meiner Geschichte, nicht das Opfer, und jetzt machte nichts mehr Sinn an diesem Bild, das ich stets für verlässlich und wahrhaftig gehalten hatte.

»Ich dachte immer, du liebst mich nicht.« Meine Hände lagen vollkommen schlaff in ihren.

Sie schüttelte den Kopf, ihre Augen füllten sich mit Tränen. »Ich wollte dich jeden Tag umarmen. Manchmal musste ich mich beinahe gewaltsam davon abhalten, weil ich wusste, dass es Conrad gegen mich aufbringen und er mir vorwerfen würde, dich zu umschmeicheln. Um dich auf meine Seite zu ziehen. Ich wollte mit dir davonlaufen, aber immer stand diese Drohung im Raum. Ich hatte Angst, dich komplett zu verlieren.«

»Zu Recht.«

»Das ist wahr«, räumte sie ein. »Aber wenigstens durfte ich dich weiterhin jeden Tag sehen. Und als du dann ans College gegangen bist, habe ich mir eingeredet, dass mich dein Leben nicht mehr kümmert.«

»Warum erzählst du mir das ausgerechnet jetzt?« Ich entwand ihr meine Hände. »Aus heiterem Himmel? Wieso dieser Sinneswandel?«

Sie veränderte ihre Sitzhaltung und strich zaghaft ihr Kleid über den Knien glatt.

»Gestern habe ich dich unentwegt zu erreichen versucht, um dir zum Geburtstag zu gratulieren«, begann sie und nestelte an ihrer Perlenkette. »Du bist nicht ans Telefon gegangen. Ich wollte dir einen Überraschungsbesuch zu Hause abstatten, als mir klar wurde, dass ich noch nicht mal weiß, wo du wohnst. Dein Vater bewahrt eine von deinen Visitenkarten in seinem Arbeitszimmer auf, so stieß ich auf deine Firmenadresse. Ich rief in deinem Büro an und fragte nach deiner Wohnadresse, aber Jillian meinte, dass du dort nicht anzutreffen seist. Weil du … ein Rendezvous hättest. Es erschütterte mich, wie wenig ich über dein Leben weiß. Über deine Hobbys, deine Vorlieben und Abneigungen. Die Dinge, die dich fröhlich oder traurig machen. Zutiefst beschämt kehrte ich nach Hause zurück. Dein Vater war in einer seiner endlosen Besprechungen mit Louie und Terrance. Ich brühte mir eine Tasse Tee auf und dachte darüber nach, dass ich keine Haushaltshilfe mehr hatte, weil ich mich nicht traute, eine neue einzustellen, aus Furcht, Conrad könnte auch sie verführen. So wie er es mit Ruslana getan hat. Ich nahm meine Tasse mit hinaus auf den Balkon, der den Friedhof überblickt, und sah dich an Aarons Grab stehen. Du warst nicht allein.«

Ein versonnenes Lächeln ging über ihr Gesicht. »Da war

ein Mann bei dir. Ihr beide wirktet … vertraut. Das erkannte ich daran, wie du den Kopf an seine Schulter angelehnt, wie ihr miteinander geredet habt. Und ich dachte … wie gern ich dieser Mensch für dich wäre. Eine Bezugsperson. Jemand, auf den du dich verlassen, dem du dein Herz ausschütten und mit dem du deine Geburtstage verbringen kannst. Dann ließ ich deine vergangenen Geburtstage Revue passieren. Deinen fünften, mit Kindermädchen Nummer acht. Oder deinen vierzehnten, an den wir erst drei Tage später gedacht haben, weil dein Vater in Genf war. Ich habe unendlich viel versäumt. Das ist mir bewusst. Eine einfache Entschuldigung wird nicht genügen …«

Sie stieß den Atem aus. »Aber vielleicht könnten wir unserer Beziehung wenigstens eine Chance geben, jetzt, wo die Welt, wie wir sie kannten, in die Brüche geht und alles um uns herum dabei ist, zu kollabieren. Was hältst du davon? Bitte, sag doch was, Arya.«

Es gab so vieles, das ich entgegnen wollte. Ich begann mit der naheliegendsten Frage, und sie hatte nichts mit mir zu tun.

»Warum bleibst du bei ihm?« Ich runzelte die Stirn. »Wieso lässt du dich nicht von ihm scheiden? Es wirft kein gutes Licht auf dich, dass du ihm nach allem, was er getan hat, immer noch die Stange hältst.«

»Ich begleite ihn noch nicht mal zu Gericht. Er hat mich unzählige Male darum gebeten. Offenbar glauben seine Anwälte, dass mein Erscheinen sich positiv auswirken würde.«

Ich forderte sie mit einem Blick auf weiterzusprechen, worauf sie ihre Halskette losließ und stattdessen an ihren Ohrringen herumspielte. »Nun ja, ich habe einfach Zukunftsängste. Du musst bedenken, dass ich über dreißig Jahre lang in einer Art Einzelhaft zugebracht habe. In einem Gefängnis. Conrad hat in alles eingegriffen, was mein Leben betrifft – sogar in meine medizinische Behandlung. Vor ein paar Jahren fand ich heraus, dass er in engem Kontakt mit meinem Psychiater stand und ihm diktierte, welche Medikamente er mir verschreiben solle. Ich habe diese Praxis nie wieder betreten, doch der Schaden war bereits angerichtet. Heute kann ich nicht einmal ein Beruhigungsmittel einnehmen, ohne den Arzt, der es mir verordnet hat, unlauterer Motive zu verdächtigen. Conrad hat jeden erdenklichen gesellschaftlichen Anlass genutzt, um sich bei meinen Freundinnen – vorzugsweise meinen engsten – Vertraulichkeiten herauszunehmen und stundenlang mit ihnen zu verschwinden. Damit ich mich fragte, ob er gerade Sex mit ihnen hatte. Er fing kurze, strategisch durchdachte und überaus wirkungsvolle Affären mit sämtlichen Frauen an, von denen er fürchtete, sie könnten mir dabei helfen, aus dem goldenen Käfig auszubrechen, den er für mich errichtet hatte. Mittlerweile habe ich keine Freunde mehr, keine Bekannten, keine Anwälte, keine Familie. Mir ist nur Conrad geblieben, wenngleich er mir nicht guttut.«

»Du hast mich.« Ich verstand selbst nicht recht, was mich dazu bewog, das zu sagen.

Beatrice' Augen leuchteten auf. »Meinst du das ernst?«

»Ja. Wir stehen uns nicht nahe, trotzdem werde ich für dich da sein, wenn du mich brauchst.« Verständlich, dass sie sich dessen nicht bewusst war, nachdem ich sie die letzten Wochen geschnitten hatte. Seit die Vorwürfe gegen Conrad publik geworden waren und sie angefangen hatte, mich anzurufen.

»Das Leben ist zu kurz.« Sie schüttelte mit dem Kopf. »Wenn ich an all die Küsse denke, die ich dir nicht gegeben habe, all die Umarmungen. An all die Kinoabende und Einkaufsorgien, die uns entgangen sind, und die Streitereien, bei denen wir uns am liebsten gegenseitig an die Gurgel gesprungen wären, nur um uns danach noch lieber zu haben. An all die Was-wäre-gewesen-wenn-Fragen, die vertanen Gelegenheiten. Sie türmen sich im leeren Speicher meiner Erinnerungen. Und das bringt mich schier um, Arya. Es schmerzt so viel mehr als das, was gerade mit Conrad geschieht.«

Die Adern in meinen Handgelenken pochten. Ich dachte an die vielen Augenblicke mit meinem Vater zurück. Klein und kostbar, wie einzeln verpackte Schokoladentäfelchen. Trotz allem, was passiert war, würde ich sie gegen nichts auf der Welt eintauschen. Oder vielleicht gerade deswegen.

Und dann dachte ich an Christian.

Daran, wie sehr ich ihn begehrte. Mich nach ihm verzehrte. Ich wusste mit jeder Faser meines Seins, dass er mir das Herz brechen würde. Was kein leichtes Unterfangen war, nachdem das seit Nicholai Ivanov niemand mehr geschafft hatte.

»Vielleicht können wir ja neue gemeinsame Erinnerungen schaffen.« Ein Lächeln huschte über meine Lippen.

»Oh, das wäre einfach wunderbar«, antwortete meine Mom mit zittriger Stimme.

Beim Verlassen des Coffeeshops pfriemelte ich mein Handy aus der Tasche. Ich brauchte eine Sekunde, um Christians Nummer zu finden, und dann noch einmal zwei, bis ich den Mut aufbrachte, sie zu wählen. Er nahm gleich beim ersten Klingeln ab. »Ja?«, meldete er sich kühl.

Die Hintergrundgeräusche – Papierrascheln, gedämpfte Stimmen, die Begriffe EEOC, Fehlinterpretation und Last der Beweisführung – verrieten mir, dass er sich in einer Besprechung befand. Warum war er dann überhaupt rangegangen?

»Christian?«

»Am Apparat.«

»Hier ist Arya.«

»Wie kann ich dir helfen?« Er klang nicht so enthusiastisch, wie ich erwartet hatte.

Hatte ich etwa geglaubt, er würde auf die Knie sinken und mich um ein Wiedersehen anbetteln? Nein, das vielleicht nicht gerade, trotzdem war ich nicht darauf gefasst gewesen, dass er so wenig … *überrascht* reagieren würde.

»Klingt, als wärst du schwer beschäftigt.«

Kurze Stille. Vielleicht dämmerte ihm erst jetzt, dass *ich ihn* angerufen hatte.

»Um was geht es, Ari?«

Ari. Der Spitzname ließ mein Herz stottern.

»Egal.«

»*Mir* ist es nicht egal.«

»Offenbar bist du gerade mit etwas Wichtigem beschäftigt.«

»Viel lieber würde ich mich mit *jemand* Wichtigem beschäftigen«, eröffnete er mir, während gleichzeitig leise eine Tür ins Schloss fiel. Zum Glück hatte er das nicht vor versammelter Mannschaft gesagt. Ich schnappte nach Luft. Es gab in ganz Manhattan nicht genug Sauerstoff, um meine Atemnot zu lindern. Aber meine Mutter hatte es auf den Punkt gebracht – das Leben *war* zu kurz. Falls es kein Morgen gäbe, wollte ich das Heute mit Christian verbringen.

»Also, Arya.« Seine Stimme war auf einmal viel wärmer; ich vermutete, dass er nur deshalb so schroff geklungen hatte, weil andere Personen anwesend waren und er einen gewissen Ruf zu verteidigen hatte. »Gehe ich recht in der Annahme, dass du nun doch mit einer bestimmten Sache liebäugelst.«

Das war das Problem mit guten Anwälten: Sie witterten die Wahrheit sieben Meilen gegen den Wind.

»Möglicherweise.«

»Was hat sich geändert?«

»Mein Blickwinkel.« Mit geschlossenen Augen schwankte

ich mitten auf dem Gehsteig hin und her und fühlte mich einfach nur noch lächerlich. »Mein ganzes Leben lang bin ich Schwierigkeiten aus dem Weg gegangen. Trotzdem haben sie mich eingeholt. Allmählich begreife ich, dass es an der Zeit ist, mir zu nehmen, was ich begehre, und mich mit den möglichen Konsequenzen zu arrangieren.«

»Ich komme zu dir.«

»Du meinst, jetzt gleich?« Ich zögerte, das alles ging mir plötzlich zu schnell. »Es ist erst Mittag. Mein Terminkalender ist proppenvoll. Bei dir dürfte es nicht anders aussehen.«

»Ich werde ein paar Aufgaben delegieren.« Die Verbindung brach ab. »… auf dem Weg.« Wieder Funkstörung. »Hallo? Hörst du mich?«

»Du hast kein gutes Netz«, murmelte ich, während ich wie in Trance auf die U-Bahn-Station zuhielt. Wollte ich wirklich blaumachen? Das war etwas völlig Neues. Ich hatte nicht einmal zu Schulzeiten eine einzige Unterrichtsstunde geschwänzt. Und das letzte Mal, dass ich wegen Krankheit nicht zur Arbeit erschienen war, lag sechs Jahre zurück. Ich war kein spontaner Mensch.

Das geschäftige Treiben Manhattans drang durch die Leitung. Martinshörner, Hupkonzerte, lärmende Passanten. »Entschuldige, war gerade im Aufzug. Sitze bereits im Taxi. Bin auf dem Weg zu dir.«

»Du bist verrückt. Wir hätten das auf später verschieben können.«

»Nein, hätten wir nicht. Ach, und Ari?«

»Was noch?«

»Halte vorsorglich dein Scheckbuch gezückt. Die vielen Restaurants, in denen du mich hast sitzen lassen, waren nicht gerade billig.«

Als ich vor dem Haus ankam, war Christian bereits dort. Er tigerte vor der Eingangstreppe auf und ab, ein knisterndes Kraftfeld dunkler Energie um sich herum.

Er drehte sich zu mir her und überrumpelte mich, indem er meine Hand nahm und sie auf sein Herz drückte. »Fühl mal, Ari.«

Sein Gesichtsausdruck sagte mehr als tausend Worte. Es lag Erwartung darin, gepaart mit Hoffnung, Verlangen und noch etwas anderem. Einer merkwürdigen Verletzlichkeit, die ich noch nie bei ihm gesehen hatte. Sie erinnerte mich an Nicky und jenen lange zurückliegenden Tag, als wir um ein Haar von Ruslana erwischt worden wären.

Ich krallte meine blutrot lackierten Fingernägel in sein Hemd. »Freust du dich, mich zu sehen?«

»Ich werde mich noch mehr freuen, wenn ich *alles* von dir sehe.«

Wir sprinteten die drei Stockwerke bis zu meiner Wohnung hinauf. Mein Adrenalinspiegel stieg in schwindelnde Höhen, als ich die Tür öffnete. Ich informierte Christian, dass ich mir ein Glas Wasser holen werde, und fragte ihn, ob er auch eins wolle.

»Dein Ernst?« In seinem Blick lag mit Skepsis vermischte Belustigung. Ich zeigte mit dem Finger auf mein Schlafzimmer und sagte, er solle es sich bequem machen. Sobald er verschwunden war, kippte ich gierig zwei Gläser Wasser hinunter, danach steckte ich meinen Kopf in die Gefriertruhe, um meine glühenden Wangen zu kühlen.

Als ich den Raum betrat, stand er mit dem Rücken zu mir und studierte das Bücherregal, das mir vor einigen Jahren ein Schreiner in eine der Wände eingelassen hatte. Diese extravagante Anschaffung war schwer zu rechtfertigen in Anbetracht der Tatsache, dass ich dieses Apartment nur zur Miete bewohnte, aber sie sorgte mehr als jedes andere Möbelstück dafür, dass ich mich hier wohlfühlte. Christian strich auf eine Weise mit dem Finger über die Buchrücken, der etwas unerklärlich Erotisches anhaftete.

»Dein berüchtigtes Exemplar von *Abbitte*.« Er spürte meine Anwesenheit, obwohl ich nicht einen Mucks von mir gegeben hatte. »Erstausgabe im Festeinband.«

»Denk nicht mal dran.« Ich stieß mich vom Türrahmen ab, ging zu ihm und nahm ihm das Buch aus der Hand, um liebevoll darüber zu streicheln.

Christian grinste mich an. »*Woran* soll ich nicht denken?«

»Es auszuleihen.«

»Wieso denn nicht? Ist doch nur bedrucktes Papier.«

»Was für eine groteske Bemerkung. Dann ist der Tod auch nicht mehr als ein langer Schlaf in einer Kiste.« Ich stellte den Roman zurück an seinen Platz. »Wenn du so wild darauf bist, es zu lesen, dann besorg dir einen Bibliotheksausweis.«

Er lehnte sich mit der Schulter an das Regal und musterte mich prüfend. »Weshalb hängst du so daran?«

»Deshalb.«

»Lass es mich anders ausdrücken. Aus welchem Grund fällt es dir so schwer, dieses spezielle Buch aus der Hand zu geben? Irgendwie kann ich mir nicht vorstellen, dass eine x-beliebige andere Ausgabe von *Abbitte* bei dir dieselbe emotionale Reaktion heraufbeschwören würde.«

Ich dachte daran, wie Nickys gletscherblaue Augen gefunkelt hatten, als er einwilligte, mir zuliebe unseren Eltern zu trotzen und diese eine Szene mit mir nachzuspielen.

Wie er mich gegen das Bücherregal gedrängt und mich geküsst hatte. Wie wir uns zusammen in der strahlenden Sonne geaalt hatten und er die Sommersprossen auf meiner Nase und meinen Schultern zählte.

Nicky. Nicky. Nicky.

Ich spürte ein sehnsuchtsvolles Flattern im Bauch.

Christian schüttelte den Kopf. »Ich ziehe die Frage zurück. Zu persönlich, hab's kapiert.«

»Das ist nicht – «

Er nahm mir das Wasserglas, an das ich gar nicht mehr gedacht hatte, aus der Hand und stellte es behutsam in eins der Fächer hinter mir. Dann flocht er seine Finger in meine, streckte meine Arme in die Höhe und nahm sie mit seinen Händen gefangen. Genau wie in *Abbitte*. Sein Griff verstärkte sich, er senkte den Mund zu meiner Kehle und strich zärtlich über die empfindliche Haut.

Eine Sekunde fragte ich mich allen Ernstes, ob Christian am Ende Nicky war. Wie käme er sonst dazu, das zu tun? Aber nein, das war ganz und gar ausgeschlossen. Nicky war tot. Vielleicht hatte Christian sich ja die Verfilmung angesehen und sich gedacht, es könnte erregend sein, die Szene nachzuspielen.

Ich schloss leise stöhnend die Augen und gab mich der Liebkosung hin.

»Arya, du hinreißendes, verlogenes Geschöpf. Wie lange ich schon davon träume, das hier mit dir zu machen.«

Er bahnte sich küssend einen Weg meinen Hals hinauf, fuhr mit den Zähnen über mein Kinn, bevor er meine Lippen mit seiner Zunge teilte. Ich öffnete sie bereitwillig und bog mich ihm stöhnend entgegen, presste meinen vor Verlangen bebenden Körper an ihn.

»Meine schöne ... süße ... bezaubernde Arya.« Jedes Wort voller Zärtlichkeit. Er ließ meine Hände los und hob mich an den Schenkeln hoch, worauf ich mich mit meinem Gewicht am Bücherregal abstützte und die Beine um Christians Hüften schlang. Dann küssten wir uns wieder, tief und hungrig, bis seidige Wärme meinen Unterleib durchströmte.

»Wie unfassbar perfekt du bist«, raunte er an meinem Mund, seine Augen verdeckt hinter ein paar losen Strähnen meiner Haare. Seine Komplimente klangen weder sarkastisch noch abfällig, sondern wie eine zarte Liebkosung, die sich um meinen Hals, meine Handgelenke wand wie edles Geschmeide.

Er presste mich gegen das Bücherregal und verschlang mich mit den Lippen, dabei legte er eine Dringlichkeit an den Tag, die ich mir nicht erklären konnte. Als ginge es hierbei um ein unerledigtes Geschäft, um die Fortsetzung von etwas, das wir begonnen und nicht zu Ende gebracht hatten. Aber das konnte logischerweise gar nicht sein.

Christians Erektion drückte gegen mich und heiße Begierde flammte in mir auf. Ich verschränkte die Knöchel auf seinem Rücken und rieb aufreizend mein Becken an ihm. Der Zustand meines Slips besagte, dass ein ausgedehntes Vorspiel für mich nicht denkbar sein würde.

»*Christian.*« Ich fuhr mit den Fingernägeln über seinen markanten Unterkiefer und ließ meine Zunge um seine tanzen. Er wurde ganz starr und zuckte zurück wie unter einem elektrischen Schlag.

»Was ist denn?«, fragte ich atemlos, während er mich absetzte, einen Schritt zurücktrat und ich Mühe hatte, auf meinen Stilettos das Gleichgewicht zu halten. »Hab ich was falsch gemacht?«

Ich hatte doch nur seinen Namen gesagt. Eigentlich mochten Männer so was; besonders im Feuer des Gefechts. Trotzdem starrte er mich an, als hätte ich mir einen schlimmen Fehltritt geleistet. Als fühlte er sich irgendwie von mir verraten.

Ich konnte mir keinen Reim darauf machen.

Christian schloss kurz die Augen, und als er sie wieder öffnete, sah er komplett verändert aus. Mit einer einzigen geschmeidigen Bewegung rückte er wieder ganz nah an mich heran. Er schob die Hände unter meinen Hintern, hob mich hoch und beförderte mich auf mein Bett. Meine Beine zeigten noch in die Luft, als ein lautes *Ratsch* die Stille zersprengte. Er hatte meinen Bleistiftrock zerfetzt und jetzt einen unverstellten Blick auf meinen Po.

»Was zum …!« Ich wusste nicht, was überwog – meine Erregung, mein Ärger oder meine Überraschung. »Das Teil war von Balmain! Und außerdem nagelneu!«

»Schick mir die Rechnung.« Er stützte sich mit einem Knie zwischen meinen Schenkeln auf, fasste an den Bund meines Rocks und riss ihn mittendurch, sodass er anschließend ein perfektes Stoffquadrat unter mir bildete. »Besser noch, lass sie uns mit den Kosten für all die Abendessen verrechnen. Mein Gefühl sagt mir, dass deine Familie sich keine unerwarteten Ausgaben mehr wird leisten können, sobald die an deinen Vater gestellten Schadensersatzforderungen beglichen sind.«

Dieser Schlag unter die Gürtellinie sah Christian nicht ähnlich. Sonst achtete er sorgsam darauf, mir unsere fatale Situation nicht auch noch unter die Nase zu reiben. Jetzt war ich nur noch verwirrter. Wieso hatte es ihn derart irritiert, seinen Namen aus meinem Mund zu hören, dass er auf einmal wie ausgewechselt war?

»Was ist bloß in dich gefahren?«, fragte ich scharf, vergaß dann jedoch, auf eine Antwort zu drängen, weil er sich im selben Moment mit seinem kraftstrotzenden Körper auf mich sinken ließ. Er küsste mich rau und rieb absichtlich mit seinen Bartstoppeln über meine Wangen, bis sie brannten.

Er benutzte seine Zähne, um die Knöpfe meiner weißen Bluse zu öffnen. Grob und ohne jede Finesse. Tatsächlich biss er sie, einen nach dem anderen, ab und spuckte sie auf den Boden, entblößte Zentimeter um Zentimeter mehr von meiner Haut. Als sein Blick auf meinen cremefarbenen Spitzen-BH fiel, legte er den Mund auf eine meiner Brüste und saugte fest daran. Die feuchte Hitze ließ mich vor Lust erschaudern. Ich krallte die Finger in sein Haar und drängte ihn ungeniert in Richtung Süden.

»Da ist aber jemand ungeduldig«, kommentierte er lachend. Er ließ seine Zunge in meinen Bauchnabel gleiten und blies anschließend auf die Stelle. Mir jagte eine Gänsehaut über den Körper.

»Du bist ziemlich erfahren, oder nicht ...« Ich war drauf und dran, erneut seinen Namen auszusprechen, beherrschte mich aber noch rechtzeitig. Irgendetwas sagte mir, dass er ihn nicht hören wollte. Aus welchem Grund, war mir schleierhaft. Christian fiel gar nicht auf, dass ich den Satz abgekürzt hatte.

»Dieses Thema möchte ich momentan nicht erörtern.«

Dann war er am Ziel. Er fuhr mit den Zähnen am Saum meines Slips entlang – bedauerlicherweise handelte es sich um ein nahtloses schwarzes Modell im Boyfriend-Stil –, bevor er ihn mir hastig abstreifte und meine Schenkel weit auseinanderzwängte. Ich konnte nicht sagen, was mich mehr erregte – der Anblick seiner starken gebräunten Hände und muskulösen Unterarme oder der seines pechschwarzen Schopfs in Kombination mit dem Wissen, was gleich kommen würde. Beziehungsweise, *wer* gleich kommen würde. Nämlich ich.

Christian schleuderte mein Höschen über seine Schulter, machte jedoch keine Anstalten, sich seiner Kleidung zu entledigen.

Stattdessen nahm er meinen nackten Körper in Augenschein. Es war, als würde er eine Landkarte studieren, wo er einmarschieren, welches Angriffsziel er sich als Erstes vornehmen sollte.

»Gott, Arya.« Er strich mit der Daumenkuppe von meiner

Klitoris bis zu meiner Öffnung und drang mit einem Finger in mich ein. Stöhnend schloss ich die Lider.

»Du bist klatschnass.« Ich vernahm ein feuchtes Geräusch und öffnete meine Augen gerade noch rechtzeitig, um zu sehen, wie er an besagtem Finger saugte. »Sag mir, wie du es möchtest.«

Anstatt ihm die Genugtuung zu verschaffen, mich betteln zu hören, grub ich die Fingernägel in seine Schultern und drückte ihn nach unten, bis sein Gesicht auf gleicher Höhe mit meinem Schritt war. Er strich mit der Zunge zwischen meinen Schenkeln entlang, und ich schloss schaudernd die Augen. Man sah ihm an, dass er versuchte, die Kontrolle über die Situation zu behalten. Und kläglich scheiterte.

»Auf ein Neues«, knurrte er. Gierig fing er an, mich zu lecken, ließ die Zunge tief in mich hineingleiten.

Auf ein Neues? Wie durfte ich das verstehen?

Christian packte meine Hüften, damit ich stillhielt, während er mich auf lustvollste Weise verwöhnte, wobei er von Zeit zu Zeit meine Klitoris in seinen Mund saugte und sie sacht mit den Zähnen umspielte. Er wusste, was er tat. Im Normalfall würde ich das lobenswert finden, nachdem aus Erfahrung nicht generell anerkennenswerte Leistung resultierte. Aber das, was da gerade passierte, erfüllte mein Herz mit Entzücken. Es war, als hätte der Christian von früher irgendwie gewusst, dass sein heutiges Alter Ego mir begegnen würde und er sich bis dahin in Geduld fassen müsse. Was natürlich komplett hirnrissig war.

In meinem Hinterkopf warnte mich eine leise Flüsterstimme, dass ich gerade einen großen Fehler beging. Dies war New York, und wir hatten beide die Dreißig überschritten. Üblicherweise hielt ich mich an einen festen Ablaufplan, welcher vorsah, dass ich mir eine Gesundheitsbescheinigung zeigen ließ und wir ein Gespräch über Verhütung führten. Ich mich vergewisserte, dass der Mann diesbezüglich vorgesorgt hatte. Und jetzt wischte ich all das einfach so beiseite.

»Sag mir, dass du Kondome dabeihast«, keuchte ich. Ich spürte den Höhepunkt nahen, ein lustvolles Kribbeln stieg von meinen Zehen auf, lief über meine Schenkel und dann immer höher.

Christian schüttelte den Kopf, der noch immer zwischen meinen Schenkeln vergraben war, während ich mit geschlossenen Augen im Orgasmus erbebte. Heftige Zuckungen fuhren durch meinen Leib, und als ich die Lider wieder aufschlug, sah ich, wie er sich auf den Ellbogen abstützte und mich nachdenklich betrachtete.

»Ich bin gesund.«

Und ich will kein Baby.

Kurz überlegte ich, welche Konsequenzen es hätte, wenn ich von Christian schwanger würde. Was hielte Conrad wohl davon? Oder meine Mutter? Nur mit Mühe konnte ich mir ein irres Kichern verkneifen.

»Ich nehme die Pille nicht«, informierte ich ihn, während er sich küssend auf den Weg nach oben machte. Sein Mund war heiß und feucht, in seinem Atem lag der schwere, weibliche Duft meiner Erregung.

»Ich ziehe ihn rechtzeitig raus.«

»Sind wir wieder in der Highschool?«

»Nein, aber wir begehren einander wie verrückt. Ich kann nicht länger warten. Ich ziehe ihn raus, anschließend besorge ich Kondome für Runde zwei. Denn es *wird* eine Fortsetzung geben.«

Er schob sich nach oben, bis sein Gesicht über meinem war. Seine arktisch blauen Augen hypnotisierten mich. Sie erinnerten an einen klaren Gebirgsbach inmitten schimmernder

Eisberge. Meine Entschlossenheit stürzte in sich zusammen, wie jedes Mal, wenn dieser Mann ins Spiel kam. Ich senkte die Lider und nickte.

Christian trug noch immer seinen Anzug, als er in mich eindrang und mit geschlossenen Augen einen Moment ganz still verharrte, ihn auskostete. Er war überdurchschnittlich gut ausgestattet. Ich schaute ihn ehrfurchtsvoll an, alles an diesem Akt fühlte sich irgendwie monumental an.

Er legte eins meiner Beine auf seine Schulter und fing an, sich in mir zu bewegen, dabei fixierte er mich mit einem Blick, dessen Intensität mich irritierte. Immerhin kannten wir uns noch nicht besonders lange. Ich schlang meine Arme um seinen Hals, während er mich vollkommen ausfüllte, und drängte mich jedem seiner Stöße begierig entgegen. In mir baute sich ein weiterer Höhepunkt auf.

»Arya.« Christian presste die Stirn auf meine Brust und erhöhte das Tempo. »Bitte sag mir, dass du kurz davor bist. Weil ich mich nämlich nicht mehr lange beherrschen kann.«

»Ja«, bestätigte ich und schluckte. »Ich bin ganz kurz davor.«

Christian zog sich stöhnend aus mir zurück und umfing sein Glied mit festem Griff, um den Orgasmus in Schach zu halten. Er riss den Blick von mir los und heftete ihn auf irgendeinen Punkt am Boden, bevor er ein weiteres Mal in mich hineinstieß. Ich war inzwischen derart erregt und empfindlich, dass dieser eine Kontakt genügte, und ich löste mich ein weiteres Mal in meine Einzelteile auf und kam in seinen Armen.

»Danke«, murmelte er, als er spürte, wie ich mich verkrampfte. Er glitt aus mir heraus und ejakulierte auf meinen Bauch. Es dauerte ein paar Sekunden, ehe ich in die Wirklichkeit zurückkehrte und begriff, was soeben passiert war. Christian ließ sich neben mir aufs Bett sinken, dann starrten wir beide schweigend an die Decke. Wie zwei Teenager, die etwas Verbotenes getan hatten.

»Du hast dich nicht einmal ausgezogen.« Benommen überlegte ich, ob er mich morgen wohl anrufen würde.

»Stimmt.« Er wandte mir das Gesicht zu. »Lass uns das nachholen. Wo ist die Dusche?«

»Erste Tür links.«

Er fasste meine Hand und drückte sie. »Komm mit mir.«

»Das bin ich doch gerade erst.« Ich grinste.

Lachend zog er mich mit sich, als er aus dem Bett stieg. »Ganz langsam. Einen Schritt nach dem anderen. Geht doch, oder?«

Gemeinsam sprangen wir unter die heiße Dusche, wo wir uns gegenseitig zärtlich und in aller Ruhe erforschten. Ich bewunderte jedes Detail an ihm, den flachen Waschbrettbauch, das krause, dunkle Brusthaar, die breiten Schultern. Wir küssten uns mit liebevoller Leidenschaft, und ich versuchte mich zu erinnern, wann ich mich zuletzt so glücklich und zufrieden gefühlt hatte. Schätzungsweise nicht in den letzten zehn Jahren.

Nach dem Duschen zog Christian sich wieder an. »Ich werde eine Packung Kondome besorgen. Soll ich etwas zu essen mitbringen? Lust auf Chinesisch?« Er saß auf dem Bettrand und knöpfte sein Hemd zu, machte sich aber nicht die Mühe, sich seinen Schlips umzubinden.

»Wie spät ist es?« Ich schaute auf die Uhr und stellte fest, dass es schon acht war. Eigentlich müsste Jilly inzwischen zu Hause sein. Die Tatsache, dass sie es nicht war, sprach dafür, dass sie uns Zeit zu zweit geben wollte. Ich hatte ihr auf dem Heimweg eine Nachricht geschickt, trotzdem aber nicht damit gerechnet, dass sie sich so rar machen würde. Ich warf einen Blick zu Christian und beschloss, mich sinnvoll zu betätigen, während er weg sein würde. Ich lehnte mich in die Kissen und fuhr meinen Laptop hoch, um ein paar E-Mails zu beantworten und vielleicht sogar ein Vertragsangebot aufzusetzen.

»Würde es dir was ausmachen, stattdessen etwas aus dem philippinischen Restaurant gleich an der nächsten Straßenecke zu holen? Ich nehme die frittierten Calamari und die knusprigen Pata. Oh, und außerdem einen Bubble Tea mit Kokosnussgeschmack und extra Tapioka-Kügelchen.« Ich öffnete mein Portemonnaie, holte eine Kreditkarte heraus und warf sie neben ihn aufs Bett. »Hier.«

Er hörte auf, seine Schuhe zuzubinden, und starrte mich mehrere Sekunden mit ausdrucksloser Miene an.

Ich lächelte betreten. »Entschuldige. Ich kann manchmal ein bisschen dominant sein. Wir können natürlich auch was beim Lieferservice bestellen. Dann musst du dir keine Umstände machen.«

»Schon in Ordnung.« Er stand auf und schüttelte den Kopf, als er meinen Laptop bemerkte. *Ups!* Hätte ich mal besser gewartet, bis er gegangen war. »Du bist mir vielleicht 'ne Marke, Arya Roth.«

»Was soll das heißen?«

»Dass du die eigenwilligste, unabhängigste, ambitionierteste –«

»Hör lieber auf, bevor du noch Gefühle für mich entwickelst«, unterbrach ich ihn augenzwinkernd, weil seine Worte mich aufwühlten und überforderten. Christian klappte den Mund zu und schüttelte abermals mit dem Kopf, dann ließ er mich mit meiner Kreditkarte und meinen extrem gefährlichen Gedanken zurück.

Vierzig Minuten später saßen wir im Schneidersitz auf meinem Bett und stopften uns mit frittierten Calamari, Pommes, gebratenem Fleisch und diversem Gemüse voll. Wir erzählten uns Anekdoten aus Studienzeiten und stellten verblüfft fest, dass unsere Wege sich während dieser Jahre des Öfteren fast gekreuzt hätten, wir mehrfach dieselben Partys und Festivals besucht hatten. Christian vertraute mir an, dass er im Gegensatz zu seinen Kumpels Arsène und Riggs kein wirklicher Partyhengst gewesen sei, sondern sich stattdessen darauf konzentriert hatte, sein Studium angesichts des angespannten Arbeitsmarkts mit Auszeichnung abzuschließen. Ich bekannte, dass es bei mir ganz ähnlich gewesen war und sich manche Leute enttäuscht von mir gezeigt hatten, weil ich ein puritanisches Leben führte, anstatt meine innere Paris Hilton herauszulassen, die viele in mir zu sehen glaubten.

»War Jillian schon immer deine beste Freundin?« Christian biss in einen Calamari und leckte das Öl von seinen Fingern. Sein Adonis-Körper ließ mich bezweifeln, dass frittierte Speisen zu seinem gewohnten Ernährungsplan gehörten.

»Im Grunde ja.« Ich steckte mir ein Stück Gurke in den Mund. »Ich war schon immer ein bisschen ambivertiert – besonders für jemanden in meiner Branche –, und häufig wird Durchsetzungsvermögen mit Zickigkeit verwechselt. Es liegt mir nicht, mich bei anderen einzuschleimen. Manche Menschen wissen das zu schätzen. Nicht viele, aber immerhin. Jillian fällt in diese Kategorie, darum stehen wir uns nahe.«

»Bestimmt wirkst du auf Männer einschüchternd.« Er zog die Brauen hoch und lächelte sardonisch.

»Nicht auf die, die es wert sind, dass man mit ihnen ausgeht.«

»Du wirkst auf mich nicht wie eine Frau, bei der ein Date das nächste jagt.«

Ich zuckte gleichmütig die Achseln. »Nicht jeder Mann ist ein lohnender Zeitvertreib.« Noch während ich das sagte, begriff ich, dass da mein angekratztes Ego aus mir sprach.

»Wer war bisher die Ausnahme?« Christian lehnte sich gegen das Kopfteil und pflückte mit seinen Essstäbchen einen Karottenschnitz von seinem Pappteller. Seine Hemdknöpfe standen offen, er strahlte eine draufgängerische Lässigkeit aus, die mich in Alarmbereitschaft versetzte, während ich mich gleichzeitig in seiner Aufmerksamkeit aalen wollte. »Es gibt immer eine Ausnahme.«

»Hm.« Ich zog die Nase kraus, obwohl ich in Wirklichkeit nicht groß überlegen musste. Die Antwort lag auf der Hand. Sie warf bloß kein günstiges Licht auf mich, aber zum Glück brauchte es mich nicht zu kümmern, was er von mir dachte. Das mit uns war im besten Fall zeitlich befristet und im schlimmsten Fall schon jetzt vorbei. »Bitte lach nicht, die Sache liegt lange zurück.«

»Also ein Highschool-Schwarm.« Ein niedlicher Ausdruck von Belustigung erschien auf seinem Gesicht. »Wo hat er dich das erste Mal geküsst? Unter der Sporttribüne oder vor deinem Spind?«

»In Wahrheit waren wir noch gar nicht in der Highschool.« Errötend senkte ich den Blick auf meinen Teller und bugsierte das Essen mit meinen Stäbchen von einer Seite zur anderen. »Wir waren beide vierzehn. Er war ein Unruhestifter und mein bester Freund. Ich war mächtig in ihn verschossen. Einen Sommer lang hatten wir was am Laufen. Seine Mutter hat bei uns gearbeitet. *Er* war für mich die Ausnahme.«

Mein Puls fing an zu hämmern, als ich wieder hochschaute und Christians Gesichtsausdruck bemerkte. Er sah aus, als hätte ihn ein mit Gefühlen vollgepackter Sattelschlepper überrollt. Essen fiel von seinem Teller auf mein Bett, und er bemerkte es nicht einmal.

»Mist. Aber mach dir keine Gedanken. Ich habe dieses Laken schon immer gehasst.« Eine glatte Lüge. Es war aus belgischem Leinen gewebt, und ich hatte es erst kürzlich bei West

Elm erstanden. Halbherzig versuchte ich, die fettigen Fritten aufzupicken.

Er sah mich immer noch so merkwürdig an.

Ich setzte mich gerade auf und spürte, wie meine Wangen zu glühen begannen.

»Aber wie gesagt ist das alles lange her.« Ich klemmte mir eine Haarsträhne hinters Ohr. »Und es ist schließlich nicht so, als würde ich heute noch nach diesem Jungen schmachten. Deshalb …«

»Nein, warte. Die Geschichte interessiert mich. Ihr wart ein Paar?«

Ich beäugte ihn misstrauisch. »Bist du sicher, dass du nicht gerade einen Schlaganfall oder so was hattest? Du wirktest völlig neben der Spur.«

»Tut mir leid. Ich war mit meinen Gedanken bei einer E-Mail, die ich morgen verfassen muss. Jetzt bin ich wieder ganz bei der Sache.« Er lächelte.

Na toll. Er dachte an die Arbeit, während ich ihm mein Herz ausschüttete? Das würde ich mir merken.

Befangen griff ich den Gesprächsfaden wieder auf. »Nein, waren wir nicht. Wir haben uns ein einziges Mal geküsst. Mehr war da nicht. Aber wir waren unzertrennlich.«

»Wieso hat es geendet?« Christian starrte mich mit feuriger Intensität an.

»Er ist weggezogen.«

»Tatsächlich?«

»Ja.«

»Wohin?«

Ich fuhr mir mit der Zunge über die Lippen, spürte plötzlich ein Brennen in den Augen. Was um alles in der Welt passierte gerade mit mir? Es war *Jahre* her. »Nach Belarus, zu seinem Vater.«

»Ich verstehe.« Christian nickte knapp und biss in einen Tintenfisch. »Hat er dir das persönlich mitgeteilt?«

»Äh, nein.« Ich rieb mir mit der Hand über das Gesicht, während ich zu ergründen versuchte, was mich derart aufwühlte. Und warum Christian mich anstierte, als hätte ich ihm gerade gebeichtet, dass ich seinen Hund auf dem Gewissen hätte. »Ich habe es von meinem Vater erfahren. Das alles war sehr ...« *Brutal und krank.* »Plötzlich.«

»Hast du je versucht, ihn zu kontaktieren?«

Sein Interesse an der Geschichte war befremdlich. Das lag so viele Jahre zurück. Abgesehen davon hatte er selbst gesagt, dass eine feste Beziehung für uns nicht infrage kam. Was kümmerte ihn meine Vergangenheit?

»Ja, das habe ich.« Ich klaubte weitere Pommes vom Laken und beförderte sie zurück auf Christians Teller. »Aber ich erhielt keine Antwort, woraus ich schloss, dass es so das Beste war. Ein Mensch, der einfach aus deinem Leben verschwindet, ohne auch nur eine Nachricht zu hinterlassen, ist es nicht wert, dass du Zeit, Gedanken und Mühe in ihn investierst.«

Auch das war total gelogen. Ich wusste genau, warum Nicky nie reagiert hatte. Weil ich keine Reaktion von ihm verdiente, nach allem, was mein Vater ihm angetan hatte.

»Was ist mit dir?«, erkundigte ich mich. »Gab es in deinem Leben mal jemand Besonderen?«

Lächelnd griff Christian, der sich wieder erholt zu haben schien, nach der Wasserflasche, die wir uns teilten, und nahm einen Schluck. »Nein, um ehrlich zu sein.«

»Da hast du Glück gehabt.«

»Das kannst du laut sagen.«

Wir fielen noch drei weitere Male übereinander her, rangen mit verschlungenen Gliedern um Dominanz und Körperkontakt.

Wir erkundeten einander, fanden heraus, was der jeweils andere mochte und was nicht. Wir lernten, uns im selben Rhythmus zu bewegen. Wir benutzten Kondome, und ich merkte mir vor, am nächsten Tag in der Apotheke vorbeizuschauen und mich nach einer Alternative zu erkundigen. Christian war ein aufmerksamer Liebhaber. Er schien genau zu wissen, was ich wollte, wann ich es wollte, wie tief und wie schnell.

Als wir gegen ein Uhr morgens schweißgebadet und völlig verausgabt zusammensanken, herrschte zwischen uns stillschweigendes Einvernehmen, dass er über Nacht bleiben würde. Uns war beiden daran gelegen, das Unvermeidbare hinauszuschieben.

»Aber wirst du nicht zu spät zur Verhandlung kommen, wenn du erst noch einen Abstecher in deine Wohnung machst, um zu duschen und dich umzuziehen?«, erkundigte ich mich.

Christian wies mich darauf hin, dass selbst der blutigste Anfänger in diesem Metier einen frischen Anzug im Büro bereithielt. Womit meine Frage beantwortet war.

Darum war ich am nächsten Morgen nicht darauf gefasst, seine Bettseite leer vorzufinden.

Sie war kalt, das Laken so glatt, als wäre er nie da gewesen. Der einzige Beleg für seine Anwesenheit waren die Gerüche, die noch in der Luft hingen. Nach teurem Aftershave und ausschweifendem Sex. Und natürlich das leichte, hartnäckige Pochen zwischen meinen Beinen und die Bissspuren auf meinem Körper.

Ich linste zum Wecker. Halb neun. Stöhnend schloss ich die Augen und vergrub das Gesicht im Kissen. Dann drehte ich mich auf die Seite und angelte nach meinem Handy. Es waren vier Nachrichten und sieben E-Mails eingegangen. Allesamt von Kunden. Und dann war da noch ein verpasster Anruf von meiner Mutter.

Er hat dich gewarnt, dass nichts Ernstes daraus werden wird. Was hast du erwartet? Ein romantisches Frühstück und ein paar Kuscheleinheiten als Zugabe?

Die Ironie blieb mir nicht verborgen. Conrad hatte mir zu verstehen gegeben, dass ich aus taktischen Gründen mit Christian ins Bett gehen solle, und jetzt hatte ich wirklich mit ihm geschlafen, ohne jedoch im Traum dran zu denken, meinem alten Herrn damit einen Gefallen zu tun.

Blinzelnd gewöhnte ich meine Augen an das helle Licht, das zum Fenster hereinfiel. Ich legte den Kopf schräg, als mir etwas Ungewöhnliches an meinem Bücherregal auffiel. Eine Lücke, die zuvor noch nicht da gewesen war. Ich krabbelte splitternackt aus dem Bett und tappte barfuß hinüber. Mit der Hand strich ich über die Rücken der alphabetisch angeordneten Bücher, bevor ich an der leeren Stelle innehielt. Ich wusste, welches Buch fehlte. Es war Teil meiner DNA, mein kostbarster Besitz.

Abbitte.

Darum hatte er sich, ohne eine Nachricht zu hinterlassen, davongeschlichen. Weil er wusste, dass ich jetzt praktisch gezwungen war, den ersten Schritt zu machen. Immerhin hielt er etwas, das mir gehörte, in Geiselhaft.

Der Mistkerl hatte mein Lieblingsbuch geklaut.

Ich zügelte mich.

Weder rief ich ihn an, noch textete ich ihm.

Im Büro musterte Jillian mich mit wissender Miene, während sie an einer Tasse Kaffee nippend am Drucker lehnte und ich darauf wartete, dass er den Vertrag für einen Neukunden ausspuckte.

»Lange Nacht, *hmm*?«, fragte sie süffisant.

Ich lief feuerrot an, als ich plötzlich realisierte, dass ich nicht mal wusste, ob sie gestern nach Hause gekommen war oder nicht. Jedenfalls bezog sich ihre Stichelei nicht auf meine Arbeit, weil es daran zurzeit nichts zu bemängeln gab.

»Dies hier ist eine wertfreie Zone.« Ich wies auf den Raum zwischen uns beiden und nahm die druckfrischen Unterlagen an mich.

Jilly hob abwehrend eine Hand in die Luft und trank noch einen Schluck. »Ich urteile nicht. Bin bloß neugierig. Und anscheinend auch ein bisschen neidisch. Ist es was Ernstes?«

»Nein. Diese Affäre stand von Anfang an unter keinem guten Stern.« Ich stapelte die Papiere ordentlich aufeinander und steuerte meinen Schreibtisch an. Sie folgte mir wie ein Piranha, der Blut wittert.

Nur weil Christian und ich das offensichtliche Problem – genauer gesagt, die Klage gegen meinen Vater – nicht ansprachen, war ich mir des Dilemmas trotzdem bewusst. Das Einzige, was sich geändert hatte, war, dass ich nicht länger den Wunsch verspürte, an Christians Ruf zu kratzen.

»Warum gibst du dich dann überhaupt mit ihm ab?«

»Weil das Leben einfach zu kurz ist«, antwortete ich achselzuckend. Ich setzte mich vor meinen Computer, nahm einen Filzstift zur Hand und ging den Vertrag noch einmal durch.

»Was für eine untypische Bemerkung aus deinem Mund.« Sie lachte. »Na gut. Ich werde das Thema auf später vertagen, wenn wir zu Hause sind. Aber, Ari?«

»Ja?«

»Sei vorsichtig, wenn du dich mit ihm triffst. Er mag ja charmant sein, trotzdem weißt du so gut wie nichts über einen der begehrtesten Junggesellen in New York City.«

23. KAPITEL

Christian

Heute

Ich verstaute die Hardcover-Ausgabe von *Abbitte* unter einer losen Holzdiele unter meinem Bett. Wer annahm, dass eine brandneue, mit echtem Parkett ausgestattete Wohnung in Manhattan eigentlich keine schadhaften Stellen aufweisen sollte, lag völlig richtig. Ich hatte die Bohle mit eigenen Händen gelockert, um ein Versteck für all die gesetzlichen Dokumente zu haben, die niemals jemand finden durfte. Ein Safe wäre zu offensichtlich, er würde regelrecht dazu auffordern, geöffnet zu werden. Aber niemand würde auf die Idee kommen, die Bohlen unter meinem Bett anzuheben.

Es wunderte mich, dass Arya sich noch nicht gerührt hatte. Genauer gesagt, dass sie nicht mit einer Machete in mein Büro gestürmt war, um mich einen Kopf kürzer zu machen.

Ich würde irgendwann in der Hölle landen, doch bis dahin beabsichtigte ich, meine Zeit auf Erden bestmöglich auszuschöpfen. Was ich mit Arya abzog, war – in Ermangelung eines juristischen Fachbegriffs – eine Schweinerei allererster Güte.

Die Lügen wurden von Tag zu Tag größer, genährt durch Zeit, Vorsatz und Gefühle, die in diesem Zusammenhang rein gar nichts zu suchen hatten. Mein Leben lang hatte ich bei der

Wahl meiner Partnerinnen aus den Vollen schöpfen können. Dank meines guten Aussehens, meiner Ausstrahlung, meinem Job und meinem Bankkonto konnte ich jede Frau in mein Bett locken. Aber in Aryas Fall fühlte es sich nicht einmal beim Sex so an, als gehörte sie mir wirklich, und das war ein Problem.

Jemand klopfte an meine Schlafzimmertür, dann steckte Riggs, der kürzlich von irgendeinem weiteren erfolgreichen Abenteuer zurückgekehrt war, seinen frisch geschorenen Kopf ins Zimmer. »Das Essen ist da.«

Ich schlenderte in die Küche, wo Arsène gerade mehrere Boxen mit Sashimi auf den Tresen stellte. Riggs pflanzte sich auf den Barhocker neben ihm.

»Zurück zu dem Thema, über das wir gesprochen haben, bevor Christian sich in sein Zimmer verzogen hat, um sich ein Sinéad-O'Connor-Album anzuhören und sich in Selbstmitleid zu suhlen, weil Arya sich nicht meldet.« Arsène drückte den Anruf weg, als auf dem Display seines Handys der Name Penny erschien, zusammen mit dem Foto einer Frau, die aussah wie ein Topmodel. Würde ich für jede hinreißende Penny, die er verschmähte, einen Penny bekommen, könnte ich dieses gesamte Gebäude kaufen, anstatt mich mit einem Zwei-Zimmer-Apartment begnügen zu müssen. »Du hast zwei Optionen. Entweder du gibst sie auf, so wie es ursprünglich dein Plan war, sobald du deinen Spaß mit ihr gehabt hättest. Oder du schenkst ihr reinen Wein ein und nimmst die Konsequenzen in Kauf. Das Ganze weiter in die Länge zu ziehen, ist hochriskant.«

»Bist du komplett übergeschnappt?«, stieß ich hervor, während ich mich über das Essen hermachte. »Es ist zu spät, um ihr die Wahrheit zu sagen. Man wird mir den Fall wegnehmen und die Zulassung entziehen. Vermutlich hätte es ein juristisches Nachspiel für mich – nein, ganz sicher sogar, weil ich diesen Prozess hundertprozentig gewinnen würde. Gar nicht zu reden davon, dass ich Arya so oder so verlieren werde.«

Arsène grinste mich an, als wäre ich ein putziger Welpe, der gerade gelernt hatte, sein Hundeklo zu benutzen. »Sagtest du nicht, dass es gar nicht so einfach sei, einem Anwalt die Zulassung zu entziehen? Und du dein Staatsexamen schließlich nicht bei Costco erworben hättest? Zitatende.«

Touché. Allerdings hatte ich diese Aussagen getätigt, bevor ich mit Arya im Bett gelandet war. Ich hatte geglaubt, mich zusammenreißen und meinen Schwanz in der Hose behalten zu können. Es war mir darum gegangen, Arya leiden zu sehen, bevor ich mein gewohntes Leben weiterleben würde.

»Danke für das Ich-hab's-dir-ja-gesagt. Du bist mir echt eine Riesenhilfe.« Ich brach meine Essstäbchen entzwei.

»Kannst du es ihr nicht sagen, sobald das Gerichtsverfahren vorbei ist?« Riggs stand auf und holte sich ein Bier aus dem Kühlschrank. Er sah neuerdings topfit aus, obwohl er im Gegensatz zu Arsène und mir kein Fan von Fitnessstudios war. Er stand auf Bergsteigen und betrieb diesen Sport professionell, mit der Unterstützung diverser Sponsoren. Mir hatte sich der Reiz solcher Nahtod-Erfahrungen nie erschlossen. Das Leben brachte eine Sterblichkeitsrate von einhundert Prozent mit sich. Wieso legte Riggs es darauf an, aus viertausend Metern Höhe von einer verdammten Klippe zu stürzen?

Ich schüttelte den Kopf. »Nein. Die Verhandlung wird sich noch einige Wochen hinziehen. Und wenn ich ihr meine wahre Identität danach enthülle, könnte sie das dann immer noch gegen mich verwenden. Damit wäre meine ganze Arbeit umsonst gewesen.«

Ich hatte meine Kenntnisse hinsichtlich der berufsrechtlichen Regeln wieder aufgefrischt. Es existierte keine, die es mir untersagte, mit Arya zu schlafen. Allerdings würde es kein gutes Licht auf mich werfen. Und natürlich gab es da diese lästigen Einheitsvorschriften für Situationen wie meine. Ein kompetenter Anwalt könnte vor Gericht geltend machen, dass meine Handlungsweise darauf abgezielt habe, den Prozess zu beeinflussen. Und in Anbetracht der Umstände würde er damit womöglich sogar Erfolg haben. Amanda Gispen würde mich auf Schadensersatz verklagen, weil ich den Fall in den Sand gesetzt hatte. Dasselbe galt für Conrad. Egal, aus welchem Blickwinkel ich es betrachtete, kam eine Beziehung mit Arya schlichtweg nicht infrage. Arsène hatte recht. Ich musste sie aufgeben. Doch wie könnte ich das, wo ich jetzt wusste, dass sie versucht hatte, mir zu schreiben? Dass sie geglaubt hatte, ich wäre ans andere Ende der Welt verzogen? Dass ich mich einfach aus dem Staub gemacht hatte?

Ich war mir so sicher gewesen, was ihre Mitschuld an meinem Schicksal betraf, dass mir nie der Gedanke gekommen war, Conrad könnte ihr Lügen aufgetischt haben, um den Schlag abzumildern. Die Vorstellung, dass Arya die Wahrheit nicht gekannt hatte, raubte mir den Schlaf, sie ließ mich Fälle verlieren und meinen gottverdammten Verstand. All diese Jahre – all dieser *Zorn* –, dabei hatte sie sich überhaupt nichts vorzuwerfen.

Die sorgsam konstruierte Geschichte meines Lebens und seiner Begleitumstände lag in Schutt und Asche. Und ich konnte niemand anderem als mir selbst die Schuld daran geben, dass ich voreilige Schlüsse gezogen hatte.

Was Arya betraf, so war sie von jedem Mann, der ihr irgendetwas bedeutete, angelogen worden. Ich fühlte mich beschissen, wenn auch nicht beschissen genug, um aus Ehrenhaftigkeit mein ganzes Leben zu ruinieren.

»Wie du meinst. Dann schieß sie in den Wind, und schau nach vorn«, riet Arsène mir im selben nüchternen Ton, in dem er mir vorschlagen würde, mein Anlageportfolio zu diversifizieren.

Ich steckte mir eine Scheibe rohen Thunfisch in den Mund. »Das Gute ist, ich muss sie nicht mal in den Wind schießen. Ich brauche sie nur nie wieder anzurufen. Arya wird sich bei mir nämlich definitiv nicht melden.«

Riggs hob grinsend seine Bierflasche an die Lippen. »Und das macht dir anscheinend nicht das Geringste aus.«

Wichser.

Arya rief weder am nächsten Tag an noch am übernächsten.

Ich ließ unsere letzte Begegnung Revue passieren.

Die Art, wie sie von Nicky gesprochen hatte. Mit schmerzerfüllter Stimme und Tränen in den Augen.

Ihre Gefühle wirkten aufrichtig. Andererseits hatte Arya überzeugend unter Beweis gestellt, dass sie eine ziemlich gute Schauspielerin sein konnte.

Ich hegte nicht länger den Verdacht, dass ihr das fehlende Buch womöglich nicht aufgefallen war. Einer Frau wie Arya würde so etwas niemals entgehen. Unterdessen brannte *Abbitte* ein Loch in das Parkett meines Schlafzimmers. Ich weigerte mich, den Roman zu lesen. Weil ich das merkwürdige Gefühl hatte, dadurch meine Niederlage einzugestehen.

Es war gut, dass Arya nicht angerufen hatte, versuchte ich mir einzureden. Ich konnte ihr das Buch jederzeit per Kurier zurückschicken und die Sache abhaken. Wir durften uns nicht wiedersehen. Jede Minute, die wir miteinander verlebten, brachte sie der Wahrheit näher. Und selbst wenn dem nicht so wäre, was erhoffte ich mir? Mein Ziel war es gewesen, mit der Vergangenheit abzuschließen. Das hatte ich getan. Sache erledigt.

Der Prozess lief gut.

Meine Karriere nahm Fahrt auf.

Warum war ich dennoch nicht zufrieden?

Eine Woche war verstrichen.

Ich ging ins Fitnessstudio und ins *Brewtherhood*. Arya kam nicht. Auch nicht ins Gericht. Langsam bereute ich es, ihr in einem Anfall von Barmherzigkeit davon abgeraten zu haben, dem Prozess beizuwohnen.

Sie gab nicht nach. War es ihrem Stolz geschuldet oder ihrem Selbsterhaltungstrieb? Jedenfalls stieg sie dadurch nur weiter in meinem Ansehen.

Aller Voraussicht nach hätte ich gut und gern noch einen Monat so weitermachen können. Mir lag der Wettstreit im Blut. Genau wie ihr. Schon als Teenager hatten wir aus allem ein Spiel gemacht, das es zu gewinnen galt. Doch dann sah ich sie eines Tages auf einem der Flachbildschirme im Fitnessstudio, als ich gerade Gewichte stemmte. Sie war Gast in einer Frühstückssendung.

Sie sah atemberaubend aus. So hinreißend, dass ich sekundenlang nicht mal mitbekam, was sie sagte, sondern in der Erinnerung daran schwelgte, wie sie sich neulich unter mir gewunden und um mehr gebettelt hatte.

Arya trug ein schulterfreies, mit Schmetterlingen bedrucktes Korsagenkleid. Ich ließ die Hanteln zu Boden sinken und pirschte näher zum Bildschirm hinüber, um besser zuhören zu können. Die Moderatorin – eine Frau mit blondem Bob und zu viel Tubenbräune im Gesicht, deren Alter irgendwo zwischen achtunddreißig und neunundfünfzig rangierte – befragte Arya nach der Imagekrise, mit der ein bestimmtes, der britischen Königsfamilie angehörendes Ehepaar derzeit zu kämpfen hatte. Arya gab mit professionellem Sachverstand Auskunft. Ich war neugierig, was sie überhaupt zu diesem Fernsehauftritt bewogen haben mochte, bis die Moderatorin sich nach Beendigung des Interviews in Lobeshymnen über Aryas PR-Agentur erging und sich als eine hochzufriedene Kundin von Brand Brigade outete.

Gratiswerbung. Rätsel gelöst.

Noch am selben Tag ging ich zu Barnes & Noble und erstand ein eigenes Exemplar von *Abbitte*. Es gab dort nur die Ausgabe mit dem Filmplakat auf dem Titel und weißem anstelle von cremefarbenem Papier. Doch für meine Zwecke war das vollkommen ausreichend. Ich riss eine Seite heraus, betupfte sie mit Tee und ließ sie ein paar Stunden auf dem Fensterbrett in meinem Büro trocknen, bevor ich sie zusammen mit einer kleinen Botschaft in einen Umschlag steckte.

Ich habe etwas, das dir gehört. Falls du diesen Roman lebend zurückhaben willst, dann befolge meine Instruktionen, und wende dich ja nicht an die Polizei.
Anweisung 1: Triff mich heute um halb sieben vor dem Hayden Planetarium.
Verspäte dich nicht.
C.

Ich griff zum Hörer und kontaktierte meine Sekretärin.

»Sie müssen eine Sendung für mich verschicken. Und zwar sofort.«

Um zwanzig nach sechs entdeckte ich Arya, die, ins eisblaue Licht des Gebäudes hinter ihr getaucht, vor dem Planetarium auf und ab wanderte.

In Filmen und auch in den Romanen, die Arya so sehr liebte, machte die Heldin stets einen verunsicherten, zurückhaltenden Eindruck, während sie auf das Eintreffen ihres Liebsten wartete. Nicht so Arya. Der kleine Teufelsbraten hing am Handy und drohte dem Mann am anderen Ende der Leitung, sich eine Birkin Bag aus seiner Haut machen zu lassen, wenn er den Namen des Reporters nicht herausbekäme, der diese saftige Information über einen ihrer Kunden veröffentlicht hatte. Ich hielt mich im Hintergrund und sog ihren Anblick in mich auf, als mir plötzlich dämmerte, warum ich mich nicht von ihr fernhalten konnte: Wir waren uns erschreckend ähnlich.

Krieger, die nach Blut lechzten. Obwohl wir aus komplett unterschiedlichen Verhältnissen stammten, waren wir trotzdem aus demselben Holz geschnitzt. Wir konnten blitzschnell die Krallen ausfahren und scheuten beide nicht vor skrupellosen Entscheidungen zurück, wenn etwas Wichtiges auf dem Spiel stand.

Fragte sich nur, wie viel Arya noch an ihrem Vater lag. Ich hatte keine Möglichkeit, das in Erfahrung zu bringen, und war auch nicht so naiv, ihr diesbezüglich auf den Zahn zu fühlen.

Mit zügigen Schritten marschierte ich weiter in ihre Richtung. Sie drehte sich auf dem Absatz um, dann blieb sie wie angewurzelt stehen, als ihr Blick auf mich fiel, und starrte mich mit aufgerissenen Augen an.

»Ich muss jetzt aufhören, Neil. Halt mich auf dem Laufenden.«

Sie steckte ihr Handy weg und stürmte auf mich zu.

»Wo ist mein Buch, Miller?«, fauchte sie, eindeutig auf Krawall gebürstet.

Ich stoppte mehrere Meter von ihr entfernt und genoss ihren auf mich gerichteten Blick. »Das ist alles? Kein *Hallo, wie geht's dir?*«

»Es interessiert mich nicht, wie es dir geht. Sondern nur, dass du mein Lieblingsbuch gestohlen hast.«

»Du bekommst es zurück«, erwiderte ich in gleichmütigem Ton. »Vorausgesetzt, du spielst deine Trümpfe richtig aus.«

»Es ist nicht mehr vollständig!« Sie fischte die Seite, die ich ihr am Vormittag geschickt hatte, aus ihrer Handtasche und wedelte damit vor meinem Gesicht. Ich verbiss mir ein Lachen und holte das von mir erworbene Exemplar von *Abbitte* aus meinem Aktenkoffer.

»Das Original ist heil und unversehrt.«

Arya schwankte sichtlich und griff sich mit der Hand ans Herz. »Gott sei Dank. Ich dachte schon, ich muss dich umbringen. Ein Leben im Gefängnis ist zwar nicht erstrebenswert, trotzdem hätte ich diese Strafe in den vergangenen Stunden absolut in Kauf genommen. Und, damit wir uns richtig verstehen, es ist und bleibt eine Schandtat, *irgendein* Buch zu zerfleddern, aus welchen Gründen auch immer.«

»Auch wenn ich mich damit rechtfertigen kann, dass ich nichts weiter wollte, als dir eine Reaktion zu entlocken?«

»Dann erst recht.«

»Sie haben mir gefehlt, Ms Roth.«

»Lass den Quatsch, Miller.«

Wir betraten das Planetarium. Arya fragte nicht, warum ich sie ausgerechnet hier hatte treffen wollen. Das war auch nicht nötig. Es leuchtete sofort ein, als wir uns die »The Color of Nature«-Ausstellung ansahen.

»Wie du weißt, sind viele Tiere bekannt dafür, Farben zur Tarnung zu benutzen«, bemerkte ich. Wir spazierten an einer schlichten weißen Wand entlang, die unsere Silhouetten in allen Farben des Regenbogens reflektierte. Um uns herum tanzten Kinder mit ihren eigenen Schatten, derweil ihre Eltern auf einem Monitor eine Erläuterung der Ausstellung verfolgten.

»Und um potenzielle Partner anzulocken.« Arya drückte ihre

zusammengeknüllte Jacke gegen ihre Brust. »Worauf willst du hinaus?«

Fasziniert schauten wir uns ein Video an, auf dem eine strahlend weiße Blume mitten in der Nacht ihre Blütenblätter öffnete. »Darauf, dass Dinge nicht immer das sind, was sie zu sein scheinen.«

»Wieso habe ich das Gefühl, dass es da etwas gibt, das du mir sagen möchtest, wozu du dich aber nicht überwinden kannst?« Sie hielt den Kopf schräg.

Weil es so ist.

Weil ich es bin.

Weil ich nicht begreife, wie es sein kann, dass du mich selbst aus nächster Nähe nicht wiedererkennst, obwohl ich dir angeblich so viel bedeutet habe.

Aber ich beließ es bei einem Lächeln und reichte ihr die zweite Botschaft. Ich hatte sie allesamt vorab geschrieben, was mir offen gestanden nicht ähnlichsah. Bislang beschränkte sich – so ich mir denn überhaupt je zum Ziel setzte, eine Frau zu umgarnen – mein Einsatz darauf, sie zum Essen einzuladen. Stirnrunzelnd strich Arya den Zettel glatt.

Anweisung 2: Mach mich mit deinem bevorzugten Streetfood bekannt.

Sie sah mich an, und da war plötzlich eine Wärme in ihren Augen, zu der ich sie eigentlich nicht für fähig hielt. Diese Prinzessin mit der Chanel-Tasche und dem Fünfhundert-Dollar-Haarschnitt, die noch nie in ihrem Leben mit Hunger und Verzweiflung in Berührung gekommen war.

»Was ist aus deiner Überzeugung geworden, dass das mit uns keine Zukunft hat? Für mich klingt das ganz so, als wären wir nur noch ein paar Küsse davon entfernt, einen auf verliebtes Pärchen zu machen und uns eine Französische Bulldogge namens Argus zuzulegen.«

»Erstens würde ich niemals einen Hund halten. Darauf gebe ich dir mein Wort. Wenn ich wollte, dass jemand mein Apartment ruiniert, würde ich deinen Inneneinrichter anheuern. Nichts für ungut.«

»Kein Problem. Ich gebe nämlich einen Scheiß drauf, was du über meine Wohnung denkst.«

Das war offensichtlich, trotzdem hatte ich ihr nicht auf den Schlips treten wollen.

»Zweitens bin ich vor allen Dingen ein Gentleman. Und drittens ist der einzige romantische Aspekt am heutigen Abend, dass wir am Ende Sex haben werden.«

Arya schüttelte den Kopf, doch zumindest war sie einsichtig genug, mir nicht zu widersprechen. Wir wussten beide, worauf das Ganze hinauslief, wie heftig wir uns in den Fängen der Begierde verloren hatten.

Irgendwann saßen wir auf den Stufen der New York Public Library und aßen Waffeln mit Schokofondant, Haselnusscreme und Keksbröseln.

Wahrscheinlich sahen wir aus wie das perfekte Paar, der Inbegriff eines Großstadt-Dates. Zwei attraktive Menschen Anfang dreißig, die sich zu Füßen einer der großartigsten Einrichtungen Amerikas ein Dessert teilten. Eine zuckersüße Illusion.

»Wie hast du es bis dato geschafft, einem Herzinfarkt zu entrinnen?«, fragte ich nach drei Bissen. Ich hatte schon seit meinem dreißigsten Geburtstag nichts vergleichbar Ungesundes zu mir genommen und längst erkannt, dass ich, um in Form zu bleiben, auf meine Ernährung achten musste.

Arya tippte sich mit ihrer Plastikgabel an die Unterlippe und tat, als dächte sie über meine Frage nach. »Höre ich da ein gewisses Wunschdenken heraus, Mr Miller?«

»Wir können aufhören, uns vorzugaukeln, dass wir einander hassen. Sämtliche Indizien verweisen auf das Gegenteil.«

»Ich war nie ein Fan von ständigem Maßhalten. Wenn ich Lust auf etwas Bestimmtes habe, dann esse ich es.« Sie zuckte die Achseln. »Vielleicht bin ich zu unvorsichtig.«

Ich lachte verhalten. »Eine unvorsichtige Frau hätte mich sofort angerufen, nachdem sie feststellen musste, dass ihr Lieblingsbuch verschwunden war. Wann hast du es eigentlich bemerkt?«

»Ungefähr eine halbe Sekunde, nachdem ich meine Augen aufschlug.« Sie leckte sich über die Lippen. »Mehr oder weniger.«

»Warum ausgerechnet *Abbitte*?«, erkundigte ich mich erneut. »Von allen Büchern auf der Welt hast du dieses zu deinem Favoriten erkoren. Wieso nicht eins von Austen? Oder Hemingway? Oder Woolf, Fitzgerald oder meinetwegen sogar Steinbeck?«

»Wegen der Thematik.« Sie kniff die Augen zusammen und blinzelte in die Dunkelheit. »*Abbitte* handelt von Schuld. Davon, wie durch die Gedankenlosigkeit eines Kindes das Leben von zig Menschen aus den Gleisen geworfen wird. Irgendwie kommt es mir so vor ...« Zwei steile Falten erschienen zwischen ihren Brauen. »Ich weiß nicht, wie ich es ausdrücken soll. So als wäre dieses Buch zusammen mit mir herangereift. Jedes Mal, wenn ich es las, entdeckte ich einen weiteren Aspekt, mit dem ich mich identifizieren konnte.«

»Hängt das irgendwie mit diesem Jungen zusammen?«, fragte ich bedachtsam. Ich kreiste zu dicht um die Wahrheit, erkannte mich in Aryas Gegenwart selbst nicht wieder.

Plötzlich schien ihr ein Gedanke zu kommen, und sie setzte sich aufrecht hin. »Warum bin ich hier, Christian?« Sie legte die Gabel auf ihre halb verputzte Waffel und drehte mir das Gesicht zu. »Dein Ziel war es, mit mir zu schlafen, und das hast du erreicht. Anschließend bist du verschwunden, ohne eine Nachricht zu hinterlassen, mich anzurufen oder mir zu texten. Stattdessen hast du etwas mitgehen lassen, von dem du erwartetest, dass ich dafür auf Knien zu dir zurückgekrochen käme. Was treibst du für ein Spiel? Im einen Augenblick bist du warm und zugänglich, im nächsten kalt und abweisend. Mal bist du zärtlich, dann wieder mürrisch. Ich weiß nicht, ob du mein Freund bist oder mein Feind. Ständig wechselst du hin und her. Ich werde nicht schlau aus dir, und wenn ich ganz ehrlich sein soll, komme ich langsam an den Punkt, wo deine Geheimnistuerei deine Anziehungskraft überlagert.«

Um Zeit zu gewinnen, nahm ich ihren Pappteller und entsorgte ihn zusammen mit meinem in einem nahen Abfalleimer. Ich ging zu ihr zurück und setzte mich direkt neben sie, während sie ihren Teebecher umklammert hielt.

»Ich bin noch nicht fertig mit dir«, bekannte ich. »Ich wünschte, es wäre anders, nur ist es nun mal leider so.«

»Du benimmst dich wie ein Teenager.«

Weil ich einer war, als du mich abserviert hast.

»In dem Fall schlage ich vor, wir fangen heute Abend noch mal ganz von vorn an. Der Prozess wird in wenigen Wochen beendet sein. Es könnte funktionieren, wenn wir uns bedeckt halten. Wir genießen unsere gemeinsame Zeit, anschließend brechen wir zu neuen Ufern auf.«

Arya dachte über meinen Vorschlag nach. Ich setzte ein beiläufiges Lächeln auf. Die Entscheidung lag allein bei ihr. Sie konnte Nein sagen, mir den Rücken kehren und ihrer Wege ziehen. Trotzdem würde mein Verlangen nach ihr niemals erlöschen. Ich hatte den ersten, den zweiten und den dritten Schritt gemacht. Und ich ließ sie nicht vom Haken.

»Überredet«, willigte sie schließlich ein. Das war mein Stichwort, ihr meine dritte Botschaft zu überreichen.

»Noch eine?« Ihre Brauen machten eine ruckartige Aufwärtsbewegung, trotzdem nahm sie den Zettel entgegen.

»Die letzte.« Ich beobachtete, wie sie ihn auseinanderfaltete.

Anweisung 3: Hab Sex mit mir in der Bibliothek.

Als sie dieses Mal zu mir hersah, lag keine Heiterkeit in ihrem Blick. »Hast du den Verstand verloren?«

»Das wäre durchaus denkbar«, räumte ich ein.

»Also, fangen wir mit dem Offensichtlichen an: Die Bibliothek hat um diese Uhrzeit geschlossen.«

Ich fasste in die Tasche meiner Caban-Jacke und zog den Schlüssel zu einer der Seitentüren hervor. »Problem gelöst. Nächster Einwand?«

Aryas Augen glitzerten. »Woher hast du den?«

»Ich kenne jemanden, der jemanden kennt, der vielleicht oder vielleicht auch nicht dort arbeitet.«

Und ich habe es mich eine Stange Geld kosten lassen, das hier zu ermöglichen. Doch das behielt ich wohlweislich für mich.

»Das Ganze wäre auch deshalb Wahnsinn, weil es verboten ist.«

»Wenn im Wald ein Baum umfällt und niemand es mitbekommt, verursacht er dann trotzdem ein Geräusch?«

»Logo.« Ihr Blick besagte, dass ich gar nicht erst versuchen brauchte, einen auf unschuldig zu machen. »Wenn man uns erwischt, wäre das ein Titelseitenfüller für die Klatschpresse.«

»Man wird uns nicht erwischen.« Ich stand auf. »Vertrau mir. Für mich stehen ein Zweihundert-Millionen-Dollar-Fall und eine Partnerschaft auf dem Spiel. Ich werde das alles nicht für eine Nummer wegwerfen, egal, wie heiß und schmutzig.«

Noch während ich das sagte, wurde mir das Ausmaß meiner Dummheit voll bewusst. Arya wurde sofort hellhörig und sprang nun ebenfalls auf die Füße. Als würde die bloße Vorstellung, ich könnte meine Karriere in den Sand setzen, ihre Lebensgeister wecken.

»Klingt für mich nach einer Herausforderung.«

Nein, mein Eindruck hatte mich nicht getrogen.

Wir umrundeten das Gebäude, bis ich die Tür fand, die ich suchte. Ich steckte den Schlüssel ins Schloss und stieß sie auf. Drinnen war es stockfinster. Warme Luft schlug uns entgegen, zusammen mit dem Geruch nach alten Büchern, abgegriffenem Leder und Eichenholz. Arya schob ihre Hand in meine, ich drückte sie und ging voran in den Lesesaal.

»Obwohl ich mein ganzes Leben in dieser Stadt verbracht habe, war ich noch nie in der Abteilung für seltene Bücher«, hörte ich Arya hinter mir murmeln. Daran würde sich auch heute nichts ändern, weil der Zutritt einen gesonderten Schlüssel erforderte, trotzdem war ich drauf und dran, ihr zu versprechen, dass wir diesen Teil der Bibliothek irgendwann besuchen würden. Nur war das nicht realisierbar. Wenn wir uns am helllichten Tag zusammen in der Öffentlichkeit sehen ließen, würde das unseren Karrieren den Todesstoß versetzen. Von Aryas nahezu nichtexistenter Beziehung zu ihren Eltern ganz zu schweigen. Wir waren dazu verdammt, die Freuden des Lebens im Verborgenen zu genießen.

Der Lesesaal war gigantisch groß, nicht eine einzige Tischlampe brannte. Im Dunkeln erinnerte er ein wenig an eine verlassene Fabrikhalle. Ein Hort der Ideen, der Träume und Möglichkeiten. Ich fühlte mich wieder wie vierzehn, als ich Arya in den Raum hineinzog.

»Bitte sag mir nicht, dass du meinen Roman irgendwo hier versteckt hast.« Ihr Blick schweifte über die rappelvollen Bücherregale, die sich über alle Wände zogen.

Mein Lachen klang blechern. »So ein Sadist bin ich nun auch wieder nicht.«

»Darüber lässt sich streiten.« Sie trat vor eins der Regale und inspizierte die Titel. Ich beobachtete sie. Das tat ich unaufhörlich. Ihre Locken – das einzig Ungebärdige an ihrer Erscheinung – umrahmten ihr Gesicht wie ein Glorienschein. Würde ich sie immer noch so bezaubernd, so verführerisch und begehrenswert finden, wenn ich mich offiziell zu ihr bekennen dürfte? Sie herumzeigen und zu Firmenveranstaltungen mitnehmen könnte? Wenn mein Kind in ihrem Bauch heranwüchse? Ich fragte mich, ob meine Besessenheit von ihr allein meinem Rachedurst entsprang oder ob mehr dahintersteckte. Das Gefühl, Besitzanspruch auf Arya zu haben, nach allem, was ich wegen ihr erlitten hatte.

»Christian?«, riss ihre Stimme mich in die Gegenwart zurück. Ich schüttelte leicht benommen den Kopf. Es irritierte mich jedes Mal wieder, wenn sie mich mit diesem Namen ansprach.

»Ja?«

»Hast du auch nur ein Wort von dem gehört, was ich sagte?«, fragte sie und drehte sich mit einem schelmischen Funkeln in den Augen zu mir um.

»Nein«, gab ich zu. »Ich war abgelenkt.«

»Wovon?«

»Von der Vorstellung, wie meine Hände deinen Po umfassen, während ich dich über diesen Tisch hier beuge und dich von hinten nehme.«

Sie kam mit wiegenden Hüften auf mich zu, dabei strich sie mit der einen Hand bedächtig über den langen Holztisch, mit der anderen streckte sie mir ein Buch hin.

»Schlag irgendeine Seite auf und lies mir einen Absatz daraus vor.«

»Warum?«

»Weil ich dich darum bitte.«

»Das ist dein einziges Argument? Weil du mich darum *bittest*?«

Sie setzte eine ausdruckslose Miene auf.

Ich musste lachen. »Meinetwegen.«

Zum ersten Mal hatte ich das Gefühl, dass sie mir auf die Schliche gekommen war, meine wahre Identität entdeckt hatte. Denn die vierzehnjährige Arya hatte verdammt genau gewusst, dass der vierzehnjährige Nicholai ihr keinen Wunsch abschlagen konnte. Na schön. Dann würde ich eben mitspielen. Ohne die Augen von ihr abzuwenden, nahm ich das Buch und blätterte zu einer x-beliebigen Seite. Ich senkte den Blick auf den Text und las ihn vor. Er handelte davon, dass Frauen Gift seien.

Ich besah mir den Titel. *Erste Liebe* von Ivan Turgenev.

»Warum gerade dieses Buch?«, wollte ich wissen.

»Warum gerade dieser Absatz?«, konterte sie.

»Reiner Zufall.«

»Genau wie bei mir. Ich wollte nur sehen, ob du dich im Gegenzug auch auf meine Spielchen einlässt.«

Ich legte den Roman weg und rückte dichter an sie heran. Sie wich zurück.

»Anscheinend springe ich auf alles an, was du mir anbietest.«

Sie machte wieder einen Schritt nach hinten. Nur noch ein guter Meter bis zu dem Tisch. »Wie kommt das, Christian? Auf mich wirkst du nicht wie ein großer Romantiker.«

Ich setzte noch einen Fuß vor. »Das bin ich auch nicht.«

»Warum dann also?« Ein letztes Mal noch bewegte sie sich rückwärts, worauf sie mit den Beinen gegen den Tisch stieß und anhielt. Ich grinste, war mit einem einzigen Schritt bei ihr und presste sie gegen die Tischplatte.

»Weil ich bedauerlicherweise nur Sie will, Ms Roth.«

Ich baute mich vor ihr auf und stützte mich mit den Händen

neben ihr ab. Dann senkte ich den Kopf und bemächtigte mich ihres warmen Mundes. Sie öffnete bereitwillig die Lippen, und ich schmeckte Puderzucker, Haselnusscreme und Pfefferminztee. Gift, Zerstörung und Unausweichlichkeit. Sie presste eine Hand auf meine Brust, strich mit der anderen über meine Schulter, bevor sich ihre Finger in mein Haar krallten. Ich stöhnte auf und dachte schon, sie wolle den Kuss unterbrechen, als ihre Hand tiefer glitt, über meine Bauchmuskeln bis zum Bund meiner Hose. Meine Erektion ließ sich unmöglich verbergen, mein Schwanz war aufgerichtet und bettelte förmlich um Aufmerksamkeit.

Ihre Hand umfasste ihn durch den Stoff hindurch, und weil ich mich nicht gleichzeitig auf das Spiel unserer Zungen konzentrieren konnte, wandte ich mich stattdessen ihrem Hals zu und bedeckte ihn mit kleinen Küssen. Von einer heftigen Rastlosigkeit erfasst, wartete ich darauf, was sie als Nächstes tun würde.

Arya packte mich beherzt am Schritt und zog mich so eng an sich heran, dass kein Zentimeter Raum mehr zwischen uns war. Fast wäre ich sofort gekommen. Dann war ihr Kopf plötzlich verschwunden. Verwirrt schaute ich nach, wo sie abgeblieben war, und stellte fest, dass sie vor mir kniete und meinen Reißverschluss öffnete.

Oh Gott.

Ich strich ihr die wilde Mähne aus dem Gesicht. Nicht in einem Anflug von Zärtlichkeit, redete ich mir ein, sondern um ihre Lippen besser sehen zu können, wie sie sich um meinen Schwanz schlossen. Besagtes Körperteil gelangte im selben Moment in Freiheit, als ich mich leicht nach vorn beugte, um eine der Tischlampen hinter Aryas Rücken anzuschalten.

Sie schaute nicht schüchtern oder gar verführerisch zu mir hoch, wie Frauen es in der Regel taten, bevor sie einen Blowjob gaben. Nein, sie umfasste kurz entschlossen meine Erektion und fuhr mit der Zunge über den Schaft, dann ließ sie sie als Zugabe um die Spitze kreisen. Keuchend wandte ich die Augen ab. Zu beobachten, wie sie mir Lust bereitete, war einfach zu überwältigend.

Als würde sie meine Gedanken lesen, wählte Arya genau diesen Moment, um so viel von mir aufzunehmen, wie sie konnte, während sie mich gleichzeitig mit den Fingern massierte. Um für immer in diesen Genuss zu kommen, wäre ich bereit gewesen, ihr den Rest meines Lebens und alles, was mir wichtig war, zu überschreiben, inklusive Arsène und Riggs.

»Arya.« Ich wühlte die Hände in ihr Haar und streichelte sie, musste sie unwillkürlich wieder ansehen. »Das fühlt sich so gut an.«

Es kam keine Antwort, noch nicht mal ein leises Stöhnen, was zur Folge hatte, dass ich auf irgendeine verbale Reaktion von ihr noch erpichter war als darauf, ihre Lippen um meinen Schwanz zu spüren. Vor allem, weil ich Gefahr lief, abzuspritzen wie ein Teenager, wenn sie auch nur zwanzig Sekunden weitermachte. Diese spezielle Demütigung wollte ich mir gern ersparen. Ergo zog ich sie am Ausschnitt ihres Kleids auf die Füße und eroberte ihren Mund mit einem heißen, räuberischen Kuss.

»Wir sind dermaßen geliefert.« Ihr Atem strich über mein Kinn, meine Zunge, während sie mit den Händen gierig über meinen Körper fuhr, ihre Finger sich in meinen Hintern gruben, meinen Rücken, meine Schultern. »Diese Sache wird definitiv ein böses Ende nehmen.«

Ich packte sie um die Taille, drehte sie um und schob ihr das Kleid hoch. Arya selbst war die Verkörperung von *Sex and the City*, wohingegen ihr Slip eher der Serie *Jane the Virgin* zu entstammen schien.

»Schon wieder ein Liebestöter?« Ich hielt mich nicht damit auf, ihn ihr auszuziehen, sondern schob ihn kurzerhand zur Seite.

»Ich möchte dich darüber in Kenntnis setzen, dass er aus hundert Prozent Baumwolle besteht und sich neutralisierend auf meinen PH-Wert auswirkt.«

Ich konnte mich vor Lachen kaum halten. »Arya, du bist einfach der Wahnsinn.«

»Und du brauchst ein Kondom. Streif dir eins über.«

Ich tat wie befohlen, während sie eine perfekte R-Position einnahm und ungeduldig mit den Fingernägeln auf den Tisch trommelte.

Dann drang ich in sie ein, wobei der elastische Saum ihres Höschens gegen meinen Schwanz drückte.

So will ich eines Tages sterben.

Zuzusehen, wie Arya mich von hinten in sich aufnahm, brachte mich fast um den Verstand. Trotzdem zog ich mich kurz aus ihr zurück und stieß dann noch tiefer in sie hinein. Wieder und wieder, hielt jedoch länger durch als beim letzten Mal. Weil ich Aryas Gesicht nicht sehen konnte und somit nicht daran erinnert wurde, mit *wem* ich hier zugange war. Ich schlang den Arm um ihre Taille, stimulierte ihre Klitoris und leckte mit der Zunge über ihre Ohrmuschel. Arya gab leise Laute der Erregung von sich, die mich beinahe meinen Namen vergessen ließen. Den alten und den neuen.

»Ich komme gleich«, stöhnte sie. Ich konnte sie gar nicht erst mit süßen Worten dazu ermuntern, als sie auch schon keuchend zu zucken begann, ihre Muskeln sich verkrampften und sich um meinen Schwanz zusammenzogen. Ich stieß schneller und härter zu, strebte meinem eigenen Orgasmus entgegen. Als Sekunden später auch ich den Höhepunkt erreichte, blieb ich noch tief in ihr, kostete jeden Moment so lange wie möglich aus.

»Ich gebe zu, das war genau, was der Arzt mir verschrieben hat.« Arya richtete sich auf, zupfte ihren Slip zurecht und brachte ihr Kleid in Ordnung. »Und jetzt wird es Zeit, mir mein Buch auszuhändigen, Christian.« Sie zog mithilfe eines kleinen Handspiegels ihren Lippenstift nach, war plötzlich wieder die Sachlichkeit in Person. Ich entsorgte das Kondom und verstaute meinen noch immer halb steifen Schwanz in meiner Hose. Vielleicht würde das mit Arya und mir bis zum Ende des Prozesses immer so laufen.

»Unbedingt. Wie wäre es, wenn du es morgen Abend bei mir zu Hause abholst? Waffeln kann ich dir nicht versprechen – sonst passe ich irgendwann nicht mehr in meine Anzüge –, dafür werde ich dir meine berühmte Hähnchenbrust mit Quinoa zaubern. Und wenn du brav bist, bekommst du vielleicht sogar ein Glas Wein dazu.«

Ich war auf einen Tobsuchtsanfall gefasst. Schließlich hielt ich immer noch ihr Lieblingsbuch als Geisel. Doch anstatt mich mit Schimpfnamen – Betrüger, Lügner, Schurke – zu belegen, so wie ich es verdiente, lächelte sie einfach nur.

»Weißt du was? Du kannst es behalten, solange wir uns miteinander vergnügen. Was sind schon ein paar Wochen hin oder her, gemessen am großen Ganzen? Vorausgesetzt, wir halten uns an gewisse Regeln.«

»Nenn sie mir.« Ich strich mein Sakko glatt und lehnte mich an den Tisch ihr gegenüber. Sie steckte den kleinen Spiegel und den Lippenstift zurück in ihre Handtasche.

»Erstens werden wir uns nicht zusammen in der Öffentlichkeit sehen lassen. Zu riskant. Zweitens wird es kein Kennenlernen von Angehörigen, Freunden oder Kollegen geben. Wir halten unsere Leben strikt getrennt.«

»Einverstanden. Regel Nummer drei: keine L-Wörter. Weder das eine noch das andere«, fügte ich hinzu.

»Es gibt zwei?«

»*Leiden können* zählt auch dazu.«

Sie nickte mit unbewegter Miene. »Viertens: Falls einer von uns jemanden kennenlernt, wird der andere beiseitetreten. Ohne Schuldzuweisungen oder den Versuch, das Ruder noch herumzureißen. Das mit uns ist nur eine flüchtige Affäre, mehr nicht.«

Ich verspürte den Drang, auf irgendetwas einzuprügeln. Vorzugsweise auf den gesichtslosen Drecksack, der mir meine kostbaren Momente mit Arya stehlen würde. Nichtsdestotrotz willigte ich ein. »Das ist nur fair. Sonst noch was?«

»Ja.« Sie räusperte sich. »An dem Tag, an dem der Prozess endet, endet auch unsere Beziehung. Es wird kein offizielles Trennungsgespräch geben. Derlei Unterhaltungen sind überflüssig und belastend. Stattdessen erwarte ich, meine Ausgabe von *Abbitte* unversehrt und sorgfältig verpackt in meinem Briefkasten vorzufinden.«

Wir besiegelten unser Abkommen per Handschlag. Jetzt blieben mir mindestens zwei weitere Wochen mit ihr.

Mehr brauchte ich nicht.

24. KAPITEL

Arya

Heute

Ich traf meine Mutter drei Tage später in einer kleinen Buchhandlung, wo ich ein neues Exemplar von *Abbitte* erstand. Sie kam, den Duft von teurem Haarspray verströmend, in den Laden gefegt, nachdem sie sich zuvor in einem Friseursalon die Haare hatte machen lassen.

Beatrice hauchte mir zur Begrüßung einen Kuss auf jede Wange, als wären wir Mitglieder im selben Bridge-Club, dann rümpfte sie angewidert die Nase, wie um mich auf einen schlechten Geruch hinzuweisen. »Wie kurios. Ich wusste gar nicht, dass in diesem Teil der Stadt ein solches Etablissement existiert. Die Miete muss *astronomisch* sein.«

»Der Laden nimmt Spenden entgegen, um sich über Wasser zu halten. Lass mich dir den Internet-Link schicken. Ich für meinen Teil habe einen Dauerauftrag eingerichtet.«

»Ach, Schätzchen. Dein schlechtes Gewissen wegen deines Treuhandfonds ist einfach zu *liebenswert*.« Sie hatte die Dreistigkeit, mir die Haare zu zausen, als wären wir ganz eng miteinander.

Unsere Wiederannäherung nach Jahren der Funkstille verlief gänzlich anders als in schnulzigen Kinofilmen.

Ich schlenderte durch die schmalen Gänge zwischen den

Regalen und schwang meinen Einkaufskorb vor und zurück. Es befanden sich schon einige Bücher darin, und drei oder vier weitere würden bestimmt noch dazukommen. Zu meiner Verteidigung sei gesagt, dass ich hart arbeitete für mein Geld. Außerdem wurde ich langsam ein bisschen nervös seit meinem Besuch bei Christian vor zwei Tagen. Sein Apartment war exakt so, wie ich es mir vorgestellt hatte: modern, luxuriös und steril. Ich hatte verstohlen nach meiner Ausgabe von *Abbitte* Ausschau gehalten, sie aber nirgendwo finden können. Dabei gab es in der spärlich möblierten Wohnung nicht allzu viele Verstecke. Als ich den Safe in seinem begehbaren Kleiderschrank genauer in Augenschein nahm, hatte Christian, der, nur nachlässig mit einem Laken bedeckt, noch im Bett lag, ein leises Lachen von sich gegeben. »Da drin ist es nicht, Ari. Ich würde niemals so berechenbar sein.«

»Wie geht es Conrad?«, fragte ich meine Mutter, die mir auf Schritt und Tritt folgte. Ich versuchte, mir weiszumachen, dass mich sein Befinden nicht sonderlich interessierte. Aber das Gegenteil war der Fall. Es ärgerte und beschämte mich, dass ich diesen Mann, den Anwaltshonorare und Entschädigungen den Großteil seines Vermögens kosten würden, nicht aus tiefster Seele hassen konnte.

»Keine Ahnung. Er hält sich von mir fern, und ich bleibe vorwiegend in meinem Teil der Wohnung. Ehrlich gesagt mache ich mir allmählich etwas Sorgen, was nach der Urteilsverkündung geschehen wird.« Sie nahm ein Buch aus dem Regal, bemerkte, dass es ein wenig staubig war, und stellte es mit angeekelter Miene wieder zurück.

»Wieso? Wirkt er psychisch instabil auf dich?« Ich legte den Kopf schief und schaute ihr prüfend ins Gesicht.

Beatrice klopfte sich den Staub von den Händen und warf mir einen verständnislosen Blick zu. »Was? Nein. Ich rede von der finanziellen Misere, die er mir eingebrockt hat.« Der Gedanke ließ sie schaudern. »Vielleicht muss ich das Penthouse verkaufen.«

»Gut.« Ich packte ein weiteres Buch in meinen Einkaufskorb. Ein neu erschienenes Erstlingswerk, dessen Einband mich ansprach. Es schien sich um die Sorte Liebesroman zu handeln, die mein Herz zum Schmelzen bringen und mich zu Tränen rühren würde. »Es war schon für drei Personen viel zu groß. Von einer einzigen ganz zu schweigen.«

»Aber was wird dann aus Aaron?« Sie klang entrüstet. »Ich wohne doch so nahe beim Friedhof.«

Ich ging zur Kasse. »Aaron bleibt logischerweise, wo er ist.« Ich konnte mir die sarkastische Antwort einfach nicht verkneifen. Die schiere Ich-Bezogenheit dieser Frau reizte mich bis aufs Blut. Bei unserer letzten Begegnung hatte sie mir noch erklärt, dass das Leben zu kurz sei. Und jetzt jammerte sie mir die Ohren voll, weil sie sich möglicherweise von einem der teuersten Pflaster Amerikas würde verabschieden und nach einer günstigeren Bleibe umsehen müssen.

Seufzend reichte ich der netten grauhaarigen Dame, der die Buchhandlung gehörte, meinen Korb. »Kann ich denn irgendetwas tun, um dir zu helfen?«, wandte ich mich um des lieben Friedens willen erneut an meine Mutter.

»Durchaus. Vielleicht könntest du ja mit deinem Vater reden –«

»Nein«, lehnte ich schroff ab. »Das kommt nicht infrage. Tut mir leid.«

»Wieso denn nicht?«

»Weil er ein furchtbarer, gewalttätiger Mensch ist, der weder meine Hilfe noch meine Aufmerksamkeit verdient. Und weil er mich mein ganzes Leben lang belogen hat.« *Um nur ein paar Gründe von vielen zu nennen.* Das Gerichtsverfahren gegen ihn spülte alte, bittere Gefühle zurück an die Oberfläche, die mir in Erinnerung riefen, dass ich Conrad niemals hätte vergeben dürfen, was er Nicky angetan hatte.

Ich zahlte mit Karte, anschließend rollte ich einen Fünf-Dollar-Schein zusammen und steckte ihn in die Trinkgeldbüchse, während die Ladenbesitzerin meine Bücher in einer Jutetasche verstaute und mir reichte. Dann verließen Mom und ich das Geschäft und steuerten den Coffeeshop nahe meiner Wohnung an.

»Du weißt doch, wie schrecklich labil dein Vater ist.«

»Außerdem hat er dich jahrelang emotional terrorisiert. Warum solltest du ihn um irgendwelche Zugeständnisse bitten?«

»Wie dir bekannt sein dürfte, kann ich mir keine eigene Wohnung leisten. Selbst wenn ich mich von ihm scheiden ließe, was zu diesem Zeitpunkt wohl kaum Sinn machen dürfte, müssten wir alles hälftig aufteilen. Sein Wirtschaftsprüfer sagt, dass mir voraussichtlich weniger als zwei Millionen bleiben würden.« Sie schniefte theatralisch. »Kannst du das fassen?«

»Ja, das kann ich.« Ich zog die Tür des Coffeeshops auf. »Conrad hat die letzten zwanzig Jahre unschuldige Frauen attackiert und geglaubt, niemand könne ihm etwas anhaben. Ihm für seine Verbrechen das letzte Hemd auszuziehen, scheint mir eine angemessene Strafe zu sein.«

»*Ich* habe diesen Frauen nichts zuleide getan.« Sie schlug sich mit der Faust auf die Brust. »Wieso sollte *ich* auf meinen gewohnten Lebensstandard verzichten müssen?«

»Gutes Argument. Andererseits hast du einen ehrlosen Mann geheiratet, der sein Geld und seine Handykamera zum Schaden anderer benutzt hat. Sobald diese Sache ausgestanden ist, solltest du dir eine hübsche Wohnung mieten oder, noch besser, dir eine kaufen, die deinen Mitteln entspricht, welche immerhin noch recht ansehnlich sind. Und dann suchst du dir einen Job.«

»Einen Job?« Ihre Augen wurden riesengroß, sie sah aus, als hätte ich ihr vorgeschlagen, sie solle bei einem Escort-Service anheuern. Ich gab unsere Bestellung auf – für sie einen Pfefferminztee, für mich einen Americano auf Eis. Dieses Mal bezahlte ich.

»Ja, Mutter. Ich hätte nicht gedacht, dass dich der bloße Gedanke an Arbeit dermaßen empören würde.«

»So ist es ja gar nicht«, schnaubte sie in gespielter Ernsthaftigkeit, die mitnichten überzeugend wirkte. »Aber niemand wird mich anstellen. Immerhin verfüge ich über keine nennenswerte Berufserfahrung. Ich war eine zweiundzwanzigjährige College-Absolventin, als ich deinen Vater geheiratet habe. Das Einzige, was ich vorweisen kann, ist der Ferienjob in einer Hooters-Bar vor sechsunddreißig Jahren. Meinst du, sie würden mich heute noch nehmen?« Sie zog ironisch die Brauen hoch.

Ich gab ihr ihren Teebecher, nahm meinen Kaffee und trat wieder hinaus in den Sonnenschein. Man spürte, dass der Frühling im Anzug war, er brachte Kirschblüten, Wärme und saisonal bedingte Allergien mit sich. Das Ende des Prozesses rückte mit jedem Tag näher und gleichzeitig auch mein Abschied von Christian.

»Du warst in deinem Country Club Vorsitzende des Veranstaltungskomitees, oder etwa nicht?«, fragte ich und stieg über die Leine einer Französischen Bulldogge hinweg.

»Schon, aber –«

»Und außerdem Leiterin des Wohltätigkeitsgremiums an meiner Schule?«

»Na und wenn schon. Das bedeutet nicht –«

Ich blieb vor meiner Haustür stehen. Ich würde Beatrice nicht einladen, mit nach oben zu kommen. Hauptsächlich, weil ich mich fertig machen musste, um Christian in ein paar Stunden am Pool zu treffen. Diese sündhafte Affäre beanspruchte immer größere Teile meines Lebens.

»Arbeite doch für mich«, schlug ich spontan vor. »Du hast ein großartiges Organisationstalent, siehst vorzeigbar aus, und du weißt, wie man andere Menschen dazu bringt, ihr Geld zu investieren. Du hast dein Leben lang nichts anderes gemacht. Steig als Marketingassistentin in meine Firma ein.«

»Arya.« Meine Mutter drückte die Hand auf die Brust über ihrem Herzen. »Das meinst du doch bestimmt nicht ernst. Ich kann in meinem Alter keiner geregelten Arbeit nachgehen.«

»Du *kannst* nicht?«, versetzte ich. »Interessante Wortwahl. Weil ich für meinen Teil denke, dass du nicht nur arbeiten kannst, sondern es in Anbetracht der finanziellen Situation, auf die du aktuell zusteuerst, auch unbedingt solltest.«

»Ich bin nicht wie der Durchschnittsbürger.«

»Bilden wir uns das nicht alle ein?«, sinnierte ich laut. »Dass wir anders sind? Besonders? Für größere, wichtigere Aufgaben bestimmt? Womöglich bist du genau wie ich, Mutter. Nur etwas planloser und anfälliger für böse Überraschungen.«

Ich trat ins Haus und knallte ihr die Tür vor der Nase zu.

Christian war schon da, als ich im Indoor-Schwimmbereich des Fitnesscenters eintraf. Er lümmelte in entspannter Pose am Beckenrand, ein Blickfang wie das Fresko *Die Erschaffung Adams*. Ich betrachtete die prägnante Kontur der Bauchmuskeln, die hervortretenden Bizepse, dabei fiel mir auf, dass sein Oberkörper noch trocken war.

Er hatte auf mich gewartet.

Ich warf mein Handtuch auf eine der Bänke und ging zu ihm. Wir verabredeten uns immer um eine Zeit, wenn der Pool für gewöhnlich verwaist war. Um Privatsphäre zu haben. Und die Gewissheit, dass niemand uns ertappte. Und selbst wenn, was könnte man uns vorwerfen? Wir waren zwei Fremde, die in verschiedenen Bahnen, Richtungen und Strömungen des Lebens schwammen.

Er blickte auf. »Du siehst hinreißend aus«, bemerkte er, und ich gab mich für einen Moment der Illusion hin, dass wir ein echtes Paar seien. Normal, vertraut und voll Zukunftspotenzial. Bis mich die Realität einholte und ich mich daran erinnerte, womit er seinen bisherigen Tag verbracht hatte, dass das mit uns nur eine Scharade war. Eine Ablenkung. Ein Mittel zum Zweck, um einen animalischen Trieb zu befriedigen. Frustriert stülpte ich mir meine Badekappe über.

»Hallo, Miller.« Ich tauchte mit einem Hechtsprung in die Bahn neben seiner, bevor ich Sekunden später wieder auftauchte und mich zu ihm an den Beckenrand gesellte. »Wie geht's mit dem Verfahren voran?«

»Zügig.« Mit einer geschmeidigen Bewegung ließ er sich neben mich ins Wasser gleiten. Es hatte die perfekte Temperatur, der Geruch nach Chlor und Bleiche schwängerte die Luft. »Wir werden bereits nächste Woche die Schlussplädoyers halten. Du hast doch nicht vor zu kommen, oder?«

Ich schüttelte den Kopf. Ein Teil von mir tat, als sei mein Vater gestorben. Was in gewisser Weise ja auch zutraf. Weil der Mann, den ich so sehr vergöttert hatte, nicht mehr existierte, falls er das je getan hatte.

Christian tauchte kurz unter, danach glitzerten Wassertropfen in seinen dichten Wimpern. »Da bin ich froh.«

»Wollen wir jetzt um die Wette schwimmen, oder was?«, forderte ich ihn auf. Wir kraulten fünfzig Meter. Wie immer gewann er. Wie immer gab ich mir große Mühe.

Normalerweise würde ich anschließend einen amüsierten Blick von ihm ernten. Aber heute schaute er mich mit einem geradezu schuldbewussten Ausdruck an. Doch das musste ich mir einbilden, schließlich hatte er mir klipp und klar zu verstehen gegeben, dass es ihm keine Gewissensbisse bereitete, das Schicksal meines Vaters endgültig zu besiegeln.

»Du willst dich *noch mal* mit mir messen?«, fragte er. »Wann wirst du endlich Ruhe geben?«

»Wenn ich gewinne.«

»Was, wenn das nie passiert?«

»Dann werde ich vielleicht nie Ruhe geben.«

»Mir tut der Mann, den du einmal heiraten wirst, schon jetzt leid.«

»Und ich applaudiere schon jetzt jeder meiner unzähligen Nachfolgerinnen, die dich in die Wüste schicken werden.«

Ich wartete auf das Startsignal, danach gab ich alles, schwamm schneller und kämpfte härter als je zuvor. Als ich am Ende der Bahn wendete, sah ich, dass Christian noch immer ein Stück hinter mir zurücklag.

Zum allerersten Mal ließ er mich absichtlich gewinnen. Das gefiel mir nicht.

Er soll dich nicht bemitleiden.

Aber wie könnte ich ihm nicht leidtun, wo er doch wusste, was auf mich und meine Familie zukam?

Auf einmal fühlte ich mich entsetzlich töricht. Weil ich mit diesem Mann geschlafen hatte, der meinen Vater – wenn auch verdientermaßen – zur Rechenschaft ziehen wollte. Weil ich mich von ihm in sein Bett hatte locken lassen, obwohl ich dagegen gewettet hatte.

Weil er für mich immer noch ein spitzbübisch lächelndes Mysterium im Designeranzug war.

Christian erreichte den Beckenrand und schüttelte sich das Wasser aus den Haaren. Sein Grinsen erstarb, kaum dass er meine verdrossene Miene bemerkte.

»Was ist los?«

»Du hast mich gewinnen lassen.«

»Gar nicht wahr.«

»Oh doch.« Wir hörten uns an wie Kinder.

»Und was wäre schon dabei?«, grunzte er.

»Ich will das nicht. Vergiss nicht, dass wir einander eben-
bürtig sind.«

»Und deshalb darf ich nicht nett zu dir sein?«

»Gegen nett habe ich nichts einzuwenden.« Ich stemmte
mich aus dem Pool, ließ ihn allein im Wasser zurück. »Aber
zieh niemals so eine linke Nummer bei mir ab.«

25. KAPITEL

Christian

Heute

Seit jenem Treffen am Pool, als ich Arya das Wettschwimmen gewinnen ließ, fühlten sich die Tage viel kürzer an als vierundzwanzig Stunden. Am Morgen danach beorderte Richter Lopez mich und Conrads Anwälte zu sich, um den Abschluss der Beweisaufnahme zu besprechen. Meiner Einschätzung nach würde der Fall in ungefähr einer Woche an die Geschworenen übergeben und das Urteil anschließend binnen weniger Tage feststehen.

An diesem Abend hatte Arya keine Zeit für mich. Sie war mit einem Kunden zum Essen verabredet. Erschwerend hinzu kam, so führte sie weiter aus, dass Jillian nicht vollumfänglich über unseren Beziehungsstatus – sofern man davon sprechen konnte – im Bilde war. Eigentlich hätte es mich nicht jucken sollen, dass Arya daraus ein Geheimnis machte. Ich meine, war das nicht der Sinn der Sache?

Trotzdem setzte es mir zu. Je näher das Ende des Prozesses rückte, desto weniger wichtig erschien es mir, Conrad Roth dranzukriegen. Lieber wollte ich die verbleibende Zeit mit seiner Tochter genießen.

Am nächsten Tag erteilte Arya mir erneut eine Absage. Dieses Mal, weil Jillian angeblich kränkelte.

»Ich denke, ich werde ihr eine Hühnersuppe mit Nudeln kochen und ein paar alte Folgen von *Friends* mit ihr gucken«, erklärte sie mir seufzend am Telefon. Lächelnd schluckte ich die Abfuhr. Was blieb mir anderes übrig? Es stand mir nicht zu, ihre Zeit, Energie oder Aufmerksamkeit einzufordern. Wir hatten uns auf eine unverbindliche Affäre verständigt, mit anderen Worten darauf, keine Ansprüche anzumelden.

Am dritten Abend – in vier Tagen würde sich die Jury zur Beratung zurückziehen – teilte sie mir per Textnachricht mit, dass ihre Eltern sie sehen wollten. Da sie nicht abschätzen könne, wie lange das Treffen dauern werde, halte sie es für besser, keine Pläne mit mir zu schmieden. Das war der Punkt, an dem ich begriff, dass sie mir bewusst aus dem Weg ging. Während einer kurzen Pause verließ ich das Gericht, sprang in ein Taxi und fuhr nach Hause. Ich pfriemelte Aryas Buch unter der losen Holzdiele hervor, machte ein Foto davon und schickte es ihr.

Christian: Das Maß ist voll, Arya. Triff mich heute Abend, und keiner kommt zu Schaden.
Arya: Du schreckst nicht einmal vor Erpressung zurück?

Wo es dich betrifft, schrecke ich vor gar nichts zurück.

Christian: Wir hatten eine Abmachung.
Arya: Ich kann mich nicht erinnern, einen Vertrag unterschrieben zu haben.

Ich bewegte mich Richtung Eingangstür. In zwanzig Minuten musste ich zurück im Gericht sein, um eine von Conrads Zeuginnen ins Kreuzverhör zu nehmen. Jetzt war nicht der richtige Zeitpunkt, um einem Rock nachzujagen.

Christian: Was ist los mit dir?

Arya: Ich sehe einfach keinen Sinn darin, jeden Abend mit dir zu verbringen, wenn das mit uns in wenigen Tagen sowieso vorbei sein wird.

Christian: Lass uns reden.

Ich nutzte die Pause bis zum Eintreffen ihrer Antwort, um einen Uber zu rufen. Sicherheitshalber schickte ich Claire eine Textnachricht mit der Bitte, sich für den Fall, dass ich mich verspätete, eine gute Ausrede auszudenken. Richter Lopez verstand keinen Spaß, auch wenn er meine Fähigkeiten auf dem Golfplatz schätzte.

Arya: Worüber?

Über das Wetter. Was dachtest du denn?

Christian: Ich komme um sechs zu dir nach Hause.

Arya: Nein. Jillian darf dich nicht sehen.

Schon wieder die alte Leier. Ich brachte es nicht über mich, ihr zu sagen, dass Arsène und Riggs über so ziemlich jedes unserer Abenteuer in meinem Bett – wahlweise meiner Küche, meiner Dusche, meinem Whirlpool oder Aryas Leseecke – Bescheid wussten. Ich hatte es satt, ein Geheimnis aus unserer Beziehung zu machen, auch wenn ursprünglich ich derjenige gewesen war, der darauf bestand.

Und das aus gutem Grund.

Christian: Ich schließe daraus, dass du dein Buch nicht zurückhaben willst?

Arya: Ich werde dich verklagen.

Christian: Ich kenne einen Spitzenanwalt.

Arya: Es gibt da diesen speziellen Platz in der Hölle, der für Menschen wie dich reserviert ist.

Christian: Ich habe gehört, Juristen bekommen dort Wohnungen mit Blick auf die Lavaströme. Wenn du artig bist, darfst du dich im Jenseits bei mir einquartieren. Wann kann ich mit dir rechnen?

Arya: Um sieben.

Christian: Sei pünktlich.

Selbstverständlich kam sie zu spät.

Nicht ein Funken Reue oder Verlegenheit zeigte sich in ihrer steinernen Miene, als sie um sieben Uhr dreiundzwanzig vor dem Hauseingang auftauchte. Ich drückte den Türöffner, dabei schärfte ich mir ein, dass Arya jeden Grund hatte, die Verbindung zu mir abbrechen zu wollen. Weil ich sie schmerzhaft daran erinnerte, wie viel sie verloren hatte.

Sie kam herein und warf ihre Tasche auf meine schwarze Ledercouch, ohne das von mir zubereitete Essen, das in der Frühstücksecke kalt wurde, eines Blickes zu würdigen.

»Du wolltest reden?« Sie behielt ihre Jimmy Choos an, was mir verdächtig vorkam, weil sie diese sonst immer sofort abstreifte, wenn sie nach einem langen Tag meine Wohnung betrat.

»Ich habe gekocht.« Ich verschwand kurz in der Küche, holte zwei Gläser Merlot und reichte ihr eins. Sie zögerte kurz, bevor sie es entgegennahm. Offenbar hatte sie nicht vor, lange zu bleiben.

»Ja, das sehe ich.« Sie spähte über meine Schulter. »Tut mir leid, dass ich zu spät bin. Ich musste noch mit einem Kunden in Kalifornien telefonieren, der es nicht sehr eilig hatte, zum Ende zu kommen.«

»Kein Problem. Kaltes Steak war schon immer mein Leibgericht. Wollen wir unser Gespräch in die Küche verlegen?«

Wahrscheinlich war das meine Version davon, Kreide zu fressen. Ich konnte dem Geschmack rein gar nichts abgewinnen. Mein Leben lang hatte ich noch nie einer Frau nachgejagt und auch nicht die Absicht, für Arya eine Ausnahme zu machen. Gleichzeitig konnte und wollte ich nicht akzeptieren, dass das mit uns in vier Tagen vorbei sein sollte. Ich brauchte mehr Zeit. Es würde niemandem schaden, wenn wir unsere verbotene Liebschaft noch ein paar Monate weiterführten. Außer meinen letzten funktionierenden Gehirnzellen. Mein Verstand neigte dazu, sich zu verabschieden, wenn ich in der Nähe dieser Frau war.

»Ich würde es lieber hier führen, wenn es dir nichts ausmacht.« Sie krümmte die Finger um den Stiel ihres Glases und setzte sich mit überkreuzten Beinen auf die Armlehne des Sofas. Ich hätte mich erwürgen können, weil ich mich in diese Lage gebracht hatte. Das alles wäre vermeidbar gewesen, wenn ich mich nicht dazu hätte hinreißen lassen, Amanda Gispen anzuhören.

Oder ich den Fall kurzerhand an jemanden abgegeben hätte, der nicht hinter den Roths her war.

Oder ich Aryas angeborenen Trotz durch diese Wette nicht weiter angestachelt hätte.

Oder ich sie nicht verführt hätte.

Oder sie *mich* nicht verführt hätte.

Oder ich ihr einfach die Wahrheit gestanden und zugegeben hätte, dass Nicholai Ivanov in New York lebte, sich (in der Regel) bester Gesundheit erfreute und (zu seinem Leidwesen) besessen davon war, Arya Roth an die Wäsche zu gehen.

Nur glaubte ich nicht, dass Nicholai ein Mädchen wie sie verdiente, und schon gar nicht die Frau, zu der sie geworden war.

»Komm, wir gehen«, sagte ich und stand abrupt auf. Aryas Blick folgte mir, sie schien leicht verwirrt. Da fiel es mir wie Schuppen von den Augen. Ich dachte an das vierzehnjährige Mädchen – so zart und tollkühn und extrem eigenständig. Gesehen zu werden, war das Einzige, was sie je gewollt hatte. Und dank mir hatte sie die Hölle durchlebt. Erst der Prozess gegen ihren Vater, der immer noch andauerte, dann all diese Spielchen. Die Wetteinsätze. Die Regeln. Sie wollte sich davonstehlen, um sich einen letzten Rest Stolz zu bewahren. Meine einzige Chance, sie aufzuhalten, bestand darin, meine Eitelkeit zu vergessen.

»Wohin?« Sie beugte sich nach vorn und stellte ihr Weinglas auf den Couchtisch.

Ich schnappte mir meine Jacke. »Lass dich überraschen.« Es gab nur einen Ort, der infrage kam. Während wir im Aufzug nach unten fuhren, schickte ich Ryan Traurig eine Nachricht. Ihm stand rund um die Uhr ein Wagen samt Chauffeur zur Verfügung. Hauptsächlich waren Traurigs halbwüchsige Tochter und deren Bieber-Groupie-Freundinnen die Hauptnutzer dieses aus der Zeit gefallenen Luxus, aber mein Boss schuldete mir mehr als nur einen Gefallen.

Dann fiel mir wieder ein, dass Traurig gerade Urlaub auf Hawaii machte. Also schrieb ich Claire, die hart daran arbeitete, zu seiner bevorzugten Mitarbeiterin aufzusteigen, und deshalb, wann immer er abwesend war, im Zweitjob als seine persönliche Assistentin fungierte, und bat sie um die Limousine. Sekunden später informierte sie mich, dass der Wagen unterwegs sei.

Hast du einen vergnüglichen Abend geplant?, fügte sie hinzu. Lust auf Gesellschaft?

Danke, Miss Lesavoy.

Das ist keine Antwort auf meine Frage. Fand ich eigentlich schon.

Tut mir leid. Ist ein privater Anlass.

Ich steckte das Handy wieder ein.

»Wird es lange dauern?« Arya schlüpfte jetzt auch in ihre Jacke und erweckte noch immer den Anschein, als würde sie mit vorgehaltener Waffe gekidnappt.

Ich verneinte mit einem Kopfschütteln. »Ich möchte dir nur etwas zeigen.«

Die schwarze Limousine traf ein, und ich hielt Arya die Tür auf.

»Nicht mehr ganz zeitgemäß, trotzdem kann man sich dem Charme nicht entziehen«, kommentierte ich in Anspielung auf Aryas fast zwanzig Jahre zurückliegendes Versprechen, demzufolge sie mir anlässlich der Premiere ihres ersten großen Kinofilms eine Limousine schicken würde.

Sie stieg ein, dann drehte sie sich mit weit aufgerissenen Augen zu mir. *Erwischt!*, sagte ihr Blick. Hatte sie endlich eins und eins zusammengezählt?

»Was hast du gerade gesagt?«, fragte sie ganz langsam.

»Dass Limos nicht mehr zeitgemäß sind. Warum?« Ich schaute sie erwartungsvoll an.

Lass meinen Bluff auffliegen. Konfrontiere mich damit, dass du weißt, wer ich bin. Brich den Kontakt zu mir ab. Ich bin bereit.

Sie tat nichts dergleichen, sondern biss sich gedankenverloren auf die Unterlippe. »Nicht so wichtig.«

Darrin, Traurigs Fahrer, fing meinen Blick im Rückspiegel auf.

»Mr Miller.« Er nickte mir grüßend zu. »Schön, Sie wiederzusehen. Wohin soll's gehen?«

»Selbe Adresse wie immer«, instruierte ich ihn und fuhr die Trennscheibe hoch, damit Arya und ich ungestört waren.

Arya fragte nicht nach, wohin wir fuhren, sondern starrte schweigend und mit verschränkten Armen aus dem Fenster.

Die Luft war warm und stickig; ich konnte die bevorstehende Katastrophe, den drohenden Verlust förmlich auf der Zunge schmecken.

»Wir müssen die Sache nicht in vier Tagen beenden«, sagte ich schließlich. Es war, als würde sich ein furchtbarer Sturm in meiner Brust zusammenbrauen. Und ich war ihm wehrlos ausgeliefert. Ich hasste dieses Gefühl; es erinnerte mich an meine Zeit an der Andrew-Dexter-Jungenschule.

»Und was hätte das für einen Sinn?« Arya drehte den Kopf ein wenig zur Seite und sah mich zum allerersten Mal an diesem Abend aufmerksam an. »Wir könnten nie zusammen ausgehen –«

»Nicht zwangsläufig«, unterbrach ich sie unwirsch. »Wir müssten nur ein oder zwei Jahre warten. Bis sich der Medienrummel wegen des Prozesses gelegt hat. Und es findet sich immer ein Hintertürchen. Außerdem gibt es kein Gesetz, das uns eine Beziehung verbieten würde.«

Arya lachte bitter auf. »Ach, und wie weiter? Ich bringe dich mit zum Abendessen bei meinen Eltern?«

»Du stehst ihnen nicht nahe«, hielt ich dagegen.

»Stell dir nur vor, was mein Vater –«

»Conrad ist weg vom Fenster«, schnitt ich ihr abermals das Wort ab, dabei spürte ich, wie ein Lächeln an meinen Lippen zupfte. »Es ist dir völlig schnuppe, was er denkt. Und mir erst recht.«

Diese Unterhaltung wies unheimliche Ähnlichkeit mit einem Kreuzverhör auf, nur dass kein Richter den Vorsitz führte. Ich hatte fast schon vergessen, wie überzeugend ich sein konnte. »Bitte, fahr fort. Welche imaginären Hindernisse gilt es noch zu überwinden?«

»Lass mich kurz überlegen.« Kühl und abweisend. In diesem Moment erinnerte sie mich an Beatrice. »Ich weiß so gut wie nichts über dich. Du achtest sorgsam darauf, mich im Dunkeln zu lassen.«

»Ich bin gerade dabei, das zu ändern. Indem ich dich an meinen geheimen Ort führe.« Ich flocht meine Finger in ihre, und sie ließ es zu.

Ihre Stirn glättete sich. »Klingt, als würdest du mich zu dem Keller bringen, wo du deine Leichen versteckst.«

»Oh nein.« Ich streichelte mit der Daumenkuppe ihre Handfläche. »Das ist mein *anderer* geheimer Ort, und dort würde ich dich niemals mit hinnehmen, ohne dich vorher in Stücke zerlegt zu haben.«

Sie schmunzelte vergnügt. »Wie viele Opfer pflastern bisher deinen Weg?«

»Keins«, gab ich zu, als mir klar wurde, dass es jetzt nicht mehr um zerstückelte Leichen ging. »Kein Mensch war es mir je wert, ihn zu …« *Retten.* »… töten.«

»Und jetzt?«

Ich sah ihr tief in die Augen. »Jetzt bin ich mir meiner Gefühle nicht mehr gewiss.«

Zufrieden lehnte ich mich zurück. Wenige Minuten später hatten wir unser Ziel erreicht, und ich bat Darrin, zu warten.

»Schließ die Augen«, wies ich Arya an.

Sie schüttelte lachend den Kopf. »Spar dir die Mühe. Wenn sich dein geheimer Ort in New York befindet, habe ich ihn schon gesehen. Es wird keinen Überraschungseffekt geben.«

Ich erhaschte einen flüchtigen und vielleicht zu optimistischen Blick darauf, was eine Zukunft mit dieser sturen, vorwitzigen, geradlinigen Frau für mich bereithalten könnte. Arya würde mein Verderben sein. »Tu mir doch einfach den Gefallen«, meinte ich lächelnd.

Arya zog eine Schnute. »Na schön.«

Sie schloss die Augen. Ich vergewisserte mich, dass sie nicht schummelte, bevor ich ausstieg und sie bei der Hand nahm. Mit leicht unsicheren Schritten ließ sie sich von mir die wenigen Meter bis zu unserem Zielort führen. Anhand der Hintergrundgeräusche erriet sie vermutlich, dass wir immer noch im Stadtzentrum waren.

»Jetzt darfst du sie öffnen.«

Arya blickte sich blinzelnd um.

»Dies ist mein liebster Fleck in ganz New York City.« Ich trat neben sie. »In diesem Glastunnel hat man tatsächlich das Gefühl, als befinde man sich inmitten eines Wasserfalls. Es ist so ruhig und friedlich hier. Und das im Herzen von Manhattan.«

Ströme von Wasser rauschten durch die uns umgebende Glasröhre. Aryas Miene gab nichts preis, als sie mir den Blick zuwandte. »Wann hast du diesen Ort entdeckt?«

»Direkt nach meinem Umzug von Boston nach New York.«

Ich kannte damals nur Arsène und Riggs. Arsène hatte eine frisch renovierte Vier-Zimmer-Wohnung im Zentrum gemietet und mich umsonst bei sich wohnen lassen, während ich mir bei der Staatsanwaltschaft meine ersten Sporen verdiente. Ich besaß kaum eigenes Geld und ließ mich monatelang von meinen Freunden durchfüttern. Selbst als ich am Tiefpunkt war, mir noch nicht mal eine Mitgliedschaft im Fitnessstudio leisten konnte, hatte dieser Ort mich angezogen.

»Du liebst Wasser.« Arya beäugte mich voller Neugier. Wie eine Archäologin, die gerade eine sensationelle Entdeckung machte, nachdem sie eine Mumie vom Staub befreit hatte. Ich fragte mich, ob sie mich endlich wiedererkannte. »Christian?«

»Mhm?«

»Verbirgst du etwas vor mir?«

»Ja. Dein Buch«, antwortete ich wie aus der Pistole geschossen. Das war zwar nicht gelogen, aber auch nicht die ganze Wahrheit.

»Mein Gefühl sagt mir, dass da noch mehr ist. Du würdest es mir doch erzählen, wenn …«

Sie brachte den Satz nicht zu Ende. Wir schwiegen einen Moment. Arya kam einen Schritt näher und legte die Hand auf meine Brust.

»Ich bin ein gebranntes Kind, Christian. Keine Ahnung, ob du dir dein Angebot gut überlegt hast, jedenfalls solltest du dir darüber im Klaren sein, dass es mir derzeit schwerfällt, anderen Menschen – insbesondere Männern – zu vertrauen. Mein Zwillingsbruder starb, bevor ich die Chance hatte, ihn kennenzulernen. Meine erste Flamme ist abgehauen und später ebenfalls gestorben. Der Mann, dessen Aufgabe es war, mich zu beschützen – ich spreche von meinem Vater –, hat mich mein Leben lang belogen. Und es gab noch andere. Männer, Jungs, Kerle. Es ging immer unschön aus. Wenn ich dich in mein Leben lasse, musst du mir versprechen, dass du mich nicht hintergehst, sondern so offen und ehrlich zu mir bist, wie ich es dir gegenüber sein werde. Anders kann es nicht funktionieren. Denn in vier Tagen wird meine ganze Welt aus dem Lot geraten. Ich brauche Stabilität. Balance.«

Ich war *tot*? Das war mir verflucht noch mal neu. Wenngleich es mich nicht weiter verwunderte. Es war Conrad absolut zuzutrauen, dass er seiner Tochter ein solches Märchen auftischte, nur damit sie aufhörte, über mich zu reden.

Was andererseits nur den Schluss zuließ, *dass* sie über mich geredet hatte.

Ich legte meine Hand auf ihre und angelte mit der anderen einen Gegenstand aus meiner Tasche.

»Darauf hast du mein Wort.« Es war eine Lüge, denn ich verstieß schon jetzt gegen diese Abmachung, indem ich ihr meine wahre Identität vorenthielt. Ich würde ihr die Wahrheit sagen. Nur nicht zum jetzigen Zeitpunkt, wo ich so kurz davor war, sie zu verlieren. Und das durfte nicht geschehen.

Denn tief in mir existierte noch immer der Nicky von früher, der Angst hatte, von dem wunderschönen Mädchen zurückgewiesen zu werden, das mit kerzengeradem Rücken am Klavier saß und ihm verstohlen zulächelte, wenn niemand hinsah.

Ich zog ihre Hand von meiner Brust und drückte etwas hinein. Meinen Wohnungsschlüssel. Es war das Persönlichste, das ich ihr mit Ausnahme meines Herzens geben konnte.

»Ich werde dich auffangen, wenn du fällst.«

Ihr Lächeln versetzte mir einen schmerzhaften Stich, weil ich in diesem Augenblick erkannte, dass es mir vorherbestimmt war, sie zu verlieren.

»Ich glaube dir.«

26. KAPITEL

Arya

Heute

Am nächsten Morgen im Büro vertraute ich Jillian an, dass Christian mir einen Schlüssel zu seiner Wohnung gegeben hatte, bevor ich in einem Nebensatz fallen ließ, dass wir seit Prozessbeginn regelmäßig miteinander schliefen. *Die alte Geschichte.*

»Oh, Süße.« Sie fasste meine Hand. »Ich weiß nicht, wie ich dir das schonend beibringen soll, darum werde ich es erst gar nicht versuchen. Auf einer Verrücktheitsskala von eins bis zehn – wobei die Eins für komplett normal steht und die Zehn für Christopher Walken in einem preisgekrönten Kinofilm – erreichst du aktuell die Zwölf. Was hast du dir bloß dabei gedacht? Dieser Typ beabsichtigt, deinen Vater um sein gesamtes Vermögen zu bringen und im selben Atemzug ein renommiertes Hedgefonds-Unternehmen mit in den Abgrund zu reißen.« Sie beugte sich über meinen Schreibtisch und legte die Hand an meine Stirn, wie um meine Temperatur zu checken. Ich war froh, dass Whitley und Hailey noch nicht zur Arbeit erschienen waren. Nur Jillian und ich standen gern früh auf.

»Conrad hat sich das selbst eingebrockt.« Ich schüttelte ihre Hand ab und ließ den Druckknopf meines Kugelschreibers ein- und wieder ausrasten. »Er hat einer Praktikantin Dickpics geschickt und seine ehemalige Sekretärin gefragt, ob sie ihm für hundert Riesen einen blasen würde. Zu guter Letzt hat er dann Amanda gefeuert, weil sie sich erdreistet hat, seine Avancen abzulehnen. Sein Vermögen ist momentan meine geringste Sorge.«

»Lieber Himmel, Daddy Conrad? Das hätte ich ihm niemals zugetraut.«

»Ja. Ich auch nicht.«

Seufzend glitt Jillian von meinem Schreibtisch und begab sich zu ihrem eigenen Platz. »Worauf ich hinauswill, ist, dass dir an diesem Christian Miller gleich zu Anfang irgendetwas seltsam vorgekommen ist und dich dein Instinkt noch nie getrogen hat. Ich verteidige nicht, was dein Vater getan hat. Und ich habe selbst miterlebt, wie sehr es dich aus der Bahn geworfen hat, als du von den Vorwürfen gegen ihn erfahren hast. Trotzdem bin ich nicht überzeugt, dass du ausgerechnet mit dem Mann, der Conrads Untergang herbeiführen will, eine Beziehung eingehen solltest. Ich halte das weder für klug noch für *normal*.«

In Wahrheit war ich mir meiner Sache selbst nicht sicher. Aber Christian weckte Gefühle in mir, die ich seit einer Ewigkeit nicht mehr empfunden hatte, darum war es einen Versuch wert. Jahrelang hatte ich mich geweigert, einem Mann auch nur nahe zu kommen.

Vielleicht war es an der Zeit, dass ich ein bisschen Vertrauen in einen anderen Menschen setzte.

Als das Urteil verkündet wurde, lag ich zusammengerollt wie ein Embryo auf Aarons Grabplatte, meine Haare fächerartig über den kalten Stein gebreitet. In den Minuten, bevor die Nachricht eintraf, gab ich mich den müßigen Überlegungen hin, wie Aaron wohl wäre, wenn er noch lebte.

Ich selbst hatte sowohl die verschlossene, desinteressierte und leicht prüde Persönlichkeit meiner Mutter geerbt als auch Conrads unstillbaren Lebenshunger. Beide wollten wir die Zähne in das Universum schlagen und es uns einverleiben wie einen saftigen Granatapfel.

Wäre Aaron eher ein Träumer oder ein Realist? Hätte er jetzt Mutters feines Blondhaar oder Vaters dunklen Schopf? Würden wir je zu viert ausgehen? Geheime Absprachen treffen und gemeinsam in bittersüßen Erinnerungen an aufgeschlagene Knie, tropfende Eiswaffeln und Radschlagen in der brütenden Sommerhitze schwelgen?

Wäre Beatrice heute anders? Glücklicher? Präsenter in meinem Leben? Könnte sie sich gegen Conrad behaupten?

Und wäre Nicky dann noch Teil meines Lebens? Bestimmt wäre Aaron ein beschützender Bruder gewesen, der mir niemals erlaubt hätte, ihn zu diesem Kuss zu überreden. Würde auch Ruslana noch bei uns sein?

In meiner Tasche summte mein Handy und riss mich aus meinen Gedanken.

Dad: Wir haben verloren. Ich muss zweihundert Millionen Dollar zahlen. Dein Freund sieht glücklich aus. Ich schätze, jetzt kann er dir endlich all die hübschen Dinge kaufen, die dein Herz begehrt. Du warst immer eine Enttäuschung, Arya. Aber ich hätte es nie für möglich gehalten, dass du außerdem eine Verräterin bist.

Ein Schrei stieg in meiner Kehle hoch. Ich schluckte ihn runter und wählte Conrads Nummer, um ihm gehörig Bescheid zu stoßen. Die Mailbox sprang an. Ich probierte es wieder. Dann ein drittes Mal. Keine Reaktion. Nach dem vierten Versuch ließ ich das Handy sinken und zog die Stirn kraus.

Eine Enttäuschung. Eine Verräterin.

Woher wusste mein Vater das von Christian und mir? Mit zittrigen Fingern gab ich unsere Namen in die Suchmaschine ein. Da nicht davon auszugehen war, dass Christian unsere Affäre vor Gericht publik gemacht hatte, musste, was immer über uns veröffentlicht worden war, inzwischen allgemein bekannt sein. Gleich der erste Treffer war eine lokale Nachrichtenwebsite, die über das Nachtleben in Manhattan berichtete. Sie wartete mit einem Foto von uns beiden auf, wie wir, meine Hand auf seiner Brust, in dem Wasserfalltunnel stehen.

Ruchloser Verrat bei den Roths: Wie Arya Roth sich gegen ihren Vater wendete … und in seinen Erzfeind verliebte.

Es hat ganz den Anschein, als hätte Arya Roth (32) – ihres Zeichens It-Girl, PR-Agentin und verhätscheltes Töchterchen des wegen sexueller Belästigung angeklagten Hedgefonds-Tycoons Conrad Roth – am Tag vor der Urteilsverkündung keine Sorge auf der Welt. Miss Roth wurde am Dienstag mitten in Manhattan beim Knutschen gesehen, und zwar mit niemand Geringerem als dem begehrten Junggesellen und Topanwalt Christian Miller (32), der zufälligerweise die Klagepartei vertritt.

Von Cindi Harris-Stone

Knutschen.

Der Ausdruck ließ alle Warnsignale in meinem Kopf anspringen.

Genau dieses Verb hatte Christian benutzt, um mir zu sagen, wobei man uns nicht erwischen dürfe. Ich hatte es davor seit Ewigkeiten nicht gehört, und jetzt prangte es auf dieser Seite. An und für sich war das noch kein eindeutiger Beweis, doch in Kombination mit der Tatsache, dass Christian sowohl ein Motiv als auch ein persönliches Interesse an dieser Enthüllung hatte … Mir gefror das Blut in den Adern.

Er musste der Presse einen Tipp gegeben haben. Das war die einzige Erklärung. Während ich ihm an fraglichem Abend mein Vertrauen zu Füßen gelegt hatte, war sein einziges Bestreben gewesen, mir eins reinzuwürgen.

Jillians Name erschien auf dem Display. Anstatt ranzugehen, rief ich Christian an. Ohne mir dessen bewusst zu sein, war ich von der Grabplatte aufgestanden und steuerte nun wie in Trance zum Ausgang des Friedhofs. Christians Mailbox meldete sich. Ich versuchte es immer wieder, während ich ziel- und orientierungslos durch die Seitenstraßen der Park Avenue wanderte. Nach dem sechsten Versuch gab ich auf und wählte stattdessen die Nummer seiner Kanzlei. Mir brannten die Wangen vor Zorn und Demütigung. Noch nie hatte mich ein Mensch derart tief und arglistig verletzt.

»Hallo?«, erklang eine heitere Stimme. Ich erkannte sie als die von Claire Lesavoy wieder, der Kollegin, die Christian bei der Klage gegen meinen Vater unterstützte. Sie war die letzte Person, mit der ich sprechen wollte, aber mir blieb wohl keine andere Wahl.

»Guten Tag, Miss Lesavoy. Wären Sie bitte so freundlich, mich zu Mr Miller durchzustellen?«

Im Hintergrund herrschte eine ausgelassene Stimmung, ich hörte, wie eine Sektflasche entkorkt wurde. Zweifellos feierte die Kanzlei gerade Christians und Claires gigantischen Sieg. Ein Gefühl von Selbstekel überschwemmte mich. Wie hatte ich nur so verblendet sein können?

»Darf ich fragen, wer da spricht?«, schnurrte Claire. Ich sah ihr katzenhaftes Lächeln förmlich vor mir. Ich blieb stehen und presste die Fingerkuppen auf meine Lider.

»Arya. Arya Roth.«

Es folgte eine Pause. Irgendwo hörte ich Christian lachen. Die Stimmen von Leuten, die ihn beglückwünschten. Der Schrei, der noch immer in meiner Kehle festsaß, rollte ein Stück höher, in Richtung meines Mundes.

»Ich bedaure, Ms Roth.« Claires Stimme klirrte eisig. »Er ist momentan nicht abkömmlich. Ich schlage vor, Sie vereinbaren bei seiner Sekretärin einen Gesprächstermin. Es ist dieselbe Rufnummer, mit der Durchwahl sieben-null-drei.«

»Hören Sie, ich – «

Sie legte auf.

Ich starrte fassungslos auf mein Handy. Zum ersten Mal, seit ich denken konnte, fühlte ich mich komplett aus den Angeln gehoben. Ich war vollkommen planlos, konnte nicht dafür garantieren, dass ich nicht etwas tun würde, das ich hinterher bereute. Am ganzen Körper bebend vor Wut zog ich den Schlüssel hervor, den Christian mir gegeben hatte – kurz bevor er mich ein weiteres Mal in sein Bett lockte –, und rief einen Uber.

Warum gewährte er mir überhaupt Zugang zu seinem Apartment? Die Antwort lag auf der Hand: um mich zu ärgern. Damit ich dort verzweifelt nach dem Buch suchte, das er mir gestohlen hatte. Das mit uns war für ihn nie mehr als ein Spiel gewesen.

Aber ich würde es mir auf Teufel komm raus zurückholen, und wenn ich dafür seine ganze Luxusbleibe zu Kleinholz verarbeiten müsste. Seine einzige Chance, es noch einmal in die Finger zu bekommen, wäre, wenn ich auf dem Weg zur Tür damit auf ihn einprügelte.

Ich nutzte die Fahrt zu seiner Adresse, um auf meinem Handy die aktuellen Schlagzeilen zu lesen.

Scheißaktion: Wie Conrad Roth wegen dieses Fotos alles verlor.

Gericht verurteilt Wall-Street-Magnaten zu Geldstrafe von 200 Millionen!

Roth ist am Boden!

Für die Medien war die Story ein gefundenes Fressen. Anfangs überflog ich jeden einzelnen Artikel, um festzustellen, ob irgendwo mein Name auftauchte. Doch davon ließ ich schnell wieder ab, als mir klar wurde, dass er in praktisch *jedem* erwähnte wurde. Expertin für Medienmanagement. *Der Witz des Jahres*. In dieser Hinsicht hatte Christian mir soeben gezeigt, was eine Harke war, und auf geniale Weise dafür gesorgt, dass ich jetzt als Idiotin dastand. Jillian versuchte unentwegt, mich zu erreichen, genau wie meine Mutter, deren größte Befürchtung wahr geworden war – sie war jetzt mittel- und Penthouse-los. Und nach dieser öffentlichen Demütigung hoffentlich auch frischgebackener Single.

Der Wagen hielt, ich stieg aus und marschierte entschlossenen Schrittes an Pförtner und Empfangsdame vorbei, als wäre dieses Apartmentgebäude mein natürlicher Lebensraum. Ich fuhr nach oben, schloss die Wohnungstür auf und trat ein. Sofort umhüllte mich dieser Duft von Holz, edlem Leder und Christian. Nur dass er mich jetzt nicht mehr betörte, sondern ich ihn am liebsten eliminieren wollte.

Wäre ich ein attraktiver, hochintelligenter Soziopath, wo würde ich ein Buch verstecken?

Als Erstes riss ich eine nach der anderen die Küchenschubladen auf und kippte den Inhalt auf den Boden. Alle möglichen Gerätschaften verteilten sich auf dem teuren Parkett. Dann nahm ich mir die Schränke vor und leerte auch sie, ehe ich die Kissen von der Couch pflückte, die Reißverschlüsse der Hüllen aufzog und nachschaute, ob sich in einer davon mein Buch befand.

Ich setzte meine Suche in der modernen, penibel geordneten

Speisekammer fort, indem ich mit dem Arm durch die Regale wischte. Behälter mit Proteinpulver, Würzmitteln und Kräutern rollten über den Boden. Ich warf Möbelstücke um, riss sämtliche Ordner aus den Aktenschränken und zerdepperte als Zugabe – okay, das wäre nicht unbedingt nötig gewesen – feinstes Porzellan. Als ich mich hundertprozentig überzeugt hatte, dass das Buch im Wohnzimmer nicht zu finden war, machte ich in seinem Schlafzimmer weiter. Als Auftakt zerriss ich ein paar seiner Designeranzüge – nicht, weil ich *Abbitte* in einem davon vermutete, sondern weil ich dieses Vorgehen als überaus therapeutisch empfand. Danach zog ich das Bettlaken ab, das noch immer nach uns roch, und schaute in den Nachttischschubladen und sogar unter dem Bett nach.

Ich wollte mich gerade wieder aufrichten und mir das angrenzende Badezimmer vorknöpfen, als mich eine leichte Abweichung in einer der Holzdielen stutzen ließ. Sie war nicht ganz bündig, sondern wirkte ein bisschen verrutscht. Das schien überhaupt nicht zu Christian, diesem Inbegriff von Perfektion, zu passen.

Bingo.

Ich streckte den Arm unter das Bett und pfriemelte mit den Fingern an der Bohle, um sie hochzustemmen. Mein Nagellack platzte ab, doch ich wurde mir von Sekunde zu Sekunde sicherer, dass ich auf der richtigen Spur war.

Ein Knacken und Ächzen, gefolgt von einem Seufzer meinerseits, dann hatte ich Christians Geheimversteck freigelegt. Ich suchte den Hohlraum unter der Diele mit der Hand ab, weil ich von meiner Position aus nicht darunter hineinlinsen konnte. Vor Enttäuschung wurde mir das Herz schwer, als ich einen großen Umschlag ertastete. Ich zog ihn trotzdem hervor, nur für den Fall, dass sich unter ihm noch etwas anderes verbarg. *Volltreffer.* Meine Hände strichen über ein Buch mit himmlisch festem Einband. Ich holte es heraus und verspürte trotz allem, was heute passiert war, eine geradezu kindliche Erleichterung, weil ich es endlich gefunden hatte.

Ich rollte mich vom Bett weg und drückte es für einen Moment an meine Brust, bevor ich es in der Mitte aufschlug und genüsslich an den Seiten schnupperte.

Briony. Robbie. Cecilia. Paul. Meine guten alten Freunde.

Es dauerte mehrere Minuten, bis sich mein Herzschlag wieder normalisierte. Dann spähte ich zu dem ominösen Umschlag, der mich aus nächster Nähe seinerseits zu taxieren schien. Ich hatte zwar das, weswegen ich hergekommen war. Aber da war immer noch dieser mit Verzweiflung gepaarte Drang nach Vergeltung in mir, der nach seinem Pfund Fleisch verlangte. Mir mein Eigentum zurückzuholen, genügte mir nicht. Schon seit unserer ersten Begegnung hatte Christian eine gewisse Macht über mich. Ständig übte er in irgendeiner Weise Druck auf mich aus. Durch Conrads Prozess. Mein Buch. Das Rätsel, das ihn umgab. Für gewöhnlich würde ich einen Menschen nie auf solche Art hintergehen. *Für gewöhnlich.* Aber an meiner Beziehung zu Christian Miller war nun mal nichts gewöhnlich.

Vorsichtig zog ich den Umschlag über den blitzsauberen Boden zu mir heran. Ich setzte mich auf, lehnte den Rücken gegen das Nachtkästchen und nahm den dicken Packen Papier heraus.

An den Superior Court von Middlesex County, Massachusetts.
Antrag auf Namensänderung eines Erwachsenen.
Fallnummer: 190 482 873 983.
Der Antragsteller möchte dieses Gericht höflich darum ersuchen,
seinen Namen von Nicholai Ruslan Ivanov in Christian
George Miller zu ändern.

Mir entfuhr ein leiser Schrei. Nichts hätte mich auf den Schmerz vorbereiten können, den ich in diesem Augenblick empfand. Es fühlte sich an, als hätte mir jemand die Faust durch den Brustkorb gestoßen, um mir das Herz herauszureißen und es zu zerquetschen.

Christian war Nicholai.

Nicholai war Christian.

Nicky war nicht tot. Mehr noch, er lebte in dieser Stadt. Bestimmt hatte er die ganze Zeit in den Schatten gelauert und seinen großen Rachefeldzug geplant, um die Roths für das büßen zu lassen, was sie ihm angetan hatten. Der Prozess. Das Urteil. Die Avancen. Das Mädchen, das zur Frau geworden war, sein williges Werkzeug.

Ich.

Ich fügte die Puzzleteile zusammen. Die Art, wie er über meinen Vater sprach ... die wilde Entschlossenheit, mit der er ihn zu Fall gebracht hatte ...

Als wir am Tag unseres vermeintlichen Kennenlernens zusammen im Aufzug standen, hatte mich gleich so ein eigenartiges Gefühl beschlichen. Da war ein emotionales Flirren in der Luft gewesen, wie es zwischen zwei Fremden im Regelfall nicht entstand.

Mein Bauchgefühl hatte mir gesagt, dass ich ihn schon lange kannte, er irgendwie in meine Seele gebrannt war. Es hatte mich nicht getrogen. Er hatte gewusst, wer ich war, und seine wahre Identität vor mir geheim gehalten.

Der Mann, dem ich vertraute, hatte mir das Herz gebrochen. Und das gleich *zweimal*.

Im selben Atemzug war es ihm gelungen, meine Familie um ihren gesamten Besitz zu bringen, sich der Welt als jemand zu präsentieren, der er nicht war, und uns als Paar zu outen.

Middlesex, Massachusetts. Christian musste seinen Namen

etwa zur selben Zeit geändert haben, als er in Harvard zu studieren anfing. Hatte er das alles von langer Hand geplant? War er nur Anwalt geworden, um meinen Vater und mich ins Verderben zu stürzen? War er von sich aus an Amanda herangetreten?

Ich war zu neugierig, um mich in meine Einzelteile aufzulösen. Dafür war später noch Zeit, nachdem ich die Wohnung dieses Mannes verlassen hätte. Stattdessen durchwühlte ich weiter die Dokumente, die sich in dem Umschlag befanden. Jede Menge Papierkram im Zusammenhang mit seiner Namensänderung, sein alter und sein aktueller Pass, und die Sterbeurkunde von Ruslana Ivanova.

Ruslana war gestorben.

Das war eine Überraschung. Allerdings traf das auf diese ganze Situation zu. Auf einmal machte alles Sinn. Dass Christian das mit uns der Presse gesteckt hatte, dazu noch zum perfekten Zeitpunkt. Direkt nach Prozessende. Er hatte zwei Fliegen – vielmehr Roths – mit einer Klappe geschlagen. Nur hatte er eins nicht ins Kalkül gezogen, nämlich, dass ich ihm auf die Schliche kommen könnte.

Ich fotografierte die Unterlagen mit Bezug zu der Namensänderung und vergewisserte mich, dass die Aufnahmen gestochen scharf waren. Anschließend schnappte ich mir mein Buch und stürmte aus der Wohnung.

Meine instinktive Reaktion war, mich an meinen Vater zu wenden. Ihm die Beweise gegen Christian zu zeigen und eine Berufung vorzubereiten, nachdem eindeutig feststand, dass Christian diesen Fall niemals hätte übernehmen dürfen. Er kannte meine Familie zu gut und führte einen Rachefeldzug gegen uns. Ich stieg in ein Taxi und wollte dem Fahrer gerade die Adresse meiner Eltern nennen, als ich realisierte, dass das auch keine Lösung war.

Sicher, Christian war ein Riesenarschloch, doch dasselbe galt für meinen Vater. Im Grunde war einer so schlimm wie der andere. Ich fasste den Plan, die Informationen, die ich über Christian hatte, dazu zu nutzen, ihn zu zerstören, wenn auch nicht auf direktem Wege, weil dadurch Conrad ungestraft davonkäme.

Und er verdiente es definitiv, sein Renommee, sein Geld und seinen gesellschaftlichen Status zu verlieren. Er hatte schreckliche Dinge getan und seinen Reichtum missbraucht, um wehrlose Frauen zu schikanieren.

Ich musste gründlich über alles nachdenken und mir eine Taktik überlegen.

»Miss? Entschuldigung? Huhu!« Der Taxifahrer wedelte mit der Hand vor dem Rückspiegel. »Nicht, dass es nicht nett wäre, hier zu sitzen und Ihren Selbstgesprächen zu lauschen, aber wohin geht die Reise?«

Ich nannte ihm meine Wohnadresse.

Ich würde Nicky ruinieren. Und zwar auf Aris Weise.

27. KAPITEL

Christian

Heute

»Das kannst du knicken, Herr Staranwalt.« Mit einem atemlosen Kichern zupfte Claire mir mein Handy aus den Fingern, als wir das Gerichtsgebäude verließen. Zuvor hatte ich mich von Amanda Gispen und den anderen Klägerinnen verabschiedet, ohne die versammelten Medienvertreter, die auf einen Kommentar von mir drängten, eines Blickes zu würdigen. Jetzt hatte ich vor, ein Taxi zu rufen und zu Aryas Büro zu fahren. Als Erstes würde ich mich vergewissern, dass sie das Urteil mit Fassung trug. Sofern das in Anbetracht der Umstände überhaupt möglich war. Anschließend würde ich mit der Wahrheit herausrücken.

Sie musste erfahren, wer ich wirklich war.

Ich durfte das nicht länger aufschieben.

Aber Claire hatte anscheinend andere Pläne.

»Gib mir mein Handy zurück.« Ich bleckte die Zähne und streckte entnervt die offene Hand in ihre Richtung. Claire biss sich auf die Unterlippe; der Stolz stand ihr ins Gesicht geschrieben. Sie war heute in einem nagelneuen Outfit zu Gericht erschienen – einem zweireihigen Hosenanzug von Alexander McQueen, der sie ein paar Organe und eine Monatsmiete gekostet haben musste.

»Das geht leider nicht, Mr Miller.« Sie bedachte mich mit einem Augenzwinkern und steckte mein Handy ein. »Befehl von ganz oben. Traurig besteht auf deine Anwesenheit. Er hat eine Überraschung für dich.«

»Gib mir mein Handy, Claire«, wiederholte ich barsch. »Ich muss jemanden anrufen.«

»Dieser Jemand kann sich noch zehn Minuten gedulden. Es sind nur zwei Blocks bis zur Kanzlei.« Sie hakte sich bei mir unter und zog mich mit sich. »Komm, sei kein Spielverderber. Stoß schnell mit allen an, bedank dich bei Traurig und Cromwell, und dann kannst du dich aus dem Staub machen. Du hast dein Ziel erreicht, und jetzt willst du dich vor der Party anlässlich deiner Partnerschaft drücken?« Claire zog die sorgfältig gezupften Brauen in die Höhe.

Ich war niemand, der sich leicht umstimmen ließ, wusste ich doch nur zu gut, wie hoch der Preis, der Versuchung zu erliegen, sein konnte. Ergo würde ich auf keinen Fall dort auftauchen, weil mir diese Party bei Weitem nicht so wichtig war, wie sicherzugehen, dass die Frau, mit der ich zusammen war, weiterhin mit mir zusammen sein wollte. Ich setzte gerade dazu an, Claire das mitzuteilen, als mir jemand von hinten mit beiden Händen kraftvoll auf die Schultern klopfte.

Scheiße.

»Der Mann der Stunde«, tönte Cromwell und strich sich über seinen Schnauzbart wie der Ganove in einem zweitklassigen Film.

»Unsere Ballkönigin.« Traurig schob Claire zur Seite. »Ich habe eine kubanische Zigarre mit Ihrem Namen für Sie und ein paar goldene Buchstaben, die dem Kanzleinamen hinzugefügt werden müssen. Der Hausmeister steht bereits in den Starlöchern. Auf, auf!«

Der Hausmeister wartete schon darauf, meinen Namen an

der Tür anzubringen. Das lief ja wie am Schnürchen. Claire warf mir einen Blick zu, der besagte: *Wage es ja nicht.* Sie hatte nicht ganz unrecht. Wenn ich jetzt kniffe, würde ich wie ein ausgemachter Idiot dastehen. Keine hübsche Vorstellung. Im Übrigen dürfte der Ausgang des Verfahrens Arya schwerlich überraschen. Wir hatten es seit Wochen diskutiert.

Zu meinem Leidwesen schleppten sich die vermeintlichen zehn Minuten endlos hin. Der Hausmeister brauchte fast eine Stunde, um die Buchstaben an der Eingangstür zu befestigen, was hauptsächlich daran lag, dass Cromwell und Traurig hartnäckig darauf bestanden, mein Nachname sei nicht symmetrisch angebracht. Danach nötigte man mich in einen der Konferenzräume, wo die gesamte Belegschaft mich mit Kuchen, Zigarren, Alkohol und einem großen, mit einer roten Satinschleife verzierten Geschenk erwartete.

»Ich kann Ihnen gar nicht sagen, wie stolz ich auf Sie bin«, schniefte meine Sekretärin, bevor mir sämtliche Anwesenden einer nacheinander per Handschlag zu meinem Sieg gratulierten.

Als die oscarreife Show – nach sage und schreibe zwei Stunden – dann endlich überstanden war, forderte Traurig mich auf, mein Geschenk zu öffnen. Es handelte sich um stapelweise Visitenkarten, auf denen in goldener Schrift auf schwarzem Hintergrund der neue Name der Kanzlei prangte: *Cromwell, Traurig & Miller.* Ich wartete auf ein rauschhaftes Hochgefühl, doch ich konnte an nichts anderes denken als daran, dass ich Arya sehen wollte. Nicht heute Abend. Und auch nicht in einer Stunde. Sondern *jetzt.*

»Ich bin Ihnen sehr verbunden«, bedankte ich mich, dann schloss ich die Finger wie Stahlklammern um Claires Unterarm und führte sie aus dem Raum. Auf dem Weg zu meinem Büro warf ich einen Blick auf die Uhr. Es schien eine Ewigkeit her zu sein, seit wir den Gerichtssaal verlassen hatten. Die Tatsache, dass ich mich noch immer nicht bei Arya gemeldet hatte, konnte mir bestenfalls als unhöflich ausgelegt werden, schlimmstenfalls als niederträchtig.

Ich schloss die Tür hinter uns. Mein sechster Sinn sagte mir, dass ich mich in Kürze auf eine Menge Geschrei einstellen konnte.

»Gib mir mein Handy, Claire.«

Sie verzog das Gesicht. »Du willst schon gehen? Wir haben noch nicht einmal zu Mittag gegessen. Wie wär's, wenn ich dich auf einen Drink einlade? Es gibt viel zu besprechen, und ich –«

»Her damit!« Ich knallte meine Hand auf die Wand hinter ihrem Rücken, und Claire zuckte mit einem leisen Aufschrei zusammen. Ich war kein gewalttätiger Mensch, aber langsam riss mir der Geduldsfaden, und ich wollte vermeiden, dass meine erste Handlung als Partner darin bestand, dass ich der Kollegin kündigte, die mir gerade erst geholfen hatte, einen wichtigen Fall zu gewinnen. »Andernfalls lasse ich dich vom Sicherheitsdienst aus dieser Kanzlei eskortieren, Lesavoy.«

Schmollend zog sie endlich mein Handy aus der Tasche. Ich warf einen Blick darauf und spürte, wie der Puls an meinem Hals heftig zu klopfen anfing. Da waren mehr als fünfzig verpasste Anrufe von Arya. Und mehrere Textnachrichten. Ich entsperrte den Bildschirm mittels Gesichtserkennung und scrollte in chronologischer Reihenfolge durch die Nachrichten.

Arya: Wie konntest du mir das antun?

Arya: Du hast meine Karriere zerstört. Ich kann mich nie wieder irgendwo blicken lassen. Und meine ohnehin angeschlagene Beziehung mit meiner Mutter hat sich komplett erledigt. Von der zu meinem Vater gar nicht zu reden. Er ist für mich gestorben, aber ich hätte diese Entscheidung gern selbst getroffen.

Ihre Karriere zerstört? Die Beziehung zu ihren Eltern? Was zum Teufel hatte das zu bedeuten?

Arya: Ich verstehe einfach nicht, wie du so herzlos sein konntest. Und das am selben Abend, an dem du mir versprochen hast, mein Vertrauen niemals zu missbrauchen.

Arya: Es war ein Geniestreich, das muss ich dir lassen. Wahrscheinlich hast du dich im Gerichtssaal vor Lachen gar nicht mehr eingekriegt. Jetzt kannst du zu Claire zurückkehren. Ich weiß, dass das mit euch nur eine Bettgeschichte war, aber ihr zwei habt einander so was von verdient.

Claire schien der verwirrte Ausdruck auf meinem Gesicht nicht zu entgehen. Ich nahm am Rande meines Blickfelds wahr, wie sie ihre Lippen befeuchtete und unruhig von einem Fuß auf den anderen trat. »Ist alles in Ordnung?«

»Ich ...« Ich verstummte und versuchte, mir einen Reim auf diese Nachrichten zu machen. Bis es mir dann wie Schuppen von den Augen fiel. Die Limousine. Claire, die mit Darrin gesprochen und daher gewusst hatte, wo ich mit Arya hinfahren würde. Ihr ständiges Nachstellen.

Die Presse. Arya und ich hatten vereinbart, dass keiner von uns mit den Medien reden würde. Wir wollten nicht gesehen oder fotografiert werden.

Ich löste den Blick von meinem Handy und richtete ihn auf Claires Gesicht. Meine Miene wurde hart und zornig. »Was hast du getan?«

»Ich ... ich ...« Sie versuchte, nach hinten auszuweichen, aber da war nur die Wand. Es gab kein Entkommen. Ich hatte mich nie als einen Mann eingeschätzt, der einer Frau wehtun könnte, doch in diesem Moment erkannte ich, dass ich in Claires Fall durchaus dazu imstande wäre. Nicht körperlich. Aber ich hätte keine Hemmungen, sie rauszuschmeißen, sie aus dieser Kanzlei zu verbannen und in den juristischen Kreisen dieser Stadt zur Persona non grata zu machen.

»Raus mit der Sprache!«

Claire schüttelte den Kopf und schlug die Hände vors Gesicht. »Es tut mir so leid. Ich habe einer Freundin davon erzählt, die für die *Manhattan Times* arbeitet. Mehr steckt nicht dahinter. Das Ganze ist mir einfach rausgerutscht.« Sie versuchte, sich herauszuwinden, aber mich führte sie nicht aufs Glatteis, und das war ihr auch bewusst. Ich trat einen Schritt zurück, hatte mich kaum noch unter Kontrolle. Arya musste das Schlimmste von mir denken, mich für ein Ungeheuer halten.

»Verzieh dich.« Schwer atmend massierte ich meine Lider.

»In … mein Büro?«

»In … *das verfickte Drecksloch, aus dem du gekrochen bist*«, imitierte ich verächtlich ihre Stimme und öffnete wieder die Augen. »Lass dich hier bloß nie mehr blicken.«

»Wir haben gerade diesen Fall gewonnen.«

»Und du hast in derselben Sekunde, in der du glaubtest, Informationen über mich an eine Journalistin durchgeben zu müssen, jedes Ansehen bei mir verloren.«

»Das kannst du nicht machen.« Claire fuchtelte hektisch mit den Armen. »Es steht dir nicht zu, eine solche Entscheidung zu treffen, ohne vorher mit Traurig und Cromwell Rücksprache zu halten. Du bist seit gerade mal fünf Minuten Partner!«

»Ganz wie du willst.« Ich lächelte milde. »Lass uns auf der Stelle zu Cromwell gehen und ihn über deine Indiskretion informieren. Du wirst schon sehen, was du davon hast.«

Sie wurde leichenblass. Was zur Hölle stimmte nicht mit ihr? War sie davon ausgegangen, dass ich es nicht herausbekommen würde? Claire schlang die Arme um sich und starrte auf den Boden.

»Was hast du dir dabei gedacht?«, herrschte ich sie an. Ich brannte darauf zu erfahren, welche vermeintliche Logik hinter ihrer ungeheuerlichen Aktion steckte.

»Ich hatte angenommen, dass du ihr nach dem Ende des Prozesses den Laufpass geben würdest. Aber ich war mir nicht ganz sicher und wollte kein Risiko eingehen. Und natürlich konnte ich nicht ahnen, dass du dich so sehr darüber aufregen würdest. Geschweige denn …« Sie stieß langsam den Atem aus, in ihren Augen glitzerten Tränen. »Ich habe einfach nicht nachgedacht. So was kann passieren, wenn man verliebt ist. Warst du jemals verliebt, Christian?«

Ich wollte gerade verneinen und sie darauf hinweisen, dass das außerdem nichts zur Sache täte, als mir klar wurde, dass ich ihre Frage nicht mit Gewissheit beantworten konnte.

»Sie wissen, wo der Ausgang ist, Miss Lesavoy.«

Meine Schulter streifte ihre, als ich wortlos das Büro verließ. Meine Sekretärin sprang von ihrem Stuhl auf und fragte, wo ich hinginge. Sie bekam nur Schweigen zur Antwort. Als Erstes fuhr ich zu Aryas Firma. Whitney oder Whitley – oder wie immer die Rezeptionistin hieß – meldete sich über die Gegensprechanlage. Ich nannte meinen Namen, worauf sie sich kurzerhand aus dem Bürofenster lehnte und mir eine Tasse lauwarmen Kaffee auf den Schädel kippte und, um dem Ganzen Nachdruck zu verleihen, das Fenster mit einem Rums zuknallte.

Obwohl mich Aryas Lager eindeutig zum Staatsfeind Nummer eins erklärt hatte, glaubte ich immer noch, die Wogen glätten zu können. Wenn Arya sich die Zeit nähme, mich anzuhören, und ich ihr das mit Claire erläuterte, dann würde sie verstehen. Sie war extrem pragmatisch veranlagt, zudem verfügte sie über einen herausragenden Bullshit-Detektor. Sie würde wissen, dass ich die Wahrheit sagte.

Meine nächste Anlaufstelle war ihr Apartment. Dieses Mal

kam ich ein bisschen weiter als bis zur Klingel. Genauer gesagt sogar bis zu ihrer Wohnungstür. Ich klopfte energisch dagegen. Jillian, die sich irgendeine grüne Maske ins Gesicht gekleistert hatte, machte auf und lehnte sich mit der Hüfte an den Türrahmen. »Ja?«

»Ich möchte zu Arya.«

»Das nenne ich mal dreist.« Sie inspizierte ostentativ ihre Fingernägel. »Ich meine, wenn man die Umstände bedenkt ...«

»Ist sie nicht da?«, fragte ich mit zusammengekniffenen Augen. Ich konnte mir nicht vorstellen, dass sie an einem Tag wie diesem woanders als zu Hause sein würde. Höchstens noch bei ihrer Mutter. Doch das war eher unwahrscheinlich.

»Oh doch, sie ist da. Aber sie kann dich nicht empfangen.«

»Wieso nicht?«

»Weil sie mit dir fertig ist.«

Ich knirschte mit den Zähnen. »Ich kann alles erklären.«

»Dessen bin ich mir sicher, *Nicholai*. Du kannst deine Geschichte gern der Tür erzählen, während ich die Polizei rufe. Denn genau das werde ich tun, falls du nicht in drei Sekunden aus diesem Gebäude verschwunden bist.«

Damit schlug sie mir die Tür vor der Nase zu.

Nicholai.

Nicholai.

Nicholai.

Jillian hatte mich Nicholai genannt. Während ich mit dem Taxi nach Hause fuhr, versuchte ich einzuordnen, womit genau ich gerade konfrontiert wurde. Arya schien etwas zu wissen, das um ein Vielfaches schlimmer war als die Paparazzifotos von unserer Knutscherei, die im Internet kursierten.

Offenbar kannte sie die Wahrheit.

Eine Wahrheit, die für uns beide unerträglich war.

Als ich meine Wohnung betrat, blieb kein Raum mehr für Zweifel. Arya hatte in meiner Abwesenheit eine Razzia durchgeführt. Höchstwahrscheinlich, nachdem die Presse uns als Paar geoutet hatte und sie mich nicht erreichen konnte. Jedes Zimmer war verwüstet. Das Tragische an der Sache war, dass sie gar nicht nach der Wahrheit gesucht hatte. Sondern nach ihrem *Buch*. Sie hatte alles durchwühlt, bis hin zum Mülleimer. Oder sie hatte ihn nur umgeworfen, um für einen krönenden Abschluss zu sorgen. Wie ein hübsch dekoriertes Dessert in einem Restaurant.

So oder so war ihre Botschaft unmissverständlich: Sie hatte sich etwas zurückgeholt, das ihr gehörte, und sichergestellt, dass ich nie wieder Zugriff darauf haben würde.

Mit panisch klopfendem Herzen steuerte ich mein Schlafzimmer an. Ich musste es nicht erst betreten, um zu erahnen, was ich dort vorfinden würde. Der Umschlag, den ich so viele Jahre versteckt hatte, war geöffnet und die Dokumente überall auf dem Fußboden verteilt worden. Ich machte mir nicht die Mühe, mich zu bücken und nach dem Buch zu sehen. Ich wusste auch so, dass sich *Abbitte* nicht länger in meinem Besitz befand.

Dessen bin ich mir sicher, Nicholai.

Arya hatte die Wahrheit entdeckt.

Und Jillian eingeweiht.

Es bestand kein Grund zu der Annahme, dass sie es ihren Eltern nicht ebenfalls gesagt hatte. Und Conrads Anwälten. Erstaunlicherweise ließ mich der Gedanke an meinen zweiten schmachvollen Niedergang vollkommen kalt.

Das Einzige, das mich kümmerte, war, dass Arya es herausgefunden hatte, und das nicht auf die von mir geplante Weise.

Es machte keinen Sinn, sie anzurufen. Sie würde nicht abheben. Jeder Rettungsversuch hinsichtlich unserer Beziehung –

von meiner Existenz gar nicht zu reden – musste bis morgen warten.

Sie brauchte Zeit, und das musste ich respektieren, auch wenn es mich schier umbrachte.

Ich griff zum Hörer und kontaktierte einen der wenigen Menschen auf diesem Planeten, die über mich Bescheid wussten.

»Was?«, raunzte Arsène mit schläfriger Stimme.

»Sie hat mich entlarvt.« Ich stand noch immer wie in Schockstarre in der Schlafzimmertür. Bestimmt würde er mich gleich darauf hinweisen, dass er mich ja gewarnt habe, dass das passieren würde.

»Scheiße«, lautete seine überraschende Antwort.

»Das kannst du laut sagen.«

»Ich schnapp mir meine Schlüssel und komme zu dir. Soll ich Bier mitbringen?«

Ich rieb mir die Lider. »Das reicht bei Weitem nicht.«

»Brandy?«

»Eine Kugel wär mir lieber.«

»Eine Flasche A. de Fussigny und ein Vollmantelgeschoss sind auf dem Weg zu dir.«

In dieser Nacht tat ich kein Auge zu. Ich war nicht so dumm, es auch nur zu versuchen. Stattdessen kippte ich mir die Flasche Cognac, die Arsène gestiftet hatte, rein, anschließend suchte ich das hauseigene Fitnessstudio auf. Hinterher spulte ich meine übliche Morgenroutine ab, indem ich duschte und mich für die Arbeit anzog.

Nur ging ich dort heute nicht hin.

Die Kanzlei, die zu übernehmen mein sehnsüchtigster Wunsch gewesen war, war zu einer trivialen, lächerlichen Belanglosigkeit geworden. Ein glänzendes Spielzeug, das mich beschäftigt gehalten hatte, während ich am Spielfeldrand des Lebens ausharrte. Jedes Mal, wenn ich mich zu motivieren versuchte, meinen Hintern an den Ort zu bewegen, der jedes Jahr einen siebenstelligen Betrag auf mein Bankkonto spülte, fühlte ich mich wie ein Hamster, der sich bereit machte, in sein Rad zu steigen. Das unermüdliche Strampeln brachte mir nichts, außer mehr Geld, mehr Siege und mehr gezwungene Abendessen mit Mandanten, die ich verabscheute.

Ich realisierte, dass ich nicht nur ausgepowert, sondern es außerdem leid war, ständig die Probleme anderer Menschen zu lösen. Tja, inzwischen hatte ich selbst ein Problem, das es aus der Welt zu schaffen galt. Arya hatte entdeckt, dass ich Nicky war und diesen Umstand vor ihr geheim gehalten hatte.

Noch schrecklicher war, dass sie meine Identität jetzt kannte und somit um meine Wertlosigkeit wusste.

Punkt acht tauchte ich vor ihrer Firma auf, eine Stunde, bevor Brand Brigade öffnete. Ich hatte genug Morgen mit Arya verbracht, um zu wissen, dass sie eine Frühaufsteherin und gern die Erste im Büro war.

Wie sich zeigte, war ausgerechnet heute der Tag, an dem sie sich entschieden hatte auszuschlafen. Um neun marschierten Whitley und ihre Kollegin durch die Tür – nicht, ohne mich mit vernichtenden Blicken zu messen –, um halb zehn kreuzte dann Jillian auf. Von Arya fehlte weiter jede Spur, bis ich sie um zehn nach zehn mit stürmischen Schritten um eine Ecke in die Nebenstraße einbiegen und auf das Firmengebäude zustreben sah. Sie verströmte die Aura einer unnahbaren Eiskönigin, die die Welt zu erobern gedachte.

Ich erhob mich von der Eingangstreppe. Sie erspähte mich durch die Gläser ihrer Sonnenbrille und hielt mit unveränderter Geschwindigkeit auf mich zu. Dann blieb sie ganz dicht vor mir stehen, holte mit dem Arm aus und verpasste mir eine derart heftige Ohrfeige, dass es mich nicht gewundert hätte, Teile meines Gehirns auf dem Gehsteig landen zu sehen.

»Die hatte ich verdient.«

»Du verdienst viel mehr als das, in Anbetracht des Racheplans, den du gegen meine Familie und mich geschmiedet hast, Nicky.«

Nicky. Diesen Namen hatte ich seit Jahren nicht gehört. Nur Arya hatte mich so genannt. Ruslana hatte ihn sich ein paarmal über die Zunge rollen lassen und den Geschmack widerwärtig gefunden. Mir hatte er gefehlt.

Ich rieb meine Wange. »Es gab keinen Racheplan.« Ich war völlig verzaubert von ihr, so als hätte ich sie nicht schon Dutzende Male gesehen, mitunter splitternackt und in kompromittierenden Positionen, während sie mit den Lippen meinen Körper erforschte. Fühlte sich so Liebe an? Weckte sie das Bedürfnis in mir, Arya zu küssen und zu beschützen, während ich sie gleichzeitig von hinten nehmen wollte? Wie absonderlich. Geradezu Übelkeit erregend. Und wieder mal so typisch für mich, dass ich mich ausgerechnet in die eine Frau verlieben musste, die ich niemals haben konnte. Die alles kaputt gemacht hatte, worauf ich ihr im Gegenzug Gleiches mit Gleichem vergelten wollte.

Neuerdings wollte ich es ihr noch nicht mal mehr heimzahlen.

»So unglaublich es klingen mag, ist Amanda Gispen rein zufällig auf meine Kanzlei gestoßen. Ich leugne nicht, dass ich mir Tag für Tag gewünscht habe, deinen Vater für das Leid, das er mir zugefügt hat, büßen zu lassen, trotzdem stand das bei mir nicht an erster Stelle.«

Gleichwohl an zweiter – bis sie nach waschechter Arya-Manier mein Leben auf den Kopf gestellt hatte.

»Es gibt keine Entschuldigung für das, was er sich damals

geleistet hat.« Arya wich mit gequälter Miene einen Schritt zurück. »Ich habe ihn danach ein ganzes Jahr lang mit Verachtung gestraft. Und seither jede einzelne meiner Entscheidungen infrage gestellt. Mich mit ihm ausgesöhnt zu haben, gab mir stets das Gefühl, auf der falschen Seite von Gut und Böse zu stehen. Andererseits hat er sich bei dir entschuldigt und dir ein Leben bei deinem Vater ermöglicht, so wie du es wolltest.«

»Ist es das, was er dir erzählt hat?« Ich lächelte matt. »Vor oder nachdem ich angeblich das Zeitliche gesegnet hatte?«

Ihre Mundwinkel sanken nach unten, aber sie erwiderte nichts.

»Glaub mir, mich vor den Augen des Mädchens, in das ich vernarrt war, zu verdreschen, war die geringste seiner Sünden. Nachdem wir uns geküsst hatten, brachte er meine Mutter dazu, mich noch am selben Abend vor die Tür zu setzen. Ich musste auf der Couch unserer Nachbarn schlafen. Dann ließ er mich auf die Andrew-Dexter-Jungenschule verfrachten und machte dir weis, ich sei gestorben.«

Arya nahm ihre Sonnenbrille ab. Ihre Augen glänzten von Tränen. »So viele Jahre habe ich Tag für Tag um dich getrauert.«

»Ich um dich auch. Dabei dachte ich noch nicht mal, dass du tot seist«, murmelte ich rau.

»Du wolltest New York gar nicht verlassen?« Ihre Stimme war jetzt sanft und mitfühlend.

Ich schüttelte den Kopf. Um ihr nahe zu sein, hätte ich auch ein Leben in Armut erduldet.

»Weißt du, es war nicht Conrad, der behauptet hat, du seist gestorben. Sondern ein Privatdetektiv, den ich angeheuert hatte, kaum dass ich volljährig war.« Sie klang niedergeschlagen. »Er hat mir die furchtbare Nachricht überbracht.«

»Lass mich raten.« Lächelnd trat ich einen Schritt auf sie zu, wollte ihren Duft einfangen, mit den Händen in ihr Haar fahren und sie jetzt, wo sie wusste, wer ich war, als der Nicky von damals und der von heute küssen. »Dieser Privatdetektiv hat für deinen Vater gearbeitet, stimmt's?« Ihr Gesichtsausdruck sprach Bände. »Ja, das dachte ich mir. Aber ich war noch nicht fertig damit, dir zu schildern, welche Hölle ich wegen Conrad durchgemacht habe.«

»Dann mach hinne. Denn anschließend werde ich dir meine persönliche Version der Roth'schen Hölle darlegen.«

»Dein Vater hat den Rektor besagter Schule angewiesen, mir Manieren beizubringen, um es mal so auszudrücken. Ich bezog regelmäßig eine Tracht Prügel, einfach nur, weil ich existierte. Der Kerl erledigte das nie persönlich, sondern spannte andere Schüler dafür ein. Zudem stellte Conrad sicher, dass meine Mutter jede Verbindung zu mir abbrach. Ich sah sie nur ein einziges Mal wieder, nachdem sie mich rausgeworfen hatte. Nie während der Ferien, die verbrachte ich ausnahmslos immer im Internat. Genau wie Riggs und Arsène. So kam es, dass wir unsere eigene kleine Familie gründeten.«

Arya schluckte sichtlich. Sie kämpfte mit widerstreitenden Gefühlen. Ihrem Verlangen, mich wegen meines Täuschungsmanövers zu erwürgen, und dem Bedürfnis, ihren Vater für das, was er mir angetan hatte, bluten zu lassen. »Ruslana … Sie ist tot?«

Ich nickte. »Auch dazu habe ich eine Theorie.«

»Ach ja?«

»In der elften Klasse ergatterte ich einen Job als Stallbursche und lernte Alice kennen – meine Sugar Mama, wie du sie genannt hast. Plötzlich hatte ich Anteil am Leben der Reichen, wenn auch nur als Zaungast. Einmal verbrachte ich die Sommerferien in New York und begegnete dort zufällig meiner Mutter. Ich kurvte gerade mit Arsènes Bentley herum und kopierte seine Reicher-Junge-Attitüde, als Ruslana auf mich aufmerksam wurde. Sie veranstaltete ein großes Trara, fiel mir um den Hals und küsste mich. Ich schob sie weg und sagte, dass ich versuchen werde, Zeit für sie freizuschaufeln, während ich in der Stadt wäre. Natürlich ist das nicht passiert. Danach hat sie angefangen, mir zu schreiben. Ich habe auf keinen ihrer Briefe geantwortet. Sie muss mein Schweigen so interpretiert haben, dass ich ihre Entschlossenheit auf die Probe stellen wollte, denn je mehr Zeit verstrich, desto bereitwilliger berichtete sie mir, was ihr widerfahren war. Die Briefe habe ich immer noch. Sie waren in dem Umschlag. Ich weiß nicht, ob du sie gelesen hast. Jedenfalls bekannte sie, dass sie eine jahrelange Affäre mit Conrad gehabt und er ihr versprochen habe, Beatrice zu verlassen. Irgendwann begann sie, an seinen Absichten, seinen Beteuerungen zu zweifeln, und drohte ihm, deiner Mutter selbst reinen Wein einzuschenken. Er wurde grob, hat sie herumgeschubst. Und es war anscheinend nicht das erste Mal, dass er ihr gegenüber handgreiflich wurde.«

»Daher wusstest du, dass die gegen ihn erhobenen Anschuldigungen der Realität entsprachen.« Arya schlug sich mit der Hand an die Brust. »Dass Amanda und die anderen Frauen die Wahrheit sagten.«

Ich bejahte. »Die Sache zwischen Ruslana und Conrad ging noch ein paar Monate hin und her. Bis er sie schließlich gefeuert und ihr Schweigegeld gezahlt hat. Mickrige zehntausend Dollar, damit sie den Mund hielt. Sie gab sie in nur einer Woche aus und schrieb mir, dass sie ihn aufsuchen und mehr von ihm fordern werde. Das war der letzte Brief, den ich von ihr erhielt, bevor die Polizei bei mir anrief und mich über ihren Tod informierte.«

»Wie ist sie gestorben?«, fragte Arya.

»Laut Autopsiebericht an einem Genickbruch. Konkreter ausgedrückt, ist sie von den Palisades-Klippen gestürzt. Der Beamte, der mich kontaktierte, sagte, dass es keinen Verdacht auf Fremdeinwirkung gebe, sondern es sich um einen klassischen Suizid handele. Meine Mutter war nie eine Frohnatur gewesen, hinzu kam, dass sie kürzlich ihren Job verloren hatte. Trotzdem war das alles ausgemachter Schwachsinn. Ruslana hatte irrsinnige Höhenangst. Sie ist nur ein einziges Mal in ihrem Leben geflogen, und selbst wenn sie selbstmordgefährdet gewesen wäre – wofür es keinerlei Anzeichen gab –, hätte sie sich eher ertränkt, die Pulsadern aufgeschnitten oder eine Kugel in den Kopf gejagt, als von einer Klippe zu springen.«

»Du glaubst, mein Vater hat sie umgebracht?« Aus ihren Augen schossen Blitze.

»Kurze Version? Ja. Lange Version? Er hatte seine Hände im Spiel, allerdings bin ich mir nicht sicher, ob er die Tat selbst ausgeführt hat.«

»Dann muss er auch dafür zur Rechenschaft gezogen werden.«

Einerseits stimmte das, andererseits war Conrad auch so schon bestraft genug. Er hatte alles verloren – sein Vermögen, seinen Status, seine Tochter. Den Rest seines Lebens als mittelloser Ausgestoßener fristen zu müssen, würde einen Mann wie ihn mehr schmerzen, als unter Schwerverbrechern, wie er selbst einer war, im Gefängnis zu sitzen.

»Für mich besteht keine Möglichkeit, es zu beweisen, ohne meine wahre Identität zu enthüllen«, entgegnete ich.

»Alles Übrige mal außen vor gelassen, tut mir dein Verlust aufrichtig leid.«

»Mir nicht. Sie war eine Scheißmutter.«

»Mein Vater hat dir in so vieler Hinsicht zugesetzt, und

trotzdem willst du behaupten, dass das mit Amanda Gispen kein kalkulierter Schachzug von dir war?«

»Ja.« Ich trat einen Schritt zur Seite, um eine Frau mit Kinderwagen vorbeizulassen, dabei stellte ich mir unwillkürlich Arya mit einem Baby vor. Verdammt. Inzwischen reichte schon der Anblick eines Sandwiches, um Bilder von Arya in meinem Kopf aufsteigen zu lassen. »Ich glaube, dass Conrad meine Mutter auf dem Gewissen hat – auch wenn er womöglich nur der Auftraggeber war –, allerdings bin ich zu dem Schluss gelangt, dass mich diese Sache nichts angeht. An dem Tag, an dem sie mich aufgab, habe auch ich sie aufgegeben. Ich habe den Blick nach vorn gerichtet, mir neue Freunde und eine neue Familie gesucht und dabei außerdem eine Frau gefunden, die mir das geben konnte, wozu meine Mutter nicht imstande war. Und ich spreche nicht von Geld. Sondern von Courage, Selbstvertrauen und mentaler Unterstützung. Sie lehrte mich, dass ich alles, was ich mir vom Leben erhoffte, erreichen konnte.«

Ich nahm meine vorherige Position auf dem Gehweg wieder ein, nur rückte ich ein winziges Stück näher an Arya heran als zuvor. »Nichts zog mich zurück nach New York. Ich wollte in Boston bleiben und vielleicht irgendwann nach Washington D.C. umsiedeln, um mir die Hände als Politiker schmutzig zu machen. New York hat mich immer an euch Roths erinnert, daran, dass meine Mutter sich nach diesem fatalen ersten Kuss von mir abgewendet hat. Aber zufällig stammt Arsène von hier, und aus irgendeinem Grund liebt er dieses verdammte Drecksloch. Riggs ist ursprünglich aus San Francisco, allerdings scheint er sich in den Kopf gesetzt zu haben, nie wieder einen Fuß in die Stadt zu setzen. Er war überglücklich, in Arsènes monströse, mietfreie Wohnung ziehen zu können. Ich wollte nicht allein zurückbleiben. Die beiden waren die einzige wahre Familie, die ich je gekannt hatte, darum schloss ich mich ihnen an. Ob du es glaubst oder nicht, habe ich mein Bestes getan, um mich von dir und deinem Vater fernzuhalten. Die Vorstellung, dass du oder Conrad mir erneut mein Leben verpfuschen könntet, war mein schlimmster Albtraum. Doch als dann dieser Fall auf meinem Schreibtisch landete, konnte ich einfach nicht Nein sagen.« Ich fuhr mir mit der Zunge über die Lippen. »Wie wir beide wissen, neige ich gelegentlich dazu, der Versuchung nachzugeben.«

»Dann warst du also nicht aktiv auf Vergeltung aus – sie ist dir schlichtweg in den Schoß gefallen?«

»Korrekt.«

Bis mir dann klar geworden war, dass ich immer nur Arya haben wollte.

»Ich habe dich die ganzen Jahre für tot gehalten …«, murmelte sie, offenbar noch immer bemüht, die Teile zu einem Ganzen zusammenzufügen. Sie schüttelte den Kopf. »Darum habe ich dich nicht wiedererkannt. Das war der einzige Grund, warum mir nie in den Sinn kam, dass du Nicky sein könntest. Weil ich jede Hoffnung auf ein Wunder aufgegeben hatte.«

Und ich Narr hatte ihr das angekreidet. Jedes Mal, wenn wir uns ansahen, uns einschätzten, uns streichelten und küssten, hatte ich mir eingeredet, dass sie meine Heimtücke verdiente, weil sie den Jungen nicht wiedererkannte, der einst bis über beide Ohren in sie verliebt war. Der bereit gewesen wäre, sein Leben für sie zu geben, und das in gewisser Weise auch getan hatte.

»Ich habe den ganzen gestrigen Tag auf den vergeblichen Versuch verschwendet, meine Gefühle zu ordnen.« Sie rieb sich die Stirn.

»Dann lass mich dir dabei helfen«, bot ich an. Es stand mir nicht zu, irgendetwas von ihr zu fordern, erst recht nicht ihr Vertrauen.

»Da gibt es leider ein Problem.« Arya kniff die Brauen zusammen, war die Sachlichkeit in Person. Sie würde weder Tränen vergießen noch leere Drohungen ausstoßen. »Du hast mein Vertrauen komplett verspielt. Das gilt für meine Entscheidungen, meine Gefühle, mein gesamtes Leben. Ich verabscheue dich mit jeder Faser meines Seins, Nicky. Diese unbeschreibliche Sehnsucht ... Ich habe mich über zehn Jahre nach dir verzehrt. Wir waren Cecilia und Robbie.«

Ich hatte keinen Schimmer, von wem sie redete. Ich kannte keine Cecilia und nur einen Robbie – einen Steueranwalt auf Staten Island. Trotzdem hätte ich alle beide erwürgen mögen, weil sie mir in die Parade fuhren.

»All die Attribute, die dich so unwiderstehlich und unantastbar machten, lösten sich gestern in Luft auf, als ich im Internet auf dieses Foto von uns beim *Knutschen* stieß.«

»Mich trifft daran keine Schuld.« Ich machte noch einen Schritt auf sie zu und strich ihr eine verirrte Strähne hinters Ohr. Sie schlug meine Hand weg. Das tat mehr weh als die verbalen Ohrfeigen, die sie mir versetzte, mehr als die Prügel, die mir die drei Rowdys damals auf Weisung von Rektor Plath verabreicht hatten. »Es war Claire. Sie hat an dem Abend, an dem ich dir mein Versprechen gab, die Limousine für mich organisiert. Sie hat der Presse einen Tipp gegeben.«

»*Knutschen*«, wiederholte Arya mit ungläubigem Blick. »Das war das Wort, das sie benutzt haben.«

Ich schüttelte den Kopf. »Reiner Zufall. Ich würde dir so etwas niemals antun, Ari.«

»Das ist nicht wahr.« Sie wich zurück, und nun füllten sich ihre Augen doch noch mit Tränen. Ich wünschte, Arya würde zusammenbrechen und sie einfach laufen lassen. Würde sie doch endlich aufhören, so stur zu sein und mich unentwegt übertrumpfen zu wollen. Schon immer hatte ich tief im Innern das Gefühl gehabt, ihrer Zeit, ihres Lächelns und ihrer Gegenwart nicht würdig zu sein. »Du hattest versprochen, mich nicht zu hintergehen.« Ein trauriger Zug zeigte sich um ihren Mund. »Du hast gelogen.«

»Ich hatte vor, es dir zu sagen«, wandte ich ein.

»Wann?«

»Keine Ahnung.« Ich raufte mir die Haare. »Nach dem Prozess? Sobald ich mir sicher sein konnte, dass du dich in mich verliebt hattest? Wer weiß? Ich hatte Angst, du würdest mich fallen lassen, weil Nicky nie gut genug für dich war.«

Würde ich ihr jetzt meine Liebe gestehen, hätte ich natürlich keine Chance, dass sie mir glaubte. Meine Karriere stand auf dem Spiel. Wir wussten beide, dass Arya nur einen Anruf davon entfernt war, sie zu zerstören. Wenn ich ihr jetzt sagte, was ich für sie empfand, würde sie mir Kalkül und Durchtriebenheit unterstellen und sich obendrein auch noch gedemütigt fühlen. Ganz abgesehen davon wollte ich nicht, dass sie dachte, ich würde nur eine Beziehung mit ihr eingehen, weil ich an sie gekettet war und etwas zu verlieren hatte. Nicht, dass das nicht der Fall gewesen wäre. Aber dabei handelte es sich nicht um meinen Job. Sondern um *sie*.

Arya schüttelte den Kopf. »Nicky war immer gut genug für mich. Christian ist derjenige, dem ich nicht über den Weg traue.«

»Dann lass mich das ändern.« Ich zog die Brauen zusammen. »Da ist so viel mehr, was ich dir geben kann. Und ich erwarte dafür nur eine einzige Gegenleistung.«

»Die da wäre?«

»Eine zweite Chance.«

»Warum Christian?«, wechselte sie mit eisigem Blick das Thema. »Warum Miller?«

»Ich habe meinen Namen noch vor Studienantritt offiziell

ändern lassen. Ich wusste, dass dein Vater mich im Auge behält, und wollte nicht, dass er mich in Harvard aufspürt. Nicholai Ivanov hat sich an keiner einzigen Universität beworben. Er hat ein One-Way-Ticket nach Kanada gekauft und sich dorthin abgesetzt. Dein Vater wusste, dass mit Erreichen unserer Volljährigkeit die Karten neu gemischt würden und jeder von uns nach dem anderen suchen könnte.«

Arya vergrub die Zähne in ihrer Unterlippe. Sie verstand, worauf ich hinauswollte. Immerhin hatte sie tatsächlich Conrads Privatermittler auf mich angesetzt. Ich für meinen Teil hatte nur deshalb keinen Versuch unternommen, sie ausfindig zu machen, weil ich wusste, dass ich ihr nichts bieten konnte.

»Ich musste von der Bildfläche verschwinden. Meine Wahl fiel auf Miller, weil es einer der häufigsten Nachnamen in Amerika ist. Für den Vornamen Christian entschied ich mich, da er zu den beliebtesten im englischen Sprachraum zählt und man ihn außerdem mit Wiedergeburt assoziiert. Der Erschaffung einer neuen Identität. Im Prinzip tat ich alles, was in meiner Macht stand, um sicherzustellen, dass dein Vater mich niemals aufspüren würde. An dem Tag, an dem Nicholai Ivanov sich über die Grenze rettete, wurde Christian Miller geboren.«

Arya schüttelte den Kopf und strebte auf die Eingangstür zu. Sie wollte flüchten. Das durfte ich nicht zulassen. Nicht, weil sie mich der Anwaltskammer melden oder meine Partnerschaft in Gefahr bringen könnte. Sondern weil ich nicht bereit war, ihr Adieu zu sagen. Mit zweiunddreißig so wenig wie mit vierzehn.

»Arya, warte.«

Sie drehte sich noch einmal zu mir um. »Das Erste, was ich tat, nachdem ich herausfand, wer du wirklich bist, war, es Jillian zu erzählen. Dieser Drang war stärker als ich. Meine Rachsucht gewann die Oberhand, ich hatte das Bedürfnis ... rücksichtslos zu sein.« Sie holte tief Luft. »Trotzdem brachte ich es partout nicht fertig, meine Eltern ins Vertrauen zu ziehen und dich dort zu treffen, wo es dir am meisten wehtäte. Ich konnte ihnen die Wahrheit nicht sagen. Ist es nicht ein Jammer, dass ich meinen Vater fast genauso sehr hasse wie dich, während ich euch beide gleichzeitig auch liebe? Ich fürchte, meine Fähigkeit zu lieben, wird für alle Zeiten von einem gewissen Hass beeinträchtigt sein, der auf jede wichtige Beziehung in meinem Leben abfärbt. Erlieg nur ja nicht dem Irrglauben, dass ich mir meiner Macht über dich nicht bewusst wäre und Bedenken hätte, sie zu gebrauchen. Solltest du dich, aus welchen Gründen auch immer, noch ein einziges Mal in meiner Nähe blicken lassen, werde ich Richter Lopez und die Partner in deiner Kanzlei über deine Verbindung zu den Roths unterrichten. Ebenso die Anwaltskammer des Bundesstaats New York. Darum halte dich ja von mir fern, weil eine einzige Nachricht, ein einziger Anruf oder unerwünschter Besuch für mich Anlass genug wäre, dein Leben zu zerstören. Ich würde noch nicht einmal mit der Wimper zucken, das kannst du mir glauben, *Christian*.«

Ich wusste nicht, ob ich lachen oder losbrüllen sollte.

Es schien mir eher unwahrscheinlich, dass Arya mein Geheimnis bewahren würde. Vermutlich wäre es nur die logische Konsequenz, mich in die Pfanne zu hauen. Darum hatte es jetzt oberste Priorität für mich, ihre Vergebung zu erlangen. Jeder andere Mann hätte sich wahrscheinlich mit dem zufriedengegeben, was er von ihr bekommen hatte, und wäre an dieser Stelle gegangen. Gut möglich, dass ich noch vor zwei Monaten selbst zu dieser Sorte Mann gehört hatte. Heute traf das nicht mehr zu, und daran würde sich auch in Zukunft nie wieder etwas ändern.

»Verstehe ich das richtig, dass du dafür sorgen wirst, dass man mir die Zulassung entzieht, falls ich noch einmal Kontakt zu dir aufnehme?«

»Und das wäre nur der Anfang.«

»Nun gut. Ich danke dir, Ari.«

»Fahr zur Hölle, Nicky.«

28. KAPITEL

Christian

Heute

Ich wollte nicht mitten unter der Woche nach Florida fliegen. Das hatte weder mit dem Berg Arbeit zu tun, der in der Kanzlei auf mich wartete, noch mit meinen beiden schockierten Partnern, denen unbegreiflich war, wieso ich es gleich als Erstes für nötig befunden hatte, eine unserer vielversprechendsten Anwältinnen rauszuwerfen. Ich befürchtete nicht, dass Claire versuchen würde, mich wegen sexueller Belästigung dranzukriegen. Wir waren beide äußerst vorsichtige, mit Bedacht agierende Menschen, und sie wusste sehr wohl, dass ich sämtliche Nachrichten gespeichert hatte, in denen sie mich um Sex bat. Indem sie mich oder die Kanzlei vor Gericht zerrte, würde das, was Claire am meisten wertschätzte, unwiderruflich Schaden nehmen: ihr Stolz.

Abgesehen davon hatte ich die Personalabteilung gleich zu Beginn über unsere Romanze informiert.

Nein, mir behagte der Gedanke nicht, New York zu verlassen, solange Arya und ich die Situation nicht geklärt hatten. Ich hatte Arsène und Riggs von unserem Gespräch berichtet und von ihnen zur Antwort bekommen, dass diese Art von Dilemma außerhalb ihres Erfahrungsbereichs liege, ich ergo den Rat einer Frau bräuchte, um mein weiteres Vorgehen zu planen.

Alice Gudinski lebte in einer geräumigen Eigentumswohnung in Palm Beach. Arsène, Riggs und ich besuchten sie gelegentlich – vorwiegend an Feiertagen –, nur war ich die letzten paar Jahre beruflich derart eingespannt gewesen, dass ich es kaum arrangieren konnte.

Ich hatte in einem Fischrestaurant mit Blick auf den Ozean einen Tisch für uns reserviert und fuhr direkt vom Flughafen dorthin. Natürlich kam ich zehn Minuten zu spät.

Alice wartete, angetan mit einem Kimono, bereits auf der Terrasse. Sie hielt ein Glas Bloody Mary von der Größe eines Sektkühlers in den Händen und bewunderte den Sonnenuntergang.

»Ah, mein Lieblingsgespiele ohne Zusatzleistungen.« Alice küsste mich auf beide Wangen, die Nasenspitze und ein Ohr. Sie sah umwerfend und nicht einen Tag älter als vierzig aus. Ein Außenstehender konnte uns durchaus für ein Paar halten. Ein attraktiver Toy Boy mit seiner millionenschweren Freundin, die ihm ein kleines Maklerbüro am Strand finanzierte. Nur ich wusste, dass sie nach dem Verlust von Henry mit der Liebe abgeschlossen hatte. »Fesch siehst du aus«, kommentierte sie.

»Und du bist wie immer eine Augenweide.« Ich drückte einen Kuss auf ihren Scheitel, bevor ich sie zu ihrem Stuhl geleitete und ihr gegenüber Platz nahm. Wie aufs Stichwort kam eine Kellnerin an den Tisch geeilt und servierte mir einen Sherry. Zweifellos war sie im Vorfeld von Despotin Alice entsprechend instruiert worden.

»Schade, dass Arsène und Riggs es nicht einrichten konnten.« Sie nippte an ihrer Bloody Mary, während hinter ihr in einem feurigen Farbenspiel aus Pink- und Orangetönen die Sonne im Meer versank.

»Riggs ist gerade in England, um Fotos für einen Artikel über gestrandete Wale zu machen, und Arsène hat sich kurz nach seinem College-Abschluss aus der zivilisierten Welt verabschiedet. Ich fürchte, du wirst dich mit meiner Wenigkeit begnügen müssen.«

»Du bist sowieso mein Liebling. Die beiden anderen sind nur Nebenfiguren.« Sie zwinkerte mir zu und trank noch einen Schluck. »Allerdings bist auch du nicht mit übermäßig viel freier Zeit gesegnet, was mich vermuten lässt, dass dies kein reiner Freundschaftsbesuch ist. Wie kann ich dir helfen?«

Sie durchschaute mich auf Anhieb. Es überraschte und ärgerte mich, dass ich mich nicht öfter bei ihr sehen ließ. Während meiner Schul- und Studienjahre hatte ich so viel Zeit wie möglich mit ihr verbracht. Alice war mein rettender Anker gewesen. Sie hatte mir mit Rat und Tat zur Seite gestanden, mich mit den Gepflogenheiten der besseren Gesellschaft vertraut gemacht und mir geholfen, mich darin zurechtzufinden.

»Ich habe vor, mich zu bessern und in Zukunft wieder öfter zu Besuch zu kommen«, sagte ich und winkte die Kellnerin herbei, damit sie unsere Bestellung aufnahm.

Alice schüttelte lachend den Kopf. »Ach, du dummer Junge. Ich habe bereits für uns gewählt. Dachtest du ernsthaft, ich würde mir von einem New Yorker Punk sagen lassen, was der Fang des Tages ist?«

»Du lebst noch nicht mal zwei Jahre in Palm Beach«, wies ich sie hin.

»Irrelevant.« Sie betastete ihre gestylte Frisur. »Also, wo waren wir stehen geblieben? Ach ja. Du bist in Schwierigkeiten. Ist es wegen Traurig oder wegen Cromwell? Ich tippe auf Cromwell. Der alte Knacker leidet an einer ernsten Form von Jugendneid.«

Alice' verstorbener Mann war Anwalt für Gesellschaftsrecht gewesen, daher wusste sie das eine oder andere über Unternehmenspolitik.

Das Essen wurde serviert – besser gesagt, so ziemlich alles, was der Ozean an Meeresgetier zu bieten hatte. Für eine Frau von solch zierlicher Statur verfügte Alice über einen gesunden Appetit.

»Es hat nichts mit der Arbeit zu tun.« Ich spießte eine in Olivenöl, Butter und Oregano schwimmende Jakobsmuschel auf meine Gabel und führte sie zu meinem Mund.

»Mit deinem Anlageportefeuille?«

»Auch nicht.«

»Du willst endlich deine Wohnung verkaufen und nach Brooklyn ziehen? Dort bekommst du weit mehr für dein Geld.«

Ich schüttelte den Kopf.

»Nun, worum geht es dann?«

»Um Arya«, antwortete ich. »Arya Roth.«

Vierzig Minuten und fünf Gänge später war Alice über meine missliche Lage im Bilde. Sie wusste seit meinem siebzehnten Lebensjahr von Arya, doch welch unerwartete Wendung unsere Geschichte jüngst genommen hatte, erfuhr sie erst jetzt.

Alice lehnte sich, einen fruchtigen Cocktail in der Hand, zurück und nickte bedächtig.

»Zunächst einmal finde ich es geradezu unglaublich, dass du so lange gebraucht hast, um sie zu finden.« Ihre Augen glitzerten vergnügt.

Ich zog eine finstere Miene. Hatte sie mir nicht richtig zugehört? »Ich habe sie nicht gefunden. Es war Zufall.«

»Es gibt keine Zufälle. Sondern nur göttliche Intervention. Schon als du siebzehn warst, stand fest, dass dein Herz diesem Mädchen gehört – von anderen Körperteilen ganz zu schweigen. Du bist lange genug ziellos umhergestromert, aber die Menschen – vor allem junge – müssen unbedingt Erfahrungen am eigenen Leib machen, ehe ihnen endlich ein Licht aufgeht.«

Ich sprach nicht an, dass sie anscheinend all die Jahre gewusst hatte, welche Gefühle ich für Arya hegte, wohingegen ich mir darüber erst diesen Monat klar geworden war, und kam zum springenden Punkt. »Was soll ich tun?«

Sie lachte auf. »Nun ja. Du hast es versaut.«

»Das ist mir bewusst«, stieß ich ungeduldig hervor.

»Und das nach allen Regeln der Kunst.«

»Wenn ich etwas über meine Beziehungsuntauglichkeit hören wollte, würde ich mich an Arsène und Riggs wenden – oder besser noch an Arya persönlich. Ich bin hier, weil ich deinen Rat brauche. Wie überzeuge ich sie davon, dass für mich nichts anderes zählt außer ihr?«

Alice lächelte mit geschlossenen Lippen, wie um anzudeuten, dass sich die Frage von selbst beantwortete. Es schien ihr einen Heidenspaß zu machen, mich zappeln zu sehen.

»Was ist so lustig?«, bellte ich.

»Bitte wiederhole, was du gesagt hast, Christian.«

Ich runzelte die Stirn. »Wie überzeuge ich sie davon, dass für mich nichts anderes zählt außer ihr?«

»Ja.« Sie klatschte aufgeregt in die Hände. »Ganz genau.«

»Das ist keine Antwort«, fauchte ich. »Bist du etwa betrunken, Frau?«

Sie saugte die Kirsche auf ihrem Cocktailstäbchen in ihren Mund. »Wieder lautet die Antwort Ja.«

Ich war drauf und dran, Alice nach Hause zu schaffen und sie dort auszunüchtern, als mich die Bedeutung ihrer Worte wie ein Schlag vor den Kopf traf. Meine Brauen schossen in die Höhe. Alice rüttelte die Schultern hin und her, entzückt, dass ich es endlich geschnallt hatte.

»Nach all den Mühen?«

»Nach all den Mühen.«

»Bist du sicher, dass es keinen anderen Weg gibt?«

»Du hast dieser Frau den Vater genommen, den sie anbetete und der ihr zugleich Mutterersatz war.«

Ich öffnete den Mund, um etwas zu erwidern, doch sie kam mir zuvor. »Sag bitte nicht, dass er nur seine gerechte Strafe bekommen hat. Ich weiß das. Aber *sie* wusste es nicht, bevor du die Wahrheit ans Licht gezerrt hast. Wegen dir ist sie gezwungen, sich mit dem Trugbild ihres Lebens auseinanderzusetzen. Nicht zu reden davon, dass du sie belogen hast. Und das auch noch, nachdem du mit ihr geschlafen hattest. Oder sie den Mut aufbrachte, dich zu bitten, sie niemals zu täuschen. Darum ja, du wirst Opfer bringen müssen, und zwar solche, die dir etwas abfordern. Du kannst nur dann gewinnen, wenn du zuerst etwas verlierst, Darling.«

Ich ließ den Kopf nach vorn sinken und reichte der Kellnerin meine Kreditkarte, als sie die Rechnung brachte.

»Entschuldige mich, Alice. Ich muss den Nachtflug zurück nach New York erwischen, um mich selbst zu feuern.«

»Ich kann Ihnen nicht folgen. Falls das ein Witz sein soll, dann verstehe ich die Pointe nicht. Seien Sie so gut, und erklären Sie sie mir.« Traurig stierte mich an, als wäre ich in der fragwürdigen Nutten-Kleidung, die Julia Roberts in *Pretty Woman* trug, in seinem Büro aufgetaucht. Cromwell saß mit versteinerter Miene neben ihm. »Zuerst entlassen Sie Claire ohne unsere Zustimmung und ohne auch nur Rücksprache mit uns gehalten zu haben. Und jetzt reichen Sie auch noch Ihre *Kündigung* ein?«

»Sie müssen Ihr Licht nicht unter den Scheffel stellen, *mein Junge.*« Ich warf ein Lächeln über den Schreibtisch und fühlte mich ganz wunderbar bei der Vorstellung, dass nach etwas weniger als drei Tagen die goldenen Buchstaben wieder von meiner Tür verschwinden würden. »Sie können mir sehr wohl folgen. Und ja, Sie haben richtig verstanden. Ich kündige mit sofortiger Wirkung.«

»Aber … warum?«, stammelte Traurig und warf sichtlich erbittert die Arme in die Luft.

»Die Liste ist lang, aber ich werde Ihnen ein paar Stichpunkte geben: Man hätte mich schon vor drei Jahren zum Partner machen müssen. Ich bin überarbeitet, und meine Leistung wird nicht ausreichend gewürdigt. Cromwell ist ein Arschloch – nehmen Sie's mir nicht übel, Sportsfreund.« Ich zwinkerte dem erbleichenden Cromwell zu, dann richtete ich den Blick wieder auf Traurig. »Und Sie sind nicht viel besser. Sie haben es genossen zuzusehen, wie ich mir den Arsch für diese Kanzlei ausreiße. Für eine Weile habe ich nach Ihren Regeln gespielt. Bis ich erkannte, dass sich die Mühe nicht lohnte. Was vor ungefähr«, ich schaute auf meine Armbanduhr, »drei Tagen war.«

»Sie sind auf dem besten Weg, Ihre gesamte Karriere in die Tonne zu treten«, warnte Traurig mich.

»Ich hab dir ja gesagt, dass der Kerl von Anfang an ein Quertreiber war«, keifte Cromwell und nahm seinen Partner ins Visier, dabei fuchtelte er wild mit der Hand in der Luft, als wollte er einen Geist beschwören. »Er geht von Bord, um woanders anzuheuern. Was haben Sie vor, Bürschchen? Spucken Sie's schon aus.« Er zielte über den Schreibtisch hinweg mit dem Zeigefinger auf mich, als schuldete ich ihm etwas.

Ich gähnte. Wann hatte ich zuletzt meine Manieren vergessen und mich aufgeführt wie der ungezogene Bengel aus Hunts Point, der ich war? Es musste fast zwanzig Jahre her sein. Aber es fühlte sich gut an.

»Selbst wenn ich ein anderes Angebot hätte, wären Sie der Letzte, dem ich darüber Auskunft geben würde, Cromwell. Sie haben mich vom ersten Tag an schikaniert, und das, obwohl Sie so gut wie nie einen Fuß in die Kanzlei setzen. Mir gefällt der Gedanke, dass Sie sich jetzt, wo ich weg bin, die Hände mit ein wenig echter Arbeit werden schmutzig machen müssen.«

Ich stand auf und wandte mich zum Gehen.

»Wir werden Claire zurückholen. Nur, damit Sie Bescheid wissen«, ertönte Traurigs Stimme hinter mir. Ich blieb stehen und drehte mich um. Sah das feiste Grinsen auf seinem Gesicht. »Ist sie der Grund?«, fragte er. »Sie hatten eine Affäre mit dem hübschen, kleinen Ding, und die Sache geriet außer Kontrolle? Sie betreiben Schadensbegrenzung, für den Fall, dass sie Ihnen ihre eigene Klage wegen sexueller Belästigung um die Ohren haut?«

Er lag dermaßen daneben, dass ich mir nur mit Mühe ein Lachen verkneifen konnte.

»Miss Lesavoy wurde entlassen, weil sie mein Vertrauen in beruflicher und privater Hinsicht missbraucht hat. Wenn Sie Wert auf eine Ratte in Ihrer Firma legen – was, wie ich annehme, zutrifft, nachdem Sie beide derselben Spezies angehören –, empfehle ich Ihnen unbedingt, die Dame wieder einzustellen.«

Damit knallte ich die Tür hinter mir zu.

Es war verdammt befriedigend.

Am selben Abend wartete ich vor Aryas Bürogebäude auf sie. Da ich es nicht gewohnt war, mich wie ein Lakai zu benehmen oder wie einer zu fühlen, bekam mein Ego zum ersten Mal seit Jahren einen Kratzer ab.

Na schön, es war eher eine blutende Wunde.

Okay. Mein Selbstwertgefühl war komplett im Arsch. Das geschah ihm ganz recht. Es hatte mir Zeit meines Lebens nur Ärger eingebracht.

»Muss ich dich daran erinnern, dass ich die Anwaltskammer

einschalten werde, wenn du mich nicht in Ruhe lässt?«, fuhr Arya mich grußlos an, kaum dass sie den Fuß aus der Tür gesetzt hatte. Sie sah höllisch sexy aus in ihrem schmalen roten Lederrock und der schicken weißen Bluse. Wie hatte ich sie überhaupt je wieder aus meinem Bett lassen können?

Ich hielt mühelos mit ihr Schritt, während sie in Richtung U-Bahn eilte. »Zeig mich ruhig an«, forderte ich sie trocken auf und stupste mit meiner Schulter gegen ihre.

Sie stieß einen resignierten Seufzer aus und schüttelte den Kopf. »Geh einfach weg.«

»Haben deine Eltern seit Prozessende mit dir gesprochen?«

»Als würde dich das kümmern«, grummelte sie.

Ich fasste sie am Oberarm. Sie blieb abrupt stehen, funkelte mich wutentbrannt an und riss sich los.

»Ja, es kümmert mich. Ich versuche jeden Tag, mit dir zu sprechen. Darum unterstell mir kein mangelndes Interesse, Arya. Es ist nämlich gut möglich, dass ich der einzige Mensch in deinem Leben bin, dem wirklich etwas an dir liegt.«

»Dir soll nichts an mir liegen.« Ihr versagte kurz die Stimme. »Genau das ist der Punkt. Ich habe dir gesagt, ich werde dafür sorgen, dass du deine Lizenz verlierst, wenn du mich nicht in Frieden lässt. Weil nicht ein einziger Teil von mir dich in meinem Leben haben will.«

»Wirklich gar keiner?«

Sie nickte. »Absolut keiner.«

»Lügnerin.« Ich trat einen Schritt auf sie zu und nahm ihr Gesicht in beide Hände. »Ich habe gekündigt.«

Ihre grünen Augen wurden riesengroß. »Du hast gekündigt?«, echote sie.

»Ja.« Ich legte meine Stirn an ihre und schwelgte für einen kurzen Moment in ihrem Duft. »Ich habe die Partnerschaft aufgegeben und Cromwell und Traurig gesagt, dass sie sich ins

Knie ficken können. Davor habe ich Claire gefeuert, als Quittung für den angerichteten Schaden. Ich mag eine elende Waise sein, aber dasselbe trifft auf dich zu, Ari. Ich wünschte, es wäre anders und deine Eltern wären so für dich da gewesen, wie du es verdienst. Aber du hast mich, und ich werde mein Bestes geben, um dir zu genügen.«

Und dann sprudelte es einfach aus mir heraus.

»Ich liebe dich, Arya Roth. Ich habe dich immer geliebt. Von dem Tag an, an dem wir uns als Kinder auf dem Friedhof zum ersten Mal begegnet sind. Wir waren von Tod umgeben, doch du warst so lebendig, dass ich dich mit Haut und Haar verschlingen wollte. Du hast damals diesen Kiesel auf Aarons Grabstein gelegt, um deinen Bruder wissen zu lassen, dass du ihn besucht hast. Ich habe mich an diesem Tag in dich und dein weiches Herz verliebt und liebe dich bis heute. Ich habe nie damit aufgehört. Auch nicht, als ich dich hasste. *Vor allem* nicht, als ich dich hasste, wenn ich ehrlich sein soll. Es war eine Qual, zu glauben, dass du mich vergessen hast. Warum wohl? Weil es in meinem Leben nämlich nicht eine einzige Minute gab, in der ich nicht an dich gedacht habe, Arya.«

Für einen Sekundenbruchteil glaubte ich, sie werde nachgeben und sich zu uns und unserer Beziehung bekennen. Stattdessen ging sie auf Distanz und schob sich den Riemen ihrer Handtasche höher auf die Schulter. »Es tut mir leid«, sagte sie mit trotzig vorgeschobenem Kinn.

»Was tut dir leid?«

»Dass ich eine Mitschuld trage an deiner Entscheidung, die Kanzlei zu verlassen. Weil sich dadurch nämlich nicht das Geringste ändert.«

Sie trug keine Mitschuld, sondern die alleinige Schuld. Aber es wäre mühsam, sie darauf hinzuweisen, weil ich inzwischen erkannt hatte, dass ich schon vor Jahren hätte kündigen sollen.

Unabhängig von ihr. Wenn man das Richtige tat, spürte man es bis in die Knochen.

»Oh doch.« Ich lächelte. »Es ändert sich dadurch etwas Grundlegendes, Arya.«

»Das da wäre?«

»Jetzt kann ich dir nach Lust und Laune nachstellen. Es interessiert mich einen Dreck, ob dein Vater in Berufung geht, und nachdem ich soeben freiwillig gekündigt habe, juckt es mich nicht, ob ich meine Zulassung verliere. Der Wettkampf ist eröffnet, Ari. Und ich werde dich gewinnen.«

»Ich bin keine Trophäe.«

»Vollkommen richtig. Du bist die Frau, die mir *alles* bedeutet.« Ich wandte mich ab und ging davon.

29. KAPITEL

Arya

Heute

Während sich in New York farbenprächtig der Frühling entfaltete, tat sich im Penthouse meiner Eltern ein großes schwarzes Loch auf.

Kein Wort gelangte hinein oder heraus. Die Roths waren vom Erdboden verschwunden, hatten sich praktisch in Luft aufgelöst.

Da ich inzwischen wusste, wie sehr meine Mutter emotional unter Conrad zu leiden gehabt hatte, war es mir ein Bedürfnis, mich ihrer anzunehmen. Ich versuchte wiederholt, mich mit ihr in Verbindung zu setzen, konnte sie jedoch weder telefonisch noch per E-Mail oder Textnachricht erreichen. Zu meinem Vater hatte ich seit der verletzenden Nachricht, die er mir am Tag der Urteilsverkündung geschickt hatte, keinen Kontakt mehr gesucht. Dass er fähig war, mir seine Liebe aufzukündigen, als wäre sie ein Streaming-Dienst-Abonnement, bewies, dass seine Gefühle nie wirklich echt gewesen waren.

Nach siebentägiger Funkstille machte ich mich schließlich auf in die Park Avenue. Während ich mit dem Aufzug zur obersten Etage fuhr, kam mir in den Sinn, dass meine Eltern vielleicht gar nicht mehr dort wohnten. *Was, wenn sie umgezogen waren?*, dachte ich mit einem sorgenvollen Ziehen im Magen. Zwar gehörte ihnen die Immobilie, doch in Anbetracht der hohen Entschädigungssumme, die mein Vater zu zahlen hatte, bestand keine Aussicht, dass sie die Wohnung würden behalten können. Ich wusste nicht, was genau vereinbart worden war, wie viel Zeit ihm blieb, um das Geld aufzutreiben. Bestimmt hätte Christian die entsprechenden Antworten gehabt, aber ich konnte unmöglich Verbindung zu ihm aufnehmen und ihn danach fragen. Meine Abwehrkräfte waren erschöpft, meine Psyche angeschlagen.

Ich stieg aus dem Fahrstuhl und pochte an die Tür meines früheren Zuhauses. Aus unerklärlichen Gründen gebrauchte ich dazu das Erkennungszeichen, das mein Vater und ich einst vereinbart hatten.

Klopf. Pause. *Klopf-klopf-klopf-klopf-klopf.* Pause. *Klopf-klopf.* Keine Reaktion. Vielleicht waren sie ausgeflogen. Theoretisch konnte ich eine von Beatrice' Freundinnen aus dem Country Club anrufen und fragen, ob ihr eine neue Adresse bekannt sei. Ich wollte mich gerade zum Gehen wenden, als plötzlich von der anderen Seite der Tür eine Antwort ertönte.

Klopf. Pause. *Klopf-klopf-klopf-klopf-klopf.* Pause. *Klopf-klopf.* Conrad.

Ich erstarrte und beschwor meine Füße, sich in Bewegung zu setzen, aber diese beiden Verräter wollten einfach nicht kooperieren, sie rührten sich nicht von der Stelle. Hinter mir erklang ein leises Klicken, als das Schloss entriegelt wurde. Mir lief es eiskalt über den Rücken. Die Tür ging auf.

»Ari, Liebes.«

Der sanfte, gütige Ton seiner Stimme katapultierte mich unversehens zurück in meine Kindheit. Ich dachte daran, wie wir an einem Pool in Saint-Tropez Tic Tac Toe gespielt hatten. Wie mein Vater mir derart dilettantisch die Haare geflochten hatte, dass ich hinterher aussah, als hätte ich mit dem Finger in eine Steckdose gefasst, und wir uns beide ausschütteten vor Lachen. Ich konnte den Strom der Erinnerungen nicht zum Versiegen bringen, sosehr ich mich auch anstrengte.

Dad, der den Arm um mich legte, mich auf den Kopf küsste und sagte, dass alles gut werden würde. Dass wir Beatrice nicht bräuchten, weil wir auch ohne sie ein großartiges Team seien.

Dad, der zu dem Song Girls Just Want to Have Fun *mit mir tanzte.*

Dad, der mir versicherte, dass ich es auf jedes beliebige College schaffen würde.

Dad, der mir mit den Worten »Man kann nie wissen« einen Baseballschläger kaufte, als ich mit sechzehn über Nacht hübsch wurde.

Klitzekleine Momente der Glückseligkeit, die ein Leben voller Schmerz und Sehnsucht übersprenkelten.

»Bitte sieh mich an, Arya.«

Ich wirbelte zu ihm herum und taxierte ihn finster. Es gab so vieles, das ich sagen wollte, doch die Worte verdorrten in meiner Kehle. Endlich brachte ich den einen Satz heraus, der mir schon auf der Zunge lag, seit dieser Albtraum begonnen hatte.

»Ich werde dir niemals vergeben.«

Es war vorbei damit, dass ich auf der falschen Seite von Gut und Böse stand.

Was ich Nicky angetan hatte, würde sich nicht noch einmal wiederholen.

Mein Vater ließ den Kopf hängen. Der unbändige Zorn, der in ihm getobt hatte, war verpufft. Er sah besiegt aus. Kleiner als sonst. War nur mehr ein Schatten seiner selbst.

»Warum hast du es getan?«, konfrontierte ich ihn. »Aus welchem Grund?«

Als eine Frau, die in der Geschäftswelt mitmischte, hatte ich mich immer wieder gefragt, was Männer dazu verleitete, sich für unbezwingbar zu halten, wo ihnen doch klar sein musste, dass größere, mächtigere Männer als sie zur Strecke gebracht worden waren. Es war widersinnig von ihnen, zu glauben, dass sie vor diesem Schicksal gefeit wären. Die Wahrheit hatte nun mal die Angewohnheit, einen mit heruntergelassen Hosen zu erwischen. In Conrads Fall traf das sogar wörtlich zu.

»Willst du nicht reinkommen?«, fragte er mit flehentlicher Miene. Ich verneinte.

Er seufzte und beugte erneut das Haupt.

»Ich fühlte mich einsam. Sehr einsam sogar. Ich weiß nicht, wie viel deine Mutter dir anvertraut hat, aber mir ist nicht entgangen, dass ihr zwei euch in den vergangenen Wochen näher –«

»Nein. Versuch ja nicht, mich zu manipulieren. Beantworte meine Frage.«

»Ich drücke mich nicht davor, Verantwortung dafür zu übernehmen, wie unsere Ehe sich entwickelt hat. Nach Aarons Tod haben wir uns gegenseitig furchtbare Dinge angetan. Aber der Knackpunkt ist, dass Beatrice mir in keiner Hinsicht, auf die es ankommt, eine Ehefrau war. Darum fing ich an, mich anderweitig umzusehen.

Anfangs ging es nur um Sex. Er war stets einvernehmlich und ausschließlich mit Frauen, die ich aus der Arbeit kannte. Ich war jung, gut aussehend und dabei, die Karriereleiter hochzuklettern. Kurze Affären anzufangen, war nicht schwer. Doch irgendwann stiegen meine Bedürfnisse. Ich sehnte mich zusätzlich nach emotionalem Rückhalt, aber den bekommt man nur, wenn man bereit ist, ihn auch zu erwidern. So war das mit Ruslana. Sie wollte einen Märchenprinzen, und ich hegte den illusorischen Traum, dass zu Hause jemand auf mich wartete. Eine Partnerin, die mir die Füße massierte, mir das Bett wärmte und mir zuhörte. Du hattest mich, und ich hatte Ruslana.«

»Du hattest ihr versprochen, Mom für sie zu verlassen.«

Er schaute mich an und lächelte kummervoll. »Ich versprach ihr alles, was sie hören wollte, nur damit sie bei mir blieb. Als sich herauskristallisierte, dass sie deiner Mutter die Wahrheit sagen würde, habe ich die Kontrolle verloren. Ich liebe Beatrice noch immer. Daran hat sich nie etwas geändert.«

Du hast eine seltsame Art, das zu zeigen.

»Ruslana ist sehr unerwartet gestorben.«

Ich musste meine Worte sorgfältig abwägen. Conrad wusste weder, wer Christian in Wirklichkeit war, noch, dass ich Ruslanas Sterbeurkunde gesehen hatte. So tief mich Nickys Verrat auch verletzt hatte, würde ich ihn Conrad trotzdem niemals ans Messer liefern. Sonst könnte ich mich selbst nicht mehr im Spiegel anschauen.

»Das ist wahr.«

»Man könnte einen inszenierten Unfall dahinter vermuten«, wagte ich mich ein Stück weiter vor.

Seine Augen weiteten sich, eine steile Falte erschien zwischen seinen Brauen. »Das ist absurd. Ruslana hat Selbstmord begangen. Sie steckte in großen finanziellen Schwierigkeiten. Ich habe nichts mit ihrem Tod zu tun. Das schwöre ich.«

»Weißt du noch, wie du behauptet hast, sie habe sich spontan dazu entschlossen, nach Alaska zu ziehen, und deshalb gekündigt? Was hatte es damit auf sich?«, bedrängte ich ihn.

Er reagierte unwirsch. »Ja, ich gebe zu, das war gelogen. Als ich irgendwann von ihrem Tod hörte, wollte ich nicht, dass du davon erfährst. Um dir den Schmerz zu ersparen. Was ihr zugestoßen war, ging mir auch so schon nahe genug, da musste ich nicht auch noch zusehen, wie dir das Herz brach.«

»Was ist mit dem Rest? Ich spreche von Amanda Gispen. Den Dickpics.«

Conrad stieß vernehmlich den Atem aus und schloss die Augen, wie um sich innerlich zu wappnen.

»Ruslana und ich führten unsere Liebschaft fort, doch irgendwann kam es immer öfter zum Streit. Wegen deiner Mutter. Ich wollte Ruslana auf Linie bringen, ihr zeigen, dass sie nicht die Einzige für mich war. Dass es noch andere Frauen gab. Sie hatte kein Recht, all diese Forderungen an mich zu stellen. Darum fing ich an, Abenteuer zu suchen. Nur war das nicht mehr so leicht wie früher. Ich war inzwischen kein junger Kerl mehr, und es gab andere Hedgefonds-Manager, Männer, die attraktiver waren als ich und zudem willens, ihre Gespielinnen nach Strich und Faden zu verwöhnen, sie in luxuriösen Apartments unterzubringen und mit Kreditkarten auszustatten, wenn sie sie an die französische Riviera schickten. Ich gehörte nicht in diese Kategorie. Amanda war ein Ausrutscher, mein letzter, wie ich hinzufügen möchte. Was diese anderen Frauen angeht ... Sie haben mir allesamt widersprüchliche Signale gesendet, das schwöre ich dir, Arya. Den einen Tag haben sie mit mir geflirtet, nur um mir den anderen die kalte Schulter zu zeigen. Ich wusste damit nichts anzufangen. Schließlich wurde ich übermütig. Ich dachte, wenn ich hartnäckig bliebe, würden sie über kurz oder lang nachgeben.«

»Du hast sie drangsaliert«, folgerte ich leise. Tränen strömten über meine Wangen, dabei hatte ich mir gelobt, dass ich nicht weinen würde. Aber dieses Gespräch trug die Züge eines endgültigen Abschieds. Schmerzhaft, reinigend und unerträglich. Es tat mir in der Seele weh, ihn auch nur anzusehen.

»Ja«, bestätigte er. Er glich jetzt wieder stark dem bleichen, schwitzenden Mann, mit dem ich mich, kurz bevor die hässliche Wahrheit ans Licht gekommen war, im Cloisters getroffen hatte. »Auf mir lastete großer Druck, weil ich gleichzeitig für dich da sein und Beatrice unter Kontrolle halten musste. Ich brauchte ein Ventil.« Damit also legitimierte er sein Verhalten in seinem kranken Hirn. Er bildete sich ein, dass ihm diese Doppelbelastung das Recht gab, Frauen zu belästigen. Er sprach weiter. »Und als du es herausgefunden hast … da wurde mir alles zu viel. Du warst der einzige Mensch, der immer zu mir aufgeblickt hat und mir wirklich etwas bedeutete. Ich wollte nicht, dass du alles über mich erfährst. Darum habe ich dich weggestoßen. Amandas Anwalt hat mir dabei geschickt in die Karten gespielt.«

»Er hatte nichts damit zu tun«, antwortete ich hitzig. Ob ich wohl irgendwann aufhören würde, Nicky zu verteidigen, als hinge mein Leben davon ab?

Conrad lächelte. »Ich weiß Bescheid, Liebes.«

»Bescheid worüber?« Mein Puls fing an zu rasen, das Herz schlug mir bis zum Hals.

»Christian Millers wahre Identität.«

»Keine Ahnung, was du meinst.«

»Kurz nach Prozessbeginn habe ich meinen Privatermittler auf ihn angesetzt. Miller strahlte etwas aus, das mir bekannt vorkam. Einen gewissen Hunger. Dazu diese verdammten blauen Augen.«

»Das macht keinen Sinn«, sagte ich. »Du hast dich immer wieder gefragt, warum er es auf dich abgesehen hatte.«

Er zuckte die Schultern. »Damit habe ich in derselben Minute aufgehört, in der Daves Informationen bei mir eintrafen.«

»Aber … aber wenn du die Wahrheit kanntest, hättest du doch …«

Conrad senkte den Blick auf den Boden. »Und was dann, Arya? Man hätte Nicholai die Zulassung entzogen und ihn aus der Anwaltskammer ausgeschlossen. Seine Geschichte wäre publik geworden, in allen Details und mit Zeitstempeln versehen. Ich rede von der Geschichte, in der ich sein Leben zerstörte. Meine Situation wäre dadurch nur schlimmer geworden. Man hätte ihn als ein weiteres Opfer von Conrad Roth betrachtet, Amanda und die anderen Frauen hätten sich einen neuen Anwalt genommen, und ich wäre genauso verurteilt worden. Es wäre immer auf dasselbe Resultat hinausgelaufen. Trotzdem bin ich froh, dass der Kreis sich endlich geschlossen hat.« Ein ironisches Grinsen. »Der Junge hat sich gut geschlagen. Wenn ich schon untergehen musste, wollte ich es wenigstens mit Stil tun, und dafür hat er gesorgt. Das ist auch der Grund, warum ich Terrance und Louie angewiesen habe, nicht in Berufung zu gehen.«

»Du wolltest seine Zukunft ruinieren.« Ich war wie vor den Kopf gestoßen. Selbst zu unseren schlimmsten Zeiten, genauer gesagt dem Jahr, nachdem er Nicky verprügelt hatte, wäre ich nie auf den Gedanken gekommen, dass mein Vater ein böser Mensch sein könnte. Höchstens, dass er Probleme hatte, seine Aggressionen zu beherrschen. »*Warum?*«

»Weil er das einzig Reine in meinem Leben angefasst hat. *Dich.*«

»Das darfst du niemals irgendjemandem erzählen«, warnte ich ihn. Ich machte einen Schritt auf ihn zu, meine Nerven waren zum Zerreißen gespannt. »Hörst du? Niemandem. Gib mir dein Wort darauf.«

Er schaute mich durchdringend an. »Du hast nie aufgehört, ihn zu lieben, oder?«

Nein. Nicht eine einzige Sekunde.

Ich rückte von ihm ab, berappelte mich wieder. Trotzdem dämmerte ihm in diesem Moment die Wahrheit. Er presste die Stirn gegen den Türrahmen. Ich warf einen Blick in die Wohnung und sah, dass ein Großteil der Möbel fehlte. Jemand musste sie weggeschafft haben. Ich erwartete, einen Anflug von Wehmut zu spüren, aber de facto hatte ich den Begriff Zuhause nie mit einem Ort assoziiert. Für mich war das mehr ein Gefühl. Ein Gefühl, das ich früher mit meinem Vater verband – und mit Nicky.

»Wirst du mir je verzeihen?«, fragte Conrad mit geschlossenen Augen, das Gesicht noch immer dem Türrahmen zugewandt.

»Nein«, beschied ich ihn knapp. »Du hast mir den Menschen genommen, der mir mehr als jeder andere bedeutet hat, und ihn um meinetwillen zugrunde gerichtet. Du solltest die Stadt verlassen. Das wäre das einzig Vernünftige.«

»Das werde ich.« Er deutete ein Nicken an. »Nächste Woche.«

Ich hakte nicht nach, wo er hinziehen würde. Ich wollte es lieber nicht wissen, weil ich ansonsten nicht garantieren könnte, dass ich ihn nicht eines Tages kontaktieren würde.

»Mach's gut, *Dad*.«

»Mach's gut, Liebes. Pass auf dich auf, und kümmere dich um deine Mutter.«

»Sie wird niemals rangehen, oder?« Ich knallte mein Handy auf meinen Schreibtisch, schaffte es kaum, meine Wut im Zaum zu halten. »Das ist mal wieder typisch Beatrice Roth, einfach von der Bildfläche zu verschwinden, nachdem alles den Bach runtergegangen ist. Ich frage mich, was sie jetzt zu tun gedenkt, ohne das Penthouse und das dicke Bankkonto. Sie ist zu alt, um sich einen Sugar Daddy anzulachen.«

Jillian warf mir über den Rand ihrer Teetasse einen Blick zu, der ausdrücken sollte, dass ich heute Morgen vergessen hatte, die lockere Schraube in meinem Hirn anzuziehen. Ich hatte mir sagen lassen, dass einen die Meinung anderer nicht mehr juckte, sobald man die Vierzig überschritten hatte. Womöglich war ich ein bisschen frühreif, denn sie war mir bereits jetzt herzlich egal.

»Ist dir schon mal der Gedanke gekommen, sie könnte dieses Mal vielleicht nicht wollen, dass du ihre Probleme beseitigst?«, gab Jillian zurück. »Sie weiß, dass du sofort in den Schadensbegrenzungsmodus schalten und aktiv werden würdest, wenn sie deine Anrufe annähme. Schließlich warst du immer die Erwachsene in eurer Beziehung.«

»Bis vor eineinhalb Monaten hatten wir nicht mal eine Beziehung.« Ich stand auf und packte meinen Kram in meine Tasche. Es war halb acht, und ich hatte Christian jetzt lange genug vor dem Haus warten lassen. Er kam inzwischen jeden Tag vorbei.

»Das stimmt natürlich, aber wie ich die Sache einschätze, lag das daran, dass du sie eingeschüchtert hast und von ihr angewidert warst.« Jillian ging zur Küchenzeile und schenkte sich Tee nach. »Ich wette, sie wird wieder auftauchen, sobald sie bereit dazu ist und einen Plan hat.«

»Sie wird nie einen Plan haben.« Ich hängte mir die Tasche um die Schulter. »Beatrice hat sich ihr Leben lang treiben lassen und darauf gesetzt, dass mein Vater sich um alles kümmert.«

Jillian lächelte und gab einen Löffel Zucker in die antike Teetasse, die ich in einem Trödelladen erstanden und ihr zu Ostern geschenkt hatte. Der Duft von Pfefferminze erfüllte die Luft. »Wir werden ja sehen, nicht wahr?«

»Das klingt, als wüsstest du etwas, das ich nicht weiß.« Ich kniff die Augen zusammen.

Jillian lachte. »Ich weiß viele Dinge, die du nicht weißt. Lass mich mit dem wichtigsten Punkt anfangen: Dich beschäftigt nicht nur die Sorge um deine Mutter. Du hast außerdem panische Angst vor Christian – oder Nicky oder wie auch immer er sich aktuell nennt. Seit du entdeckt hast, dass er Abend für Abend auf dich wartet, verbarrikadierst du dich jeden Tag bis um acht in deinem Büro.«

»Er benimmt sich wie ein Stalker.« Ich stapfte entschlossen zur Tür. »Ich versuche, ihm den Wind aus den Segeln zu nehmen.«

»Du liebst diesen Kerl so sehr, dass ich um dein Seelenheil fürchte. Warum gibst du ihm nicht eine Chance?«

Wie waren wir von meiner Mutter auf dieses Thema gekommen? Ich verdrehte die Augen, holte meinen Lipgloss heraus und zog geistesabwesend meine Lippen nach. »Weil ich diesem Mann nie wieder vertrauen werde und es deshalb sinnlos wäre.«

»Red dir das nur weiter ein, Ari.« Sie tätschelte meinen Arm, als sie mich auf dem Weg zu ihrem Schreibtisch passierte.

Ich zog die Stirn in Falten. »Was machst du überhaupt noch hier? Ich habe wenigstens einen Grund, lange im Büro zu bleiben. Für dich gilt das nicht.« Ich stutzte. »Oder doch?«, fragte ich und grinste.

Jillian setzte sich wieder auf ihren Stuhl, schnappte sich eine Haarklammer und warf sie nach mir. »Mach, dass du hier rauskommst!«

Lachend wich ich dem Geschoss aus. »Wie heißt er?«
»Raus!«

Ich richtete mich wieder auf. »Hmm. *Raus?* Klingt irgendwie exzentrisch. Sind seine Eltern Umweltschützer? Mir würde Baum oder Blatt besser gefallen.«

»Ich schwöre bei Gott, Arya.« Sie drohte mir mit dem Finger. »Ach, und vergiss nicht unseren Termin mit dieser Dame aus Miami. Morgen Vormittag um halb zehn.«

»Vergess ich nicht.« Ich verzog das Gesicht. »Allerdings weiß ich immer noch nicht, wie wir ihr helfen könnten. Ihre

Geschäftsidee hört sich solide an, aber zunächst einmal müsste sie eine Firma gründen.«

Dann flitzte ich aus der Tür, voller Vorfreude auf eine weitere Begegnung mit Nicky.

Bloß war er nicht da.

Zum ersten Mal seit einer knappen Woche lungerte Nicky nicht vor dem Gebäude herum.

Enttäuschung machte sich in mir breit. Ich hasste die körperliche Reaktion, die mir sein Fernbleiben verursachte. Die weichen Knie, das bleischwere Herz, die hängenden Schultern. Ich zwang mich, Haltung anzunehmen, setzte ein krampfhaftes Lächeln auf und machte mich auf den Weg zur U-Bahn. Jetzt hatte ich einen weiteren Beweis dafür, dass auf Nicky kein Verlass war. Er hatte mich nach weniger als sieben Tagen aufgegeben.

Kein Wunder, nachdem du ihm den Marsch geblasen und ihm wiederholt untersagt hast, je wieder mit dir in Verbindung zu treten, argumentierte eine Stimme in meinem Kopf. *Ganz zu schweigen davon, dass du dich unmöglich benommen hast, als er dir erzählte, dass er wegen dir seinen Job gekündigt hat.*

Natürlich war mir klar, dass ich kein Recht hatte, sauer auf ihn zu sein, weil er nicht drei Stunden vor meinem Büro wartete. Abgesehen davon hätte er nicht kündigen müssen. Nicky hätte einfach weitermachen können wie bisher, in der Gewissheit, dass ich ihn nicht anschwärzen würde. Er hatte sich aus freien Stücken dazu entschlossen, Buße zu tun für sein Täuschungsmanöver. Aber vielleicht ging es gar nicht darum, dass ich Nicky nicht traute. Sondern dass ich *mir* nicht traute. Immerhin stand er für mich über allem. Er war die Verkörperung der ersehnten, ultimativen, unerwiderten Liebe. Und das seit vielen, vielen Jahren.

Möglicherweise scheute ich einfach davor zurück, dem Mann, der als Teenager mein Herz gestohlen und es nie zurückgegeben hatte, auch noch den letzten Rest davon zu überlassen.

In der U-Bahn kreisten meine Gedanken noch immer um die Situation mit Nicky. Den Jungen von damals, den Mann von heute. Als ich mich dem Haus, in dem ich wohnte, näherte, erspähte ich jemanden auf der Eingangstreppe. Mein Puls überschlug sich fast.

Er war hier.

Ich lief schneller, doch nach ein paar Schritten erkannte ich, dass es sich nicht um Nicky handeln konnte. Die Person war zu klein und zierlich. Ich drosselte mein Tempo, dann blieb ich stehen.

»Mom?«

Meine Mutter drehte den Kopf zu mir und schaute mich an.

Sie sah erschöpft und fünf Kilo leichter aus und trotzdem noch immer wie aus dem Ei gepellt. Sie wischte sich einen imaginären Fleck von der Kleidung, so als wäre allein ihre Gegenwart in einer anderen Umgebung als der Park Avenue dazu angetan, sie zu beschmutzen.

»Hallo, Schätzchen«, zirpte sie, ohne dass ihr das künstliche Lächeln aus dem Gesicht rutschte. »Entschuldige, dass ich deine Anrufe nicht entgegennehmen konnte. Ich hatte ein paar Dinge zu erledigen. Falls dies ein schlechter Zeitpunkt ist, könnte ich dich sonst auch morgen besuchen.«

Ich schüttelte langsam den Kopf. »Nein, das passt schon. Komm mit rauf.«

Kaum waren wir in meiner Wohnung angelangt – welche meine Mutter heute zum allerersten Mal betrat –, schleuderte ich mir meine hochhackigen Schuhe von den Füßen und warf meine Schlüssel in die hässliche Schale neben der Tür. Anschließend schaltete ich die Kaffeemaschine an und holte zwei Tassen aus dem Schrank.

»Setz dich. Wie ist es dir ergangen?« Ich versuchte, mir meinen Ärger nicht anmerken zu lassen. Sie hatte es wieder getan. War einfach abgetaucht. Nachdem sie ein paar Wochen lang tatsächlich eine gewisse Ähnlichkeit mit einer Mutter gehabt hatte – wenn auch nur aus der Ferne und mit zusammengekniffenen Augen betrachtet –, war sie ein weiteres Mal stiften gegangen. Eigentlich hätte ich darauf gefasst sein müssen. Warum verletzte es mich dann so sehr?

Beatrice ließ sich auf der Armlehne meiner grünen Samtcouch von Anthropologie nieder, so als wollte sie so wenig Raum wie möglich einnehmen. »Gut. In Anbetracht der Umstände, versteht sich.«

»Kann ich dir einen Kaffee anbieten?«

»Oh, liebend gern. Danke.«

»Möchtest du Sahne? Oder Zucker?« Es war verrückt, dass ich etwas derart Banales nicht wusste, sondern meine Mutter erst fragen musste.

»Schwer zu sagen«, entgegnete sie versonnen. »Normalerweise trinke ich keinen Kaffee. Bereite ihn einfach genauso zu wie deinen. Ich bin sicher, er wird mir munden.«

Ich gab zwei Teelöffel Zucker und eine doppelte Portion Sahne in ihren Kaffee. Das Gefühl sagte mir, dass sie zusätzliche Kalorien brauchte. Ich trug die Tassen ins Wohnzimmer und ließ mich ihr gegenüber in einen Sessel sinken. Sie kostete vorsichtig, während ich sie mit Argusaugen beobachtete. Nach dem ersten Schluck entspannten sich ihre Gesichtszüge. Vielleicht hatte sie befürchtet, ich wollte sie vergiften.

Noch vor zehn Jahren wäre das nicht auszuschließen gewesen.

»Schmeckt wirklich gut.«

»Koffein ist das Lebenselixier der arbeitenden Klasse.« Ich lehnte mich zurück. »Also, warum bist du hier?«

Beatrice stellte ihre Tasse auf den Couchtisch und drehte sich zu mir her. »Es gibt einen bestimmten Grund, warum ich nicht ans Telefon gegangen bin, Arya. Ich habe deine Freundin Jillian eingeweiht, sie jedoch gebeten, Stillschweigen darüber zu bewahren.«

Es hätte nicht viel gefehlt, und mir wäre meine Tasse aus der Hand gefallen. Es sah Beatrice nicht ähnlich, dass sie jemanden aus meinem Freundeskreis kontaktierte. Tatsächlich hatte ich keine Ahnung gehabt, dass sie überhaupt von Jillian wusste. Sie befeuchtete hastig ihre Lippen, ehe sie fortfuhr. Ihre Worte klangen wohlüberlegt und sorgfältig einstudiert. »Ich habe in letzter Zeit sehr viel nachgedacht. Mir ist bewusst, dass ich dir keine gute Mutter war. So man überhaupt von einer Mutter reden kann. Dafür übernehme ich die volle Verantwortung. Aber nach dem Conrad-Fiasko, das mich alles gekostet hat, was ich besaß, wollte ich keinesfalls zur Bürde für dich werden. Darum habe ich mir … einen Job gesucht.«

Mir sprangen fast die Augen aus den Höhlen. »Du wirst für uns tätig?«

Sie schüttelte lachend den Kopf. »Siehst du? Genau aus diesem Grund brauchte ich etwas Zeit, um mich neu auszurichten. Nein, ich werde nicht bei Brand Brigade arbeiten. Ich habe auf eigene Faust eine Stelle gefunden. Na ja, mehr oder weniger.« Sie zog die Nase kraus. »Vor dir sitzt die neue Verwaltungs- und Marketingassistentin meines Country Clubs! Den ich mir natürlich nicht mehr leisten kann, aber die Stelle ist toll und die Krankenversicherung ziemlich gut, wie ich mir habe sagen lassen.«

Ein eigenartiges Gefühl erfasste mich. Als würde ich in warmem Wasser tauchen. Ich empfand Euphorie, Stolz und unendlich viel Hoffnung.

»Das ist fantastisch, Mom.« Ich fasste ihre Hand und drückte sie. »Ich kann dir gar nicht sagen, wie sehr ich mich für dich freue.«

Sie nickte mit glänzenden Augen und trank noch einen Schluck Kaffee. »Und das ist noch nicht alles. Ich habe gestern die Scheidung eingereicht. Es ist vorbei, Arya. Ich verlasse deinen Vater. Er wird nach New Hampshire ziehen, zu seiner Schwester und ihrem Mann.«

»Oh, Mom!« Ich fiel ihr um den Hals und barg den Kopf an ihrer Schulter. Erst fünf Sekunden später merkte ich, dass ich auf ihrem Schoß saß. Ich brachte zurzeit ein paar Kilo mehr auf die Waage als sie, doch als ich Anstalten machte aufzustehen, zog sie mich wieder nach unten und umfing mein Gesicht mit ihren Händen. Ich konnte die Tränen nicht zurückhalten, sie flossen nur so dahin. Aber es fühlte sich gut an. Befreiend.

»Ich bereue so vieles, Arya. Die Jahre, in denen ich dich ignoriert und vernachlässigt habe. Mein Verhalten damit entschuldigte, dass Conrad und du ja einander hattet und ich euch nur im Weg stehen stünde. Das alles gehört nun der Vergangenheit an. Ich habe eine neue Wohnung, einen neuen Job, ein neues Leben. Ich weiß, es ist spät, aber hoffentlich nicht zu spät, um dir eine Mutter zu sein.«

Ich schüttelte energisch den Kopf. »Nein, ist es nicht.« Schniefend bettete ich das Gesicht wieder an ihre Schulter. »Aber versprich mir, dass du nicht mehr tage- oder wochenlang verschwinden wirst. Auch dann nicht, wenn du mir Dinge zu sagen hast, die ich nicht hören will. Wie zum Beispiel, dass ich mich aus deinen Angelegenheiten raushalten soll. Sei mir eine Mutter, Mom.«

»Das werde ich, mein Schatz.«

30. KAPITEL

Arya

Heute

Am nächsten Vormittag strich ich zum wiederholten Mal meinen Rock glatt und blickte genervt auf die Uhr. Es war halb elf, und ich schickte mich an, aufzustehen und das Restaurant zu verlassen, in dem ich mit Jillian und unserer potenziellen Kundin verabredet war.

Schlimm genug, dass Letztere nicht erschienen war. Wirklich höchst unprofessionell. Doch noch mehr ärgerte mich, dass Jillian mich versetzt hatte. Sie ging nicht ans Telefon, sondern hatte mich nur kurz per Textnachricht informiert, dass ihr etwas dazwischengekommen sei und sie es nicht erwarten könne, sich später im Büro von mir über das Treffen Bericht erstatten zu lassen.

Wir müssen diesen Deal abschließen, Ari.
Die Frau ist eine Goldgrube.

Schon möglich, nur war sie leider nicht aufgetaucht.

Ich gab dem Kellner mit der Hand ein Zeichen, mir die Rechnung zu bringen, als Mrs Goodie zu guter Letzt doch noch ihren großen Auftritt hinlegte. In einem Rausch aus Farben wehte sie lachend und mit dem Handy am Ohr in das kleine Lokal. Als die Wirtin sie fragte, ob sie zu einer Gesellschaft gehöre oder einen Einzeltisch wolle, winkte sie mit lässiger Geste ab.

Die Frau war – in Ermangelung einer besseren Beschreibung – fleischgewordenes Technicolor.

»… muss jetzt aufhören, Darling. Wir sollten uns unbedingt treffen, solange ich in der Stadt bin. Absolut. Ah, da ist ja meine Verabredung.« Mrs Goodie wedelte mit den Fingern in meine Richtung und warf mir ein strahlendes Lächeln zu. »Also, dann. Ja. Morgen klingt ausgezeichnet. Ich sage meiner Sekretärin, dass sie sich mit deiner kurzschließen soll. Freu mich schon drauf, dich zu sehen. *Bussi*.«

Sie ließ sich auf den Stuhl mir gegenüber fallen, griff seufzend nach meinem Wasserglas und kippte es in einem Zug runter. »Als würde ich je wieder meine Zeit an diese doppelzüngige Schlange verplempern. Ist das zu fassen? Inzwischen habe ich aufgehört, mich zu fragen, warum Leute, die mich verabscheuen, meine Gesellschaft suchen. Zwischen Liebe und Hass läuft in der Tat nur ein schmaler Grat, aber deswegen braucht man sich nicht rittlings draufzusetzen.«

Ich schaute sie verdutzt an.

»Oh!« Sie schüttelte lachend den Kopf und machte den Kellner auf sich aufmerksam. Bildete ich mir das nur ein, oder hatte sie gerade einem wildfremden Mann eine Kusshand zugeworfen? »Ich bin spät dran, nicht wahr? Bitte entschuldigen Sie, aber ich hatte vergessen, wie schlimm der New Yorker Verkehr ist.«

»Kein Problem«, antwortete ich wohlwollend. Ich schuldete es Jillian, diesen Vertrag unter Dach und Fach zu bringen, nachdem ich in den vergangenen Monaten mehrere Deals vermasselt hatte.

Der Kellner brachte die Rechnung und fing sich einen Rüffel von Mrs Goodie ein. »Also so was. Ich hatte noch nicht einmal die Petits Fours. Bringen Sie mir sofort das ganze Sortiment. Dieses Gebäck ist das Beste, was diese Stadt zu bieten hat. Und außerdem Kaffee. Reichlich Kaffee. Einen Irish Coffee! Irgendwo auf der Welt ist schon fünf Uhr.«

»Ja, in Sankt Petersburg«, bestätigte ich. Meinem Eindruck nach würde sie sowieso tun, was sie wollte, und sei es, sich um halb elf Uhr morgens einen anzuzwitschern. Ich breitete eine Serviette über meinen Schoß und lehnte mich entspannt zurück.

Mrs Goodie legte den Kopf ein klein wenig schräg und lächelte mich an. »Sie sind eine Intelligenzbestie.«

»Davon weiß ich zwar nichts, aber ich halte mich für recht belesen.«

»Kein Wunder, dass er komplett verrückt nach Ihnen ist«, murmelte sie und zupfte an ihrem bunt gemusterten Strandkleid, um sich Kühlung zu verschaffen.

Ich guckte sie perplex an. »Wie darf ich das verstehen, Mrs Goodie?«

»Bitte nennen Sie mich Alice.« Sie fasste lachend über den Tisch und tätschelte meine Hand. »Im Übrigen heiße ich nicht Goodie. Sondern Gudinski.«

Der Nachname ließ irgendetwas bei mir klingeln, aber ich kam nicht drauf, woher ich ihn kannte. »Was meinten Sie mit dem, was Sie davor sagten? Wer soll komplett verrückt nach mir sein?«

Die Welt geriet aus den Fugen, als mich blitzartig die Erkenntnis traf. Ich schnappte nach Luft, wurde von einer Mischung aus Eifersucht, Wut und Dankbarkeit übermannt. Letzteres wahrscheinlich aus dem einfachen Grund, dass ich einem Menschen gegenübersaß, der Nicky nahestand. Alice musste mir meinen inneren Aufruhr angesehen haben, denn sie brach in lautes und nicht gerade damenhaftes Gelächter aus. Plötzlich wusste ich genau, was Nicky in dieser Frau sah.

»Ach, du meine Güte. Hab keine Angst, Arya. Ich beiße nicht. Christian meinte, dass du vielleicht nicht zustimmen würdest, mich zu treffen, wenn du wüsstest, wer ich bin. Darum mussten Jillian und ich dir einen kleinen Schubs geben.« Sie zwinkerte mir zu und wiegte als Zugabe die Schultern hin und her.

»Ihr beide habt das trotzdem für eine gute Idee gehalten?« Ich hätte Jillian erwürgen können, weil sie nun schon das zweite Mal in einer Woche hinter meinem Rücken gegen mich konspiriert hatte.

Alice schenkte mir ein sanftes Lächeln. »Unbedingt. Ich war selbst ein Sturkopf, als ich so alt war wie du, aber mein verstorbener Mann hat mich mürbe gemacht. Darüber bin ich froh, weil ich ansonsten heute nicht am helllichten Vormittag in diesem erlesenen New Yorker Restaurant speisen würde.«

»Mein aufrichtiges Beileid«, sagte ich mit gesenkter Stimme.

Sie warf ihre prachtvollen Haare in den Nacken. Noch vor ein paar Jahren hätte ich mir beim Anblick dieser Frau gewünscht, sie wäre meine Mutter. Aber nach allem, was Beatrice und ich zusammen durchgestanden hatten, wollte ich jemanden wie Alice viel lieber zur Freundin haben.

»Erst nach seinem Tod realisierte ich, wie dankbar ich für die Zeit bin, die mir mit ihm vergönnt war. Diese Einsicht rückte alles ins rechte Licht. Das Leben ist ungewiss, Arya. Für die Liebe gilt das hingegen nicht. Sie ist das Fundament, auf dem wir stehen. Der rettende Anker, wenn wir uns im Auge eines Orkans befinden. Sie wegen ein paar Schwierigkeiten einfach wegzuwerfen, wäre ein Frevel. Um dir das zu sagen, bin ich hier.«

Sie nahm mit festem Griff meine Hand. »Als ich das von Nicky und dir hörte, konnte ich nicht tatenlos zusehen, wie ihr euch eure zweite Chance, miteinander glücklich zu werden, verbaut. Ich will, dass du weißt, wie sehr er dich liebt. Nicky hat dich immer geliebt. Er hat es gehasst, dass er nicht damit aufhören konnte, aber seine Gefühle waren stärker als er. Jahrelang habe ich beobachtet, wie er dagegen ankämpfte und zu verstehen versuchte, warum er sich nicht in jemand anderen verlieben konnte. Jedes einzelne Mal fiel dein Name. Du hast Narben bei ihm hinterlassen, aber er konnte dich nie vergessen. Er hat dich immer im Herzen behalten. Du kennst ihn, Arya.« Ihr Tonfall war sanft und gedämpft. »Du weißt noch besser als ich, was für ein Mensch er ist. Klar hat er Fehler gemacht. Der schlimmste war, dir zu verheimlichen, wer er ist. Aber er würde alles dafür geben, noch eine Chance von dir zu bekommen. Bitte denk darüber nach.«

Ich wollte gerade dazu anheben, ihr zu sagen, dass ich das längst getan hatte. Dass ich Nicky – und auch Christian – genauso sehr begehrte wie er mich. Ich wollte den Jungen von früher und den Mann von heute. Jeder Tag ohne ihn fühlte sich wie eine furchtbare Verschwendung an. Noch ehe ich ein Wort herausbrachte, kam Alice mir zuvor. Sie stand auf und trat einen Schritt vom Tisch weg.

»Nein.« Sie hob abwehrend die Hand. »Sag es nicht mir. Sondern ihm.«

Plötzlich war er da. Ein leibhaftiger Adonis in Jeans und weißem Hemd, der tragischerweise nicht mir gehörte. Jede meiner Nervenzellen stand unter Spannung und drängte mich dazu, ihm schluchzend um den Hals zu fallen.

Der Kellner näherte sich mit den Petits Fours. Alice scheuchte ihn weg. »Ist das Ihr Ernst? Sehen Sie denn nicht, dass die beiden gerade einen dramatischen Moment erleben?

Stellen Sie den Teller auf die Theke. Ich werde mich diesen Köstlichkeiten in einer Minute widmen.«

Ich merkte mir vor, dieses Restaurant nie wieder zu betreten. Bestimmt würde man mir ins Essen spucken.

Alice forderte Nicky mit einer Geste auf, sich zu mir zu setzen, bevor sie sich umdrehte und in Richtung Tresen abschwirrte. Er ließ sich mir gegenüber nieder. Mir zitterten die Hände. Ich konnte kaum glauben, dass ich jemals wegen irgendetwas wütend auf diesen Mann gewesen war, der um meinetwillen – und *für* mich – so viel ausgestanden hatte. Der in seinem Leben unzählige Opfer gebracht hatte, während ich mit Privilegien und Designer-Schnickschnack ausgestattet in meinem Elfenbeinturm residierte.

»Ich bin endlich dahintergestiegen«, eröffnete Christian mir in sachlichem, leicht nachdenklichem Ton. Er angelte etwas aus seiner ledernen Aktentasche und legte es zwischen uns auf den Tisch. Ein Exemplar von *Abbitte*, mit abgegriffenem Buchrücken und Eselsohren.

»Was es mit diesem Buch auf sich hat«, erklärte er. »Ich habe es gestern gelesen. Und das sogar zweimal. Als ich fertig war, erfuhr ich von Jillian, dass du bereits heimgegangen warst.«

»Anscheinend hat Jillian hinter den Kulissen jede Menge Fleißarbeit verrichtet«, murmelte ich.

»Na ja.« Christian verzog den Mund zu einem schiefen Grinsen. »Sie wusste eben, dass du mich andernfalls in die Wüste schicken würdest.«

»Hat es dir gefallen?« Ich schluckte. »Das Buch, meine ich.«

Natürlich meinte ich das Buch. Was denn sonst? Jillians Beine?

Er schüttelte ernst den Kopf. »Nein.«

Mir wurde schwer ums Herz, ein dunkler Schatten legte sich auf meine Seele.

»Ich habe es verdammt noch mal *geliebt*. Ich kannte zwar den

Film – übrigens wirken Keira Knightley und James McAvoy verglichen mit uns in der Bibliothekszene wie Amateure –, hatte den Roman aber bis gestern nie gelesen. Er hat mir dabei geholfen, dich zu verstehen. Es geht darin um Klassenunterschiede, Sühne und den Verlust der Unschuld. Um all die Dinge, die auch wir erlebt und die uns zusammengeschweißt haben. Aber es gibt eine Sache, die ich nicht kapiere.« Seine strahlend blauen Augen versenkten sich in meine, und ich spürte, wie sich die feinen Haare in meinem Nacken aufrichteten. Er stützte die Ellbogen auf den Tisch und lehnte sich nach vorn. »Wieso kannst du mir nicht vergeben, wo du doch weißt, dass für Cecilia und Robbie ein glückliches Ende vorgesehen ist? Du legst deinem eigenen Happy End Steine in den Weg, Arya. Das werde ich nicht zulassen. Es ist vollkommen inakzeptabel. Nicht nur für mich, sondern auch für dich.«

Mir schossen die Tränen in die Augen. Dies war das erste Mal in meinem Leben, dass ich in der Öffentlichkeit weinte, und es war mir noch nicht mal peinlich. Ich, die fabelhafte Arya Roth, die Personifikation von Freiheit und Feminismus. »Du Idiot«, schluchzte ich. »Du riesengroßer Dummkopf. Ich habe dich immer geliebt, war geradezu besessen von dir. Himmelherrgott, *ich* habe dich doch beschwatzt, mich zu küssen.« Ich lachte jetzt unter Tränen, was sich immer gut macht. »Von Anfang an war ich diejenige, die dich zu allem Möglichen verleitet hat. Ich bin dir mit vierzehn nur deshalb nicht nach Belarus nachgereist, weil ich mich zu sehr geschämt habe. Ich war entsetzt über das, was Conrad getan hatte, und wollte dir nicht auf die Nerven gehen. Trotzdem konnte ich die Verbindung zu dir nicht komplett kappen. Ich habe dir unermüdlich geschrieben und dabei gebetet und gehofft.«

Noch immer stand dieser dämliche Tisch zwischen uns. Am liebsten hätte ich einen auf Hulk gemacht, ihn hochgehoben und quer durch den Raum geschleudert. Jede Sekunde, die ich nicht in seinen Armen verbrachte, war verlorene Zeit.

Lautes Stimmengewirr drang zu uns heran. Wir blickten beide gleichzeitig zu Alice, die an der Bar saß und genussvoll den Löffel ableckte, mit dem sie gerade ein Törtchen verzehrte, während sie gleichzeitig dem Barista ein Ohr abkaute.

»Endlich habe ich deine Sugar Mama kennengelernt.« Ich grinste.

»Arya.« Er guckte frustriert. »Meine angebliche Sugar Mama ist das Letzte, worüber ich jetzt reden möchte. Komm mit. Ich will dir etwas zeigen.«

Christian nahm mich bei der Hand und führte mich aus dem Lokal. Mir war nie bewusst gewesen, wie richtig es sich anfühlte, mit ihm Händchen zu halten, wie perfekt wir uns ergänzten. Auf der Straße herrschte das übliche Gewusel aus Autos, Touristen und Geschäftsleuten. Er zog mich in eine schmale Gasse, die zwischen zwei Gebäuden hindurchführte.

»Wie romantisch«, kommentierte ich beim Anblick des Müllcontainers neben uns. »Und so privat.«

Er lachte auf. »Ich habe es gern privat. Als ich mich das letzte Mal aus meiner Komfortzone herausgewagt und dich geküsst habe, hat mir dein Vater den Arsch versohlt.«

»Keine Chance, dass das noch einmal passiert.« Ich lächelte ihn an.

Seine Hände umschlossen mein Gesicht, als wäre ich ein kostbarer Schatz. Der nur ihm gehörte. »Nein.« Er schüttelte den Kopf, dabei streifte seine Nasenspitze die meine. »Weil ich nicht erlauben werde, dass man uns jemals wieder auseinanderreißt.«

»Ich liebe dich, Nicky.«

»Und ich liebe dich, Cecilia.« Er beugte sich zu mir und stahl mir einen Kuss. Ich versetzte ihm einen Stups gegen die

Brust und spürte die Vibration seines Lachens unter den harten Muskeln.

»Sprich mich nie wieder mit einem falschen Namen an, wenn wir uns küssen.«

»Dito. Ab heute heiße ich Christian.«

»Ich dachte, du magst es nicht, wenn ich dich so nenne.«

Mittlerweile war jedes Puzzleteil an seinen Platz gerückt. Sein Blick, als wir das erste Mal zusammen im Bett gelandet waren und ich ihn mit seinem neuen Namen angeredet hatte. Er war förmlich zusammengezuckt.

»Das war, bevor du es wusstest.«

»Was wusste?«

»Dass ich wiedergeboren wurde.«

Dann küsste Christian Miller mich erneut.

Und dieses Mal würde niemand ihn mir wegnehmen.

EPILOG

Christian

Sechs Monate später

»Gar nicht mal so übel.« Riggs zupft an seiner Unterlippe und nickt versonnen vor sich hin, während er durch den Empfangsbereich von Miller, Hatter & Co., meiner nagelneuen Kanzlei, schreitet. »Zwar nicht die Kohle wert, die du für die Innenarchitektin hingeblättert hast, aber zumindest nicht so deprimierend wie andere Büroräume, die ich kenne.«

»Danke für die aufmunternden Worte. Deine Meinung bedeutet mir viel. Und jetzt raus hier.« Ich schiebe meinen in einem Slipper steckenden Fuß in die Tür des Aufzugs, um sicherzustellen, dass er nicht ohne Riggs und Arsène an Bord losfährt. Ein kurzer Blick auf meine Patek-Philippe-Uhr sagt mir, dass es fünf nach drei ist. Arya müsste jede Minute hier sein.

»Wieso die Eile, Miller? Erwartest du etwa Miss Hat-meine-Eier-in-einem-Schraubstock?« Arsène streicht mit der Hand über den Empfangstresen aus glänzendem schwarzem Marmor.

Wenn es nach mir geht, wird sie bald schon Mrs Hat-meine-Eier-in-einem-Schraubstock sein.

Einige Wochen, nachdem ich bei Cromwell & Traurig gekündigt hatte, war ich Jason Hatter über den Weg gelaufen, von dem ich erfuhr, dass auch er sich beruflich neu orientieren wollte. Schnell war uns klar geworden, dass einer erfolgreichen Partnerschaft nichts im Wege stand, wenn wir unsere Portfolios vereinten. So wurde Miller, Hatter & Co. ins Leben gerufen.

»*Raus!*«, wiederhole ich. »Und zwar alle beide. Sonst wische ich den Boden mit euren Ärschen.«

»Die Mühe kannst du dir sparen. Der Boden ist blanker als Hermine Grangers Vorstrafenregister.« Riggs bleibt vor der cremefarbenen Wand im Wartebereich stehen und betrachtet der Reihe nach jedes einzelne Bild. Als würde sein Kunstverständnis über eine gelegentliche Nummer mit der einen oder anderen Kuratorin hinausgehen. »Erst sagst du uns, wieso du so nervös bist wie eine Nutte im Beichtstuhl.«

»Ich bin nicht nervös«, entgegne ich mit finsterer Miene.

»Doch, das bist du.« Arsène tut, als würgte es ihn. »Du willst ihr einen Antrag machen. Gib's zu.«

Ich habe keine Geduld mehr mit dem Achtklässlerverhalten meiner Freunde. Also pirsche ich mich an sie heran, packe beide am Ohr und schleife sie zum Aufzug.

»Echt abartig«, beschwert sich Riggs und stemmt die Absätze seiner Blundstones gegen den Boden, nur um es mir schwerer zu machen. »Und jetzt flüstere gefälligst was Schmutziges in das Ohr, das du mir gerade auszureißen versuchst. Ich steh auf Schweinkram.«

Arsène schlägt meine Hand weg und kommt stattdessen freiwillig mit, was er damit begründet, dass er lieber nicht anwesend sein möchte, wenn ich meine neuen Teppiche einweihe, sobald meine Freundin eintrifft. Ich schubse die beiden in den Fahrstuhl und klopfe mir die Hände ab, als ein Klingelton über meinem Kopf verkündet, dass sie auf dem Weg nach unten sind.

Drei Minuten später steigt Arya aus dem anderen Fahrstuhl. Sie trägt ein schickes, geschäftsmäßiges Kostüm und hat die Haare zu einem nachlässigen Knoten gezwirbelt. Sie bleibt vor mir stehen und schaut sich mit ihren großen grünen, betörenden Augen um.

»Hallöchen, Partner«. Ein schelmisches Arya-Lächeln breitet sich über ihr Gesicht, und ich muss unwillkürlich an das zwölfjährige Mädchen zurückdenken, von dem ich nicht den Blick wenden konnte.

»Ms Roth.« Ich klemme ihr eine lose Haarsträhne hinters Ohr und küsse zärtlich ihre Nasenspitze. »Was halten Sie von meinem neuen Domizil?«

»Es ist fantastisch.« Mit strahlender Miene unternimmt sie einen kleinen Rundgang. Jason und ich haben bereits die ersten Fälle angenommen, werden die Kanzlei aber erst nächste Woche offiziell eröffnen. Zu unserem Team gehören zwei Empfangsdamen, fünf Anwaltsgehilfen und demnächst mehrere neue Kollegen. Wir werden voll ausgelastet sein, doch das ist die Sache wert. »Als Sprecherin von Brand Brigade möchte ich unsere Freude über die künftige Zusammenarbeit zum Ausdruck bringen.«

Als Sprecher meines Herzens hoffe ich, dass du nicht in wenigen Minuten darauf herumtrampeln wirst.

Arya lehnt sich an den Tresen und streicht mit den Fingern darüber. »Haben sich Cromwell und Traurig inzwischen wieder eingekriegt?«

»Im Gegenteil.« Ich versenke die Hände in den Hosentaschen und gehe zu ihr. »Sie ziehen immer noch in der ganzen Stadt meinen Namen durch den Dreck.«

»Gut.« Sie lächelt fröhlich. »Ich mag es, wenn du ein bisschen schmutzig bist.«

Lachend bedeute ich ihr, mir in mein Eckbüro zu folgen.

»Komm mit. Ich will dir den besten Teil der Kanzlei zeigen.«

Ich nehme ihre Hand in meine und führe sie in den Raum, dessen Gestaltung die meiste Zeit in Anspruch genommen hat. Allerdings muss man der Innenarchitektin zugutehalten, dass sie als Vorlage nur ein paar Bilder aus einem Kinofilm hatte. Mehr nicht. Ich öffne die Tür, und Arya schnappt hörbar nach Luft.

»Ist nicht mehr ganz zeitgemäß.« Ich umfange ihre Taille, beuge den Kopf und hauche ihr einen Kuss in den Nacken. Sie schmiegt sich schauernd an mich, während sie das riesige Zimmer in Augenschein nimmt, das ein originalgetreuer Nachbau der Bibliothek in dem Film nach ihrem Lieblingsbuch ist.

Die Mahagoni-Regale. Die Leiter. Die Bücher. Der Perserteppich. Die Bücher. Die antike Lampe. Die Bücher.

Die Bücher.

Die Bücher.

»Christian …« *Christian.* So nennt sie mich jetzt. Sie hat die Identität, die ich für mich kreiert habe, akzeptiert. Nicky ist nicht tot, aber ich bin heute nicht mehr der wehrlose Junge, den sie früher kannte. Heute kann ich sie beschützen. Und mich selbst. Beides plane ich zu tun. »Dieses Zimmer ist … atemberaubend.«

»Es gehört dir.«

Sie dreht sich zu mir herum und mustert mich neugierig. »Wie meinst du das?«

Und dieses Mal zeige ich es ihr.

Ich dränge sie gegen das nächste Bücherregal und mache zwei Jahrzehnte später mit zweiunddreißig, was dem vierzehnjährigen Nicky verwehrt blieb. Ich verschränke die Finger mit ihren und bahne mir küssend einen Weg von der Vertiefung in ihrer Kehle nach oben und erobere ihre Lippen. Arya reibt sich ruhelos an mir und flüstert meinen Namen. Ich spüre, wie sie Wachs wird in meinen Armen. Wir wissen beide, dass niemand hereinplatzen kann. Uns niemand stoppen wird.

»Spielen … spielen wir …?« Ihr Atem geht keuchend, während ich gierig mit der Zunge ihren Mund erforsche. »Spielen wir die Szene …?«

»Nein.« Ich rücke ein Stück von ihr ab und lege ihr den Finger auf die Lippen. »Wir erschaffen etwas Neues, Liebling. Etwas, das nur uns gehört.«

Ich ziehe ihr den Rock und den Slip aus, sodass sie nur noch ihre Bluse und die hohen Hacken trägt. Dann sinke ich auf die Knie, küsse ihre Knöchel und arbeite mich mit Lippen und Zähnen weiter nach oben. Auf Kniehöhe lecke ich mit der Zunge über die empfindsame Haut an der Innenseite ihrer Beine, dann wandere ich höher, zu ihren Oberschenkeln. Ich küsse und liebkose sie in aller Seelenruhe und ohne der Hauptattraktion Beachtung zu schenken. Ihre Finger zerren an meinen Haaren. Sie verliert die Geduld. Genauso will ich sie.

»Christian.« Ihr leises Wimmern klingt auf einmal flehentlich. »*Nicky.*«

Ich halte inne und sehe zu ihr hoch. So hat sie mich bisher nie in einem leidenschaftlichen Moment genannt. Aber ich verstehe, warum sie verwirrt ist. Als wir das letzte Mal in dieser Situation waren …

»Ja?« Ich hebe fragend die Brauen.

»Bitte«, japst sie. »Tu es.«

»Was soll ich tun?«

Sie lässt den Blick schweifen, um sich zu vergewissern, dass wir ganz sicher allein sind. Ich grinse in mich hinein.

»Küss mich da unten.«

Ich drücke einen sanften, neckenden Kuss auf ihre Mitte.

Sie seufzt auf und presst meinen Kopf fester dagegen. »Du bist unmöglich.«

Dann lasse ich meine Zunge hervorschnellen und spüre, wie sie sich zusammenzieht. Ich halte sie an der Taille fest, während ich ihr Lust bereite, bis sie an der Schwelle zum Orgasmus steht. Als sie dann kommt, fühle ich, wie sich jeder Muskel in ihrem Körper vor Ekstase verkrampft.

Ich stehe auf, öffne meinen Gürtel und dringe in sie ein.

Arya klammert sich stöhnend an mir fest. »Oh, Christian«, raunt sie atemlos. Sie verteilt Küsse auf meinen Wangen, meiner Kehle, meinem Mund. »Ich liebe dich so sehr.«

Als Nächstes flechte ich sehr behutsam meine Finger wieder in ihre, so wie in dem Film, nur dass ich dem Ganzen eine persönliche Note verleihe. In Form eines Verlobungsrings mit einem zweikarätigen Diamanten in der Mitte, der von einem Kranz aus Brillanten eingefasst ist. Ich stecke ihn ihr an den Finger, während ich mich in ihr zu bewegen anfange, und sie registriert es nicht, die Lust nimmt sie vollkommen gefangen. Ich mache Liebe mit ihr, und sie löst sich abermals im Höhepunkt auf. Dieses Mal mit mir zusammen. Wir heben die Köpfe, um Luft zu holen, und da bemerkt sie es endlich.

Ihr Gesichtsausdruck, eben noch berauscht vor Erregung, wandelt sich, schlagartig ist sie hellwach.

»Oh …« Sie streckt den Arm und die Finger, bewegt die Hand hierhin und dorthin, damit der Diamant das Licht einfängt, das durch die deckenhohen Fenster hereinströmt. »Ist das etwa …?«

»Ja, ist es«, bestätige ich.

»Aber wir sind erst ein halbes Jahr zusammen.« Sie grinst mich an, und ich muss sagen, ganz schön frech für eine Frau, die von der Taille abwärts nackt ist.

»Vollkommen richtig«, erwidere ich trocken und packe alles

wieder ein. »Dieser Antrag kommt ungefähr fünf Monate zu spät. Mein Verschulden. Zu meiner Verteidigung möchte ich anführen, dass ich eine Firma zu gründen hatte.«

Sie schüttelt lachend den Kopf, dann stürzt sie sich auf mich und attackiert mein Gesicht mit Küssen. Grinsend packe ich sie um die Hüften.

»Ist das ein Ja?«

»Ich weiß nicht«, murmelt sie und streicht mit den Lippen über die Ansätze von Bartstoppeln auf meinen Wangen. »Was würde Cecilia antworten?«

»Verflucht, ja!«

Arya

»Ich verstehe noch immer nicht, was diese Aktion soll«, seufze ich, nachdem ich mit verbundenen Augen auf dem Beifahrersitz im Auto meiner Mutter Platz genommen habe. Es ist nicht der Bentley, in dem sie sich vor der Scheidung von ihrem persönlichen Fahrer durch Manhattan chauffieren ließ. Eigenartigerweise schien ihr dieser »Abstieg« nichts auszumachen. Sie lässt sich auch nicht mehr für teures Geld die Haare machen und hat ihre Designerklamotten gegen lange, schulterfreie Kleider mit Blumenmuster und modische Sneaker getauscht.

Sie hat einen neuen Freund. Max ist nicht nur ein Bild von einem Mann, sondern außerdem Geografielehrer an einer Highschool und ein bisschen verschroben. Er trägt Beatrice auf Händen und hat ihr versprochen, jedes einzelne Curry-Gericht in New York mit ihr zu probieren. Zuletzt waren sie bei Nummer zwanzig angelangt.

»Das musst du auch nicht verstehen, Schätzchen. Hauptsache, du guckst nicht.« Sie gibt mir mit einem mütterlichen Lachen einen Klaps auf den Schenkel.

»Wir fahren schon eine Ewigkeit durch die Gegend. Sind wir überhaupt noch in Manhattan?« Ich will zumindest grob einschätzen können, was auf mich zukommt. Beatrice hat mich vor einer halben Stunde in der Arbeit abgeholt und verkündet, dass sie eine Überraschung für mich habe. Es beeindruckte sie nicht im Geringsten, als ich ihr sagte, dass ich eigentlich vorhatte, mit Jilly ein Brautjungfernkleid auszusuchen. Sie hatte mich kurzerhand in ihr Auto verfrachtet und meine Pläne einfach über den Haufen geworfen.

Sie schnalzt missbilligend mit der Zunge. »Tut mir leid, aber ich habe die strikte Anweisung, dir keinen Hinweis zu geben.«

»Anweisung von wem?«

Sie lacht über meine Frage.

»Christian?«, rate ich. Der Stoff der Augenbinde kitzelt mich an der Nase. Ich nestle daran herum.

»Herzchen, nicht alles dreht sich um deinen sexy Verlobten.«

Ich brummele eine schwache Retourkutsche, lehne mich zurück und verschränke die Arme. Mom redet ununterbrochen auf mich ein. Sie erzählt, dass sie sich für mehrere Jobs in Brooklyn beworben hat, weil sie jetzt mit Max zusammengezogen ist. Außerdem überlege sie, noch einmal zur Uni zu gehen und vielleicht Lehrerin zu werden. Sie fragt, ob ich das für eine alberne Idee halte.

Ich verneine vehement und antworte, dass absolut nichts albern daran ist, seine Lebensumstände zu verbessern und sein Wissen zu erweitern. Kurze Zeit später schwanke ich seitwärts, als sie rechts ranfährt. Wir müssen unseren ominösen Zielort erreicht haben.

»Behalte die Augenbinde auf, während ich einen Anruf mache.« Sie schlägt ihren nagelneuen Mutter-Ton an, um mich zu warnen, dass sie in diesem Punkt keinen Spaß versteht. Im Stillen liebe ich es, wenn sie so mit mir spricht. Es kompensiert die Jahre, in denen sie nicht für mich da war. Ich höre, wie sie mit liebenswürdiger und zugleich sachlicher Stimme telefoniert.

»Ja, sie ist hier.« Pause. »Kein Sterbenswörtchen. Ich habe sie im Dunkeln gelassen. *Im wahrsten Sinne des Wortes.* Aber ich parke in zweiter Reihe. Darum solltest du besser rauskommen.«

Eine Minute später wird die Beifahrertür geöffnet, und ein Paar Hände hilft mir behutsam beim Aussteigen. Ich muss nicht erst fragen, wem sie gehören. Ich erkenne die Schwielen an den Fingern, die großen, leicht rauen Handflächen. Es ist mein zukünftiger Ehemann.

»Danke, Bea. Ich werde gut auf sie aufpassen.«

»Dann viel Spaß«, flötet meine Mom, bevor sie den Motor aufheulen lässt und davonbraust.

»Ich hoffe, die Sache zahlt sich für mich aus, Mr Miller«, grummle ich, als er mich an der Hand nimmt und irgendwo hinführt. Ich vertraue ihm uneingeschränkt, aber ich mag es nicht, wenn man mich im Ungewissen lässt.

Er lacht, gibt jedoch keine Antwort. Wir entfliehen der sommerlichen Hitze und begeben uns durch eine Drehtür in ein Gebäude. Ein Strom kühler, klimatisierter Luft streicht über meine Füße und meine Haare. Eine süße Wehmut überkommt mich, so als wäre ich hier schon früher einmal gewesen. Meine Absätze klappern über den Marmorboden. Alles um mich herum riecht neu. Blumig. Teuer. Christian ruft den Aufzug, und ich warte neben ihm.

»Wie war dein Arbeitstag?«, erkundigt er sich. Er plaudert mit mir, während meine Augen noch immer verbunden sind? Unglaublich.

»Gut«, sage ich. »Und deiner?«

»Kann mich nicht beklagen.«

»Verrate mir, wie viele Leute gerade dabei zusehen, wie ich mit einem hübschen Mann im Maßanzug Blinde Kuh spiele.«

»So um die …« Er überschlägt die Zahl. »Siebzehn. Und ich sollte dich davon in Kenntnis setzen, dass ich keinen Anzug trage, sondern ein Tutu.«

»Wie extravagant.«

»Das schon, nur sehen meine Knie in dem Teil irgendwie knubbelig aus.«

Ein *Pling* ertönt, und ich bilde mir ein, dieses Geräusch schon einmal gehört zu haben, komme jedoch nicht darauf, wo. Wir betreten den Aufzug. Christian hält die ganze Zeit über meine Hand. Ich zähle die Stockwerke anhand des Fahrstuhlgongs. Im siebten halten wir an. Christian steigt aus und zieht mich mit sich. Dann bleibt er stehen, vermutlich vor einer Tür, denn ich höre ihn einen Sicherheitscode eingeben. Als sie sich öffnet, legt er die Hand auf meinen unteren Rücken und wir treten ein. Auf einmal ist er hinter mir und nimmt mir die Augenbinde ab.

»Ta-da.«

Ich blinzle, bis meine Augen sich nach der langen Dunkelheit an das helle Licht gewöhnt haben. Der Anblick verschlägt mir den Atem. Kein Wunder, dass mir die Gerüche und Geräusche in diesem Gebäude vertraut vorgekommen waren.

Ich drehe mich zu ihm um. »Das ist nicht dein Ernst.«

»Oh doch.«

»Können wir uns das denn leisten?« Ich verziehe skeptisch das Gesicht.

Er beugt sich nach vorn und reibt seine Nase an meiner. »Absolut. Es ist nicht euer altes Penthouse. Das würde unsere finanziellen Möglichkeiten definitiv übersteigen. Ich will, dass du in dem Gebäude wohnst, in dem du aufgewachsen bist. In Aarons Nähe. Wo du seine letzte Ruhestätte vom Fenster aus sehen kannst. Ich bat den Hausverwalter, mir sofort Bescheid zu geben, sobald eine Wohnung frei würde. Tja ... vor drei Wochen war es dann so weit.«

Das Klackern meiner Absätze wird von den Wänden zurückgeworfen, als ich durch die nackten, blitzsauberen Räume flaniere. Sie verströmen den Geruch nach Chancen und Perspektiven. Nach Erinnerungen, die sich hier schaffen lassen. Eine Eigentumswohnung im Haus meiner Kindheit in der Park Avenue. Ich bin derart überwältigt vor Glück und Emotionen, dass es einige Minuten dauert, bis ich die Plastiktüte auf dem Küchentresen bemerke. Sie ist das Einzige, das sich in dieses Apartment verirrt hat.

»Nanu.« Ich halte darauf zu. »Was ist das?«

»Unsere Badesachen«, antwortet Christian, der sich mir von hinten nähert. »Veranstalten wir ein Wettrennen zum Pool, um ein paar Runden zu schwimmen?«

Er stützt das Kinn auf meinen Kopf, und die Welt ist in Ordnung.

»Ich werde gewinnen«, warne ich ihn und angle meinen Badeanzug heraus.

Er legt die Arme um mich. »Das werden wir ja sehen.«

DANKSAGUNG

Diese Reihe ist schon seit einer ganzen Weile geplant gewesen. Solange ich denken kann, wollte ich Christians, Riggs' und Arsènes Geschichten erzählen, doch es bedurfte des Beitrags vieler unglaublicher Menschen, um mein Vorhaben zu realisieren.

Als Erstes möchte ich meiner Agentin Kimberly Brower von Brower Literary ein riesiges Dankeschön für ihre Hilfe, Unterstützung und Beratung aussprechen.

Ein herzliches Dankeschön gebührt außerdem dem fantastischen Montlake-Publishing-Team, das diesem Buch erst zu seinem vollen Potenzial verholfen hat. Besondere Erwähnung verdienen an dieser Stelle Anh Schluep, Lindsey Faber, Riam Griswold und Susan Stokes.

Der großartigen Caroline Teagle Johnson für das wundervolle Cover.

Meiner persönlichen Assistentin Tijuana Turner für die ständige Unterstützung und die unbezahlbaren Ratschläge.

Vanessa Villegas, Ratula Roy, Amy Halter, Marta Bor und Yamina Kirky. Ich danke euch millionenfach dafür, dass ihr dieses Buch vor allen anderen gelesen, mir Orientierungshilfen und wichtige Hinweise gegeben habt.

Social Butterflies PR und Jenn und Catherine im Speziellen. Ihr seid die Besten, und ich liebe euch.

Meiner Lesegruppe auf Facebook, den Sassy Sparrows. Ich

bin euch unendlich dankbar dafür, dass ihr diese Reise gemeinsam mit mir unternommen habt.

Den Blogger:innen sowie den Influencer:innen auf Instagram und TikTok, die meine Bücher promoten. Ohne euch hätte ich das alles nicht einen einzigen Tag geschafft.

Und meiner Familie. Ihr seid mein Fels in der Brandung, eure Unterstützung bedeutet mir alles.

Danke, danke und nochmals danke.

Triggerwarnung:

Dieses Buch enthält neben expliziten Szenen und derber Wortwahl auch Elemente, die potenziell triggern können.

Diese sind:
Sexueller Missbrauch, Gewalt an Minderjährigen, Mobbing, plötzlicher Kindstod, emotionale Manipulation, Suizid, Tod und Trauerbewältigung

Sich in ihn zu verlieben, war nicht Teil des Deals …

L. J. Shen
BOSTON BELLES –
HUNTER
Aus dem amerikanischen
Englisch von
Anja Mehrmann
480 Seiten
ISBN 978-3-7363-1550-1

Sailor Brennan hat einen Traum: Sie will einmal in ihrem Leben an den Olympischen Spielen teilnehmen. Alles, was ihr dazu noch fehlt, ist ein finanzieller Sponsor. Da kommt das Angebot einer der reichsten Familien Bostons gerade richtig: Sailor soll für ein halbes Jahr mit Hunter Fitzpatrick zusammenleben und aufpassen, dass er keinen weiteren Skandal anzettelt. Was Sailor nicht weiß: Der attraktive Hunter hat sich in den Kopf gesetzt, seine strenge »Nanny« ins Bett zu bekommen, und macht dabei seinem Namen alle Ehre …

»Hunter und Sailor haben mein Herz gestohlen.«
SPARKLESANDHERBOOKS

LYX

Bereits mit unserem ersten Kuss waren wir dem Untergang geweiht ...

L. J. Shen
ALL SAINTS HIGH –
DIE PRINZESSIN
Aus dem amerikanischen
Englisch von
Anja Mehrmann
448 Seiten
ISBN 978-3-7363-1123-7

Daria Followhill ist reich, wunderschön und das beliebteste Mädchen der All Saints High. Sie müsste sich wie eine Prinzessin fühlen. Doch ihr Leben ist alles andere als perfekt. Seit sie vor vier Jahren aus Eifersucht die Zukunft der gleichaltrigen Silvia Scully zerstört hat, plagen sie schlimme Schuldgefühle. Als sie nun erfährt, dass Silvias Zwillingsbruder Penn nach dem Tod seiner Mutter kein Zuhause mehr hat, sorgt sie kurzerhand dafür, dass ihre Eltern Penn bei sich aufnehmen. Und obwohl er keinen Zweifel daran lässt, dass er Daria hasst, ist sie machtlos gegen das heftige Kribbeln zwischen ihnen. Dabei weiß sie, dass seine Liebe sie zerstören könnte ...

LYX

Die Erfolgsreihe aus den USA –
stürmisch, verboten, sexy

L.J. Shen
VICIOUS LOVE
Aus dem amerikanischen
Englisch von
Patricia Woitynek
448 Seiten
ISBN 978-3-7363-0686-8

Meine Großmutter sagte mir einmal, dass Liebe und Hass ein und dasselbe Gefühl seien, nur unter verschiedenen Vorzeichen erlebt. Bei beiden empfindet man Leidenschaft. Und Schmerz. Ich glaubte ihr nicht. Bis ich Baron Spencer traf. Er war auf unvollkommene Weise vollkommen. Makellos mit Makeln. Aber am allerwichtigsten – er war Vicious.

»Einfach. Süchtig. Machend.« Dirty Girl Romance

LYX